2024

ZUI MEI

TIE LU REN

最美铁路人

本书编写组

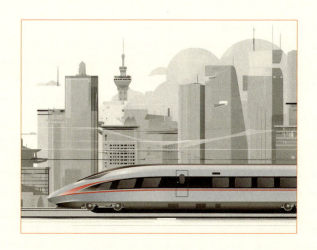

学习出版社

图书在版编目（CIP）数据

2024最美铁路人 /《2024最美铁路人》编写组编.

北京 ：学习出版社，2025. 8. -- ISBN 978-7-5147

-1373-2

Ⅰ. I25

中国国家版本馆CIP数据核字第2025XL3850号

2024最美铁路人

2024 ZUIMEI TIELUREN

本书编写组

责任编辑：朱仕娣
技术编辑：胡　啸

出版发行：学习出版社
　　　　　北京市崇外大街11号新成文化大厦B座11层（100062）
　　　　　010-66063020　010-66061634　010-66061646
网　　址：http://www.xuexiph.cn
经　　销：新华书店
印　　刷：河北鹏润印刷有限公司

开　　本：710毫米×1000毫米　1/16
印　　张：27.75
字　　数：310千字
版次印次：2025年8月第1版　2025年8月第1次印刷

书　　号：ISBN 978-7-5147-1373-2
定　　价：87.00元

如有印装错误请与本社联系调换，电话：010-66064915

最美铁路人：朵朵葵花向太阳

杨晓升

一

众所周知，高铁早已成为新时代中国的一张亮丽名片。

然而在我们绝大多数人的记忆深处，在这张名片向世界亮出之前，中国的铁路在向高铁化茧成蝶艰难而漫长的历程中，有着太多让人唏嘘感慨的故事。曾几何时，逢年过节或学校放寒暑假，一票难求导致火车站购票大厅人潮汹涌的情景至今仍历历在目。纵然为了购票人们早出晚归、赤膊上阵排上半天甚至一整天的队，可不少人仍是尽兴而去，最终败兴而归，以致那时候滋生出众多的票贩子和待价而沽的高价车票，有门路者则削尖脑袋四处求爷爷告奶奶、层层托关系，千方百计为的是要购到一张火车票。即便费尽九牛二虎之力最终购买到一张火车票，上车后列车上那人满为患、乌烟瘴气令人窒息的情景，那绿皮车缓慢痛苦的长时间旅程及体验感，如今想来仍令人望而生厌甚至不寒而栗……幸好这一切如今已经一去不复返并且早已成为逝去的历史和记忆。细想起来，这样的一种沧桑巨变，仅仅是发生在中国改革开放短短的几十年时间，而这短短的几十年，中国的铁路和火车就先后经历了从蒸汽机车、内燃机车、电力机车，以及和谐号、复兴号动车组快速的技术更新与蜕变，真正彰显出中国铁路的快速发展和新时代的"中国速度"，也赢得了中国百姓的欢心乃至外国来华旅客的喝彩，受到世界的广泛瞩目——人们不禁要问：这样的一个奇迹，到底是怎样产生的呢？

抗日战争时期，毛泽东同志在《论持久战》中写道："武器是战争的重要因素，但不是决定因素，决定的因素是人不是物。"抗日战争的最后胜利也印证了毛主席的这一英明论断。显而易见，中国铁路快速发展的背后，人同样是决定性因素。在中国改革开放的大背景下，中国铁路人数十年来励精图治，同心协力锐意改革创新，全方位提升铁路运输技术和旅客服务质量，让中国铁路一跃成为全社会的宠儿，这一切，毫无疑问都应当归功于中国铁路人年复一年不懈的奋斗与创造。从2018年开始，由中共中央宣传部和中国国家铁路集团有限公司每年一届发布的"最美铁路人"就是一个鲜活的例证，他们爱岗敬业、勇于创新、甘于奉献，充分展现了中国铁路的发展成就和行业风貌。迄今，这 70 多位"最美铁路人"，分布于中国铁路的各个领域和众多岗位，齐刷刷、亮晶晶构成了当今中国铁路领域的模范群体，也构成了当今中国铁路领域亮丽夺目的一道风景，他们就像早晨那一排排朝气蓬勃、迎着太阳欢笑的朵朵葵花，向公众、向社会倾情传递着奋发向上的精神力量和创造奉献的生命价值。

二

近日，10 位 2024 年"最美铁路人"如期向全社会发布，他们的先进事迹以 10 篇报告文学的形式鲜活生动地展现在我的面前，他们当中有通信工、货装值班员、动车组司机、列车长、车站服务队队长、车辆电工、桥隧工、电焊工、高铁基础设施综合维修车间工长、铁路公安局派出所警长，纵然岗位平凡、职位有高有低，但他们都在平凡岗位干出了不平凡的业绩，都成为本行业的能工巧匠和岗位能手，获得了各种各样的荣誉："全国五一劳动奖章""全国技术能手""火车头奖章""全国优秀共产党员""全国劳动模范""全国三八红旗手""全国五一巾帼标兵""全国公安机关爱民模范""中国好人"，等等，有的多次获得国家发明专利，有的享受了国务院政府特殊津贴，还有的光荣地当选为党的十九大或二十大代表。他们取得的业绩和荣誉，有力地印证了有作为才能有地位、是金子在哪儿都会发光的道理，更是让更多的普通人从这些"最美铁路人"身上，看到了生活的意义和生命的价值。纵观这 10 位"最美铁路人"的共性和特点，他们都爱岗敬业、热情肯干、刻苦钻研、善于开拓、勇于创新、乐于奉献，日复一日，他们几乎无时无刻不在琢磨工作，几乎无时无刻不在开发自己和提升自己，几乎无时无刻不在焕发着自身的光和热。我还意外地发现，这 10 位"最美铁路人"，绝大多数是职业大专或中专毕业，有的甚至仅仅是中学毕业，可十多年或二十多年的工作实践，却让他们在各自的工作岗位上脱颖而出、出类拔萃，不断建功立业。他们当中有不少人还编著专业教材，更多的人还在传帮带，热心培养并带出了众多的优秀徒弟，他们的徒弟中也不乏本科毕业生——实践出真知这句话，在他们身上得到了最有力和最完美的诠释。我以为，在中国改革开放数十年人才培养的实践中，这 10 位"最美铁路人"的成长经历，是一个十分独特并且非常值得关注的现象，对众多的教育工作者和人才研究专家来说，也是一个非常值得关注的研究课题。

三

榜样的力量是无穷的。以报告文学的形式浓墨重彩地传播榜样的力量，是"最美铁路人"先进事迹广为传播的有力举措。据了解，迄今为止已连续举办 7 届，每一届"最美铁路人"

的事迹都被写成了报告文学，及时地结集出版。

众所周知，相比于宣传材料上的事迹介绍和新闻报道，报告文学不仅以真人真事为根基，还有着宣传材料和新闻报道无可比拟的魅力：它能够以更鲜活、生动、丰富、多维、多彩、深刻的样式和姿态，浓墨重彩地将所要报道的真人真事呈现在读者的面前，从而深深地打动读者。回顾新中国70多年来的发展历程，报告文学在弘扬主旋律、讴歌各行各业的先进典型和模范人物方面，一直起着巨大的宣传作用，也在亿万读者心灵深处留下了深深的印记，像魏巍的《谁是最可爱的人》、徐迟的《哥德巴赫猜想》、穆青的《县委书记的榜样——焦裕禄》、王宏甲的《无极之路》、何建明的《根本利益》、郭保林的《高原雪魂——孔繁森》、吴玉辉的《谷文昌》，等等，都是报告文学创作在这方面的范例。

纵观描写2024年10位"最美铁路人"的10篇报告文学，作者名字我都比较陌生，似乎都不是什么知名作家，我猜想多是中国铁路系统的业余作家。多年前我曾经受中国铁路作协之邀，为他们组织的铁路系统业余作家短期培训班授课，亲身感受到铁路系统浓厚的文学传统和良好的文学氛围，多年来他们在王雄、赵克红和刘华等文学领头雁的带领下，大量开展文学交流活动和文学培训，发现并培养了一大批有潜力且创作活跃的业余作家，创作出一批又一批铁路题材的优秀文学作品，眼下所呈现的这10篇报告文学，无疑是中国铁路作协最新文学创作成果的又一次集中展现。

纵观这 10 篇报告文学作品，不难看出它们的共同特点：一是题材和内容清一色聚焦描写"最美铁路人"，每篇的篇幅都在两万字左右，虽都是命题作文，但每篇又各具特色。二是质量整齐，篇篇好看耐读，作者们的采访都很深入扎实，文笔虽都朴实无华，但都很注重对人物性格特征、言谈举止、生活细节和内心世界的捕捉与挖掘，写作时由表及里，形神兼备，从而写活了人，让人物有了神韵，也让作品有了生动、鲜活和丰富的色彩。三是作者们都很注重对采访素材的选择和提炼。报告文学最忌材料的堆砌和平庸苍白的描述，而这 10 篇报告文学恰恰避免了报告文学写作者的通病，选材有度，详略得当，条理清晰，结构错落有致。许多作品的开头，作者都注重从人物的某个生活场景、生活细节或故事情节入手，制造悬念、营造阅读氛围，而后有条不紊层层推进，最大限度地调动文学手段展现人物风采，一步步吸引读者阅读。读完这 10 篇作品，我很惊讶：对我来说几乎每位作者的名字都是陌生的，可作品的完成度和成熟度却与作者陌生的名字并不相称，可见中国铁路系统文学创作人才大有人在，我不能不感到欣喜，也不由得对中国铁路文学令人刮目的创作成就和生机勃勃的发展前景表示由衷的祝福！

由衷感谢本书所有的报告文学作者，是你们以自身的真诚、努力、心血与才华，以文学的方式浓墨重彩地展现了 10

位"最美铁路人"最美的精神风貌和时代风采,你们的作品不仅给读者带来了文学特有的阅读体验,更为读者诠释了劳动与创造的意义、平凡与不平凡的辩证法以及什么样的人生才是真正有价值的人生。

作者系中国作家协会报告文学委员会副主任
中国报告文学学会副会长

目录

contents

丁巧仁

大秦北斗

——记中国铁路太原局集团有限公司大同电务段 湖东移动车间通信工丁巧仁

▶ 贾宝爱

向前，再向前，大秦铁道线上车轮滚滚。

大秦铁路是我国第一条重载铁路，宛如一条钢铁巨龙，一头连着煤田海港，一头系着万家灯火。它日均开行万吨大列 67.5 列，年运量达 4.5 亿吨，一列运煤专列多达 210 节车厢，长达 2.6 公里。

如此重载长列，之所以拉得多、跑得快、刹车稳，精准联动和通信导航很关键。

2024 年 12 月 25 日，山西广播电视台等 7 家新闻媒体联合进行了题为"大秦重载运输 12 小时"的现场直播。有这样一个镜头：在湖东移动车间工作间，一位通信工的手机响起，传来同事焦急的呼唤声："丁大师，咱们和谐电 10248 机车上 GSM-R 设备黑屏，该换的设备都换了，无法出库，您快过来看看。"

镜头里，只见一个瘦小的身影，迅速地爬上机车，站在操作台前，娴熟地使用仪表、绝缘检测"神器"，对通信主机、电缆等设备进行检查，果断判断出故障是主控电缆所致，要进行换缆处理。15分钟后，机车操作台显示屏提示音响起："机车号注册成功。"机车按时出库，驶入繁忙的大秦线。

这个被大伙称呼"丁大师"的职工，名叫丁巧仁，是太原局大同电务段湖东移动车间通信工。他坚守在抢运电煤的主战场大秦线，一晃就是31年。从模拟电台到数字通信，从2G到5G设备升级，他的技术水平随同时代的发展，快速提升。他检测、换装、检修通信设备数万台，以智慧、创新和胆识带领团队成员完成26项科研成果和21项技术革新，直接创效2300余万元。先后获得"全国技术能手"、"火车头奖章"、山西省"劳动模范"和"最美铁路人"等荣誉。

新年伊始，我们来到湖东移动通信车间采访，眼前的丁巧仁，给我留下干练、朴实和儒雅的印象。当时，他正在整备场机车上下载通信数据，我指着设备上"卫星定位"的标志问："这是不是北斗导航？"丁巧仁说："正是。从2023年6月起，大秦重载铁路开始引入北斗卫星定位技术，车载无线通信更精准、稳定，极大地提高了运输效益。"谈及荣誉，他淡然一笑："干了一辈子通信，我的使命就是和伙伴们维护好通信设备，为大秦万吨'铁龙'导航，让大秦乌金源源不断运往全国各地，点亮万家灯火。"

追寻北斗的光芒，从这个春天开始。

难忘故乡北斗星

山西应县，这片土地孕育了无数匠人，享誉世界的应县木塔就是匠人的杰作。

在这片沃土上，1972 年，一个名叫巧仁的孩子出生在应县一个叫作丁堡的小山村。父辈都是朴实无华的农民。

5 口人，3 亩地，没有其他经济来源，父亲做起了小生意。他从村里收购葵花籽、南瓜籽、豌豆、大豆等农产品，支起炉灶加工炒熟，然后装到一辆老式加重自行车上，翻山爬坡，一路骑行到朔州、应县或者周边集市上去卖，一走就是好几天，等卖完了，挣上一二十块钱，以微薄的收入来贴补家用。母亲，则带着 3 个孩子，养猪养羊，操持着家务和地里的农活，辛苦度日。

每当到了夜晚，父亲还未归来，巧仁就会担心地问娘："这么黑，爹不会迷路吧。"娘总是指着天上的北斗星安慰他："儿，那 7 颗像勺子一样的星星叫北斗星，它能带着你爹回家。"果然，一天爹在夜幕中跟着星光回家了，他开心地扑到爹怀里，风尘仆仆的爹抱起小巧仁转了两圈，还给他买回礼物，一个黑匣子——收音机。那一夜，成为他童年记忆中最温暖的一幕。此后，每当爹出门，丁巧仁就会坐在院子里的石凳上，听着收音机，仰望星空，心中充满对未来的憧憬：长大后，我能不能像北斗星一样，为人们指引方向，传送光和温暖。

巧仁目睹了家里的艰辛和不易，吃高粱面、窝窝头，穿着打补丁的衣服。尽管条件艰苦，但巧仁爱学习，每年都能拿回三好学生奖状。放学后和寒暑假，懂事又勤快的巧仁就会一边放羊，一边割草，一边读书。农忙时，他会和大人一起下地、收麦子……庄稼地的活，他都会干。山村偏远、闭塞。这个山里娃，外出求学之前，了解外面世界的唯一途径就是收音机。收音机会唱、会说、会讲故事，爹告诉他这是广播电台在播，这个匣子能通过无线电接收功能接收广播信号。无线，收听，好神奇的感觉。从这里，他听到了很多评书、音乐、相声、小品，也对"无线"这个事物充满好奇。

伴随着改革开放的浩荡洪流，1988 年年底，大秦铁路从解困国家能源危机中孕育而生。这看似与一位山里娃无关的消息，却与丁巧仁的一生紧密相连。1989 年，丁巧仁初中毕业，以全县第四名的成绩考上天津铁路工程学校的计算机通信专业，这对丁堡村人来说就像中了状元。

那时候，应县没有火车，出一趟远门得倒几个地方，巧仁不怕，有爹带着他。父子俩先从老家坐三轮车到应县，再从应县坐中巴到大同，在大同买上火车票，坐到北京，再从北京倒车到天津。4.5 元，巧仁记得清清楚楚，4.5 元是一张半价的学生火车票，就是这张火车票带着他走出大山，走进都市，看到外面的世界。

至今，巧仁仍记得当时火车哐当哐当的响声和悠长的汽笛声。虽然那是第一次坐火车，但是詹天佑和茅以升等名人的故事，他早已从收音机和课本中知道了。望着窗外迅速掠过的风景，巧仁对人生的憧憬也紧紧地跟着向前。

到达天津，那气势宏伟的现代化车站、洁净明亮的候车大厅，让巧仁对铁路、火车、车站充满向往。家乡，能有这样一座火车站，该多好啊！当时，他还对火车没有概念，更不会想到，他的一生都会伴随着无线通信和列车。

校园、操场、宿舍、食堂、图书馆、实验室……学校真大真好啊！

少年巧仁眼中闪烁着对未知世界的好奇与憧憬。

那时的他，对计算机通信专业充满浓厚兴趣，它和收音机有关吧？好奇、渴望，让他很快钻进专业知识的学习当中，通信电话、电缆、数据库……巧仁尽情地在知识海洋中遨游。遇到难题，他坚持不懈地钻研直到找出答案。学习期间，巧仁付出超出同龄人的努力和勤奋，成为老师和同学们眼中的好学生。期末，一份惊喜让他至今记忆犹新，第一学期他拿到50元奖学金。

20世纪80年代，和家人联系的纽带就是书信，巧仁拿到奖学金立即写信告诉家人："爹，这个月不用寄钱，我拿到奖学金了，咱家玉米收成咋样，家里都好吧……"回信是爹写来的："不要惦记家里，专心学习，学出个样子来……"

中专第二年，一个消息犹如晴天霹雳——大同地震了。巧仁立即给家人打电话。当时打个电话得人工接续，总台接到北京，再从北京转到大同，大同转到应县，应县再转到村大队，队里的大喇叭呼唤后，家里人才能接到。打一分钟，要1元多钱，话费太贵了，自打上了中专，他还没打过一次电话呢。这一次不一样，地震是要命的事情，家里人有没有事啊？电话拨了一遍又一遍，手指都转痛了，怎么也打不通……瞬间，巧仁意识到通信不畅通，带给人们多少无助，多少迷茫。幸亏一个老乡打通了，告诉他是阳高地震，应县没事，一颗吊着的心总算回到肚子里。10多天后，家信也寄过来了，一切都好，让他放心。巧仁心中暗想：通信，就是信息传递的工具，一定要学懂弄通，学出个样子，做让爹骄傲的儿子。

机会来了，学校组织去蓟县车站实习，丁巧仁第一个报了名，他想看看通信设备在铁路上怎么发挥作用。走进车站值班室，车站调度机、控制台、车站电台、行调电话、线路、按钮等设备让他眼花缭乱。车站值班员专心专注地用无线电台指挥着机车，耳中能清楚听到机车和值班员对话："韶山 3 型大秦上行 2541 次车到 6 道，韶山 4 型大秦下行 1178 次车一接近、二接近……三道停车……二道通过。"玻璃窗外，运煤列车缓缓有序开向前方，一辆接着一辆……巧仁意识到在这些线路上移动的机车是有生命的，这些生命的源头就是无线通信设备。不只这些，他还了解了铁路上行、下行，一道、二道是正线，三道、四道是侧线……

实习让丁巧仁慢慢形成了从理论到实践，从微观到宏观的逻辑思维能力，也让他越来越喜欢自己的专业了。铁路无线通信设备如同为人们引路的北斗星，它们不仅为列车传递信息，还承载着无数旅客的思念与期盼。回到学校，他把自己的实习经历写给爹看，在完成毕业设计时，他亲手做了一台收音机寄回家。

年轻学子怀揣一颗探索未知的心，在就业时义无反顾选择了大秦重载铁路通信岗位。

学技练功长本领

走出山村，丁巧仁向匠人的目标迈进。在这个过程中，他感受到一股强大的力量，而这股力量来自大秦重载铁路。

1988 年，跨越 189 条河流，穿越 39 座山峰，架起 313 座桥梁，打通

45 座隧道的大秦铁路一期工程建成通车。1992 年，大秦铁路二期开通，首列 5000 吨重载列车从湖东站出发，驶向秦皇岛码头。

1993 年，中专毕业后，丁巧仁被分配到大秦线上的阳原站。阳原县，位于河北省西北部，毗邻山西，靠近内蒙古，地处首都北京、"煤都"大同和张家口之间。秋天的阳原一片丰收景象，车站旁边的大路上白杨挺立、柳丝飘扬，广袤的田野像被大自然打翻的颜料罐，大片大片的金黄，农民们忙碌地收割庄稼，一辆辆载满粮食的拖拉机从身旁驶过……丁巧仁带着行李，迈着轻盈的脚步走进站区。这一年，大秦铁路二期工程正式投入运营，他成为大秦铁路第一代通信工。

◎ 丁巧仁使用自制软件升级工具更新 CIR 设备 CPU 板卡软件（管伟宏 摄）

那时候，机车司机接收信息还是靠电台传输，主控机车收到操作指令，通过电台传给从控机车，一路拉着煤慢慢地跑，这个设备被称为无线电台。无线电台就像重载列车的耳朵和嘴巴一样，让重载列车能"言"善"听"，及时收到调度指令平稳前行。丁巧仁的工作就是负责测试、维护、检修好通信设备。

第一次进入通信机房，各种设备跟之前在蓟县站看到的不一样，这里是专门的通信机房，所有通信设备像列兵一样有序排列。按钮，高低不平，错落有致。线路，红黄蓝绿，有粗有细，像一根根血管牵动着通信设备发出嘀嘀嗒嗒的声音，还有一排排紧跟节奏闪烁的指示灯……年轻人的心也开始怦怦直跳。没错，以后就要和这些设备朝夕相处了，它们是为大秦重载列车传递信息的法宝。于是，车站电台、无人台、漏缆、中继器走进丁巧仁的生活。看着师傅们熟练地操作、检测、拆解设备……丁巧仁在旁边手忙脚乱，不是递错工具就是认错元件。本来话少的他更不吭声了，师傅一个眼神就能让他脸红心跳半天。

"要学出个样子来。"爹的叮嘱再次响起。

白天，他跟着师傅们检修巡视，挨个熟悉管内200多公里的通信设备，了解它们所在场所、基站和各自"脾气个性"。晚上，他找来一些废旧电台和隧道中继器，当成试验品反复模拟练习。为了练习信号收发，摸清电路走向，4平方米的无线屏蔽室成为丁巧仁的练功专场。

一天下班后，师父以为屏蔽室没人随手锁了门。到晚上睡觉时，发现丁巧仁还没回宿舍，最后找到屏蔽室，看见他还在埋头拆列调设备，生气地说："哎呀！把你锁里面咋不敲门呢？""待在这里最踏实了！"丁巧仁跟没事人一样笑着说。巧仁的努力，师父都看在眼里，逐渐让他上车测试电台或者处理一些小故障。

登上机车，从 A 端走到 B 端，窄窄的车厢挤满设备。丁巧仁一会儿钻地沟，一会儿又爬到车顶上安装调试天线，瘦小的身体就像猴子一样灵巧，机车上有多少接头、按键、灯位，他都熟记于心。每一台设备、每一条电缆、每一个按钮，甚至每一枚小小的螺丝钉，他都小心翼翼地测着、装着、维护着，唯恐接错了，混淆了。

一次操作，他还是出错了……一个黄色按键就像 119 警报，响个不停。丁巧仁一下子慌了神，怎么办？感觉自己闯了大祸。听到响声，师父跑过来，迅速摁下另外几个按钮，警报解除。

"好险，你知道这个设备值多少钱吗？钱不重要，重要的是它坏了，会和大秦线上的机车失去联络。我们大秦铁路能开通，车能跑起来太不容易了。"随后，师父给他讲起打通白家湾隧道时发生的爆破、塌方、死人的故事……大秦铁路的开通是多少人用青春和生命换来的。丁巧仁认真听着，眼含热泪，原来，大秦铁路还有这么多故事！他咬着嘴唇暗暗对自己说："一定要像师父一样，学好通信技能，守好大秦铁路。"

自那以后，不论是否当班，每每看到师父处理故障，丁巧仁总是守在师父跟前，问着，记着，思考着。一本本手账越来越厚，他对设备也越来越熟，遇到一些调功率、调门限、接收音量、焊接、做同轴电缆等零小故障，他都可以脱离师父独自处理了。

冬去春来，实习期满，丁巧仁被分配到原湖东通信段湖东无线检修所，工作的班组处在远近闻名的大秦线湖东站。塞北的春天，微风习习，

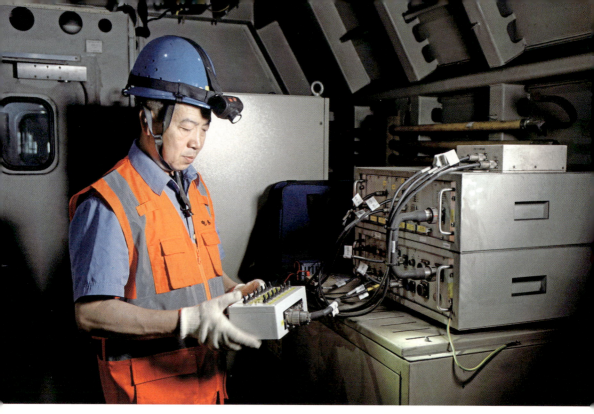

◈ 丁巧仁使用自制的电缆测试工具测试综合无线通信设备（CIR）电缆情况（管伟宏 摄）

湖水涟涟，有一抹绿色引人注目，那就是文瀛湖。在大同东南城郊，有一座闻名遐迩的车站，因其位于文瀛湖东，由此得名湖东站。无数重载列车在这里装满煤炭，出塞北，向东流，为大半个中国送去温暖。

经过实习期历练，韶山 1 型、韶山 2 型、韶山 3 型、和谐 1 型等各种类型机车，都成了丁巧仁的"铁龙"兄弟。兄弟们身体各个部位通信设备性能、作用、信息传递流程他都了然于胸。

这一年，湖东站新更换了一批无人电台。机车司机反映与车站值班员通话不到 1 分钟就会掉线，班组职工把相关设备更换后还是掉线。"该换的都换了，还是不行！""咱处理不了，交给段上吧！"实在找不出掉线问题所在，工友们有了放弃的念头。"我来试试。"不爱吭声的丁巧仁说话了。他小心翼翼拿过电台，一句句进行模拟通话。仔细听着，也用仪表顺着电路一步步排查。3分钟过去了，10分钟过去了……额头冒出汗，他顾不上擦，继续听，继续顺着元件排查。那一刻，仿佛周围没有一个人，只剩下他自己。信号太微弱了，不仔细分辨，根本分不清强弱快慢。突然，丁巧仁测试的笔头在一个元器件旁停住了。反复听，他发现这个元器件两端信号相差很大，会不会就是这个元件的问题呢？又反复测了几遍，"没错，就是它！"原来是这个元件设计参数太低了。立即更换！很快，值班员反馈不掉线了。几天后，设备厂家总工程师见到巧仁，竖起大拇指说："小伙儿，不简单！"怀着对专业的更高探求和渴望，被夸的小伙儿越发生龙活虎了。

大秦铁路横跨晋冀京津两省两市，60%左右的线路地处山区，桥梁隧道多，弯道坡道多，管内最长的白家湾隧道就有5000多米。那时，每十几公里就有一处通信设备，丁巧仁和工友出去巡视一趟就得十几个小时。徒步30多公里，一路上弯腰、起身、记录上千次，长期室外作业，冬日严寒、夏日酷热对他们来说已经是家常便饭。

为了详细掌握沿途通信设备，丁巧仁一边巡视一边记录村庄、弯道、坡洼、桥梁、隧道等特殊地段信息。只要设备出现故障，他便能迅速画出一张"数据地图"，帮助工友通过地图标识来查找故障原因。此后，湖东站的司机、调度、车间的职工均认识了一位姓丁的"巧人"。

2003年8月31日，傍晚时分，金色的霞光洒满湖东站。一列由2台新型DJ1型电力机车牵引，总长近1.5公里，编号71009次万吨重载列车从湖东站驶出，于第二天凌晨到达秦皇岛柳村南站，这标志着大秦铁路万吨重载列车试验成功。

好消息就像璀璨的光芒闯入丁巧仁心田。那是希望，是震撼，为那辆车精准传递信息、指引方向的通信设备是他们检测、安装、维护保养的……万吨重载列车试验成功离不开他和同事们辛勤的汗水！

这一年，举办第三届全国铁道行业职业技能竞赛的消息传来。这时的丁巧仁对通信设备拆解、测试、寻障、维修已经轻车熟路。他积极报名参加，想试试自己有几斤几两。想要赢，既考能力也考技能。为了备战，他拿出刚入路时的劲头，第一次走进全路的赛场。

高手过招，比的是心态、经验，更是比拼细节。按照比赛规则，选手们定位到故障模块即可。喜欢琢磨、探本求源的习惯让他未就此止步，丁巧仁仔细拆卸故障显示器单元，对内部的线路、焊点进行了细致入微的检查，直至找出两处故障确切位置，成绩超出标准的答案，令现场的裁判老师连连称赞。正是这种追求卓越的精神，使丁巧仁荣获此次技能竞赛铁路通信工（无线终端维护）竞赛冠军，成为全国技术能手。

站在领奖台上，丁巧仁想到了湖东二场的重载机车。虽然自己是一名小小通信工，但能以一技之长为大秦重载运输安全保驾护航，多么自豪！

煤海浩瀚，丁巧仁遥望北斗坚定着自己心中的方向。

迎接新技术挑战

每一次挑战，都是成长的催化剂。丁巧仁不仅在精神上不断超越自我，也在技术上精益求精。

大秦铁路的煤运增幅一年高于一年。2002 年，年运量 1 亿吨；2004 年，年运量 1.5 亿吨。丁巧仁时刻关注着煤运量，也一天天为带着列车奔跑的通信设备牵肠挂肚。煤炭要运到需要的地方，列车就要不停地跑，想要跑得稳、跑得快，通信必须畅通。然而，连年不断增加的煤炭运量让大秦铁路承受着巨大的压力，站场、接触网、车辆、钢轨……首当其冲的是铁路通信设备。

2005 年，大秦铁路 2 亿吨扩能改造工程全线完成。2006 年 3 月，2 万吨重载组合列车常态化开行，铁路无线通信模式升级为 GSM-R 数字网络。从此，靠打电话接收调度命令的人工模式一去不复返，车站调度员开始通过数字网络给机车司机发送命令。这次重要升级在全路是第一家，也让丁巧仁从无线通信工转为车载通信工，他面临着一系列新的挑战。

那时候，GSM-R 数字网络对通信人来说是陌生的、神秘的，很多新设备和工装第一次接手，没有任何经验可供借鉴。伴随而来的是我国经济增长后电力供应的紧张，全国 9 个省市用电告急，一些企业开始拉闸限电，电厂发出煤炭不足的告急之声。彼时，丁巧仁面临着设备升级后"突击运煤大会战"的考验。一日干通信，一生守大秦，要为"铁龙"保驾护航，绝不甘于平庸，丁巧仁没有忘记自己的使命。每天，1 万吨、1.5 万吨、2 万吨重载大列就像一面面旗帜召唤着他，这位平凡的通信人一头扎进新设备的研究中，每天乐此不疲。

数字网络上线，急需一位好的带头人。"丁师傅，愿不愿意给咱干工长？"车间负责人问他。"干工人是一天，干工长也是一天，干！"丁巧仁爽快地答应了。很快，他们接到了第一个任务，负责给湖东电力机务段的机车换装SIM通信卡。所谓通信卡，就像机车专用手机卡，一列车装两张卡，一张数据卡，一张音频卡。当时，湖东电力机务段有450台机车，需要装900张卡，而且必须在3天内完成。这些重载机车大多还在沿线运行，只能回来一辆装一辆。必须在最短的时间把卡装上去，让列车多拉快跑。丁巧仁想着装卡没有什么技术含量，比处理故障简单多了，于是他将工区9个人分成测试核对、调度分配、装车试验3个组流水作业，装车试验的6个人又分成2人一组，这样，职工跟着机车入库有序作业，一气呵成。

刚刚担任工长的丁巧仁想简单了。事实上，由于职工第一次干这样的工作，加上时间紧迫，小小的卡片是插进去了，司机测试却没反应，

◆ 丁巧仁检修机车同步操控系统通信设备（OCU）工作状态（管伟宏　摄）

原来是装反了，不到一小时就有 3 辆车返工。对讲机里，到处是呼叫巧仁的声音，一位司机埋怨："巧仁，就不能想个装不错的法子，这么来回跑太影响我们出乘了。"是啊！司机说得对，装卡得有方式方法：在卡面上写上 S 和 Y 标识，有字的朝上不就行了。说干就干，电话不响了，装卡速度也越来越快。谁料速度快，机车回来的也多了，一辆接着一辆，工友们就像陀螺一样不停地上车、装卡、测试，如此操作循环重复。3 天期限，450 辆车，900 张 SIM 卡全部装完。丁巧仁的一双新鞋，底都快磨透了，有工友打趣问他："这两天挣的钱够买一双新鞋吗？""贵的买不起，便宜的，足够……""哈哈哈……"大家的笑声和重载机车出库的隆隆声混在一起，奏响大秦无线通信发展的美好乐章。

在年运量实现 1.5 亿吨之后，国家需要大秦铁路运量再上一个台阶，目标是 2005 年实现 2 亿吨。为了 2 亿目标，大秦铁路人拿出愚公移山的勇气和决心，放眼湖东，编组场、装车点、卸车点……所有职工都憋足了劲儿加油干，全力保障国家经济发展中煤炭的运输供应。

整天同机车打交道，丁巧仁同司机师傅们也熟了，他们在机车内相遇，谈设备升级、谈网络、谈信息，但谈得最多的还是运量。有人测算过，如果把煤炭以 1 米见方向前堆砌，那么 2 亿吨煤炭可绕赤道 4 圈半。那简直是神话，而扎根在太行山和燕山脚下的大秦铁路人，要书写大秦神话。

升级后的 GSM-R 数字网络，实现了铁路无线通信设备对操控命令的精准传输，也实现了机车与车站、调度之间车机联控。"新设备怎么维护？发生故障怎么处理？"丁巧仁开始琢磨现实难题。

2009 年 11 月，一辆辆被白雪覆盖的机车缓缓驶入湖东二场检修库内，接到检测线缆任务的丁巧仁和工友们冒着严寒，带着工具、仪表登上机车，这对他们来说是一场艰苦的战斗，此刻，室外温度零下 20 摄氏度，机车上更冷，达到零下 30 多摄氏度。

机车上的线缆，就像人体的神经系统遍布全车，这些"神经"承载着为列车提供精准导航的使命，通过线缆的传送，机车才能准确收到信号指令。测试时需要将测试线穿过比针眼还小的孔洞，两人配合上千次插拔调试，需要近 4 个小时才能完工。一位工友向巧仁诉苦："老丁，手都冻僵了，这么测太费劲儿，能不能想个法子啊！"丁巧仁紧紧握着工友的手，一边揉一边安慰他："来，暖暖，别急，别急啊！我想想！"他知道，任何一根线缆接触不良都会造成信号传递不畅。回到车间，他将废弃插座的引线拆出来并编上号，改用夹子夹线开始试着测试操作，却发现细缆需要记顺序，不然容易混淆。再接着，他将插座固定在小盒子内，线缆则焊接在接线柱上，按顺序编号的方法进行测试。他将这个办法告诉工友。

不多久却被退了回来，工友反馈端口太多了，测试时还得对编号，线缆拽过来拽过去容易出错，这个办法不好使……眼看着抢运电煤的机车一列接着一列，机车上的通信设备闪烁着仿佛在催促他们快快检测。一时间，丁巧仁感觉自己陷入了困境，他眉头紧皱，两只手不停地在盒子上接着、焊着……将近傍晚，屋子里暗了下来，他习惯性地去开灯，在按到开关的瞬间灵光一现："开和关，按键方向相反，这不就是个好方法吗？"想到便马上实施，他画好草图，找来开关，拿起焊接工具，将插座的每根线都焊接在开关上，这样，一个升级版测试工装便做成了。

升级版测试工具推出后，工友们对这款工具爱不释手，在测试电缆时就拨动开关，不测时关闭开关，省时省力。单人即可轻松且精确地完成操作，不到 1 小时就能完成任务，节省近 75% 工时。经过测试后的通信线缆可以正常为车站调度和司机传输信息，天气再冷也不怕，路途遥远也不怕。那段时间，大秦铁路每天的运煤量保持在 100 万吨以上，24小时不停歇，每秒运煤量达到 11.6 吨。这个数字不仅是煤炭的运量，也是传递给每位通信人的力量。

经过一次次历练后，丁巧仁对 GSM-R 数字网络越来越熟，无线列调系统的控制原理也被他吃透了。处置故障越多，经验也越来越丰富。他将这些故障进行总结，提炼出指示灯观察法、信号流程分析法、配置数据法等 5 种应急处置法，编写成手账本发给工友，遇到故障，大家翻开看看，疑难杂症都迎刃而解了。

之后，丁巧仁协助设备厂家进行了数次软件修改和升级，经他检测的无线通信设备，未发生过一次故障，丁巧仁也成为大秦线上人人皆知的 GSM-R 无线数字通信"排障能手"。

设备升级改造后，经他手检修的设备超过 8300 台（次），处理故障超 2600 件（次），确保了万吨牵引机车的通信安全。成绩背后是丁巧仁无数次深夜加班、无数次现场抢修、无数次的技术创新和突破。2005 年12 月底，大秦铁路年运量达到 2 亿吨，超出世界其他国家同类铁路运量5000 多吨，被国外同行誉为神话。

在创造这一神话时，丁巧仁带着工友和机务、工务、车站的职工一起平行作业，日夜奋战，保证了 2 万吨重载列车 24 小时不间断开行。或许，通信人发出的力量只是一点点微光，但是，没有这一缕微光，又怎么能形成强大的大秦之光。

丁巧仁，把自己活成了一道光，那就是，北斗的光。

风雪中的博弈

2011 年冬天，一场罕见的暴风雪冰冻灾害，袭击了我国南方大部分地区，遭受灾害的 19 个省区市拉闸限电。煤电油运供应紧张，中国电力供应紧张达到前所未有的峰值，大秦铁路抢运电煤进入白热化。

为全力保障全国各地发电用煤需求，太原铁路局电煤保供运输迅速启动，各个站段坚决打好电煤保供攻坚战的战役打响。越是恶劣天气，对机车通信设备的影响越大，大同电务段紧急通知各通信车间，加强对通信设备的检测、安装、维护，全力以赴保障机车按时出库，通信设备正常导航。大秦电务人和设备一起承受着前所未有的考验。

周末的一天，接到任务的丁巧仁和 3 名同事火速奔赴大秦线的茶坞、柳村、京唐港等车站。在京唐港，有 36 台内燃调车机需要加装车载无线通信设备，如果晚加装，就会影响大秦线所有列车调车及卸载任务。

当时正值严冬，人进入机车内，像进了冰窖中，浑身热气瞬间被吸光。再冷，也得忍着，装完车内设备，还有车顶 4 根天线的安装作业呢！这些天线，是列车接收信息的重要通道，歪斜分毫或者安装不牢，列车就有可能收不到调度指令。

◆丁巧仁查看无线通信设备线缆连接情况（管伟宏　摄）

　　海边的风雪与陆地不同，除了风力猛烈，最头疼的是雪夹着盐粒打在脸上，生疼生疼，机车顶又高又滑，工友们爬上车顶，不到5分钟就觉得脸要开裂，耳朵要冻掉了。太冷，实在受不了了！丁巧仁灵机一动，跳下车顶，把包装设备的塑料袋拿上来，让工友们套在头上，在眼睛部位挖出两个小孔，然后再把安全帽戴上，一下子暖和多了。安装到第三根天线时，风刮得更猛了，人站在机车顶上直颤抖，丁巧仁一招手，工友们心领神会，马上围成一个圈，用身体挡住刺骨的寒风，配合他把天线安装稳固。收工时，每个人的衣脚上都有硬邦邦的盐粒结晶，但是，天线角度的误差没超过1厘米，这个精准度足够让列车在风雪中准确接收到信号。那一次，他们创造了装车新纪录，由一天装车2—3台刷新到7台，36台内燃调车机的装车任务比预定时间提前3天完成，创造了连厂家技术人员都不敢相信的装车纪录。他们佩服地说道："全国各地走过那么多地方，你们这样的装车速度还是头一回碰到。"

再过几天，就是春节，有多少个除夕没有回过家了，丁巧仁没有算过，回去和家人团圆，吃口年夜饭，拍张全家福……多么好啊！但是，不回家的不止他一个人，为了抢运电煤，工友没有人说苦喊累，在国与家之间，他们毫不犹豫选择了坚守。

2012年2月上旬，受强冷空气影响，山西境内遭遇持续性风雪侵袭，此次风雪叠加低温冰冻，导致大秦铁路运煤通道出现接触网结冰、通信信号减弱等问题，为了保障大秦煤运通信畅通，丁巧仁和工友在对沿线隧道电缆徒步巡检中，发现白家湾隧道2号东部洞口处，受大风雪干扰，大桥桥面下信号大幅衰减、变弱，前方长达8公里的隧道群变成了信号盲区。

眼看着机车通过的时间越来越近。"绝对不能因为故障影响运煤车通过。"风雪中，丁巧仁沉着指挥工友各就各位，把着仪器分段对通信电缆进行反复测试，5米，10米，50米……仪表，一步步移动着，终于，找到隐藏在桥面下的一处电缆信号微弱，接触不良，这处电缆就快断开了。通常这种故障要由专业队伍来处理，但遇上这样的天气，专业队伍赶来需要二十几个小时。不等了，咱自己处理。电缆需要焊接。随行的人中，只有丁巧仁会。

"我来！"说着，丁巧仁走到桥台，从50多米高的桥上往下看，风雪中的山谷似乎在晃动，他深吸一口气，镇定心神，绑紧安全带，当起了"空中飞人"，工友们则紧紧拉住安全绳。"别看下面，看焊点。"他举起双手开始认真焊接，焊接完再进行测试检查，提心吊胆中完成一系列的操作。半小时后，"信号正常了！"地面传来工友们兴奋的吆喝声。尽管腿脚冰冷、双臂酸麻，看着桥下一列列钢铁巨龙在无线信号的精准导航下平稳飞驰，丁巧仁的心也跟着飞起来了。

此刻，大秦线上的工务、供电、车辆等单位职工都在凛冽的风雪中与时间赛跑，全力保障重载列车安全运送电煤。人民日报、中央人民广播电台等媒体记者纷纷来到大秦线采访，对铁路职工在严寒中抢运电煤的事迹进行报道。他们听说了丁巧仁的故事，找着采访他，他却登上机车，跟着司机跨长桥、穿隧道、飞险峰……用铁路工作用语叫作"添乘"。

丁巧仁添乘的列车快到沙城东站时，发现列车联控通话发出嚓嚓嚓声，时断时续，这是信号变弱的表现，如果继续下去就会影响行车。车外飞沙走石，刮着7级大风，丁巧仁开始担心：会不会是信号塔顶的定向天线被风吹歪了？他当机立断在沙城东站下车，联系当地工友，请求紧急处理。十几分钟后，工友们到了，望着20米高的天线塔，谁也不出声，这种天气爬上去，身体会跟着塔身来回晃动。丁巧仁毫不犹豫穿好防护服，系好安全带，顶着大风一步一步艰难地往塔顶爬，爬几步，就停下来缓口气……

越高，铁塔晃得越厉害，他看着远去的机车，绝对不能让信号中断，没有信号会影响联控，机车将无法预知前方情况。他快速爬到塔顶，静下心来查看原因。果然，天线歪了。基座上有一颗小螺丝松动了。

塔顶，丁巧仁佝偻着身体背对大风，眯着眼睛，一手使劲抓住护栏，一手使劲转动天线，一点点地精调；塔下，工友们开车拉着接收台来回跑。丁巧仁屏住呼吸，慢慢转动着天线，他清楚，天线指向每变化1度，最佳接收点就要偏离70多米。1个小时后，经过工友们的默契配合，终于找准天线最佳指向，拧紧螺丝后机车通信完全畅通。

一个人对自己职业的热爱，不仅要有技术，还要有智慧、爱心和无私的奉献、坚守，不嫌烦、不虚妄、不放弃……丁巧仁做到了，这是一种无私无畏的情怀，更是为大秦机车提供精准导航的担当。

运用好大数据

当今世界，大数据已经深度融入每一个行业，铁路通信大数据的运用，势在必行。

那么，什么是通信大数据？具体到大秦铁路的大数据包括哪些内容？丁巧仁介绍道："大数据与设备检测不同，数据分析涉及海量的站点、里程、运行指令、机车信号、通话语音等，通过专业软件运用大数据资源，优化通信设备性能，不断在数据分析中找出列车运行指令的传输和接收是否准确无误，来提高导航精准率，为重载列车的安全运行提供坚实的通信导航保障。"

2013年5月，在大秦煤炭迎峰度夏的关键时期，湖东移动车间值班室老李接到G网中心电话："和谐电10004机车B端在韩家岭站接收不到进路信息，导致车开不了。"

丁巧仁马上赶到现场，发现列车在阳原站一直未收到进路预告信息，车次号、机车号均注册正常，但"状态查询"无本机 IP 地址，也试着对 CIR 主机开关机进行了重启，还是不行。

他打开笔记本电脑决定追寻大数据，对列车运行记录进行全程分析。大数据资料显示 13 时 33 分至 13 时 35 分，机车数据场强正常，而未获取本机 IP；而在 13 时 35 分数据单元进行了自动复位，复位后数据场强为 0。从 13 时 35 分开始一直到 14 时 36 分，数据场强始终为 0。在此期间，CIR 主机也在努力修复，对数据单元进行了多次的复位，始终无效。

丁巧仁判断这是因为 CIR 运行过程中无法获取 IP，没有数据接收电平，造成主机多次对数据单元复位均无效，由于数据单元故障，导致 CIR

◆ 丁巧仁测试机车移动电话质量，与调度进行联控（管伟宏　摄）

无法正常使用。他立即对数据单元进行更换，再试，数据接收场强正常，IP 地址获取正常。从故障出现到解决，仅仅用了 30 分钟，和谐电 10004 机车司机拍着丁巧仁的肩膀说："兄弟，太棒了！我尽量把耽误的时间赶回来。"

同年 8 月，一位重载列车司机报告机车在启动时，风压始终为零，充不起风，可是每次操作都没问题。丁巧仁启动了大数据分析程序，根据数据对比分析，这列车的列尾装置识别程序出了差错，将相邻保留车列尾错误认成本列的，好比孩子找错了妈妈。不是自己的位置，怎么能刹住车呢？丁巧仁立即与厂家联系，经过检测比对，原来是上列车停车后保留在列尾的 IP 地址没有被清除，被下一列车识别了。同时，他积极与厂家联系，对软件进行升级。IP 地址进行动态注册后，列车再进行启动或停车时，旧的 IP 地址就会被自动清除，再也不会造成其他车次误识别了。丁巧仁不由感慨道，一些传统的驾驶方法，从表面上看是非常合理的，但在大数据面前，就会暴露出不少问题。

故障解除了，丁巧仁却在思考一个问题：一趟车回来的通信数据有20 多个项点、几十万条数据，机车能否在特定的时间出发或者到达，在运行过程中是否有通信不畅隐患，往往还是取决于对数据的分析掌握是否精准。由此，每趟机车回来，丁巧仁都要和同事登上机车，使用专业软件将运行全程的 GSM-R 设备通信数据拷回来，然后在班组电脑上对这些数据进行梳理。

一个周末的晚上，丁巧仁坐在电脑前分析一台韶山 4 型机车在线路上的运行状况。打开系统，千万条数据在屏幕上滚动，仿佛一个个调皮捣蛋的小精灵。然而，丁巧仁鼠标点到哪里，哪里的数据就变得规规矩矩，他将数据按照轻重缓急模式进行分类，把那些容易发生故障的风险点作为重点筛查内容……此刻，丁巧仁仿若穿越到数据的时空，开始和那些变幻莫测的精灵斗智斗勇。丁巧仁随机抽取三五十个样本，每个样本几百列数据，只要发现其中有异常数据，异常数据连续发生的通信设备就有可能存在隐患，必须进行检查测试。如果出现数据中断，数据明显超限，GSM-R设备里面的数据连续保持一致，等等，就表示相关模块或者设备出现故障了。虽然看不见，但是丁巧仁每次都能从这些数据中找出风险点，让设备"化险为夷"，也因此，被工友们称作"数据江河"中的"钓鱼翁"。丁巧仁介绍道，有些故障尽管是硬件错误，但根子仍然在数据上，通过大数据比对判断，就可以快速找到故障原因。

2014年5月的一天，丁巧仁接到车间值班室通知，湖东二场和谐电20146机车CIR设备出现故障。原来当班司机手动签收信息后并没有得到及时回应，而是每隔15秒CIR就反复提示：调度命令请签收，调度命令请签收……司机无奈一次次按下"确认／签收"键，仍无反应。丁巧仁登上机车时，语音还在反复提示……这种故障很不常见，他打开笔记本电脑与CIR设备连接，一长串的数字代码出现在屏幕上，他细心查看有无语音数据信号，结果是有，排除天馈线和语音天线故障后，通过对数据信号、接收指令等进行排列，他终于找出错误代码，果然，故障根源在机车CIR软件主控单元的语音模块，代码显示该模块在接收到签收指令后，并未停止提示操作。于是，丁巧仁对语音模块数据进行修改，调整签收指令流程。一番操作后，CIR设备终于恢复正常。

随着货运量的快速递增，湖东电力机务段的重载机车出入库量由90台增加到110台，丁巧仁所在车间的工作量也相应增加。为适应机车出库频次，丁巧仁和工友们齐心协力，对518台车载无线通信设备逐一"会诊"，每天平均检查数百台设备、分析上百万条数据，处置重点故障达40多件（次）。

　　在外人看来，周而复始地分析数据、测试设备是枯燥乏味的，丁巧仁却认为，长长的大秦线上，每天都在产生大量的通信大数据，分析和判断这些数据，精准为机车运行导航就是为大秦重载铁路保驾护航。

　　2014年4月，大秦铁路3万吨重载列车试验取得成功。

　　同年，大秦铁路煤运量达到4.5亿吨。负荷越来越重，列车跑得越来越密，在运量大幅增长的背后，离不开大数据的广泛运用，离不开丁巧仁和团队的刻苦钻研。

巧仁工作室的魅力

　　大秦线上的湖东站区，一栋小二楼安静地坐落在湖东电力机务段院内。门前是并列向前的4条钢轨，头顶布满了一条条网线，它们如同琴弦一般，奏响着大秦万吨巨龙的运输乐章。这里是大同电务段湖东移动车间，是丁巧仁坚守大秦的主战场。

　　进了大门，二楼右侧第一个房间门前，挂着金色和银色两块牌匾。金色，是由原中国铁路总公司命名的"丁巧仁铁路通信工铁路技能大师工作室"；银色，是由山西省人力资源和社会保障厅命名的"丁巧仁技能大师工作室"。它们不仅是荣誉的象征，更是丁巧仁多年匠心倾注的见证。

工作室中间摆台上，金灿灿的奖杯、奖牌排成两列，四周陈列着一些通信老物件和各种创新设备……几个年轻人把丁巧仁围在中间。

"一列重载列车上装备有6种不同类型的无线通信设备，它们承担着三大关键功能……这些功能为列车构建起全方位无死角的导航网络。"他正全神贯注地给刚入路的大学生讲解无线通信专业知识。一边讲，一边拿着仪表进行操作，眼神专注而深邃，手中的工具和线路仿佛被赋予了生命，随着他的动作连接并灵活舞动着。看到有人走进工作室，他礼貌地点了点头，丝毫没有因为我们的到来而影响操作和讲解。那份从容不迫，专注如一，让人肃然起敬。讲课结束后，他简单谈起工作室的创建和发展。

2014年4月，一个值得纪念的时刻，山西省正式命名的"丁巧仁技能大师工作室"挂牌成立。这不仅是对丁巧仁个人技能和贡献的认可，更是对他数年如一日辛勤工作的肯定。

功以才成，业由才广。丁巧仁常说，要为大秦铁路培养出更多德才兼备的通信技术人才。没有经验没有思路就去大胆探索，没有成熟的模式移植就主动创新。丁巧仁将解决移动通信疑难杂症、开展科技攻关创新、帮带青年成长成才作为工作室的三大功能。

当我们聊到帮带青年成才话题的时候，一个浓眉大眼的小伙子走过来，主动介绍自己是车间技术员小王，他拿起电路板讲起了一个科技攻关的故事。一天中午，到了下班的时间，小王还在电脑前忙碌着，丁巧仁叫他："走,吃饭去……""丁师傅,这个车的列尾控制盒时钟一直对不上,我不吃了。""不吃饭怎么能行,走,回来我们一起弄。"小王立即眉开眼笑,有大师帮他就不发愁了。

原来,湖东电力机务段的400台和谐型电力机车尾部安装着800个列尾控制盒,由于使用时间达5—7年,有的控制盒时钟无法保持,甚至直接恢复至出厂时间,严重影响列尾控制盒沿途记录。怎么能找出一个方法,让列尾控制盒正常使用呢?他们对着电路板分析研究,认真比对后发现是因为时钟电池亏电,电池没电了,整个列尾控制盒便不再记录,无法使用。新的问题又冒出来,列尾控制时钟电池是激光一体打印式的,与主板一体,更换时需要把整个激光电池全焊下来,焊上两次后电路板就会报废。

再难,也要把这块"硬骨头"啃下来,丁巧仁叫来团队的其他成员,对电路板进行批量改造,将一体式电池改成分离式电池,并研制了列尾控制盒时钟电池安装支架,这样可以定期对控制时钟电池进行随意更换,每两年只需更换电池就行。这个小发明,不但实现了列车在复杂线路上运行时列车尾部记录分秒不差导航精准,还将设备寿命提高了1倍,大大降低了购买成本,厂家听说"时钟校核电路板"的改造后,一个劲儿赞叹:"铁路通信工,真是了不起啊!"后来,该技术改进获得了太原局集团公司合理化建议和技术改进成果三等奖。

还有一次,机务司机反映双模列尾设备显示屏在夜间亮度太高,给行车瞭望带来干扰。司机将设备亮度调整到最低值"0"时,有时会出现黑屏现象。丁巧仁与团队成员逐段检查线路,追踪电压输入情况,并积极同设备厂家进行沟通，多次试验后，最终通过软件升级，调高控制盒升压电路最低输入电压，增大升压电路最低输出电压的办法来增大双模列尾控制盒背光条电路的电压，终于将控制盒黑屏的问题解决。

"大秦网络通信传输就像一个庞大的试验场，每经历一次设备升级，工作室几乎都能发明创新成果，这些成果是为重载机车提供实时、准确、全面运行信息的宝贵技术。"湖东移动车间党支部书记李智勇由衷地说道。

2014年，工作室针对和谐型机车新旧车载无线通信设备不能互联互通的问题，组织对主控单元、操纵显示单元进行技术改造。经过反复试验，他们成功对180台和谐型机车的车载无线通信设备进行升级改造，不但提高了导航的精准程度，而且直接节约维护成本119万元。

◆丁巧仁测试机车对讲设备质量（管伟宏 摄）

2015年，丁巧仁被国铁集团抽调到武汉高铁训练段担任驻段培训师。在这里，他的检测作业、隐患排查、故障判断等经验得以在全路快速推广。虽然身在武汉，但他时刻关注着大秦重载煤运，关注着通信系统的升级改造，关注着工作室的攻关课题，利用闲暇时间指导团队共同攻克难关。

2016年，车载无线通信设备一个重要单元故障频发，丁巧仁反复与工作室成员排查比对，发现是单元性能质量下降。这一发现得到设备厂家的认可，马上更换不良设备，设备故障率下降了70%，保障了设备的安全运行。

丁巧仁工作室不仅解决技术难题，而且潜心培养青年技术骨干，他主导筹建了太原局集团公司首个铁路无线通信设备维护实训基地，创新推出传帮带"小课堂"。

心中有责任、眼中有问题、手中有方法，是丁巧仁的工作态度。他将自己处理过的2600件（次）故障提炼出来，编写出《典型故障50例》，同时，参与原铁路总公司组织的《铁路通信维护规则》等5部书籍的编写审定工作。

在他的传帮带下，"理论专家"张俊卫、"检修达人"姚建光等一批技术能手纷纷涌现，职工李焕春对G网数据存在的微小变化都能精准感知并定位。大师工作室培养的技术骨干先后有5人在太原局集团公司技术比武中获得前三名，4名职工获得"全路技术能手""三晋技术能手"等称号。

12年来，丁巧仁与团队成员一起，不断优化作业流程，降低作业难度，发明创造各类实用新型工具4件，发现设计不足并协助厂家优化6

次；积极进行技术攻关，先后解决了 20 项难题，实施规模化技术改造 3
次，创效 2300 余万元。

成就背后是丁巧仁和团队无数个日夜的辛勤工作和不懈追求。在他
们的努力下，铁路无线通信维修技术不断迈向更高水平，越来越多的青
年技术人才在丁巧仁的带领下，投身到为大秦重载列车通信设备护航的
火热实践中。

我为"铁龙"导航

这么多年来，丁巧仁一直把为"铁龙"精准导航作为奋斗目标，中
国的北斗导航是他心中的期盼。

2020 年 7 月 31 日，北斗三号全球卫星导航系统正式开通；2021 年
2 月，中共中央、国务院发布《国家综合立体交通网规划纲要》；2021 年
6 月，"国铁集团北斗卫星导航系统应用行动计划"启动。丁巧仁心潮澎
湃，大秦铁路终于等来运用中国北斗的时刻。

过去，大秦铁路作为我国重要的煤炭运输通道，在建设和运营初期，
由于国内相关技术的空白，只能引入 GPS 系统来满足机车导航定位需求。
丁巧仁深知依赖国外技术所存在的安全风险。我国北斗卫星导航系统的
不断发展和完善为摆脱国外技术垄断带来了新的希望，北斗系统能够提
供厘米级甚至毫米级的定位精度，远远高于 GPS，大秦重载列车走再远的
路也不怕了。

大秦铁路的列车运行速度快、载重量大，对定位精度要求极高。安

全是大秦铁路的生命线，车载无线通信操控命令不准确容易发生行车故障，而大秦线每停车一分钟就会造成近 10 万元的经济损失，丁巧仁和团队成员针对列车运行安全需求，提前预判安全风险，深入研究大秦线上的地形地貌、运输特点，结合北斗导航系统的高精准定位，开始设计即将运用到大秦线上的北斗导航应用方案。同时，自己也潜心研究北斗导航系统的原理、架构和形形色色的应用程序，为大秦北斗导航应用提供有力的技术支撑。

2023 年，大秦铁路车载无线通信设备迎来技术革新，对机车 GPS 定位模块进行改造，引入我国自主研发的北斗卫星定位技术。丁巧仁团队的重要工作之一就是测试并安装北斗设备，检查北斗卫星定位单元是否能接收到北斗信号，以及升级后的版本信息是否正确。不久，这些经过测试的北斗设备将被安装到可控列尾设备上，进一步提升为大秦铁路重载列车导航的精准度。

"北斗导航技术核心多，起初一些零部件的检修技术我们并不掌握，遇到部件故障只能更换。牵引 2 万吨重载列车的机车司机使用的机械式手柄握键极易出现故障，一个小小的零部件就能让一列车'失联'。"说起这件事，车间主任李志国依然心有余悸。

机车上，司机使用机械式 CIR 手柄握键频繁，一趟车进行上百次联控，通话时需要一直按压中间的按键，因此，握键非常容易损坏并造成通信不畅，影响行车。

GSM-R 无线数字通信设备是为机车提供科学、便捷的信息的基石，绝不能因为小小的手柄影响设备正常使用，丁巧仁集中精力，找来有问题的手柄部件，逐个分析故障现象，查找故障原因，梳理海量数据，反复测试诊断。排除说明书标记的问题后，他弄清了这些部件的构造原理和通信逻辑，开始对有问题的手柄进行维修或更换。实施时发现维修手柄耗时长、更换手柄费用高。怎么才能做到成本低又降低故障率，让司机感觉好用还耐用。丁巧仁日夜思考着最佳方法。在一次给钢轨打磨车换装数据时，丁巧仁发现车上的通话手柄没有按键，而是一个凹槽，立即询问司机好用不。"好用，特别灵敏！手指挡住光就发出去了。"丁巧仁联系到厂家得知控制手柄通断部件的是光电开关，他立即将原来的按键拆卸，想办法找来光电开关替代，联控时，司机用手指挡住光就能通话。改造后，手柄使用效果出奇地好，故障率下降了90%。此项成果在集团公司迅速推广。

紧跟经济社会发展需要，大秦铁路在运行速度、开行密度、牵引重量、车载通信方面不断创新突破，2万吨重载组合列车上线运行。车载无线通信设备已经与CTC集中调度指挥紧密衔接，实现了重载机车与车站、调度之间的车机联控以及行车信息的准确传输。

重载组合列车想要实现"齐步走、同步停"，关键是实现同步操控的通信传输。这个传输系统叫作OCU。OCU就是"驭龙"装置，OCU由GSM-R通信模块、记录单元、主控单元、接口板和电源模块组成，通过控制其GSM-R模块，接入GSM-R网络，并与地面应用节点建立永久电路链接。它能将通信信息传得准确、控得精准，能让司机看得清晰、听得明白。然而一旦出现问题，就会导致司机"失联"。

2023年10月，重载列车因同步操控系统G网中断，滞留在韩家岭站。

丁巧仁收到信息后急忙赶赴现场，分析运行数据。根据多年现场处置经验，他发现列车上的两套G网通信模块频繁复位重启，迅速判断为供电异常。将电源模块更换后，列车顺利开行。回到工区，这个问题一直困扰着他。仔细翻阅设备说明书，终于找到了答案。"两个电源模块间会形成电压差，时间长了可能会造成电源模块损坏。"受到启发后，他反复模拟故障现象，在电源模块前端增加电容保护装置，这样设备就不会断电重启，类似的故障再也没有发生。

2024年夏天，丁巧仁接到一个软件升级任务，他和工友带着设备去沿线各站对机车电路板进行升级，电路板升级后能更好地为机车通信设备服务。汽车后备箱里，装满电源箱、主控底架、交直流转换电压、线滚子等器材，足足有200斤重，工友们搬得满头大汗。丁巧仁平时都是在室内做升级，这次跟着出来，发现这么累赘，费时又费力，他想到了"革新"两字。使用中国北斗后，很多工具都需要革新，尤其是电路板升级，需要做个便携升级工具。

回到大同，丁巧仁开始琢磨升级器材。他找来电路板图纸，仔细研究工作原理，发现升级时电路板需要的工作电压是5V，用手机充电宝试试？于是，他把一个旧电路板底座拆开，买来手机的电源接口，将接口与底座焊接起来，反复改装调试，一个便携式升级工具就做好了。"我们拿着大师做的便携式升级工具，去任何地方完成电路板软件升级任务都不发愁了，只用带上笔记本电脑、数据线和充电宝就行，有时候一天能升级十几台车。"湖东移动车间业务主管高宇语气中满是钦佩。

目前，大秦铁路已经在320余台机车上安装了中国北斗系统，预计到 2025 年年底将完成所有机车的改造任务，这不仅是技术上的突破，更是中国铁路重载导航提升的里程碑。

30 多年来，丁巧仁检测设备近 2 万台（次），处理故障超过 2600 件（次），比对的数据上百万条，做到了检测零误差、换装零失误、检修零故障，有力保障了大秦万吨牵引机车的通信安全。

30 多年来，大秦铁路在国家和人民的呼唤中，一次次勇挑重担，从起跑、奔跑到领跑，连续创下世界铁路干线运量第一、世界铁路增运幅度第一、世界铁路运输效率第一、世界单条铁路重载列车密度第一的骄人成绩，有力保障了国家能源安全。

丁巧仁，这位大秦重载通信人，始终以坚韧、热情、执着和智慧，带着团队成员像北斗星一样指引着万吨巨龙前行。

爱人嘴里的"受头"

到丁巧仁家采访，是在一个周末。爱人杜雁在一所幼儿园工作，她个子不高，留着一头直发，衣着得体，微微化了点淡妆，讲起话来阳光、活泼、健谈又风趣十足。

话题从山西电视台直播大秦 12 小时纪录片谈起："丁大师真牛呀，他的事迹除了上省台，不久，中央电视台也会播放呢！""牛，真是'牛'，我们家老丁呀！就是个'受头'！"紧接着，是杜雁爽朗的笑声。咦！在同事眼里是"大师""工匠"，在爱人眼里却是"受头"。"受头"是什么？大同方言，就是闲不住的人，喜欢干活儿，干活儿最多的人、勤快的人。

◆ 丁巧仁向青年职工讲解可控列尾的工作原理（管伟宏　摄）

　　巧仁获得的荣誉鲜有人知，然而，他的"热心肠"是出了名的。一到周末，他就像陀螺一样连轴转，管了这家管那家。

　　小区里的人都知道丁巧仁会鼓捣电器，大到空调、电视、洗衣机，小到热水器、吹风机、电磁灶等，谁家电器坏了都会找他维修。别说，那些"病入膏肓"的电器，经他鼓捣后，总能焕发生机。

　　他们家住在8楼，7楼有位叫老宋的邻居，70多岁了，有点老年痴呆，只要有事儿就来找巧仁。一天中午，老宋又来敲门了："开门哇！""怎么了？宋师傅。""煤气打不着了，我儿让找801。"巧仁放下手里的饭碗，马上跟着老宋下楼。一会儿，老宋又上来了，原来是煤气灶电池没电了，巧仁赶紧回家找，家里备用的也用完了，他又立即穿上衣服下楼买。把电池买回来装好，打火试验没问题了才回家，桌上的面早凉了！8楼邻居，有两家都有脑梗后遗症，行动不便，家里缺米、面、油、蔬菜了，群里说一声，他们给联系买；有快递送来，他们给取。还有的邻居，手机不会操作，怎么连接视频，如何下个小程序，怎么弄刷脸认证……邻居们都找巧仁，巧仁总是乐此不疲地帮忙，也因此，巧仁和杜雁的家就变成"爱心801"了。

小家，不到80平方米，打理得干干净净，特别温馨，书柜里摆满了书，不乏古典文学、散文、小说、通史等，专门有一格书柜摆放着《大秦铁路精神》《铁路通信技术》《现代通信概论》《GSMR无线网络规划与优划》等书籍。几幅画高低错落挂在客厅墙上，其中一幅《向日葵》绢绣作品吸引了我的注意，盛开的花瓣，用一片片金黄绸缎叠加而成，花蕊则由咖色和浅黄色布条绣出，深绿的叶片就像忠诚的卫士守护着花容。作品右下角用红色丝线绣着"劳模先进纪念"字样。

眼前的女子，开朗、大方、豁达、干练，但是谈起自己的爱人依旧难掩羞涩。当年，他们都从学校毕业来到大同工作，在回村的公交车上认识，是巧仁的朴实厚道打动了她，也是对铁路人的崇拜和喜爱让他们走到了一起。

2006年7月，正值炎炎夏日，原本活泼可爱的6岁女儿瑾儿突然发起了高烧，还伴随着频繁的呕吐。杜雁心急如焚，立即带着孩子去了医院。此刻，丁巧仁进了大秦线上的隧道、涵洞检查，隧道里的通信设备关乎着机车的运行安全和顺畅……杜雁深知丈夫工作的重要性，她坚决不让家里人把孩子生病的消息告诉巧仁，不能因为家里的事情让他分心。

她连着几天守在医院，精心照料着孩子，等丁巧仁忙完工作回来，瑾儿早已活蹦乱跳背着书包上学去了。

有时候是委屈些，但是巧仁带回的奖章、奖杯，一年比一年多，这些荣誉和成果就像一缕缕阳光早把杜雁的心装满了。她深知，巧仁心里装着大秦煤炭的运量，装着大秦机车的通信导航设备，装着千家万户的温暖和光明。

小小客厅里，杜雁就像一只小燕子一样，一会儿倒水，一会儿又拿出奖章、奖杯给我看。2013年，丁巧仁荣获"火车头奖章""全路首席技师"。他带着乡下的爹娘到北京旅游了一圈，还特意为杜雁买了一块手表。"那只表还在吗？""在，你看，走得好好的！"只见杜雁打开抽屉，拿出一只精致的女士手表，满心欢喜地戴在手腕上。同时拿出的还有一副漂亮的手串，是巧仁当上劳模去疗养时给她买的。

2017年，正值青春叛逆期的女儿丁瑾上初中，有段时间学习劲头一落千丈，把杜雁急坏了，这一年，丁巧仁获得原中国铁路总公司"百千万人才"工程专业带头人、铁路工匠殊荣，当他把证书带回家时，丁瑾捧着它一言不发看了好久。这个奖，成为父女之间沟通的桥梁。两年后，女儿考上了大同的重点高中。现在，她已经是山西财经大学的在读研究生。"闺女能考上，他爸的功劳最大。"杜雁眼神中满是对丈夫的钦佩和赞许。

走得再远，也不能忘记出发的地方。杜雁说，丁巧仁每月都会满载一车东西回村里看望爹娘，爹娘身体都还很硬朗，虽然生活好了，他们也勤俭惯了，不舍得吃喝，给钱不要，儿子买回来的东西都是宝呢！在爹眼里，儿子太给丁家人争气了："2024年，太原局冲刺7.88亿吨货运

◈ 丁巧仁一家

增量任务，那是大重量、高密度，现在机车上有北斗，更安全精准了，以前的电台那是'老牛拉车'没法比啊，说一千道一万，火车跑得快，全靠'导航'带……"别看爹整天住在村里，但经常拿着儿子给他买的手机看新闻，关注着大秦线，关注着儿子的工作。

2023年，丁巧仁获得享受国务院政府特殊津贴的殊荣。

2024年，丁巧仁被评为山西省劳动模范。

2025年1月6日，丁巧仁荣获"新时代·铁路榜样"称号。

丁巧仁谦虚地说："能获得这么多荣誉我感到特别幸运，是大秦这个平台给了我施展才能的机会，这个荣誉不属于我一个人，属于每位大秦人。"没错，大秦人，就是丁巧仁的微信名，巧的是，这3个字的首字母都是"DQR"。

从应县的小山村走到大秦湖东，走到省城太原，走到湖北武汉，走到首都北京，丁巧仁始终秉承负重争先、勇于超越的誓言，一步一个印记，与时代脉搏同频共振。就像他少年时代经常仰望的北斗星一样——指引方向，传送光和温暖。这个信念早已融入血脉，陪伴着他在千里大秦线上发光发热，努力前行。

梦虽遥，追则能达。在中国式现代化新征程上，丁巧仁甘做为万吨巨龙导航的主角，带领团队成员守护好大秦这条温暖线、幸福线，为点亮万家灯火贡献力量。

千里煤河，大秦北斗，熠熠生辉！

王婷婷

"乌金"使者

——记中国铁路西安局集团有限公司西安铁路物流中心榆林营业部货装值班员王婷婷

▶ 胡煜君　王双园

陕北煤炭资源丰富，有着"乌金高原"之称。

包西铁路是我国重要的运煤大通道。西部地区丰富的煤炭资源大多是通过这条大通道，源源不断地运往华中、华东地区。陕北榆林、闫庄则站正是这条大通道的重要节点。

2024年5月2日，五一长假第二天，西安铁路物流中心榆林营业部闫庄则营业室营销员王婷婷，起了个大早，急匆匆地往韩城赶。今天她约好要与韩城第二发电厂的客户采购经理韩和平碰面，一同商议陕北煤炭运输装车的关键事宜。

韩二电曾是闫庄则车站的老客户，但这两年电厂运煤走了公路。如今蓝天保卫战如火如荼，王婷婷下决心要把这个老客户重新"拽"回来。前期电话沟通过好几次，韩经理总是犹豫不决。从榆林到韩城，要倒3次车，行程9个多小时。当风尘仆仆的王婷婷出现时，韩经理愣住了。

王婷婷顾不上歇一口气，打开手提袋，拿出了准备得妥妥当当的资料："韩经理，今年咱们局推出了货改煤炭下浮运费政策，这可是实打实的利好，我给您算了一笔账，要是选择铁路运输，以每月 10 万吨的运量计算，一年你能硬生生省下 300 万元运输费，这也是一笔不少的钱啊！"韩经理一听，满是惊讶："铁路新货改政策优惠力度这么大？真能省下这么多钱？"王婷婷指着资料说："这是路局的正式文件，来之前我也做了一份对比分析，您呀，一看就明白了，只要运量比上年有所增加，增加的那部分运价直接可以下浮 35%。"韩经理高兴了："哎呀，这么一对比，铁路运输优势太明显了！别耽搁，咱赶紧给上游榆横煤电打电话，争取产、运、销三方尽快把运输协议签了！"韩经理高兴得脸上堆满了笑。

这是集团公司实行货改政策后，王婷婷成功拿下的第六家客户。她深知，面对风云变幻的货运"江湖"，不能仅仅依靠铁路运输政策的利好，还必须放下身子，不怕吃苦，勤跑市场，才能找到新货源、稳住老客户。

王婷婷 20 岁来到榆林站当货运员，在陕北榆林电煤货运一线摸爬滚打了 20 年，奉献了全部青春和美好年华。从初出茅庐的普通货运值班员，到西安局集团公司首席技师，王婷婷不断提升业务技能，勇当货运改革排头兵。她带领团队冲锋陷阵，跑矿区、跑村镇，用心用情服务货主，跑出了一名货运人的责任和担当。响应国家推进煤炭"公转铁"运输，降低全社会物流成本，全力打好蓝天保卫战的部署要求，在铁路物流改革发展的澎湃浪潮中，她茁壮成长，先后获得"最美铁路人""全路技术能手""首席技师"等光荣称号。

爱上"榆林蓝"

2025年大年初七，陕北大地银装素裹，大雪初霁。我们如约赶到西安铁路物流中心榆林营业部闫庄则车站，见到了穿着厚厚棉工装的王婷婷。王婷婷给人的第一印象就像一个童心未泯的大女孩，根本想不到她已经年逾不惑，是两个孩子的妈。她腼腆地抿着嘴，浅浅的微笑始终挂在脸上，你不问她，她不会多说一句话，给人的感觉就一个字——稳。她眼中时不时闪过的热忱与坚毅，又让人不难联想到她对待工作时的严肃认真和一丝不苟。

谈及王婷婷和铁路的结缘，她羞涩地笑着说："这也是巧合吧，真的没想到……"

王婷婷之前一直生活在宝鸡，宝鸡地处关中平原西部，是陕西第二大城市，素有"炎帝故里""东方佛都""青铜器之乡"等诸多美誉。小时候爸爸妈妈顾不上管她，王婷婷就和爷爷奶奶生活在宝鸡农村，她喜欢漫山遍野地疯跑，喜欢蓝天白云的飘逸、山川河谷的空旷，喜欢用脚步去丈量家乡广袤的土地，喜欢无拘无束自由自在做快乐的自己。大学时，王婷婷就读于宝鸡凤翔师范学院，按照父母的规划和自己所学的专业，她本打算当一名受人尊敬的人民教师，传道授业解惑，育出桃李满天下。

可机缘巧合，2004年，西安铁路局到学校招生，对铁路一无所知的王婷婷一不小心就应聘到了西安铁路局西延铁路公司。那一年的9月，王婷婷带着简单的行李，前往位于陕北老区的单位——西延公司榆林分公司报到。在此之前，她知道延安，知道那是一片红色的沃土，是中国革命从胜利走向胜利的摇篮；她也知道榆林，那里很富，有储存丰富的煤炭、石油资源，而对于铁路，她知道车站、知道列车、知道信号灯，其他的，她一无所知。

　　火车从宝鸡出发，2个小时后到达西安，再坐火车到延安。一行人休息了一个晚上，清晨又坐上单位的汽车，颠颠簸簸7个小时，下午5点多，他们终于来到了工作所在地——西延公司榆林分公司。9月的榆林，真的是陕北最好的季节。秋高气爽，山川披绿。那瓦蓝瓦蓝的天空，那河岸上成群结队的羊群，那戴着白羊肚手巾手拿羊鞭悠然自得的陕北老汉，勾起了这位关中姑娘的深深眷恋：她仿佛看见故乡那一望无垠的千里沃土，看见童年的她正在田间阡陌无拘无束地欢快奔跑。她笑了，多好啊，和老家一样，这一晴如洗的"榆林蓝"好让人喜欢。

　　榆林的天蓝，榆林的景美，榆林的铁路人更美。王婷婷至今还记得她初到榆林时发生的那几件事。

　　那是王婷婷入路后的第一个冬季夜班。尽管做足了防护措施，但在零下26摄氏度的大雪中，陕北的狂风好像能带走所有的温度，不一会儿，王婷婷的牙关就开始打颤，双手冻得发麻，睫毛和鼻尖上也凝起了细小的冰晶。搭班的师傅看到婷婷蜷成一团、身体不停地颤抖，打趣和她说："王妹妹，陕北的冬天就是这样的！慢慢你也就习惯了。下次上夜班，记得把护膝戴上。来，我们走起来，身体就会暖和些。"说完这话，同伴就蹚着雪堆深一脚浅一脚地向前走去，从车门插销、折页、横梁，再到每

◆ 王婷婷在值班室加班处理报表

一个缝隙，一丝不苟地检查着车体的每一处。看着这个身体也微微打颤，但动作却非常认真，只比自己大两岁的姑娘，王婷婷感受到了信心和力量，她迈开脚步，坚实地朝前走去，她在心里对自己说："她是我的姐妹，更是我的榜样，她能做到的，我一定也能做到！"

前些年，陕北的植被不是很好。每到春季，大家都要在信号楼前的院子里植树。工友们把桃树和杏树种在信号楼前，又在护坡上种上苜蓿，每个人的脸上都洋溢着幸福的笑容，憧憬着可以吃上自己种的蔬菜，可以看到春天到来桃花、杏花的竞相盛开，可以用自己的双手在荒漠中建设一个温馨的"家"。每一次植树，大家都把党旗固定在围栏上。有一次，忽然一阵大风吹来，旗杆开始剧烈摇晃，大家立即扔下手里的工具，不约而同跑上去紧紧地护住旗杆，虽然只是短短几分钟，但在婷婷的心里却产生了强烈的震撼，这是一个多么有责任感和向心力的团队啊，爱旗就是爱党、爱企业、爱岗位，大家全力守护党旗，就是在守护心中崇高的信仰。

陕北缺水，冬季又非常寒冷，栽下的小树存活率非常低。虽然大家心里都知道，但每年开春，大家还是每天都去轮番探望，都想看看自己亲手种下的小树有没有绽放新绿。虽然大部分树苗会被冻死，但总有几株小树能够坚强地挺过严冬，悄悄吐出新芽。

同事的关心让婷婷克服了对严寒的恐惧，护旗和种树更让婷婷感受到团队的凝聚力和心中的信仰。

喜欢"榆林蓝"的婷婷更加热爱和敬重这片土地这群人了：种树就是种希望，虽然土地贫瘠，环境恶劣，但只要小树发芽，能够扎下根来，总有一天，一定会长成参天大树。

打铁先要自身硬

每个人的心中都有一个梦想，王婷婷也有。她的梦想就是要像那些挺过严冬悄然吐绿的小树一样，把自己的根深深扎进铁路这片沃土，历经风雨，长成大树。

婷婷在单位业务一流，同事们都叫她"规章装载机"。但成绩的取得一如小树的成长一样，婷婷的成长也不是一帆风顺。

王婷婷至今还记得2005年的那一次技术比武。那一年，她21岁，参加工作的第二年，作为车间代表参加段上的技术比武。为了这次技术比武，王婷婷可没少下功夫，可一拿到试卷，她整个人就蒙了：货规还有其他规定？！当时的理论题目是：牛家梁发溇口煤炭，使用C64K4898721装载，请确定最大装载量，并计算西延运费。这道题除了要考货规、价规，还要考加规附件。王婷婷套用货规公式，简单一行就得出了答案。可环顾左右满满当当的试卷，她知道自己这道题没答上，肯定失分了。

走出考场的王婷婷已然知道了这次考试的结果，但她更知道了自己的"死穴"：死背规章是远远不够的，只有理论和实际相结合，才能真正成为业务上的行家里手！知不足才能有长进。历经挫折的王婷婷更加刻苦勤奋了。她知道榆林站业务单一，局限性太大，便找来段上连续6年的考试试卷，从这些理论试题中查找自己业务的缺项，把所有的盲点都记在自己的小本子上，追根溯源，举一反三，直到自己真正学懂弄通为止。

又到了一年一度的技术比武时间，王婷婷再次代表车间出战。车间有师傅笑着说，婷婷，这次准备得怎样了？我们期待你的好成绩！婷婷坚定地说，我会尽力的。成绩出来，大家伙不由得竖起了大拇指：小姑娘真是厉害，理论实作双第一，不简单呐！

得到和付出永远是成正比的，只有努力和付出，才会收获鲜花和掌声。王婷婷业务路上好学好问，从不停步。

2020年，包西铁路闫庄则站货运量大幅提升，需要从全段各车间抽调骨干进行补充。闫庄则站远离市区，位置偏僻，而且货运品类繁杂，工作难度大、危险系数高，愿意去的人并不多。婷婷却觉得闫庄则站更能锻炼人，悄悄地递交了申请书。

那一年，婷婷的二女儿才刚刚 3 岁。婷婷回家和丈夫商量，丈夫心里虽然有些不乐意，但知道拗不过她："既然你已经想好了，就去吧，家里有我、有妈在，你不用太操心！"

虽然去之前婷婷已经有了一定的思想准备，但初到闫庄则站还是有些手足无措。

闫庄则站距离榆林站 30 千米，年货运量 1500 多万吨，位居西安局前五，站内辐射 6 条专用线，后来还增加了危险货物装卸，情况非常复杂。闫庄则站的复杂在站场，它有 6 条专用线，最近的 3000 米，最远的 60 千米，最远的跑一次就得半天；闫庄则站复杂在货发品类，除主运业务煤炭外，还有石油、甲醇、集装箱、航空煤油等其他 17 个业务品类；特别是复杂在结合部特别多，有榆横地方铁路，有地方调度、调机，参与部门也多，除铁路工作人员外，还有企业方工作人员，标准不一，规定不同，作业协调特别复杂。

上班第二天，站长就让她负责航空煤油的装车及交接检查，接到这个任务，她的确有点蒙：铁路安全容不得一丝侥幸和马虎，但是她没干过航空煤油装卸，不知道危险货物品的装载事项是什么啊。她也知道，车站一个萝卜一个坑，没有多余的人能带她。王婷婷觉得委屈，但心里很清楚，站长说的是实情。她用电话联系休班的师傅，在师傅的电话指导下战战兢兢地完成了第一次航空煤油装车及交接检查。她暗暗对自己打气：不要气馁，相信自己，加紧学、快点学，一定会成为"问不倒、一口清"的行家里手的……

凡事儿就怕较真儿，爱较真儿的人，其实也是最让人放心的人。

闫庄则车站又成为王婷婷学技练功的新"战场"。她从头开始，熟悉站场情况、熟背货装规则、熟记安全规定。站场情况不熟悉，她就自己开车去现场，对着站场示意图一遍一遍反复看；6条专用线，她一条一条地实地勘察。她积极和地方企业联系，掌握相关规则，熟悉不同规定；建立通讯录，熟记货物发送规律、货主需求、规模种类；修改指导书，完善各类货品发送注意事项、安全运输细节。

　　每跑一次现场，她就补充一次站场示意图；每打完一个电话，她就在本子上加一块批注；该有哪些注意事项、哪些安全提示，哪些地方"土"规定，她写在本上，也记在了心里。

◆ 王婷婷与同事一同学习新的规章

她那随身携带的小本本上，密密麻麻地写满了很多注意事项和别人看不懂的符号。问她那是啥，她说，那些东一块西一块的文字是她结合现场对规章的理解注释，因为都是不同时段请教师傅听来的心得诀窍，所以笔记本上就东一块西一块打满了"补丁"。她说，规章是一成不变的，现场却是时刻变化的，只有活学活用，才能学到真本领。

婷婷性格内向，她知道闫庄则站情况特别复杂，为尽快掌握业务，熟悉业务流程，她主动请缨每天早上车站的对话会由她负责直接向段上汇报。站长望着这个刚来的小丫头愣住了，每天的对话会那是要"一口清"的，段指挥中心，甚至是值班的领导会不停地追问，回答不好是要训人的，别人躲都躲不及，还居然有人主动去"找训"。王婷婷却不这样想，领导问的不就是核心业务吗？领导盯的不就是安全关键吗？对着领导盯的、问的来，业务不就学得更快吗？刚开始，同事笑话她：开会一个小时，"训"你40分钟。慢慢地，领导不"训"了；再后来，领导连问都不问了。每次对话闫庄则站，只询问进度、布置工作。原因很简单，闫庄则站问不倒，工作细致、流程规范、措施到位。别人没想到的，她想到了；别人想到的，她想全了；别人想全的，她想深了。段上说，闫庄则站你只管布置就可以了，其他的细节，完全放心。

王婷婷爱学爱问，特别爱钻研，她经常向师傅们请教，学会后还反复琢磨。她把规章要点编成朗朗上口的打油诗，记在卡片上随时翻看；有的还录成音频，空闲时间循环播放加深记忆。慢慢地，一本本厚厚的规章全被她记在了脑子里。

记得有一回，同事们翻找篷布报废条件，正在处理工作的王婷婷头也未抬，脱口而出："不用翻了，《篷布管理规则》第四十九条。"

大家一翻，果然是《篷布管理规则》第四十九条。从此一个绰号不胫而走，王婷婷是"规章存储器"，"规章存储器"是王婷婷。

没有风高浪急，哪来从容镇定。慢慢地，不急不慌，沉稳淡定，成为王婷婷的印象底色。王婷婷连续7次参加延安车务段货运技术比武，包揽货运员全能第一，2次参加集团公司货运技术比武，包揽全局货装值班员全能第一。触类旁通的她成为系统内公认的行家里手。

确保煤炭运输

闫庄则站80%以上的业务是煤炭运输。

王婷婷懂得，电煤保供关系国家能源供应安全，关系经济社会发展稳定，更关系人民群众生产生活，她始终把电煤运输放在工作的第一位，想货主之所想，急货主之所急。

2024年11月中旬，陕西华电榆横煤电有限责任公司既有客户张统一找到王婷婷："湖北地区电煤告急，我们配空车不够，能不能帮我们想想办法，弄点空车救救急。"国计民生无小事。王婷婷立即组织班组同事，一起想办法沟通协调配空车事宜。适值年底，各方配空车都很紧张，大家伙儿一筹莫展，货主急得直跺脚。王婷婷一边安慰他不要着急，一边在电脑上查看近几日货运装车情况。看着看着，她忽然灵光一现：附近几条专用线上不是还有刚刚空检好的车么，这些车的装车计划是在什么时候？王婷婷立即查阅计划，得知这些车1天后才用来装车，一个大胆的计划在她的脑子里产生了：能不能"邻线借车"，优先解决湖北电煤运输的难题？说干就干，王婷婷立即联系该车所在的专用线，详细告知了电煤车辆运转周期，消除了厂家顾虑，顺利借来208节空车体，并立即优化组织，保证煤炭装车。当日，便有4列载着1.5万吨电煤的列车从闫庄则站缓缓发出，有效解决了湖北电煤告急难题。煤电公司业务员张统一高兴地逢人就说，王主任巾帼不让须眉，真是一个有办法的人！

作为货运营销人员，处处留心的王婷婷不仅为下游客户工业用电成功"续航"，同样也关注上游企业的煤炭储存，时时刻刻替货主考虑，打通产业链条。

2022年10月的一天中午，王婷婷从专用线回来，一看时间错过了饭点，就把车停在路边的一家小餐馆，想着简单吃碗面，填饱肚子赶紧往单位赶。没想到刚坐下，就听到邻桌的几个人在谈论煤炭运输的事。原来，邻桌坐的几个长途汽车司机是专门从榆林煤炭公司往四川广安电厂搞煤炭运输的，可由于四川广安电厂没有场地，煤炭存储不方便，所以几个哥们正在慨叹到手的钱却挣不到呢。王婷婷一听乐了，这可是送上门的货源啊，别人办不到，我们铁路可有的是办法呢。王婷婷问清了详细情况，留下了运输司机的电话，然后立即联系局管内安康车务段货运室，打听到襄渝线入川分界口双龙、蒲家车站都有储煤空地，于是她当起了"红娘"，通过"借地储煤"，迅速促成了合作双赢，陕北的煤炭运出去了，双龙、蒲家车站也挣到了仓储费，不但实现了上下游之间紧密"链接"，和生产厂家建立了长期营销关系，更为营业部争取到了每天22车的新增货源。同事都说："王主任确实牛，眼观六路、耳听八方，一碗面的间隙就给营业部揽回了这么大一笔货源，真是太让人佩服了。"

2022年9月，全国电煤供应偏紧，闫庄则货运小组想方设法全力保证完成每天15列运输任务，仍然满足不了电煤需求缺口。可要再提高装车数，确实不是一件容易的事。王婷婷直接住进了装车站，每天守在煤炭装车线上，第一时间掌握车站调车作业进度，提前在专用线做好货源调配、人员机具等组织工作，每一列车都坚持做到了"车到货装、车来人在"，最大限度提高取送车效率。她还加强上游煤矿、局调度、值班室、调机司机、下游企业各方协调，打通配空、承运、装车、外运各个物流"堵点"，所有人连轴转，加班干，确保了煤炭正常发运，超额完成了发送任务。

2024年，"量价互保"新政策推行后，王婷婷在对比车站历年货运发送量时发现陕西华电榆横煤电有限责任公司电煤运量大幅减少，通过下游客户搭线，"四顾"企业公司，为他们详细测算实施新政策后的运输利好，最终产运销三方达成共识，成功签下量价互保协议，实现了"三赢"的局面。

对于陕北的煤炭，王婷婷有一种特殊的情愫。"看着这些'金疙瘩'在我们的努力下，运送到大江南北，我们就觉得很知足，很有成就感。"20年来，王婷婷和她的班组一直守护在这条北煤南运的大通道上，她带着她的班组，畅通上下游联系，讲政策、保运输，实现闫庄则站日均600车煤炭发送，推动货运上量，屡创单日发运量历史新高。

2020年12月上旬，王婷婷开始走访企业货主，了解2021年运输计划，在与陕煤榆中公司洽谈时得知郭家滩车站装车能力已满足不了曹家滩煤矿生产需求，且煤矿配套洗煤厂也不能满足原煤洗选，需将原煤汽车外运进行破碎筛选后，再从集运站台通过铁路外运，特别麻烦不说，还影响煤场产量。王婷婷把这件事儿放在了心上，一直在想这件事究竟该如何解决。

有天晚上，王婷婷突然想到之前去过的榆横铁路专用线好像说过自己正在修建大棚，等修建好后再来找王婷婷要煤源装车。王婷婷一下子从床上坐了起来："不知道现在建得咋样了？一个找场地，一个找煤源，给两家一牵线，这个问题不就解决了吗？"第二天一大早，王婷婷便拨通了榆横铁路专用线鑫鹏嘉祥货主的电话，说明了陕煤榆中公司的需求，没想到鑫鹏嘉祥果然在曹家滩矿附近金鸡滩建有自己的洗煤厂，完全满足运输需要。挂断电话后，王婷婷立马将这一消息告诉陕煤榆中公司，双方快速达成合作意向，三方正式签订合约。

自项目启动以来，陕煤榆中公司在闫庄则站的货物发送量逐年上升、屡创新高，2021 年完成货发 80 多万吨，2022 年完成货发 130 多万吨，2023 年完成货发 230 多万吨，2024 年完成货发 300 多万吨。

把安全放在首位

榆林是国家级能源化工基地。2023 年，闫庄则站货发量已达 1300 多万吨，其中 90% 左右为煤炭、石油等能源物资。煤炭装车量大，石油为易燃易爆危险货物，这些货物的运输，不能有任何的马虎和大意。王婷婷以安全为天职，带领班组全员严守安全生产"生命线"，筑牢能源保供"压舱石"。

2020年10月，王婷婷初到闫庄则站担任货装值班员，负责货装安全、货运营销等工作。当月，由于该站一条专用线作业人员在装载煤炭时对煤质掌握不清，装车时未仔细检查，导致该车辆运行途中偏重报警，最后进行了途中甩车处理，这起事件引起了她的高度警觉。无独有偶。11月份，一次篷布车装载过程中，一名企业作业人员在装车过程中由于篷布捆绑不牢，结果绳子在调车作业线上挂上了信号机，造成行车中断。

　　连续发生的事故让王婷婷坐不住了。安全工作无小事，只要出现一丝疏忽，事故都可能乘虚而入，尤其是结合部最有可能导致事故的发生。

◆ 王婷婷与货运员以及企业运输员一起确认篷布苫盖状态

她组织大家学规章，牢固树立货装安全无小事理念。为了保障现场作业安全，她坚持连续跟班作业20余天，结合该站6条专用线不同的装卸作业特点和装载货物特性，逐一为6条专用线制定装卸检查"一图一表"。

在闫庄则站，危险货物运输涉及汽油、柴油、航空煤油、甲醇4类，都是用企业的自备罐车发运。在运输时，需要卡控充装量范围、检查自备罐车的容积检定证书和罐体检测报告，而企业使用的计量软件是根据罐车体积、容积表号以及现场测量的装载高度自动计算生成的。

2022年4月20日，陕西延长石油（集团）有限责任公司运输10车汽油到四川广安。在审核计量单时，王婷婷突然发现其中两车的容积表号都是KA5466。"会这么巧合吗？"带着疑问，她赶紧通过货运室核查《危险货物罐车基础信息表》，发现容积表号分别为KA5466、KA6455。原来，由于更新危险货物罐车基础档案人员不固定，且更新时存在只更新容检鉴定时间不更新容积表号的现象，所以，一不小心容积表号输入错了。

"货装安全无小事。容积表号与罐车装载量息息相关，如果出现差错，装多了容易外溢，装少了容易晃动，都可能引发安全问题。"王婷婷当即联系客户修改、重录信息，进行安全预警。

为防止同类问题再次发生，王婷婷想出了一个办法，由企业提供罐车容积鉴定报告扫描件，再由货运值班人员将相关信息输入到王婷婷根据公式制定出的危险货物自备火车基础数据信息表中，这样，车种车型、容积表号、过轨检测日期等相关数据就能直接显现出来，班组据此形成"超链接"，两相对比就能判定是否出错。

"业务与安全需要齐头并进，忽视任何一点都会埋下事故隐患。"如何在繁忙的装车站确保安全和效率，王婷婷给出了自己的答案。

2021年7月的一个夜晚，地方企业专用线正面吊司机吊装集装箱时未进行再度确认，导致车体一体吊起，差点造成撞车事故。联想到2019年专用线集装箱吊装重车脱轨事故，王婷婷坐不住了，她组织大家一起集思广益，根据"点动试吊法"，详细分解出准备及起钩、点动提升、环绕检查"三步吊车法"，让相关人员根据步骤严格落实作业标准，专用线列车脱轨、挤坏道岔事故得到有效遏制。

集装箱运输具有节能环保、装卸效率高、货物损耗低、抗风避光等优势，是货主们普遍喜欢采用的运输方式，但由于作业人员在装车过程中对集装箱装车距离不好掌握，很容易造成装车偏载。王婷婷想来想去，从源头上改变装车方法，采取"尽两头、留中间"的方式，从车体两端向中间吊装，有效实现了集装箱敞车防超偏载。

安全是铁路的饭碗工程，来不得半点马虎。工作中，王婷婷根据不同品类特性，先后定制出"上插销入槽""丁字铁捆绑"等23项"一图一表"检查计划，形成"集装箱F-TR锁落锁""集装箱车号核对"等54项技改措施，为能源物资安全运输加装了牢靠的"保护锁"。

王婷婷在安全生产上，始终坚持多看一眼、多走一步，消除装车安全风险，确保运输安全万无一失。2021年10月8日，一列发往成都局弄弄坪站的煤炭装运完毕，这列车有四成以上是C62、C64老型车，以王婷婷多年的经验，极有可能发生车体老化变形情况，不检查一遍心里不踏实。于是，她一参加完交接班会就赶到了现场，刚走到车头便目测其中一节车体有外涨倾向，走近一看果然第七位 C64 型车体外涨，她立刻爬上车体进行检查，发现该车两角开焊，有严重的安全隐患，马上组织人员进行了卸车换装处理。同事对她竖起了大拇指，问她怎么发现的。她把班组职工组织到一起，站在车的一端，眯起一只眼，竖起大拇指对着正前方进行瞄准比画，"明白了吗？学会了没有？"大家都笑了，处处留心皆学问。王婷婷总结出的"5 车纵观法"迅速在全局推广，仅 2021 年班组全体职工就累计消除同类安全隐患 32 件。

打好效益牌

闫庄则站是包西线上年运量超 1500 万吨的货运大站，承运品类涵盖煤炭、石油、航空煤油等众多国家能源，虽然品类多，但多年来每种货物都有自己固定的运销模式。要在这里畅通物流"筋络"、推进"公转铁"运输，王婷婷面临着很大的挑战。

对于货物运输，王婷婷有着自己独到的见解：只要把客户装在心中，真心真意为客户着想，就能赢得信赖、抢得市场，实现效益的攀升。

2015 年年初，致力于提供全方位的铁路货运电子商务服务 95306 开始上线运营。上线之初很多客户不了解，觉得变来变去很不方便。王婷婷耐心地给他们讲解 95306 铁路货运改革的初衷，讲实时实地货物发送计划提报的快捷与方便，讲 95306 货运网站推出的"我要发货、运费查询、货物追踪、到站查看"等一系列实用功能，还带着同事主动为大客户讲解 95306 平台的操作流程，教会客户掌握随时随地办理业务、查询货物发送到站的功能使用，引导广大客户了解、认同货运改革。王婷婷还邀请客户使用预付款结算运费，手把手教会客户在自己公司、家里随时随地办理业务，申请煤炭基准运价项目等，这些服务的诚意和行动，巩固了老客户、稳定了大客户、吸引了新客户，实现了路企双赢。

2021年10月，铁路货运95306系统整体升级，货运人员和客户又不适应了，都在反映使用过程中的诸多困难，请教的电话一个接一个，从早打到晚。为了提高效率，方便客户，王婷婷将95306系统操作方法的每一步都详细地拍摄下来，再把它们剪辑成一集一集的小视频，制作成每集2分钟的培训课程。然后组织班组职工学习探讨，一个步骤一个步骤弄懂弄通，先确保班组每名职工都能熟练操作。班组职工熟练掌握后，王婷婷按照客户货物发送的轻重缓急，先后建了4个群，把95306系统升级培训视频发在群里，然后每个群里安排4名职工，由4名职工负责指导督促群内客户学习掌握。针对重点客户，王婷婷挨个打电话帮助客户熟练使用95306系统，并逐个走访货主客户，面对面、一对一进行现场指导，手把手教会操作流程，一遍记不住就再来一遍，直到他们熟悉操作为止。

为了随时给货主解答类似问题，王婷婷还根据客户掌握程度组建了3个答疑微信群，实时在线解答客户疑问，并把先后解决过的40多个类似的客户问题，发在群里供大家熟悉掌握，实现了货主客户操作无障碍，得到了客户的广泛好评。

但即便是这样，还是有许多客户在使用过程中遇到问题。一次凌晨两点多，王婷婷的手机忽然响起，已经入睡的她被吵醒。原来是客户因为集装箱入线操作不当影响起票流程，一直找不出问题所在，情急之下打电话询问。王婷婷抓起外套就往营业室跑，经过紧张地查找处理，起票系统终于恢复正常，看着货物装车完毕开至到发线，王婷婷悬着的心才放了下来。

坚持以情换情，最大限度方便货主、为货主着想，是确保业务不流失、增加效益的一个重要方面，而内部挖潜、提高装车效率同样也是提升效益的重要驱动。

王婷婷在分析数据时发现，每年的"迎峰过夏"和冬季取暖时节，都是电煤运输最紧张时期，而每每这个时候，装车上量就成了难题。无论怎么组织，闫庄则站每天的发车数似乎已成定数，要想突破，难上加难。

王婷婷和班组的同事一起，每天钉在专用线里，守在装车线上，即使这样装运瓶颈依然无法突破。围绕提高货运装车效率，她组织大家一起集体讨论。大家认为在整个环节中压缩重车检查时间无疑是关键中的关键，但受站场、取送车流程、作业环节卡控等诸多因素影响，重车检

◈ 王婷婷与班组成员交流

查的时间始终无法压缩下来。

怎样才能突破极限？王婷婷想了很多办法，但效果不是很理想。有一天，她和几个同事一起家庭聚餐，有一个同事的老公是部队的，吃饭间隙讲起新兵训练踢正步时分解动作所闹的笑话。说者无意，听者有心，王婷婷忽然醍醐灌顶，一下子开窍了。部队踢正步搞新兵训练，不都是从立正、稍息、跨立等每个动作分解练习，最后连起来才整齐划一的吗？那装车应该也可以借鉴学习呀。第二天，王婷婷立即组织大家拆分作业流程，把重车检查、装载对位、加固堵漏、装车平顶、喷洒抑尘剂等每一个环节拆开分解，一分一分抠时间，并安排专人盯控，最终从每个车里压缩出 15 分钟的非作业时间，让每列车的检查时间从原来的 40 分钟压减到 30 分钟，足足压减了 1/3 还多。就每列车压减的这 15 分钟，确保了电煤运输的应装尽装，多装快装，大大提高了周转效率。

航空煤油是陕北地区的一种稀有资源。陕西延长石油集团榆林炼油厂生产航空煤油，但在 2023 年上半年前他们一直通过公路运输。王婷婷经过市场调研，专门挑选在五一黄金周长假前主动上门走访。此刻，因为长假车流量巨大，为确保公路运输安全，油罐专用车被限制上线运输，延长石油集团正为此事着急上火，王婷婷的到访无疑是雪中送炭。经了解，延长石油集团不是不愿意通过铁路运输，而是因为 2019 年办理的危险货物办理限制因长期未发货而限制取消，同时厂里的航空煤油自备罐车因长期未使用而暂时清理不出来，正是这两个原因导致铁路运输无法实现。

王婷婷立即上报西安局集团公司货运部，协助延长石油集团提供相关检验资料，特事特办，很快办理好了批复。同时经多方协调，王婷婷申请到了 70 多个路用罐车暂时租赁给延长石油集团使用，保障了航空煤油在铁路顺利周转，成功实现了"公转铁"运输。自 2024 年首趟铁路专列开行至今，这家企业已通过铁路运输航空煤油 8.6 万吨。

2024 年 1 月 22 日，为有效降低全社会物流成本，推动铁路货运向现代物流转型升级，西安铁路物流中心正式成立，闫庄则营业室应运而生。物流改革，要求铁路货运人员从"坐商"变"行商"，主动抢市场、揽货源、增运量。面对新的工作模式，王婷婷开始带领班组走出一条全新的营销道路。她带着团队不断拓展铁路运输市场份额，仅 2024 年她们就电话走访企业客户 113 家、上门走访客户 22 家，与陕西华电、中煤化公司、榆林安通石化等 5 家公司签订了量价互保协议，揽来 36 万吨"公转铁"新货源。既实现了装车快，又巩固了老客户，还实现了装车上量新的增长点。

回顾几年来的营销之路，王婷婷带领班组同事聚沙成塔，集腋成裘，既抱"西瓜"又捡"芝麻"，创立了 107 个"一企一档"长期客户档案，揽来 68 万吨"公转铁"新货源，被西安局集团公司授予"先进班组"荣誉称号。

头雁引领群雁飞

2024 年年初，西安铁路物流中心成立时王婷婷因为业务素质过硬，本来有机会可以回到关中平原，但她毅然选择坚守陕北，留在了榆林营业部闫庄则营业室。作为班组长的她，对营业室的职工队伍管理、货运营销上量和后勤保障，她都要操起"家长"的心。面对职工思想波动，她一对一进行疏导，从改革形势、作业模式和福利待遇等方面，把物流改革的"大道理"讲清讲准；面对职工的家庭困难，她总是设身处地想办法解决，想方设法把大家的心聚在一起、劲使到一处。

王婷婷和她的团队一同守护着煤炭的运输，一同确保着铁路的安全。她带领的团队一共有23名职工，平均年龄26岁，00后居多，小姑娘居多。俗话说，三个女人一台戏。王婷婷的团队里一共有17名女职工，她却把大家团结得亲亲密密、其乐融融，相处得就像一家人。

王婷婷人称"规章装载机"，是公认的业务尖子，大家在规章业务上有不懂的都喜欢找她。每次回答完大家的提问，她总是会缓缓地抬起头，笑眯眯的眼神让人感觉就像邻家大姐。

多年的业务积累，王婷婷总结出了洞察需求定位、精准制定方案、持续服务维系的"营销三步法"，她毫无保留地教给了伙计。新分来的职工觉得业务结算最容易出错，她就画出业务结算流程图，一遍又一遍地耐心讲解。

针对煤炭、石油、煤油、杂货等不同品类货源，她编制小卡片、小口诀，带动大家提升能力。推行精益管理以来，她还根据现场重点卡控内容，分别制定危险货物、煤炭抑尘、装载机电子秤校验、空敞车检查流程及F-TR锁等单点课程，手把手开展现场教学。

结合榆林石化集运专用线现场作业环境复杂及粮食箱发运流程繁琐等现状，王婷婷提前梳理好相关学习资料和常见问题清单，每天利用早晚交接班会时间，结合PPT讲解、视频演示和互动问答等方式，讲解篷布苫盖技巧，拆解规范操作流程，帮助大家快速提高业务理论水平。进

◈ 王婷婷检查现场装载车辆

入实操阶段后，针对大家普遍存在的粮食箱边角加固不牢、绳索捆扎不到位等问题，她一有时间就跟着货运员一同前往现场，手把手指导教学，及时答疑解惑。

一枝独秀不是春，百花齐放春满园。作为班组长的她，毫无保留地将自己所学传授给身边的年轻人。她利用闲暇时间，将货运基本规章重点内容和基本要求进行摘录，梳理必知必会知识点 400 余项，将实操业务按照车型和作业方式归类，总结实操顺口溜 60 余条，供班组及全段新工学习，连续 7 年班组的新工定职考试通过率达 100%。她将货运系统重点规章条款逐一注释，带领班组比武人员利用"题库练习＋基础背诵＋现场模拟"模式冲刺培训，班组先后有 9 名职工在各类大赛中脱颖而出，

3 名职工被聘为工人技师。

引领大家学业务她不厌其烦，班组管理中，王婷婷更是大家公认的"婆婆嘴"。2022 年 3 月，由于企业货主粗心，私自更改装车计划事后忘记通知车站重新录入，导致到站后发现两车货物发错。针对这种现象，王婷婷组织大家研究制定了"企业（货主）提报计划、现场负责人装车确认、室内值班员系统录入、三方共同确认提交"的预防措施，杜绝了货物错发的现象。

工作的大部分时间里，王婷婷都是和风细雨润无声，但面对违章和安全，王婷婷从来都是不留情面，疾风骤雨不含糊。

2022 年 11 月 5 日晚，王婷婷打开视频进行回放检查时敏锐地发现因为光线太暗看不太清，中间一节车敞车车门裂缝疑似漏检，出于对运输安全的考虑，她一边联系车站值班员不要着急挂车，一边抄起外套就往货运室跑去。10 分钟后，王婷婷和货运员一同来到装车现场，根据车号快速找到了这节车，发现侧门裂缝果然有煤炭溢出，存在严重的安全风险，王婷婷立即组织企业运输员填堵裂缝，并喷上泡沫胶彻底消除安全隐患。回到货运室后，王婷婷紧急召开班组会，严肃地说："安全是管出来的，更是严出来的，平时可以有说有笑，但对待工作一定要认真，容不得半点马虎。"针对这起漏检，她考核当班货运员 500 元钱。货运员一开始不高兴，事后自己想通了，觉得很愧疚。因为王婷婷没私心，一视同仁，这么做是为她好，为大家好，为铁路好。对技术好、作风硬、处事公道的管理者，大伙儿打心眼儿里都服气。

自参加工作以来，王婷婷始终以"零失误"的态度对待每一趟列车检查，并创新推行了"三验"工作法：验作业质量、验过程录像、验问题闭环，准确精准到个人。正是这样铁面执纪的作风，感化和带动着班组每一个人始终把安全记在心上，把标准落到实处。铁路是半军事化行业，严管严爱自是常例。但冰冷的钢铁和制度之下，又无时不体现着细节的关爱和钢铁般的柔情。班组是企业的最小单元，如何把班组职工的心聚在一起，是检验班组长能力水平的一个重要标尺。同样是班组长，王婷婷所带的班组是大家伙公认的特别能战斗、特别讲情义的班组。提起王婷婷，班组里的每个人都有很多话要说。

徒弟辛媛媛回忆说，2009 年，自己上班的第三年，有一次由于业务不是很熟，干活有点慢错过了饭点，想到自己会饿肚子，她的心情有点沮丧，没想到回到工位上，师父王婷婷捧着一饭盒热腾腾的饭菜，笑眯眯地催着她赶快吃。辛媛媛高高兴兴地吃了饭，第二天才知道是师父将自己带的午饭给她吃了，而师父自己却饿着肚子……

"婷婷是我的好姐姐，我从心里很感激她。"好姐妹杨澜说，那一次她家里临时有事必须要赶回去，这就需要人顶岗，可是一个萝卜一个坑，大家的班都排得紧紧的，给谁派都不好安排，婷婷姐让她抓紧回去处理家里的事，半天的班她来顶。下班后婷婷姐还要赶第二天的报表和计划，一直忙到了后半夜。后来杨澜才知道，这种事对王婷婷来说太稀松平常了。新冠疫情发生后，许多行业企业深受影响。但煤炭运输不能停，必须保证供应。为确保每一辆运煤车准时准点发出，王婷婷干脆搬到单位住。因为疫情不少同事不能正常上班，王婷婷就一个人干几个人的活。用她的话说，有人帮你这活要干，没人帮也要干，都是同事，何必计较那么多……

　　平日里的王婷婷看起来笑眯眯的不爱说话，似乎有些木讷，实际上她是一个很善于做思想工作的"思政高手"。岁末之际，眼看生产任务要圆满收官，货运员刘泽却因为危险货物罐车顶部螺栓未拧固，在新丰编组场货检时被扣车处理，下了 A 类问题。刘泽认为自己给团队抹了黑，一上午心情都十分低落。中午吃饭时，王婷婷端着盘子来到刘泽身旁看到了她沮丧的样子，她逗刘泽说："你今年是不是本命年？"刘泽一脸纳闷，回答不是。王婷婷表示不信，又接着一本正经地说："不会吧？不是本命年？那咋会发了个 A 呢？明天我送你个小红绳，拴在脚上，冲冲晦气，你看咋样？！"一句玩笑话让大家忍俊不禁，氛围瞬间变得轻松起来。王婷婷放下盘子坐在刘泽对面："没事儿，事情既然已经发生了，我们要做的不是后悔和自责，而是分析错误、总结经验、不断成长。"王婷婷以过来人的身份分享了自己曾遭遇过的困境，鼓励刘泽要学会调整心态，积极面对。后来刘泽说，那一次王婷婷的鼓舞犹如一束阳光，穿透了她内心所有的阴霾，让这个故乡远在东北的姑娘，切实感受到了姐姐般的关爱、"家"的温暖。

　　王婷婷不仅对媛媛好、对杨澜好、对刘泽好，她对班组的每个人都好。2020 年大年三十，5 个外地回不了家的货运员呆呆地坐在货运室里，听着室外不远处村庄此起彼伏的鞭炮声，每个人的脸上都有一种难以名状的落寞。正当大家郁郁寡欢时，忽然看到了他们的王姐——王婷婷来了。看着他们愣愣的表情，王婷婷招呼他们："傻着干啥，赶紧帮忙拿东西呀。"王婷婷不知道从哪儿弄来一个大食盒，里面装满了好多卤菜、蒸碗，还有陕北的年糕……王婷婷还特意给他们带来了饺子皮和羊肉馅，她亲自下厨给他们炒菜。大家一起吃了团圆饭，吃了热气腾腾的羊肉饺！"真的很难忘，羊肉饺子很香，带来的五魁（五个蒸碗）太好吃了。""过去几年了，还是觉得那一年的年夜饭最香！""王姐真的是一个很细心的人。"提起那一年的年夜饭，大家伙都记忆犹新，赞不绝口。

王婷婷认为大家朝夕相处，最有效的管理就是关心人、温暖人、体贴人，把大家当亲人。她是货主的贴心人，是问不倒的业务专家，更是同事的知心姐姐。她以一身硬本事、硬作风，头雁引领群雁飞，让物畅其流，货行神州大地。自2020年以来，王婷婷带领班组连续4年保持车站货运量增幅超过13%，累计突破5000万吨。2024年，闫庄则营业室累计发送货物1571.1万吨，同比增运231.3万吨。王婷婷所在班组先后26次打破单日装车纪录，连续1638天实现无安全责任事故……

"店小二"揽货

如果用一种姿势来形容王婷婷的营销工作，那就是一个字——跑。跑矿区、跑村镇，跑黑货、跑白货，跑大宗、跑零散，她靠一双"铁"脚板，跑到"西瓜"又跑"芝麻"，千方百计揽回有效货源。

跑营销其实并不简单，常常是窝了一肚子气却未必有好结果。在闫庄则站，王婷婷吃的第一个"闭门羹"是工业盐。2021年5月，在一次货源摸排中王婷婷发现有一家盐化厂的工业盐没有走铁路运输。铁路运输政策这么好，为什么不走铁路运输？王婷婷立马带人上门营销，结果连企业的大门都没迈进去，就被门卫给轰走了。王婷婷感觉有些憋屈，同事们也说，算了，咱不受他那个气。但王婷婷不这样认为，她静下心来仔细琢磨怎样才能见到企业负责人，怎样才能把这一单业务揽回来。她以客户为线索，通过客户找客户，多方联系后终于见到了企业负责人，了解到了客户的担心。原来，盐化厂的工业盐容易挥发，客户担心散装工业盐受潮后损失较大，对铁路运输不放心。同时，货物还要用卡车运到火车站进行装车，来来回回嫌麻烦、怕折腾。王婷婷当即给盐化厂负责人设计了集装箱运输方案，讲清了铁路"门到站"运输的优势，计算"一口价"降低的费用，并邀请客户到车站参观，演示"带托运输"降低倒箱次数的便捷。参观完毕，盐化厂负责人的所有顾虑都打消了，他竖起大拇指惊喜地说："王主任，你可真有两下子，你要不来，我还真不知道铁路运输这么方便快捷。"双方当即约定先试运300吨。如今，这家企业每年通过铁路集装箱运输工业盐达12万吨，成了闫庄则站的"铁杆"客户。

一次，王婷婷在分析网格化营销表时发现生产聚乙烯的季隆公司近期铁路运输量下降明显，她立即开车上门回访。企业负责人反映说，聚乙烯铁路运输成本高，以前选择在铁路运输，但铁路运输每次装车都装不到70吨，偶尔还会出现包装袋破损导致沿途洒落的情况，这样下来利润更是受损，所以公司一部分业务走回了公路运输。原有的铁路运输因为没有服务好而让客户改走了公路运输，这个"差评"让王婷婷感到很不舒服，更感到歉疚。回到单位后她连夜组织大家紧急探讨解决方案，后经过车体检测，并与生产方作业人员多次论证，最终确定了在车内凸起的铆钉、螺丝等地方，加铺瓦楞纸衬垫防护以防止货物沿途洒落的方案。但如何提升装载量，大家还是一筹莫展。王婷婷围着专用线转了两天。她和正在作业的专用线工人聊天，钻进棚车查看装车情况，还是找不到解决问题的方法。正当她一筹莫展时，无意间看到一辆装好聚乙烯的棚车正准备关门贴封，她忽然眼前一亮，找到了问题解决的办法。"原来为了装车师傅卸车方便，我们留下了2名卸车人取送货物2米左右的空间，实际上我们留下0.5平方米的空间就可以满足货物取送要求，这样，腾出来的近3立方米的空间最少可以再装1.5吨聚乙烯。"

王婷婷顺利地解决了聚乙烯运输过程中的难题，将70吨车实际装载量提升了1.5吨。一周后，季隆公司负责人高兴地给王婷婷打来电话：

◆王婷婷给客户介绍新车型

"新到货物 700 吨，没一袋破损，还减少了 3000 元运输成本，王主任，回来我请大家吃饭。"

通过这件事，王婷婷又总结了一条营销规律：承揽货源，需要充分了解客户的痛点和难点，"量体裁衣"制定运输方案，真诚服务确保精准营销。

一张表格里，列着营业室网格化营销区域：榆横开发区，榆阳区巴拉索镇，横山县 12 个镇，从闫庄则站辐射周围 200 公里。"谁拥有了网格里的客户，谁就能辟出一片新的物流市场。"王婷婷带领班组建立"一企一档"客户档案，探索"三全式"营销：区域走访全覆盖，潜在客户全对接，物流市场全掌握。还坚持定期回访，为客户量身定做营销方案，时时刻刻让客户感到暖心周到。

2023 年 4 月，车站附近新开了一家光伏玻璃厂，这家玻璃厂一直走公路运输。王婷婷登门了解发运意向，建议客户走铁路运输。客户担心地问道："光伏玻璃'娇贵'得很，运输过程中稍有不慎就会破碎，走铁路运输能不能行，我们不放心哪。"

"你们放心，肯定行，这样吧，等我做好方案我再来找您。"就这样，王婷婷拿着玻璃样品来到公司业务科，说明情况后立即和公司业务室开展方案设计，反复推演测试。两天后，王婷婷带着厚厚一沓装载方案再次胸有成竹地敲开了企业大门。她把集装箱类型、货物入箱、重箱上车等各个环节详细介绍给玻璃厂负责人，还通过介绍 95306 系统"一键理赔"功能给客户吃上定心丸，客户激动地说："你们用心了，想得可真周到啊。"

跑出去拓展营销，用心经营客户群，王婷婷带领班组聚沙成塔，不断拓展铁路运输市场份额。在榆林工作20年，王婷婷从一个关中人变成了陕北人，她操着浓浓的陕北味儿普通话说："我喜欢'榆林蓝'，蓝色天空看着干净清爽，希望越来越多的货物通过铁路实现绿色运输。"

"有时候不是货主不愿意采取铁路运输，而是他们不了解铁路货运的优势。"王婷婷让客户真正感受到了物流改革降低企业成本的红利，也越来越接受和信任铁路货运"店小二式"的真诚服务。很多货主客户说，我们信这小姑娘，她人实在，有热心，把货物交给她运输，我们放心！

我的妈妈是冠军

王婷婷有两个女儿，老大上高中、老二上小学。虽然王婷婷平日里照顾得少，但两个孩子都很听话，都能理解妈妈。特别是小女儿，不但没有埋怨过她，还写了一篇作文，说妈妈是她崇拜的偶像，她要做一个像妈妈那样的人。

"我的妈妈是冠军。虽然她不是运动员，但她在我心里比所有冠军都厉害。我的妈妈是一名铁路工人，她说，她干的工作就是把陕北的煤炭运送到全国各地，保证千家万户点亮灯火。她每天都要学习，她学的书比我的书厚多了，笔记记了厚厚的几大本。妈妈先后7次拿到了段上的'双料冠军'，阿姨们都说，妈妈可厉害了。妈妈次次比武拿第一，我也要做像妈妈那样的人，次次考试第一名，长大也要当冠军。"这是小女儿的二年级作文——《我的妈妈是冠军》，当时获得学校年级作文竞赛一等奖。王婷婷把这篇作文和奖状珍藏在卧室的抽屉里。王婷婷说，每一次看到这段话都感觉很温馨，也很励志，会让她觉得自己的工作很有意义。

王婷婷是一个很朴素的人，不喜欢化妆，也不爱戴首饰，几次见她，穿的都是工装。她说干铁路哪有上下班之分，随时接个电话就可能要去现场，说不定还要爬高摸低的，戴个手镯、项链什么的没有必要，而且非常不方便，还是简单点儿好。

采访中，我们与王婷婷交流。她似乎不太关心工作以外的事，也很少谈论家里的事。她说，我的家很普通，生活也很简单，从结婚到现在，十几年一直都是这样，真没什么好说的。

王婷婷对物质也没有什么高要求，生活基本上处于极简状态。她说一日三餐、一张床就是最好的生活模式。房子够住钱够花，家人健康孩子听话比什么都好。

大音希声，大象无形。联想到别人所说的王婷婷不善言辞，还有初到闫庄则站"开会一小时，追问40分钟"的同事描述，我明白了王婷婷骨子里的那种淡定和朴实。

当被问到和爱人第一次见面的场景时，她羞涩地笑了笑说，应该是2005年的事儿吧。王婷婷的老公韩世旺是榆林站的一名值班站长。2005年年初，他在一次车站组织的联谊会上遇到了王婷婷，当时就被这位个子不高但沉稳文静、不太爱说话的小姑娘吸引住了。"我们在单位食堂吃饭、早会点名、交接班时都能碰到。他都会有意无意地照顾我，慢慢地，我觉得他人挺好的……"王婷婷回忆起两人从相遇到相知的过程，满满的幸福感。"她是车站的名人，技术比武能手、先进个人，照片和事迹都在公示栏里，每次从那儿过，我都会忍不住多看上两眼。"提起王婷婷，

◎ 王婷婷正给客户分析近年来货发变化

丈夫韩世旺也是一脸的自豪。

王婷婷一天风风火火，扑在工作上，平日里照顾孩子最多的是丈夫。

"老公说我一天太忙，是个大忙人，所以家里孩子的事他就包揽了。"说这话时，王婷婷依旧笑眯眯的，只不过略显歉疚的笑中隐藏着不易觉察的得意。"她确实忙，每次看到她忙的样子，我都不忍心让她回家再忙，干脆就一门心思让她操心单位的事。"

王婷婷的婆婆对她也非常好，为了接送孩子方便，不分儿媳的心，婆婆特意把房子买在了儿子家附近，一天三遍往婷婷家里跑，每隔几天就往她家的冰箱里塞东西。特别是陕北的羊肉蒸碗，总是吃不完。"婷婷辛苦，我们两家住得又不远，人老了没事干就给他们搭把手，让年轻人好好干他们的事。"纯朴的老人，纯朴的语言，总是让婷婷感到暖心。

谈起照顾孩子，韩世旺望着婷婷笑了："她呀，指望不上，心思就不在家里，丢三落四、忘这忘那的，在单位我都不知道她年年怎么当的先进？！"

因为有了丈夫的操心，婷婷确实没有太操心过家里的事。丈夫之所以开这样的玩笑，源于王婷婷的数次疏忽。

第一次是大女儿中考前的家长会，那一次丈夫在集中轮训，王婷婷想到孩子马上初中毕业了自己还没有参加过一次家长会，就一口答应女儿去开这个家长会。而且，这次家长会还特别重要，因为孩子学习好，老师还要和这几个重点学生的家长座谈呢。女儿几次叮嘱："妈，这次中考前的家长会太重要了，你一定要来参加，可不能忘了啊。"王婷婷也特别上心，还专门设了记事闹钟进行提醒。谁料开家长会的那天下午，货1线第二十七位车小门外涨发生漏煤，半天堵不住，等到堵漏结束，问题解决，已经赶不上孩子的家长会了。为这事，婷婷的丈夫哄了好几天，大女儿才开始和婷婷说话。

"她和大女儿的'梁子'结得深呢，还有一次，孩子中考，她居然把丫头撇在了半路。"韩世旺望着婷婷笑着继续说。原来，缺席了女儿的家长会，王婷婷总想着找个机会补偿。最终换得了接送女儿中考的机会。她把小汽车里里外外洗得干干净净，还特意喷了花露水，送女儿欢天喜地进了考场。考场外的婷婷心里感到特别温暖，不时地回想着女儿进考场前转身对她做了个鬼脸的可爱模样，她为自己最终可以放松心情，做出在孩子最需要的时候陪伴她几天的决定感到欣慰，亲子时光让她感到为人母的充实和喜悦。然而，偏偏同事打来了电话，原来是一名当班货运员说家人病重，急需找人替班，问她怎么办。王婷婷说她赶回去。等到考试结束，得知她返回单位处理工作事务后，孩子独自打车回了家，心里恨恨的，一连多天不理她。

后来，大女儿考上榆林一中，听到同事对妈妈的评价，感悟到妈妈的敬业负责，慢慢地由不理解到理解。"爸妈都是干铁路的，刚开始不理解。但同学们都很钦佩，说春节坐车，看到大过年的那些铁路人都没回家，真觉得铁路人好亲好可敬。"大女儿韩卓霓望着我们，不好意思地笑了，"后来听家里来的叔叔阿姨讲铁路的事，讲妈妈的事，觉得妈妈真好，她对工作负责，对我们也照顾得挺好的，铁路的工作性质就是这样，我不应该怪妈妈。"

2024年12月17日，是王婷婷40岁的生日。她收到了老公生日快乐的祝福，收到了婆婆催她回家吃饭的信息，收到了一对"小棉袄"对她的祝福和合影，她也知道这一天是自己40岁的生日，但和往常一样，她得坚守在自己的工作岗位上，家里人依然没有等到和她一起吹蜡烛许愿、共聚晚餐的快乐时光。大女儿赶回学校上晚自习了，要上夜班的丈夫叮嘱她：早点回家，留的蛋糕在小女儿的房间里，可别忘了吃。晚上回家，孩子已经熟睡。王婷婷轻轻地推开小女儿的房门，看到了床前桌上专门给她留的蛋糕，在祝福语的背后，还新添了一行小女儿稚嫩的字："妈妈，我们没有等到你回来，但我知道妈妈有更多的事情在忙。"王婷婷的眼眶湿润了。她俯下身，轻轻地帮女儿拉了拉被角。月光透过窗户洒进来，照在女儿熟睡的脸上，也照在王婷婷胸前的铁路徽章上，泛着柔和而皎洁的光。

◈ 王婷婷一家

婷婷告诉我们，她对两个孩子都有歉疚。大女儿她失信了好几次，二女儿也一样。孩子曾几次恳求她，希望能带她去迪士尼玩玩，婷婷每次答应的都很爽快，但这个承诺至今没有兑现。"我觉得很对不起孩子，可孩子没怪我，说我是她崇拜的偶像，她要做一个像妈妈那样的人。"婷婷习惯性地捋了一下刘海，接着说道，"孩子的那篇作文，我一直珍藏。它在提醒着我去做一个什么样的人，去坚持做一些什么样的事，既是为自己，也是为孩子。"

婷婷说这话的时候，目光平静但语气坚毅。在她三言两语的简短叙述中，我们体会到的是她一路走来的磨砺与成长，是她心里坚定信念的笃定与诚信，更是千帆过尽、矢志不渝的初心与坚守。

结束了对王婷婷的采访，我们踏着星光往住处走去。望着那高远而深邃的星空，我想到了王婷婷的初心，想到了大家常说的"榆林蓝"，想到了"公转铁"，想到了一路奔跑前行的众多个"王婷婷"。相信有了国家的宏图擘画，有了铁路的好政策，有了王婷婷等 200 万铁路员工的共同努力，中国一定会山更青、水更绿，"榆林蓝"会更蓝、更多、更美丽！

孔祥配

飞驰中的超越

——记中国铁路济南局集团有限公司济南机务段动车二车间动车组司机孔祥配

▶ 王 涵 王 康

2019年8月11日，台风"利奇马"登陆山东半岛，风雨肆虐中一列动车组宛如白色闪电，沿着新建好的鲁南高铁线路飞驰。

驾驶室里，司机孔祥配正神情专注，右手稳稳地握住操纵手柄，仔细观察着仪表盘上各项数据和线路两侧的地面标志。豆大的雨点打在瞭望窗玻璃上，破碎后又连接成无数条水线，视线变得模糊起来。时速320公里、340公里、360公里……列车速度不断提升，孔祥配紧紧盯着前方的轨道，不放过任何可能影响运行安全的蛛丝马迹。当速度攀升至时速385公里时，大家欢呼起来："成功了！我们成功了！"

作为功底扎实、经验丰富的动车组司机，每当有新建高铁线路的任务时，孔祥配总会被单位选中参与新线联调联试。从山东省第一条高速铁路"胶济客专"，到客运顶流"京沪高铁"、鲁豫同心"济郑高铁"等多条高速铁路，他先后14次参与新建高铁联调联试工作，5次承担新线开通后的司机首发任务，大家都称呼他为"王牌试飞员"。

入路 22 年来，他紧跟行业发展步伐，不断挑战自我，积极适应新机型，6 年考取 6 本驾照，先后驾驶内燃机车、电力机车，以及和谐号、复兴号动车组，见证了中国铁路的进步和"中国速度"的不断提升。

飞驰中，孔祥配不断超越自己，迅速成长为能够熟练掌握各种车型的全能手，获得"全国五一劳动奖章""最美铁路人""全路技术能手"等多项荣誉称号。

偷穿爸爸的铁路服

小时候，父亲的铁路制服是孔祥配最喜欢的衣服。

父亲退伍后，转业到了济南铁路局换轨段。因工作性质特殊，需要长期驻外。母亲在家时常翻看相册里一张父亲穿着藏蓝色路服，戴着大檐帽，身姿笔直地站在火车头旁的照片，孔祥配坐在一旁，看到照片里的父亲双眼炯炯有神，嘴角扬起的弧度带着几分自信与坚毅，他的心中涌起无限向往。

一次趁着母亲出门，孔祥配搬来凳子小心翼翼地踩上去，将父亲留在家里的路服从衣柜里轻轻抱下。瘦小的身躯套进宽大的路服里显得愈加单薄，帽子也戴得歪歪扭扭。他站到镜子前盯着镜子中的自己，竭力模仿照片里父亲笔挺的站姿，把腰杆绷得直直的。这时，母亲回来了。她站在门口看了一阵儿，慢慢走到孔祥配身后，帮他把衣袖一圈圈挽起，又仔细将帽子扶正，微笑着说："我们家的小男子汉长大啦。"那天，暖黄的灯光倾洒而下投射到帽徽上熠熠生辉，这抹光亮就此落进孔祥配心底，直至今天，都未曾黯淡。

孔祥配的老家是滕州市界河镇上的一个村子，村北有一条通往鲁南水泥厂的铁路专用线，附近的一处废弃砖瓦房是孩子们玩耍的"秘密基地"。

"呜——"每当远方传来低沉悠长的汽笛声，孔祥配便扔下树枝，撒腿跑向铁路旁的小土坡。不一会儿，一辆蒸汽机车就出现在视野中，粗犷有力的车身、漆黑庞大的钢铁车轮在大家的眼里蕴含着巨大而又神秘的力量，车轮与铁轨的碰撞发出富有节奏的声响，"咣当——咣当——"似是这钢铁巨物强有力的脉搏。

回忆到这，孔祥配走到窗边看着远处准备进站的动车："我也不懂什么乐理，但是从那时起，火车汽笛声就成了我心目中最动听的声音，只要远远听到火车轰鸣声就会下意识地屏住呼吸、竖起耳朵仔细听。"

火车拖着长长的白烟，跨越万水千山把在外工作的父亲带回了家。当父亲高大的身影出现在村头，孔祥配和妹妹"呼啦"一下围上去，拽着父亲的手就往家里走。

说起工作，父亲的眼神一下子亮了起来，他拍着孔祥配的肩膀满是自豪地说道："我们呀，把铁轨一寸一寸铺向祖国的大江南北，好些个偏远的地方，也因为火车有了新发展！"当孔祥配问起火车为什么跑得那么快时，父亲顺口回答："火车跑得快，全靠车头带。火车司机操控着火车头，带着火车跑。"孔祥配暗暗在心里发誓：我长大了，一定要开火车！

孔祥配 15 岁那年，父母决定送他到济南读书，寄宿在舅舅家。

1998 年 2 月，凛冽的寒风吹着路边的红灯笼不停晃动。孔祥配在母亲的陪伴下，怀揣着对未来的憧憬与一丝紧张来到了济南站的站台。当墨色小点出现在铁轨尽头，他忍不住眯起眼睛踮脚张望。火车开过来了，停在站台前。戴着大檐帽的火车司机身姿挺拔地坐在操控台前，大手握着操纵杆，动作娴熟而有力。孔祥配突然幻想自己如果也能穿上铁路服，坐在火车驾驶室里操纵着轰鸣的火车头，那该有多好啊。

课堂上，孔祥配全神贯注，在笔记本上快速记下重点。遇到不懂的问题他立刻举手发问，不放过任何一个疑惑。每攻克一道难题，他眼中便闪烁出兴奋的光芒，那是对自己努力的肯定，他知道，只有不断充实自己，才能离梦想中的驾驶室更近一步。

◈ 年轻时的孔祥配

1999 年，孔祥配如愿考入济南铁路司机学校，成为内燃机车专业的一员。报到那天，教学楼旁的一台东风 4B2012 型火车头"隆隆"启动，是学校为欢迎新生准备的惊喜，那雄浑又熟悉的轰鸣声像是老友的亲切召唤。后来，他总是专门去看火车头，坐在一旁的石阶上看夕阳给火车头镀上金边，想象自己有朝一日能像那些经验丰富的司机一样沉稳地握住操纵杆，驾驶火车沿着铁轨看遍大江南北。在校 3 年，孔祥配对待学业认真专注，每门专业课都在 90 分以上，多次荣获专业课程奖学金。在一次规章课程的考核中，他甚至考出了令人惊叹的 99 分。

2001 年 9 月，孔祥配报名参加学校的技能比赛。最后一天的副司机给油检查是比赛的重头戏，参赛选手要在一个小时之内完成上百处结构检查并找出考官设置的故障问题。由于这次比赛的监考老师都是从济南机务段聘请来的经验丰富、业务一流的火车司机，设置的故障问题十分隐蔽，这就不仅要求选手们要有丰富的实践经验和理论基础，还要具备敏锐的观察力。

比赛一开始，孔祥配迅速进入状态，俯着身子，手中的检查工具熟练地在各个部件之间移动，每发现一处问题，就立刻认真地记录下来。检查到柴油机排水支管时，指尖感受到一丝异常的剐蹭，他立刻停下脚步，将身子探进机械间，在手电灯光的照射下发现了一处细微的破损。时间一分一秒地过去，孔祥配的神情越发专注，额头渐渐沁出了汗珠。

比赛结束，孔祥配成功排查出了 15 个故障，取得了第一名的好成绩，他出色的表现更是让在场的监考老师大为赞赏。合影的时候，孔祥配被安排站在监考老师身后，看着老师身上那套熟悉的路服，他忽然感觉自己离梦想又近了许多。

6年6本驾照

当孔祥配怀揣着一纸毕业证书和对未来的憧憬站在济南机务段的大门口时，他怎么都没想到，在接下来的6年时间里，自己能考出6种火车机型的驾照。

车队报到的那一天，大家在车队长的带领下参观了停放着锃亮机车的整备场，墙上"永远走在前头"的鎏金标语像一颗炽热的火种落进孔祥配的心田，点燃灼灼斗志，在他的胸腔里烧得旺旺的。

按照济南机务段的传统，新人上岗后的第一课是擦车。孔祥配当时所在车队的机车交路有70%的值乘时间是在夜间，从蚌埠回到济南后大约是凌晨3点。收车后，孔祥配和同事们一起用墩布、刷子等工具，仔细清理机车的每一处角落，从车头的玻璃、灯组，到车身的缝隙、部件，不放过任何污垢与灰尘。新人司机是最烦擦车的，然而孔祥配却在擦车中找到了乐趣。擦车能近距离观察、了解机车的构造细节，能够静心思考很多问题。若干年后，他回忆道，当初他能那么快考到副司机资格，学问都是在擦车中学到的。每当擦完最后一个车轮，他总会轻轻拍一拍车轮缘，抬头看着笔直的两条钢轨在远处交会："辛苦你了老伙计，明天见！"

自孔祥配入职以来，他追着人请教的场景便成了车队日常，老师傅们也十分喜爱这个充满求知欲的青年人，总是耐心解答他的疑问。

有一回，他清理完电路控制面板，对调速电路的原理有点模糊，正巧他看到行修班组的师傅刚做完收尾检查工作在车头附近收拾工具包。他立刻一路小跑过去："师傅，能麻烦您给我讲讲调速电路的工作原理吗？"孔祥配蹲下身子，用手指蘸了点水在地上比画起来，将自己的困惑一股脑儿倒了出来。行修师傅也跟着他蹲下，从最基础的电路原理讲起，一边比画一边解释。两人围在机车旁，时而蹲在地上描画，时而跑到电路控制面板对照实物验证。直到同事催促下班的声音传来，这场临时"课堂"才意犹未尽地结束。

2004 年年初，已经转为副司机的孔祥配被安排参加从济南送车至徐州的任务。列车运行至吴村站，仪表表针显示异常，刹那间，紧张的气氛在驾驶室内蔓延开来。司机师傅一边检查各项指标，一边对孔祥配说："你快去后面控制室瞧瞧，估计是电路出状况了。"孔祥配快步来到电箱处仔细检查。就在打开主发电机检查孔盖的那一刻，一股刺鼻的焦味扑面而来——原来是电机转子与碳刷压贴不紧，导致虚接，出现了环火现象。孔祥配迅速回忆起在学校所学的电路知识，而后急忙跑回驾驶室报告："老师，电路连接松动引发短路，连接处已出现环火。您先停机，我来处理。"断电之后孔祥配迅速从工具箱中取出绝缘手套和工具，小心翼翼地将转子附近的残留物清扫干净，并将碳刷打磨加固继续维持运行，将压指弹簧开启，重新安装，并将碳刷打磨加固继续维持运行。完成这一系列操作后，他朝着驾驶室喊道："老师，您再发动试试。"然而，火车只是发出一声低沉的轰鸣便再次归于寂静，仪表上仍旧显示没有电压电流。孔祥配并未气馁，再次将转子按压紧实并重新启动。这一次，火车头终于开始有节奏地振动，牵引功率恢复了正常。在后续的行程中，孔祥配在司机室密切关注电压电流表的显示，一旦发现有异常"复发"的迹象，他便立即跑去控制室进行调整。历经艰难，列车终于抵达徐州站，他们将问题反映给前来接车的上海局车队司机，并详细说明了处置过程。交班结束后，司机师傅轻轻拍了拍孔祥配的肩膀，赞许道："今天多亏了你，否则还真不一定能顺利开到徐州。"

这件事让孔祥配深刻意识到，扎实的专业技能是安全行车的关键。从那以后，他更加努力地钻研专业知识，笔记密密麻麻，机车的每一个部件，都在他的摩挲下渐渐被驯服。

4年时间里，孔祥配在同批学员中创造了多个第一：第一个考上副司机、第一个考出内燃机车驾驶证、第一批考取电力机车驾驶证、完成济南局电力机车牵引任务第一人。

然而，当他看到节日期间火车站里人群熙熙攘攘，有背着大包小包行李的老人，有依偎在父母身旁的孩童，大家都在等待着能够尽早踏上归乡的列车时，孔祥配深知，自己手中操控的不仅是一列火车，更是无数旅客对团圆的期盼，是连接家乡与远方的希望纽带。他暗自下定决心："祖国以什么速度前进，我就要驾驶什么速度的火车！"

2006年12月，寒意料峭，孔祥配稳稳操控着DF11型内燃机车，一路向北奔赴北京。当列车路过沧州站时，刹那间，一抹灵动的白色身影从内侧疾驰而过。"啊，是'和谐号'！"当时的"和谐号"动车组并未正式投入使用，孔祥配也只是从新闻里了解过相关的内容，这次擦身而过的对视，宛如一道划破暗沉冬日的流星，让他心潮澎湃，热血瞬间涌上脑门：我一定要登上那风驰电掣的动车组，执掌速度的缰绳！

当孔祥配了解到报名动车组司机选拔的硬性条件——必须积累10万公里的安全行驶里程时，他心中一紧：自己距离这个目标还差2万公里，按照当时车队的排班情况，想要完成至少需要4个月时间。时间紧迫，孔祥配向父母解释了自己的打算后，他将所有的休息时间都用在了跑车和学习专业知识上。在满足休息时间的情况下，孔祥配主动要求替班。每一次执行任务，他都全神贯注，严格按照操作规范出色地完成行车任务。3个月后，孔祥配成功完成了安全行驶里程的要求，为自己赢得了参与选拔的宝贵机会。

积攒安全行驶里程的同时，孔祥配也在不断地汲取专业知识。考取动车组司机，不但要掌握《铁路技术管理规程》《铁路行车组织规则》及动力分散型动车组有关技术管理规定，更要熟知劳动、人身、设备操作

◈ 孔祥配在机车派班室做出乘前准备工作，认真核对运行揭示（姜波　摄）

安全、电气化铁路等方面的有关规定。每每夜幕降临，孤灯下的他身影依旧坚定，桌上专业书籍与资料堆积如山，他逐页钻研，寻根究底，将书上重点、自身思考及向老师傅讨教的经验，都详细地记录在笔记中，每一处停顿都是他思考的痕迹。

翻开他的笔记本，工整清晰的行书就像它的主人那般沉稳而内敛，带领我们进入一座精心规划的知识花园。分类明晰的知识点整齐排列，红、橙、蓝3种不同的颜色跳跃其中，圈画重点。动车组构造原理这类复杂的知识旁附有他精心绘制的图表和简洁说明；繁琐难记的操作流程按顺序分行罗列，旁边标注着醒目的警告标识和详细的避错指南，如同一张精准的路线图让复杂的操作变得清晰可循。

2007年3月，孔祥配凭借优异的成绩通过选拔，拿到了去西南交通大学参加动车组司机资格培训班的入场券。在培训班的课堂上，面对全新的知识体系，孔祥配全神贯注，飞速记录要点。课后，他不满足于书本，常泡图书馆查阅国内外相关资料，为掌握原理，反复研读晦涩理论。

实操课上，孔祥配与同学、老师一同摸索，面对复杂的操作面板，众人围坐研讨，从各部件功能到整体运行逻辑，逐一拆解分析。休息时，孔祥配也不停歇，经常旁听西南交通大学相关专业课程，向老师们虚心请教。夜晚，他独自复盘当日所学，梳理操作流程，总结问题与心得。为提升应急能力，他和伙伴模拟各类故障场景，不断演练直至形成肌肉记忆。

结业考试的面试当天，考官翻看了一遍面试资料，抬头问："你真的才24岁？"孔祥配点点头。紧接着考官抛出来一连串的技术问题，孔祥配不疾不徐地逐一回答，眼神中满是从容与自信。清晰的逻辑和独到的见解最终赢得考官的赞许："你是我见到的第一个年龄不到30岁的动车组司机，但能力毫不逊于他们。"

最后，孔祥配顺利通过了铁道部第十批动车组司机考试，成为当时全路最年轻的动车组司机。

参加工作后的时光如白驹过隙，看似短暂的6年里，孔祥配以惊人的毅力和不懈的努力，考取了6本火车驾照，每一本驾照都是他汗水与智慧的结晶，见证着他在火车驾驶领域不断突破自我、勇攀高峰的历程。

动车组的智能化，使得操作流程更为简化，工作环境更加舒适，但对司机的素质要求却更高了：对标停车、贴限运行都是新的标准。每次驾驶列车进站前，停车站的对标距离、制动参考物都清晰地浮现在孔祥配的脑海里。停靠后，他起身而立，估算车头与停车标的距离，连同进站的起始速度和减速距离记录下来与自己预想的数据进行对比，调整最合适的下闸点。值乘结束回到行车公寓，他便第一时间掏出笔记本，记录下此次出乘的心得体会，总结行车操纵方法，把每一把闸都作为关键点来控制，根据制动机性能，一点点摸索其中的规律。

20多年来，6本厚厚的近60万字的行车日记见证了他的用心。由他总结的"抓时机、快加速、精制动、贴限速"12字操纵法和"阶段缓解工作法""低速惯性对标法"，很快在济南局里流传开来，成为众多动车组司机必备的行车"宝典"。

截至2024年，孔祥配已熟练掌握了13种车型的操纵技术，成为操纵动车组的"技术大拿"。自此，钢铁长龙在他手中化作灵动游鱼，既有着风一般的加速疾驰，又保持着静水深流般的平稳，就连一枚轻置于车窗边缘的鸡蛋，也能稳稳伫立数秒。

风霜雨雪开好车

在火车司机眼中，正常情况下开好车不难，但要在非正常的恶劣天气下开车，考验着司机的真本领。

孔祥配的师父薛军时常叮嘱他："开车是个'细活'，最怕碰到老天爷'使性子'，必须提前把功夫练到骨子里。"此后，他时常在脑海中模拟各种恶劣天气下的驾驶场景，反复演练应急处置流程，思考如何应对突发状况，将操作步骤深深地刻进了脑海。

2012年6月，济南局管内进入防洪防汛期。一天清晨，乌云低垂，细密的雨丝如银针般簌簌落下。孔祥配早早地完成了各项准备工作，仔细阅读出勤传达文件，提前了解值乘列车的注意事项和当日的天气情况。上车后，孔祥配关闭车门，驾驶着动车组缓缓驶出济南站。此时，雨势虽然不大，但他丝毫不敢大意，严格按照限速要求谨慎驾驶列车前行。

车外的雨越下越密，雨滴不断地敲打着车窗。黑色的雨刷宛如灵动的羽翼，左右往复摆动，在玻璃上划出一道道清晰的扇形轨迹，为孔祥配开辟出一方清晰的视野。当列车驶过曲阜东站时，本就不算小的雨突然变得铺天盖地，如瀑布般倾泻而下。瞬间，雨幕完全笼罩了整个视线，前方的铁轨、信号灯变得模糊不清，能见度急剧下降。孔祥配迅速做出反应，缓缓拉动制动手柄，列车速度一点点降了下来。同时，他将雨刷器调至最快，却只能在水帘上撕开一道道转瞬即逝的缝隙。朦胧的视野中，每一次短暂的清晰都成了与暴雨博弈的珍贵瞬间。孔祥配全神贯注，紧紧盯着前方，双耳也时刻警惕着，不放过任何的异常，时刻准备应对可能出现的突发情况。

随着列车继续前行，他一边操作设备，一边通过通信设备与随车机械师保持密切沟通，实时了解列车的各项设备运行状态。时间一分一秒地过去，在这场与暴雨的较量中，孔祥配始终保持着高度的专注和冷静。直到列车顺利抵达宿州东站，雨势减小，孔祥配紧绷的神经才稍稍放松。

然而，铁路线上的挑战总是接踵而至，那场暴雨里的惊心动魄还未从记忆中褪去，新的挑战已裹挟着呼啸的风，悄然铺展在接下来的征途之上。

一个月后，孔祥配照常驾驶动车从南京返回济南。列车一路如灵动的游龙，穿梭在广袤大地。窗外景色似流动画卷，金黄稻田与错落村舍交替闪过，让人满心惬意。行驶到徐州至枣庄之间的一座高桥时，孔祥配突然发现远处的天空变得阴沉，不禁担忧起来。不一会儿，车身在狂风中开始抖动，发出"呜呜"的声音。透过车窗，他看到被狂风肆意席卷的树木，枝叶疯狂舞动，意识到此时的风速可能达到了 20m/s，不能继续按照原速行驶。他果断将手柄回拉至快速制动位，速度开始逐步降低。

随后他拿起无线电话，呼叫调度："G2578 行驶至徐州东至济南西，现场风速较大，车体晃动严重，降速至 200km/h 行驶。"

"同意 G2578 降速至 120km/h，注意观察情况，保持安全速度行驶。"

"司机明白。"

列车慢慢恢复平稳，孔祥配继续注视前方。每当看到有树枝等杂物被狂风席卷到空中，他便下意识地握紧制动手柄。

大概 10 分钟后，列车安全行驶出强风区。

听完，我们不禁问道："如果当时判断有误，这样盲目降低车速，不担心要承担责任吗？""当时情况紧急，而且我也是根据经验进行了判断。"孔祥配平静地回答，"判断失误那说明我业务不精，受罚也是应该。但如果当时我发现存在危险却不降速，发生事故，那就是一车人的生命。"手握闸把子，心系坐车人。在孔祥配看来，平稳操纵，让旅客的体验更美好是每一名动车组司机的努力方向。

2023 年 12 月，山东迎来连续降雪，雪花从天际倾泻而下，如同天幕抖落的碎絮。14 日一早，孔祥配驾驶着"复兴号"从济南开往泰安，出

◆ 孔祥配在济南机务段动车组司机练功场为新职动车组司机讲解换端作业项点（姜波 摄）

乘前他仔细核对运行揭示，认真写好行车预案。一路上全神贯注，谨慎前行。起初，零星的雪粒轻盈地落在钢轨上，转瞬便消融成晶莹的水珠，蜿蜒成细流。不一会儿，随着北风越发凛冽，雪势骤然加剧，道砟石间的缝隙被积雪填满。车窗外的世界已被大雪织成一片银白，树木皆裹着晶莹的冰挂。此时的驾驶室内，气氛十分紧张。孔祥配的目光穿过挡风玻璃，落在覆着薄冰的钢轨上。这看似纯净的雪景里，每一道冰纹都是轮轨打滑的隐患，每一处积雪都可能让制动距离延长数十米，更遑论道岔区若被冰块卡滞，会直接影响到列车的轨道变化。

前方是一段坡度达到16‰的上坡道，坡道后还接有一处450米长的接触网分相无电区。当列车准备从75km/h提速至120km/h进行闯坡时，显示屏上的电压信号瞬间发生波动，车载设备监控系统发出报警声，主断路器突然跳闸。孔祥配心头一紧：若不能妥当处置，就算按照现在的速度惯性冲过坡顶，最后也会因列车动力不足而停在分相区中。他稳住心神，迅速查看显示屏，判断故障可能是车顶积雪变多，雪花粘在车顶电压互感器引起的。"回零——闭合主断——"手柄回零的动作如收剑入鞘，精准而果决。随着牵引变流器正常启动，列车恢复了动力。接着他谨慎感受着车体的震动，精细调节手柄，配合开启撒砂，撒砂装置喷出的砂砾在轮轨间激起细雪，宛如给打滑的银龙钉上防滑的鳞甲，电流信号随着他的呼吸起伏，列车速度稳步上升，最终安全平稳地通过了分相区。

看着越来越近的泰安站，孔祥配选择较平常提前300米就开始小级位制动。一连串的操作指令在他的脑海中化成钢琴师触键的轻重——既不能让轮对在冰面上打滑发出刺耳的破音，又要借重力与机械奏响精准的停拍。列车驶入站区，他不断观察列控车载设备的降速情况和列车与停车位置标距离，右手不断操纵着手柄，精细调整制动级位。当停车标与肩膀平齐的刹那，列车稳稳停住，没有顿挫。

如今，中国铁路快速发展，"中国标准"一步步走向世界、领先世界。孔祥配明白，自己还有很长的路要走，还有很多的坡要爬。

高铁"试飞员"

2005 年，随着中国高铁迅猛发展，高铁网日益完善。胶济客运专线作为山东省内第一条高速铁路备受大众关注。孔祥配在众多报名的动车组司机中脱颖而出成功入选联调联试小组，开启了他在高铁领域的新征程。

联调联试是新建高铁开通前的一场严苛大考，通过驾驶测试动车组全速行驶，对新建线路的各个系统、各项性能进行全面检验，验证各系统协同运作的可靠性，为后续制订科学合理的运营方案、行车组织计划提供有力支撑，确保高铁开通后能安全、高效、有序运行，为旅客提供优质出行服务。

孔祥配告诉我们："联调联试期间，试验列车大部分的辅助系统需隔离关闭，全凭司机手动操控。"在试验的最后阶段，更需要司机在这种条件下完成高出列车设计线路速度 10% 的安全试验，对技术水平、经验积累以及对线路和整个动车组列车性能的掌控能力，都是巨大的挑战，于是业内又将联调联试试验列车驾驶员称为高铁"试飞员"。

2008 年胶济客专联调联试的时候，列车如往常一样缓缓驶入淄博站，按照既定程序，准备从胶济客专上行线转入下行线。孔祥配双手牢牢地握住驾驶手柄，眼神在操作面板与线路之间来回扫视，时刻关注着各项仪表数据以及线路状况，确保列车运行万无一失。突然，机车信号灯开始闪烁，发出异常警示，列车随即触发紧急制动，在铁轨上划出刺耳的摩擦声。孔祥配的心猛地一紧，迅速回顾了之前的每一个操作步骤，确认自己的操作不存在失误。面对眼前的突发状况，他一时有些不知所措。就在这时，肩窝突然落下一道沉稳的力量，经验丰富的指导司机拍了拍孔祥配的肩膀："稳住。"随即，指导司机抄起对讲机向车厢里的技术人员发出呼叫："淄博站内上行线转下行线的信号出现问题，列车控制系统已紧急制动，请求电务确认。"紧接着，他又转头对孔祥配说道："先转入人工操作模式。"对讲机传来技术组确认信号故障的回复，表盘指针重新开始攀升，孔祥配注意到警示灯的红光不知何时已褪成了安全的琥珀色。

经过了这场小风波，孔祥配意识到要想成为一名合格的试验列车司机，在驾驶过程中敏锐洞察问题，协同各方，高效完成任务，不仅要精通机务知识，更要广泛涉猎各个工种的知识。于是他向工务、供电、电务等兄弟站段的朋友们借来专业书籍，利用休息时间充分学习运输组织方案、安全措施、LKJ 基础数据、电气化铁路安全及送电安全等知识。孔祥配笑着说："联调联试期间我动不动就找工务的朋友问问题，他还反问我是不是要跳槽了。"

2008 年 7 月底，孔祥配接到了参与胶济客专新线贯通的试验任务。

白天他和同事们沿着线路进行徒步勘察，与技术人员沟通交流，学习各种设备的工作原理和性能参数；晚上围绕着勘察情况和设计资料他们共同研讨，仔细计算制动距离与加速距离，不断优化试验列车操纵预案，制作操纵提示卡，为完成好试验项目做了充分的准备。后来，孔祥配因表现优秀，又被选拔为全线贯通试验的小组成员，连续 6 个夜晚稳稳地坐在试验列车的驾驶座上，驾驶着列车穿梭在潍坊与淄博之间。

2010 年，运输干线京沪高铁进入联调联试阶段。

凌晨 4 点，闹钟在寂静的房间里响起，孔祥配猛地睁开眼，窗外夜色正浓。他揉了揉发酸的肩膀，迅速完成了洗漱。5 点，他准时出现在会议室与同事核对当天的试验计划。列车启动时，东方天际刚泛起鱼肚白，他紧盯着仪表盘上跳动的数据，手中的记录本密密麻麻写满线路坡度、信号变化和制动距离。往返于北京、上海的过程中，他和团队不仅要保障试验安全，还要将沿途每个弯道、每处隧道的细节都记录下来。当列车终于停靠站台时，时钟已指向 22 点，而孔祥配的工作并未结束。回到宿舍，他继续整理着白天收集的资料。

"这些数据是兄弟们未来行车的眼睛。"孔祥配常对同事说。为了让未参与试验的司机掌握操纵要点，他和团队在试验间隙反复核对数据，有时为了一个制动参数，要在会议室争论到深夜。技术团队的初稿出来后，他又利用仅有的休息时间逐字检查，常常在昏黄的台灯下改到黎明。

到了试验后期，新车型 CRH380BL 的性能测试任务落在了孔祥配的肩上。当时处于京沪高铁试运行阶段，白天京沪高铁需要进行运行试验，新造动车组的试验只能晚上进行，当试验列车完成试验到达济南西站后，需要入所整备，还要避开出所参加试运行的动车组，一般都是 8 点左右入库，他每晚 9 点出勤，在夜色中驾驶试验车，直到第二天上午 9 点才能休息。当第一缕阳光照在车头的流线型外壳上，他仍在认真记录着车辆在不同时速下的数据。连续 9 天，在这段昼伏夜出的日子里，孔祥配的笔记本堆成了小山，收集的数据资料装满了整个硬盘。他望着窗外飞驰而过的景色忽然意识到：那些在钢轨上度过的日日夜夜，那些反复核对的数据，早已将他淬炼成为一名真正的铁路尖兵。

2011 年 2 月，京沪高铁开通前夕，为了让旅客出行更加便利，实现高铁的"公交化"运行，专家团队决定开展 3 分钟追踪试验。孔祥配驾驶检测车与前车保持 11 公里间距全速追踪，顺利停车后两车的间隔时间竟然只有 2 分 59 秒，而孔祥配在与同事复盘后觉得这个数据并不完美。此后的几天，他们昼夜不息地沉浸在技术图纸与模拟数据之中，逐一剖析线路布局、信号逻辑、咽喉区调度策略及操纵核心环节。

当晚风挟着碎雪扑打窗玻璃时，孔祥配正用红笔在 1∶1000 的线路图上圈画第三处咽喉区。"这一处的制动、提速配合是个关键。"他在一旁的演草纸上快速计算出制动距离和时间，将结果标注在线路图上。每一寸轨道、每一个信号点都成了他们攻坚的对象，他们以近乎苛求的态度，一米一米地精细推敲，终于梳理出一套严密的追踪行车方案。第二次试验，列车如行云流水般划出那条令人振奋的完美曲线，将时间定格在彼时最短间隔的 2 分 50 秒时，孔祥配激动地握紧了双拳。8 年后，他和同事在日兰高铁的追踪试验中实现了 2 分 30 秒的突破，为列车运行时刻表的优化提供了精准数据，更好满足了旅客的出行需求。

23 年的职业生涯，孔祥配先后参与了山东省 14 条高铁新线的联调联试工作，一次次任务中的出色表现让他成为济南机务段里响当当的"金牌司机"和济南局集团公司名副其实的高铁"试飞第一人"。看着一条条线路在他们的调试下变得越发稳定，看着列车的各项性能指标不断优化，他深知自己的努力正一步步转化为实实在在的成果。每当列车顺利完成一次试验运行，他心中都会涌起一股难以言喻的自豪。

　　孔祥配深有感触地说，联调联试是职业生涯中宝贵的历练，让他有机会直面各类突发状况，掌握处理方法。他明白这些经验不仅属于自己，对后来参与联调联试的司机同样意义重大。

　　2023 年，孔祥配接到"高速铁路新线开通机务系统标准管理"的科研课题任务，即制定高铁新线开通联调联试的机务技术标准。

◉ 孔祥配在潍莱高铁联调联试中冲击 385km 最高试验时速（姜波　摄）

从接受任务的第一天起，孔祥配的生活再一次被忙碌与专注填满。他一头扎进了专业知识的海洋，办公室里、家中，处处都是他查阅资料、研读论文的身影。千余份专业论文如同繁星般浩瀚，每一篇都蕴含着行业专家的智慧与经验。从复杂的信号系统到新型的轨道结构，从精细的列车运行参数到严谨的调度指挥流程，他逐一梳理、细大不捐，笔记本上反复修改的笔记，记录着他与同事们的热烈讨论。许多在联调联试中结识的铁科院专家和外局动车组司机在了解到课题的复杂后，纷纷打来电话为他提供技术支持。

除此之外，孔祥配还积极将自己多年来在一线积累的实践经验融入其中。他回忆起每一次驾驶列车时的感受，那些应对突发状况的瞬间，与团队成员默契配合的时刻，都成了他制定标准管理规范的重要依据。他深知只有将理论与实践相结合，才能制定出真正适用于实际工作的标准。

转眼间，9个月过去了。在大家的共同努力下，形成了10万字的高速铁路新线开通机务系统标准化手册。

当那本沉甸甸的指导书摆在面前时，孔祥配的眼中闪烁着激动的泪花。他知道，这不仅是一本书，更是他和同事们无数个日夜的心血结晶，是无数次努力与坚持的见证。这本书，成了济南局高铁司机的行车宝典，为高铁新线的开通提供了坚实的保障。

最受欢迎的授课教师

一花独放不是春，百花齐放春满园。2020年，济南机务段决定成立孔祥配技能大师工作室。

工作室的成立宛如一盏明灯，将分散的星光汇聚成璀璨星河。在这里，大家积极分享驾驶经验与操作技巧，面对复杂的行车难题，众人围坐研讨，思想碰撞出智慧火花。

"2008年一次值乘，仪表盘突然闪现了一个奇怪的标识，虽然没有影响继续行车，但事后厂家和专业人员却对故障原因闭口不提。"孔祥配在学习会上向工作室成员分享自身经历时说，"遇到难题不要想着'伸手要答案'，要自己'动手找钥匙'。"在他的带领下，工作室逐渐成为攻克技术难关的"攻坚站"和培养技术骨干的"摇篮"。

2023年夏天的一个深夜，办公楼的灯光零星暗淡，孔祥配技能大师工作室的灯却依旧亮着。键盘敲击声、图纸翻动声与窗外的虫鸣声交织，10多份集团公司电务部、济南电务段专家提供列控车载设备应急处置技术资料摊在长桌上，墨色的批注密密麻麻爬满纸面。孔祥配捏着笔杆，盯着白板上列得满满当当的列控车载设备处置要点，眉头拧成了疙瘩——这已经是他们第七次修改手册内容。列控系统是列车的"大脑"，为了能够编制出一份能让司机在30秒内锁定解决方案的"救命手册"，工作室成员们已经连续加班两个星期了。大家不停地收集各类非正常行车概况，分析原因，逐字逐句研读各类规范条文，反复推敲，只为确保完成的流程符合现场的作业要求。

如今，这份《机务系统列控车载设备处置流程手册》被整齐摆放在每列动车的操作台旁。每当司机翻开它，扉页上的一行小字总会映入眼帘："每道处置指令，都是守护万千旅客平安的最后防线。"

在动车组司机队伍中，还有一群同样重要却鲜少被大众熟知的身影——地勤司机。他们承担着机车整备、列车送修等重要任务，是保障机车安全高效运行的关键一环。然而，由于工作班次复杂、突发状况等原因，地勤司机偶发迟到现象，致使列车送修等工作出现延误，给机车调度和后续运输安排带来诸多不便。段领导将这一难题交给工作室，希望团队能发挥技术优势破解困局。

孔祥配立即召集工作室成员围坐研讨，白板上很快写满思路：人工电话提醒耗时耗力，传统闹钟软件难以精准适配复杂排班。正当大家陷入沉思时，成员杨斌灵光乍现："能不能开发一套自动推送系统？把排班表录入后台，系统按时间节点主动给司机手机发送提醒！"话音刚落，会议室里响起此起彼伏的赞同声。团队迅速分工，孔祥配与杨斌带领技术小组，白天跟车调研司机工作规律，晚上与软件工程师反复调试算法；其他成员负责收集地勤司机及其他岗位对提醒功能的需求。经过两个月的努力，出勤辅助系统雏形初现——它能根据每周排班表自动生成提醒计划，提前 1 小时拨通司机电话，电话接通后，系统会清晰播报出勤时间、地点，并通过语音交互确认司机的到岗状态。同事们纷纷赞扬："以前总怕忘记定闹钟、睡过头，心里不踏实，现在有了这系统，再也不用担心迟到了！"

如今，这一凝聚着孔祥配技能大师工作室集体智慧的出勤辅助系统，让济南机务段的运输秩序得到了极大改善，地勤司机们也以更加饱满的状态，在岗位上继续为铁路运输的安全畅通保驾护航。

随着高速铁路的发展，济南机务段顺应时代的号召，对培养动车组

◈ 孔祥配给新职司机授课（姜波　摄）

司机提出了更高的要求。当段领导找到孔祥配，希望他能担起培养动车组司机的重任时，他欣然接受。

在与年轻学员接触了一段时间后，孔祥配发现他们思维敏捷，具备很强的学习能力，对新知识、新技能的接受速度快，只是由于动车组驾驶时间短，在实际操作与应对复杂情况方面还存在着经验不足的短板。

孔祥配立即组织工作室成员，精心制作了形式新颖、内容丰富的 PPT 课件，将复杂的专业知识以生动形象、通俗易懂的方式呈现出来，故障案例旁配着他用手机拍的现场场景。同时，他还亲自手绘了细致入微的"济南地区枢纽线路图"，每个道岔编号都标着不同颜色：红色是冬季容易结冰区段，需要适当降速经过；蓝色则是夏季容易积水的部分，要时刻关注道岔表示器的显示状态。课堂上，那些曾经复杂如天书的专业知识，顺着他带点山东口音的讲解，像熔化的铁水般稳稳浇进新人司机们刚入行的模子里。

随后，工作室更是精心开设了"大师讲堂"和"竞赛争先班"，为提升动车组司机的专业技能搭建了良好的学习平台。孔祥配主讲的课程丰富且实用，包括《利用模拟机进行现场模拟》《列车运行中非正常应急处置》《日兰高铁作业指导和操纵指导》等。这些课程每月会开展两到三次，每次授课时长两个多小时。凭借深入浅出的讲解方式和丰富的实践经验，他的课程深受欢迎，每次上线学习人数都在 400 人以上，孔祥配也因此成为工作室中最受学员们喜爱的授课教师之一。

授人以鱼，不如授人以渔。实训场上，孔祥配更是倾囊相授，对每一名学员的操作他都严格要求，不放过任何细节。从规范动作到应急处理，孔祥配手把手指导，帮助他们快速成长。

2022 年段技术比武前的一个傍晚，孔祥配看见工作室成员苏衍泉对着作业指导书发呆，他拉过一把椅子在旁边坐下。苏衍泉向他请教了不同天气情况下列车参数调整的经验和精准计算方法，孔祥配认为理论需实践打磨，便带他前往模拟驾驶室。在模驾室里，孔祥配启动系统模拟多种天气路况，解释列车制动核心是摩擦力，速度一定时通过改变制动力调整加速度实现安全制动，铁轨摩擦力是关键变量，通过大量实验、采集数据、运用算法构建模型确定参数。模拟各种制动操纵方式后，孔祥配故意操作失误，苏衍泉敏锐察觉："孔老师，这一处的参数会不会太高了？"孔祥配满意地点了点头："你发现得很快啊，调整参数时如果忽略速度与制动力动态匹配，速度高时骤然加大制动力会使车轮抱死以致列车失控，要做到循序渐进，依据速度变化平滑调整。"说罢便将错误的参数重新调整，继续讲解。

后来，工作室成员苏衍泉、潘永超等4人在济南局集团公司的技术比武中脱颖而出，斩获佳绩。潘永超更是在后来的济南局集团公司动车组平稳操纵竞赛中取得了第一名的好成绩。比赛结束后，潘永超激动地抱着奖杯跑到孔祥配面前，孔祥配接过奖杯用手摸着上面的字，对他说："好小子，比我都厉害！"

在工作室新颖的培养模式下，首批19名新职动车司机也迅速成长，顺利出徒，在工作岗位上独当一面。尽管如此，如何让动车组司机突破时间与空间限制，实现有针对性的高效学习这一问题，却始终萦绕在孔祥配的心头。

2024年年初，当他看到儿子专注地使用学习机，通过点击不同的学习板块，轻松获取知识，那操作便捷、自主选择的学习模式深深吸引了他的目光。

"动车组司机人手一台平板电脑，这不就如同学习机一样嘛！只要把合适的学习视频装进去，大家就能按照自己的需求，想学什么就点什么，实现点餐式学习，多方便呀！"听着他的设想，工作室成员们眼中渐渐泛起光亮——从碎片化时间利用到个性化课程定制，这个源于生活的巧思恰好能解决司机学习时间分散、需求多元的难题。

大家精心挑选了几份较为全面的学习资料，将资料中的内容转化为通俗易懂的语言，精心编写脚本，拍摄成一个又一个生动有趣的短视频。视频上线后，迅速在段里引起了强烈反响。大家纷纷点赞，兴奋地表示："有了这些视频，学习起来方便多了，效率也提高了不少！"这一创新之举，切实解决了同事们在学习过程中的困扰，为大家提供了实实在在的帮助。

截至 2024 年年底，工作室配合各车间采用分众化、差异化的培训方式，先后培训动车组司机近 200 余名，孔祥配更是培养出特级技师 3 人、高级技师 6 人，使得动车组司机现场实作的操纵水平得到了进一步提高，为运输生产一线提供了有力的技术支持。

跨界朋友圈

孔祥配常年奔赴各地参与培训交流活动，结识了很多来自不同铁路局的优秀同行、铁科院专家和厂家技术人员，他的"朋友圈"越来越广。

济郑高铁联调联试期间，由孔祥配牵头组建的"开路先锋"团队展现了非凡的实力与担当，全力协助郑州局培养联调联试动车组司机。他们精心制订培训计划，从理论知识到实际操作，毫无保留地将自己的专业知识和实践技巧传授给郑州局的司机。在模拟联调联试的场景中，孔祥配耐心指导每一位司机，细致地纠正他们的操作偏差，讲解各种突发情况的应对策略。

在济郑高铁联调联试工作圆满完成后，当初为了方便交流而创建的微信群聊，并没有随着工作的结束而被大家遗忘解散。大家依旧在群聊中不时分享着工作中的收获与感悟，以及遇到的一些技术难题和解决办法。有时孔祥配会将自己的讲义和 PPT 分享到群里。这些资料，从高铁驾驶的技巧到应急处置的预案，从列车维护的小窍门到最新技术规范的解读，无一不凝聚着他多年积累的心血。

"各位同仁，最新版的《高速铁路行车组织规则》解读来啦，结合了我最近值乘遇到的实际问题，希望对大家有帮助。"随着孔祥配的一条消息，群里瞬间热闹起来。"孔老师，您真是我们的及时雨啊！上次分享的故障排查指南，帮我解决了大问题！"一名外局动车组司机迅速回复，还配了个大拇指的表情包。消息提示音此起彼伏，孔祥配看着满屏的感谢和鼓励，心中涌起一股暖流。

随着时间的推移，群里的交流内容越来越丰富，涉及的高铁运行相关知识也越来越深入。这些有价值的交流信息，如同磁铁一般，吸引了不少外局同行的注意，纷纷申请加入。

◈ 孔祥配驾驶动车组列车，全神贯注确认前方信号（姜波　摄）

如今，更有邢云堂、殷学斌、董洪涛等来自不同铁路局、不同专业领域的"大咖"，也加入到这个群聊中，带来了各自地区高铁运行的独特经验。群里的交流氛围越发活跃，大家围绕着高铁运行的方方面面展开讨论，从列车的驾驶技巧到设备的维护保养，从复杂的电路系统到各种突发情况的应对，每个人都积极分享着自己的见解和经验，在交流中共同成长、共同进步。

在大家的建议下，孔祥配将群聊名称更新为"司机论坛"。在这里，每一个看似不起眼的小问题，都会得到"大咖"的指点，新手们如获至宝也豁然开朗。有一些刚进群的新人司机觉得自己资历尚浅，不好意思在群里发问，细心的孔祥配就在自己的群名称里备注了电话号码。

一天下午，我们正在整理当天的采访资料，突然孔祥配的手机铃声打破了室内的安静。他低头看了眼屏幕，随即接起电话，脸上露出了温和的笑意——原来是沈阳局动车组司机张锴打来的感谢电话。

就在采访前一周，张锴给孔祥配发来微信，动车组导引仪的相关问题正困扰着沈阳局的动车组司机们。

导引仪在济南局已经上线使用近两年，作为技能大师工作室的负责人，孔祥配对导引仪更是有着深入的研究和丰富的实践经验。他立即回拨电话，认真回复张锴提出的每一个问题。从动车组导引仪的基础使用方法讲起，他将复杂的操作流程拆解成一个个通俗易懂的步骤，耐心细致地讲解。后来，孔祥配不仅解答了现有的问题，还主动分享了许多工作室关于导引仪工作改进和改良的方法。他结合实际工作经验，提出一系列优化建议。在孔祥配的帮助下，沈阳局的动车组司机们逐渐掌握了导引仪的使用精髓。

张锴在电话里难掩激动："小孔，在你的帮助下，我们的操作效率提高了一大截！局里都在表扬我们！"感谢声还萦绕在耳边，又话锋一转："还有个事儿想跟你请教。我们局 2024 年开始担当 CR400 系列动车组，最近在换端操作上遇到些困惑。"听到这里，孔祥配微微抬起肩膀，将电话小心翼翼地夹在耳朵与肩膀之间，调整了一下位置，腾出双手开始快速地在本子上记录起来。挂断电话后，他迅速打开电脑，在硬盘里仔细检索与 CR400 系列动车组换端作业相关的技术文档、操作手册和规范标准，密密麻麻的文字在屏幕上快速滚动，指尖在键盘上敲击出急促的节奏，不断筛选、标记着有用的信息。直到快要吃晚饭时，孔祥配才将整理好的资料打包发送给张锴。走在路上他告诉我们："以前遇到难题向张锴老师请教，他总是第一时间回复，连休息日都不嫌我打扰。"他眼神里满是感激，"现在他需要帮忙，我当然是义不容辞。"

在孔祥配随身携带的一个电话本里留存着 2000 多个号码，这里面不仅有各个路局的司机，还有一些铁科院专家和厂家技术指导，按照地域、姓名、职务等信息分成了 13 个小组。这些号码对他来说意义非凡，它们见证着他的成长蜕变，见证着他的出征凯旋，见证着他的速度与激情。

2024 年年底，孔祥配被派去参加与呼和浩特局联合组织的 CR300AF 型和 CRH5 型两种动车组救援的应急演练。正式演练当天，大家在车上专注地操作着各种设备，一位呼和浩特局的同事跑到车上请教："哪位可以给我们讲一下电气车钩控制电路连接的原理吗？"一时间所有人陷入了沉思。在平常的工作中，电气连接线一直被一个罩子严严实实地罩着，这使得大家很少有机会能直接观察到电气车钩控制电路的实际连接情况和运行状态。孔祥配整理了一下思路，走了过去："电气车钩控制电路的稳定连接，关键在于各部件的协同工作以及合理的电路设计。"他简单明了地阐述了电气车钩控制电路中继电器、控制开关等关键部件的基本作用和相互关系。随后，又从自己带来的资料中翻出了前些年研究类似问题时制作的课件，递给呼局的同事。课件里详细记录着他对电气车钩控制电路的研究，不仅有清晰的电路原理图，还有实际案例分析和故障解决方案。呼局的同事连连道谢。

联合演练结束后不久，孔祥配接到了在活动中结识的铁科院专家的电话。电话接通，专家询问在实际运行中ATP（列车超速防护系统）隔离后转为LKJ（列车运行监控记录装置）控车时，为何机柜一定要进行隔离操作，觉得ATP在非运行状态下不隔离似乎也不影响LKJ接入。孔祥配沉思后认真解释："ATP非运行状态下部分功能模块仍通电，若不隔离可能和LKJ产生信号干扰，收到应答器紧急停车信息会导致列车紧急制动。"为了解释得更加通俗易懂，他还以两个指挥同时给火车下达指令作比，"接到不同的信号，列车肯定会'蒙圈'，不知道该听谁的。"随后，两人就不同工况下的应急处置措施进行了长时间交流。通话结束时，专家不停地感谢孔祥配分享的宝贵经验。孔祥配笑着说："我们的目标都是为了高铁运行更安全高效，更何况您能找我已经是对我最大的肯定了。"

在跨界交流的过程中，孔祥配与外局同行思维碰撞，与铁科院专家深度探讨，与厂家技术人员携手攻关。这些难得的协作经历，不仅拓宽了彼此的视野，更凝聚成了推动铁路事业发展的强大合力。

我要带你去看海

谈及家人，孔祥配说，自己能在工作中取得成绩，离不开家人默默承担家务、毫无怨言的支持。

孔祥配的妻子杜丽娜也是滕州人，去看大海是她一直以来的梦想。2008 年，当孔祥配接到胶济客专联调联试任务的通知时，两人正在挑选婚礼喜帖。挂断电话后，孔祥配低头看着刚刚选中的喜帖样品，不知道如何开口。杜丽娜握住他微微颤抖的手，温柔地安慰他："新线开通是大事，你放心地去忙，我等你。"孔祥配抬头望向她，喉头滚动两下，眼眶微微泛红。

"等胶济客专开通，办完婚礼，我带你坐车去青岛看海。"孔祥配出发前向杜丽娜许诺。

直至当年年底，胶济客专顺利开通，一列列崭新的列车驶向远方。第二年夏天，孔祥配带着妻子登上了开往青岛的列车。当海风轻拂面庞，海浪翻涌着奔向岸边，杜丽娜依偎在孔祥配身旁，眼中满是幸福与满足。

时光悄然流逝，一年后，家中迎来了新的生命——一个活泼可爱的小男孩。儿子孔子文渐渐长大，总是缠着孔祥配问火车的奥秘和不同型号的列车，亮晶晶的眼睛里满是崇拜与好奇。

晚上 8 点，孔祥配穿过站台，走在回行车公寓的路上。路过一排高层居民楼时，他将手电筒举高，光束划破夜色，掠过 3 米高的砖墙投向一处玻璃窗。这是他与儿子之间的约定：如果两次值乘任务间来不及回家，孔祥配就用手电筒照向家里的窗，与妻儿报个平安。

"爸爸的信号来了！"孔子文趴在窗台边，鼻尖在玻璃上压出一个圆圆的印子。他从妈妈的手里接过手电筒，怼到窗玻璃上，朝着远处的光点不断挥动。两束光芒在夜色中交汇，编织成父子间无声却炽热的思念密语。

在后来的采访过程中我们见到了 15 岁的孔子文。他把一个铁盒递给我们，里面整齐码放着不同颜色的登乘证，每一张都印着孔祥配的名字和试验日期。"我和爸爸有好多约定，"孔子文笑着说，语气里藏不住的雀跃，"每次他参加完联调联试，就会把登乘证给我，这些都是我的'传家宝'。"

在工作中，孔祥配凭借着扎实的专业能力、对技术难题的钻研精神以及毫无保留的分享态度，成为高铁司机群体中熠熠生辉的存在。然而，

◆ 孔祥配儿子收集的登乘证（姜波　摄）

走下工作岗位，他将工作中那份专注与热情，化作了对家人、对朋友的脉脉温情，在平凡的生活点滴中，诠释着别样的温暖与担当。

已经在济南成家的孔祥配早已习惯了在节假日主动申请值乘，让家在外地的同事能回家团圆，一家老小对此也十分理解和支持。

2019年中秋节前的周末，难得在假期没有值乘任务的孔祥配将父母接到家中，一家人开心地计划着节日安排，期待着这个难得团圆的中秋夜。

然而，节前两天，一名家在外地的同事找到孔祥配，因家中突发急事，需要找人顶替中秋节当天的值乘任务。这让孔祥配陷入了两难。回到家后，孔祥配满怀愧疚地向家人说出事情的原委，"爸，妈，本来想好好陪你们过节，这下又要食言了……"屋内短暂沉默，只听见厨房传来蒸锅的咕嘟声。

父亲放下茶杯，笑着对他说："傻小子，这有啥好为难的！你穿上这身铁路服，就是扛起了一份责任。同事有难处，能帮就帮，这是做人的本分。"母亲也在一旁温柔附和："你在岗位上好好干，守护更多人的团圆，就是给我们最好的中秋礼物。"

中秋节当晚，孔祥配结束值乘任务回到家时，暖黄的灯光下，餐桌上整齐摆放着留给他的饭菜。父亲闻声从里屋走出来，笑着招呼他："快坐下，今天咱爷俩一起喝一杯！"

父子俩相对而坐，父亲举起酒杯，目光中满是欣慰："你在岗位上守护大家团圆，是我们全家的骄傲！"孔祥配眼眶微微泛红，轻轻碰了碰父亲的酒杯。这一刻，月光透过窗户洒进来，映照着这对父子，也照亮了这个虽迟却依然温暖圆满的团圆夜。

2023 年 4 月，淄博烧烤一夜之间爆火"出圈"，小城淄博一时间成为家喻户晓的"网红"城市。

孔祥配所在的车队第一时间召集大家开会，随着"烧烤专列"的加开，值乘表也排得满满当当，每一名司机都整装待发。一天晚饭后，妻子问他："儿子想去尝尝淄博烧烤，你哪天休息，咱一家三口也去凑凑热闹呗。"孔祥配有些为难地解释："单位加开了'烧烤专列'，周末是最忙的时候，要不等下周看看吧。"妻子难掩失落，但还是对他说："没事儿，等有时间我带他去吧。"

自从当上了动车组司机，除了正常的值乘、联调联试，不时还要参加一些交流学习活动，在外面的时间长，在家里的时间少，孔祥配时常觉得对妻儿有所亏欠。远行游玩，自己几乎没有参与过，全是妻子带着儿子去。这次可以说是就在家门口，怎么还能挤不出时间呢？

两周后，孔祥配发现周日没有值乘任务，便和妻子商量，到时一家三口一起去淄博打卡！这可给妻子和儿子高兴坏了。

周六晚上，孔祥配与妻子一起收拾行李，电话突然响了起来。看到是车队打来的，他悄悄地回到卧室。"小孔，车队人手紧张，明天你能不能走一趟车？"外面，妻子和儿子还在开心地收拾着东西，隐约听着儿子咯咯的笑声，孔祥配的内心五味杂陈，但他没有过多思索就说出了那句"没问题！"

电话结束后，孔祥配站在窗前思索着怎么向妻儿解释。就在这时，妻子恰好走进卧室，眼神交汇之间，就瞬间明白了一切。她看着丈夫脸

◆ 孔祥配一家

上复杂的神情，心中虽有失落，但更多的是理解。

第二天，孔祥配与往常一样早早去了单位，儿子起床后左找右找，都没看见爸爸的身影，小脸瞬间写满了着急，连忙跑到厨房拽着妈妈的手，声音里带着一丝哭腔问道："妈妈，爸爸呢？不是说好今天一起去淄博吗？"

妻子解开围裙，蹲下身子轻轻抚摸着儿子的头："爸爸今天开着你最喜欢的动车送我们去淄博，是不是很酷！"儿子一听，眼睛瞬间亮了起来，原本焦急的神情一扫而空，满眼崇拜，一路上叽叽喳喳说个不停。

晚上回家，妻子和儿子已经睡下，打开家门那一刻，孔祥配发现餐厅的灯还亮着。走近一看，餐桌上放着一把羊肉串和3张卷好的小饼，旁边的纸条上写着："爸爸，我卷的，要记得吃哦！"

多年来，孔祥配在岁月的淬炼中不断成长，从青涩懵懂到沉稳担当，每一步跨越都凝结着汗水与坚持。这一路，家人始终是他最坚实的后盾，以理解化解困惑，用支持驱散迷茫，在他疲惫时给予温暖港湾，在他奋进时默默鼓掌助威。

动车组司机始终肩负着重大而光荣的使命，他们要让列车在广袤的祖国大地上平稳且高速地飞驰，每一次的驾驶都是对专业与责任的深刻践行。孔祥配作为众多优秀动车组司机中的杰出代表，与同事们一起，满怀壮志豪情，踏上了探索高铁新征程的道路，在人生赛道上保持飞驰之姿，不断超越自我、突破极限，向着更高的目标奋勇前行。

车菲菲

与"西子号"同行

——记中国铁路上海局集团有限公司杭州客运段
高铁一车队"西子号"列车长车菲菲

▶ 蒋雨鸥　楼林军

2018 年新年伊始，一场突如其来的大雪，洋洋洒洒地席卷大江南北，一派银装素裹。

1 月 2 日 14 时 11 分，由杭州客运段"西子号"第四乘务组担当的 G43 次列车，从北京南站正点开出，顶着雪虐风饕开往杭州方向。开车不久，列车长车菲菲手中的对讲机响了。"G43 次车长有吗？这里是 G43 次司机，接到调度命令，因暴雪阻线，需在区间立刻停车！"车菲菲回答道："G43 次车长收到！"此时，她的心立刻紧张起来：大雪阻线，旅客一定很着急，必须安抚好大家。列车突然停车，旅客们围住车菲菲，得知是因大雪受阻，立即抛出了一连串的担忧和疑问："外面知道我们被困吗？""会不会断电停水？""列车上有食物储存吗？"孤独、恐慌、焦虑等情绪，开始在车厢内蔓延。

车菲菲迅速召集"五乘"骨干成员，启动应急预案。她通过列车广播告诉旅客："铁路部门正在争分夺秒地扫雪除冰、抢修设备，一定会以最快速度恢复正常运行！请大家放心！"随后，她组织列车乘务员分头来到车厢，询问大家的困难。正是晚餐时刻，餐车食物有限，车菲菲让餐车首先保证旅客供应。她巡视到6号车厢时，只见一名年轻的妈妈抱着婴儿扑了过来，焦急地喊叫："宝宝高烧了，车长救救我的孩子。"车菲菲一边通知广播找医生，一边摸了摸婴儿的额头，说道："在找到医生之前，咱们先物理降温！"说着，她从手包里拿出湿巾，轻轻擦拭婴儿的四肢。不一会儿，医生来了，让孩子吃了退烧药，孩子睡着了。7个小时后，列车恢复运行。凌晨，列车安全抵达终点站杭州东站。旅客下车时热情地与车菲菲道谢告别。有位旅客动情写下留言：突降大雪，天气寒冷，但是"西子号"很温暖。

在紧张、繁忙的乘务生涯中，车菲菲经受了多次突发情况的考验与磨砺，淬炼出猝然临之而不惊的镇定大勇，练就了精细过人的服务技能，与时代同频共振，脉动出一段似锦人生。

入路16年来，车菲菲经历了普速列车员、高铁列车长、"西子号"列车长等多个岗位，她始终秉持人民铁路为人民的初心，苦练基本功，用心服务旅客，热心公益，传递真情，奉献温暖，与"西子号"一路同行。她先后获得"全国五一劳动奖章"、全国"五一巾帼标兵"、浙江省"劳动模范"、"全路优秀共产党员"等荣誉。2022年，她光荣当选党的二十大代表。

荣誉的背后，是崎岖坎坷的历练，是栉风沐雨的成长，更是一曲荡气回肠的奉献之歌。

向往"西子号"

　　向往是心灵的灯塔，是梦想的翅膀，驱使我们勇敢地追寻属于自己的星辰大海。

　　车菲菲的父亲是一名长途货车司机，去过很多地方，给她带回了各种好吃、好玩的东西。每当这时，小菲菲就会一边吃着东西一边缠着父亲给她讲述那些远方的故事。每当她到阜阳火车站旁的姑姑家玩，总会着迷地站在铁道旁，看着一列列火车从眼前驶过——来来往往的火车究竟开往哪里？车上的人去远方做什么？她曾好奇地问爸爸："这些坐在火车上的人都要去哪里呀？"爸爸告诉她："坐火车的这些人，可以去很远很远的地方，比爸爸开车能到的地方还要远。等你长大了，也可以坐火车去很远的地方。"她还看到，车站里有穿着铁路制服的人进进出出，很是神气，令人羡慕。小菲菲的心里，驻留了一个梦想——什么时候自己也能够穿上铁路制服，去铁路上班，跟着火车驰往远方，那该多好呀！

　　梦想，就像一盏指路明灯。2008 年，杭州客运段接管杭州至兰州的特快列车，铁路部门招聘列车员，20 岁的车菲菲被招收进了杭州客运段，成为一名普速列车的列车员，开始了自己的"逐梦之旅"。

　　车菲菲被编入杭州至兰州的特快列车，安排在软卧车厢服务，这对于同一批进入岗位的新职工来说，既是幸运的，也是有挑战的。软卧车厢服务标准更高，质量要求也更高，这对于初次踏上列车员岗位的车菲菲来说，是一种全新挑战。

"接触车菲菲，我对她的第一印象是细心周到、踏实肯干，而且她的记性很好，执行力也很强，这也是一开始就把她安排在软卧车厢的主要原因。"车菲菲的第一任车长张俊峰对她至今赞不绝口。

也许是从小受到在医院工作的母亲影响，车菲菲是个特别细心的姑娘。"在我印象里，妈妈总是会把家里用过的东西放回原位，衣服都要折得整整齐齐，不用的东西都要用袋子装起来，我也养成这种习惯，比如说折衣服，一定要折得板板正正。"提起自己的母亲，车菲菲总会想起她言传身教的点点滴滴。

为了能够尽快适应软卧服务角色，车菲菲在口袋里总是随身携带一个小小的笔记本。她会把当天的工作要点、服务方法，甚至是被子怎么叠、物品怎么摆放、车内设施怎么介绍等服务细节，一条条详细记录在本子上，一有不明确的地方，她便迅速掏出小本子认真对照找方法。

长途列车员的工作，对于刚刚踏上工作岗位的车菲菲来说还是很难适应的。3 天往返 4710 公里，她在车上的忙碌劳作成为常态，曾经创下过最长站立 20 小时的纪录。工作之余，她开始用心记住往来旅客的特征、习惯，力求在第一时间识别出属于自己车厢的旅客，积极引导铺位，维持乘车秩序。这种用心服务让她的同事们感叹佩服。

岁月不居，车轮飞驰。车菲菲在一趟趟值乘中，服务更加娴熟，技能日益提升，越来越适应、越来越喜欢列车服务工作，而且她总觉得自己做得还不够，总是琢磨着如何进一步提升服务水准。

她们这趟车上负责服务台工作的列车员，值乘过大名鼎鼎的"西子号"列车。1988 年 8 月 5 日，浙江省人民政府命名杭州—无锡 81/82 次

列车为"西子号"列车，这是客运系统里一块金招牌，更是行业的骄傲和标杆。车菲菲在参加段里培训的时候，经常耳闻目睹"西子号"的风采，但一直没机会深入了解。而这位前辈看着车菲菲努力的样子，不由看到了自己当年的影子，于是就经常和车菲菲聊起"西子号"服务旅客的故事，以及"西子号"服务的高标要求。这对于车菲菲来说仿佛打开了提升服务的一扇窗，有了新的学习目标和榜样。

　　有一次，她们的列车在南星桥站解编后，挂上了一节不一样的列车。车菲菲的这位师父领着她去参观，看着角角落落都被打扫得干干净净的车厢，车菲菲惊叹之余，忍不住发问："师父，这节车厢怎么会这么干净整洁，一进来就觉得赏心悦目。"师父并没有直接回答，而是鼓励她自己去寻找答案。细心的车菲菲在厕所温馨提示上惊奇地发现，上面有"西子号"的小标签，疑问瞬间解开。师父现场介绍说，"西子姑娘"提倡"爱车如家"的服务理念，每次出乘结束，大家都要花至少2小时清理车厢，让整列车焕然如新。"西子姑娘"们还练就了超前服务的绝活，能够做到无须旅客开口相求，仅仅通过细致观察便能心领神会，为旅客提供细腻周到的服务。

还有一次，在杭州站迎面走过一排"小白杨"般挺拔俊秀的列车员，她们昂扬、饱满的精神风貌，一下子深深吸引了菲菲。

"快看，她们就是'西子号'列车员。"师父脸上洋溢着自豪的神情，让车菲菲对"西子号"有了更多的向往。她暗下决心，一定要早日加入这支队伍，成就更好的自己。于是，她通过各种途径找来关于"西子号"的相关资料和规章制度，自己开始对照学习。"西子号"列车"满意不是标准，标准是更满意"的理念，令车菲菲茅塞顿开，尤其是一代代"西子姑娘"团结守护流动红旗的感人故事，更加坚定了自己要做"西子号"列车员的信念。

努力长本领

为了更快接近心中的梦想，车菲菲在服务旅客的过程中更加用心了。为了锻炼自己克服腼腆内向的心理障碍，车菲菲经常自觉主动地走到旅客面前，询问乘坐列车的体验和意见建议。她把收集到的建议归纳汇总，一一标注清楚，明确自己需要改进的地方。

每当旅客途中下车时，车菲菲总会第一时间进入车厢，把床底下、台桌面、手扶梯等细小部位全部打扫干净，撤掉旅客用过的被套和床单，换上干净整洁的新卧具。有些同事很不理解，说："你这么频繁打扫，还不累个半死。"车菲菲却乐此不疲，因为她知道，经过自己的努力，每天都在接近心中的理想。每当看到旅客在留言本上写着"下次再坐T112次，希望还能遇见您"的留言时，心里倍感欣慰和自豪。

心中有光，脚下生风。辛勤地耕耘，让车菲菲收获满满。一段时间后，她总结出了微笑多一点、言语美一点、服务细一点、关怀加一点的"四点"服务法，并在服务旅客的过程中，坚守理念，用心服务，真正让旅客感受旅途的美好。

为了更好服务旅客，车菲菲在列车上查验旅客身份信息时会细心留意旅客的出生日期，如果旅客恰逢生日，她就会拿出随身携带的贺卡，为旅客送上真挚的祝福，让旅客喜出望外。为了体现礼貌服务，她发挥自己记性好的优势，会有意记住每位旅客的姓氏，在交流时称呼对方"张女士""李先生"等，让旅客倍感亲切。

暑运、春运客流高峰时，经常会出现一家人车票没有买到同一个车厢的情况。曾经有一对老年夫妻，妻子给体弱的丈夫买了软卧，自己为了省钱坐硬座，却又不放心，就想到软卧车厢来照顾丈夫，但是这种要求不符合乘车规定。为了既不违反规定，又能让他们能够相互照应，车菲菲抽空两头跑，陪着两位老人拉家常，并告诉老奶奶，她会替她照顾好老爷爷的。车菲菲早上帮着打洗脸水，晚上帮着打好泡脚水。用餐时早早把预订的饭菜送到爷爷的包间里。两位老人下车时动情地说:"好闺女,这一路多亏有你,你比俺子女还周到。"

多年服务积累,车菲菲摸索了不少经验,也总结出了自己的一些特色做法。她觉得,想要走得更远,光有好态度还不够,更要有过硬的服务技巧。于是,她抓住一切机会学技练功。列车服务台服务面广泛,她就经常利用休班时间来到服务台,留心学习各类业务的操作流程,反复琢磨、反复总结,默默体会每一次应急处置中蕴藏的智慧与技巧。

一次,一位年迈的旅客坐过了站,焦急地奔向服务台质问。师父安抚老人别着急,赶紧帮他查找合适的返回列车,并与下一站值班员取得联系,为老人开具代用票和客运记录。到站后,师父亲自送老人下车,交给车站值班员,叮嘱对方送老人登上返回列车。

菲菲目睹了师父处理突发事件的全过程,她琢磨着,对于这种突发事件,一是要有预案,知道该怎么处理;二是态度要积极热情,要站在旅客的角度感受旅客的心理;三是处事要果断,不能拖泥带水。

一次次的观察,一次次的感悟,一次次的体会,车菲菲有了很大的长进,将实践性的经历归纳成条理性的工作方法,做到了在工作中游刃有余。从此,在段里的每一次星级考试中,她的成绩都名列前茅。她的自信心更足了,服务旅客的热情也更高了。

不久,车菲菲发现了一个问题。她所值乘的杭州至兰州 T112/T113 次列车由于旅程超长,沿途气候多变,时常发生晚点,特别是夜间晚点,广播已关闭,很难把握旅客下车的叫醒时间。车菲菲为了让旅客多休息一会儿,她就开始琢磨如何在晚点时,精准预判到站时间。她想到,线路上的景物一般是不会变的。于是，她开始把一条河流、一个村庄，甚至一块广告牌、一棵大树作为标志，记录每趟列车到达这些参照物的时间，两个月的时间她记录下来沿线几百个参照物，练就了"看景记时"的本领。

有一次，根据预告列车预计晚点 40 分钟，但是当她看到窗外熟悉的地标时，测算出只晚点 25 分钟。她便提前叫醒旅客，向他们告知原因。有位旅客不太相信："小姑娘你吹牛的吧，你能比广播预报的还准？要不打个赌？"车菲菲自信满满地接受了这个"赌约"。列车到站时，与她的估判只差一分多钟。在场旅客纷纷称赞："你这个小姑娘业务真棒！"

转眼间，时间已悄然步入 2012 年，与车菲菲一同入路、分配到同一软卧车厢的谢蕾雯，凭借出色的表现通过了选拔考试，踏上了高铁列车的舞台。彼时，高铁正以前所未有的速度蓬勃发展，为了满足日益增长

◆ 车菲菲（右一）在检查列车消防器材（周围　摄）

的高铁运营需求，段里开始有计划地从普速列车中选拔业务精湛的员工，转岗至高铁列车员岗位。

当车菲菲得知好友即将成为高铁列车员的消息时，内心五味杂陈。她既为谢蕾雯的成功感到由衷的高兴，又不可避免地感到一丝失落。在内心深处，车菲菲也渴望能有机会考取高铁列车员，与好友并肩作战。

车菲菲的列车长敏锐地察觉到了她的情绪波动，特意找了个合适的机会与她进行了深入的交谈。列车长语重心长地说："菲菲啊，我看得出你心里的想法。你非常向往高铁列车员的工作，但有了目标就要付诸行动，为之不懈努力。要知道，高铁与普速列车相比，对业务技能的要求更为严格，你可得加把劲儿，好好提升自己啊！"

经列车长点拨后，车菲菲下决心参加考试，但她应聘的目标不是高铁列车员，而是直接考高铁列车长。对于一名普速列车员而且是软卧车厢的列车员来说，一次就考上高铁列车长是难上加难。

在那段日子里，车菲菲全身心投入到理论知识的补习中。即便是休息日，她也早早地在清晨5点半就起床，在宿舍里背书、刷题，晚上更是挑灯夜战，坚持学习到深夜。在列车上工作的间隙，她也毫不懈怠，事先将规章制度录制成音频，存储在手机上，充分利用每一段休息时间，反复听、背、记，确保每一个细节都铭记于心，争取在考试中得心应手。

这样的苦行僧式学习，车菲菲整整坚持了4个月之久。在这漫长的4个月里，她几乎剥夺了自己所有的娱乐和放松时间，全心全意投入到备考中，展现了惊人的毅力和决心。

终于，在2012年11月24日这一天，车菲菲凭借不懈的努力和充分的准备，顺利通过了考核，成为一名高铁列车的见习列车长。这一消息在全队迅速传开，同事们纷纷对她的勤奋和努力表示由衷的敬佩。车菲菲的成功，不仅是对她个人努力的肯定，更成为激励周围人不断追求进步和卓越的动力。

当上高铁列车长

成功考取高铁列车长后，车菲菲很激动，也感觉压力很大。她深知作为高铁列车长，责任重大，工作标准更为严格，丝毫不能有半点松懈。

特别是进入列车长培训班学习后，车菲菲勤学好问的精神头更足了，她成了培训班里那个最热衷于提问的学生，赢得了老师的称赞，亲切地称她为"问号姑娘"。她把在实践中遇到的很多难题都拿到课堂上请教，老师也因势利导，引发大家开展讨论。随着一个个专业难题被攻克，她和大家的专业技能也得到了明显提高。

"我第一次见到车菲菲，是在她成为见习高铁列车长的时刻，那一幕至今仍然历历在目。"时任高铁车队副队长戚佳蓉回忆起初见车菲菲的情景，记忆犹新，"我至今还清晰地记得，我们在整备作业的时候，她脖子上的丝巾都戴反了，我当时还有些疑惑，这小姑娘是零基础啊，能行吗？"

首趟高铁值乘培训过程中，车菲菲随身带着小本子，跟在带班师父张鑫美身后，认真学习检查车内设备的细节，把所有检查步骤的要点重点以及和乘警、列车员、随车机械师需要沟通的事项，全部一一记录下来，不明白的地方反复琢磨、请教师父。

"菲菲是我带过的最为勤奋、最细心的徒弟。"汇报新任列车长学习情况时，张鑫美对车菲菲赞不绝口，"这姑娘勤奋、好学、沉稳，我看好她！"首趟车跟下来，菲菲就用她的实际行动让戚佳蓉刮目相看："这小姑娘肯定行！"

看似寻常最奇崛，成如容易却艰辛。第一次通知关车门时，车菲菲遇到了点困难——一紧张，她的喉咙竟然发不出声音了！幸亏有师父在，没有耽误时间，车门仍然按时关闭，但车开后，菲菲越想越后怕，冷汗冒了一股又一股，沮丧极了：在学习列车广播的时候，明明自己已经练习了无数遍了呀！练习的时候不仅注意到音量，还琢磨了语速，怎么一到实战就掉了链子？看着车菲菲窘迫难过的样子，师父张鑫美安慰道："紧张是正常的！别灰心，咱们就是要在实战中成长！"随后，每到一站停歇间隙，张鑫美都会细心地为车菲菲示范不同广播内容的播报语速与语调，确保每一个细节都准确无误。车菲菲则认真聆听，用手机仔细录音，在岗位上一遍遍地对照练习，不断精进自己的播报技巧，用熟能生巧后形成的肌肉本能反应，对抗"新手期"的紧张感。

那段时间，每一趟列车运行结束后，当其他同事大都因旅途劳顿而渴望休息时，车菲菲却依然忙碌着。她或是低头写写记记，整理学习心得；或是大声读读背背，巩固广播词。她深知要想成为一名优秀的高铁列车长，就必须付出比别人更多的努力。她将业余时间几乎全部投入到了学习和练习中，这份坚持和努力，不断提升了她的专业素养和业务能力。

从普速列车转向高铁，这一转变带来的不仅是服务要求的显著提升，更伴随着工作节奏的明显加快和职责范围的大幅扩展。在高铁列车上，每位乘务员都需要负责管理4节车厢的日常运营与服务工作，这要求他们具备更高的工作效率和更强的组织协调能力。他们既是补票员，需要在列车运行过程中及时为乘客办理补票手续，确保票务管理准确无误；又是广播员，需要根据列车运行情况和乘客需求，用清晰、准确、亲切的声音播报各类信息，如到站提醒、安全提示等，为乘客提供温馨、周到的听觉服务。此外，还需承担应急处置职责。在列车遇到突发情况时，他们需要迅速反应，按照应急预案进行妥善处理，确保乘客的安全和列车的正常运行。这种高强度、多角色的工作模式，对高铁乘务员的专业素养、应变能力和心理素质都提出了很高的要求。

面对这些挑战，车菲菲不断学习、实践，努力提升自己的综合能力，以更好地适应高铁列车的工作节奏和服务要求。师父看在眼里，喜在心里，为了放开手让她好好学，师父干脆把自己的列车长臂章解下来戴在车菲菲的手臂上，并勉励她："你就当自己是列车长，这趟车由你负责，你放心去干吧，有什么情况，你再和我说，我会帮你来一起处置的。"师父的这一举动，给了车菲菲极大的鼓励和勇气。一路上，车菲菲模仿着师父的样子沉着冷静，一边巡查车厢，检查列车设备，一边关注着车厢有没有需要照顾的重点旅客。每当到站，她看到年纪大的旅客一时找不到自己的座位，她总会耐心地告诉旅客，让他先不要着急，一会儿她会帮助找到座位。

几趟车下来，机灵的菲菲总结出了"四个一"工作法：半小时巡视一次车厢，发现一个问题，纠正一个错误，听取一次旅客意见，她以热情的服务、美好的仪态给旅客们留下了难忘的印象，不到半年的时间，她就收到了近百封旅客表扬信件。

2013年，车菲菲正式成为一名高铁列车长。独立担任列车长后，她更加注重服务中的创新举措。每次巡视车厢时，她都会主动介绍列车服务内容，相信多问一句、多搭把手，把服务工作做到旅客开口求助之前。碰到母婴出行的旅客，她会特别提醒同事多关注，忙完车长的活，她也会主动上前关照。碰到旅客"撞包""撞箱"的情况，她会和旅客沟通，经允许后把定制的分色纸环贴上，用以区分行李，大大减少了行李错拿等情况的发生。

◈ 车菲菲不断创新服务举措，为相似行李箱挂上识别环（周围　摄）

2014 年夏天，车菲菲值乘的 G159 次列车从北京南出发没多久上来了一对夫妻，带着个头上包着纱布、身上插着管子的小女孩。夫妻俩向列车员求助，说孩子刚动完手术，医生建议要平躺，但他们只买到了站票。列车员犯了愁，汇报给了菲菲。时值暑运，客流量大，车上连一个空位都没有。

"那怎么办？这近 7 个小时的路程呢。"看着焦急的母亲，车菲菲立刻从头到尾找了一遍车厢，确认 5 号车最后一排座位后面的空间相对宽敞，可以将孩子平放，不过，此处已经摆满了旅客的行李。"把行李换个位置，腾出空间搭个小床。"车菲菲当机立断，带着乘务员行动起来，一个个找到行李箱的"主人"，向他们说明情况，恳切地征得大伙同意后，再将行李摆放到新的位置。空间腾出来了，难道就让孩子直接躺地上吗？菲菲不忍心，她灵机一动，把装饮料、食品的纸箱拆开垫在地上，再把车上多余的毛毯全部拿出来，厚厚地铺在上面，搭出了一张舒适的小床，轻轻地把孩子放在这张小床上。

孩子的母亲握着菲菲的手一个劲表示感谢，菲菲轻声安抚，从交谈中了解到，这女孩出生不久就被查出得了一种罕见病，家人带着她四处求医，终于在北京成功做了手术。巧的是，一年后，这家人去北京复诊，搭乘的高铁还是菲菲值乘的那趟，菲菲一下子就认出了她们，看到母女俩挤在一个座位上，菲菲马上帮助她们调整到餐车就座。这位母亲临走时留下一张从病历本边缘撕下的纸条，上面是一行沾染泪迹的字："菲菲妹子，我和女儿感谢你，感谢你帮助我们、记得我们，感谢你的善良、细心、周到。"

当上"西子号"列车长

2015 年年初，车菲菲被推荐为"西子号"列车长。此时的"西子号"列车已经迭代更新为"和谐号"，迈入了高铁时代。

在高一车队的考评会上，11 位参会干部不约而同地在纸上写下车菲菲的名字。

正式接到调令的那天，菲菲热泪盈眶、百感交集，20 岁入路就怀揣的梦想今天实现了！当年那个偷偷在站台上观赏"西子号"出乘的小姑娘，如愿成长为"西子号"列车长。

激动之余，她又觉得心里沉甸甸的：高标准、严要求的"西子号"可不一般，列车长要做到细节上更完善、服务面更宽广、待旅客更贴心，自己能做得更好吗？

带着这份沉甸甸的责任，车菲菲开始在打磨岗位技能、改进服务模式、提升服务水平上下功夫。她发挥自己善于细致观察的长处，练就了"服务于旅客开口之前"的预判本领——无须旅客开口相求，她便能心领神会，主动提供细微周到的服务。

儿童防走失贴如今已是旅客列车常备用品，它的前身——儿童防走失手环就诞生在"西子号"上，原是该列车服务项目的一大特色，然而车菲菲担任"西子号"列车长时，却有了新发现。

2017 年暑假期间，一群孩子吵吵闹闹围着菲菲列车长，要"漂亮姐姐"给他们带上那种五颜六色的、扁扁的小手环，上面写着他们的姓名、车厢、座位，以防走失。菲菲笑着给孩子们戴上手环后，却观察到有位家长攥着孩子手腕，表情很复杂，最终将孩子的手环取了下来。车菲菲想，这里面一定有什么难言之隐。她轻轻来到座位边，弯下身子，悄悄问道："您好，我们这个防走失手环，孩子不喜欢吗？"家长开始并不愿多说，慢慢地，感动于菲菲的细腻温柔，终于说出原因。"我的孩子去年经历了一场大手术，受了很大的罪。"开口说完第一句，家长的眼圈就红了，"那时住了一个月的院，住院期间孩子手上就要戴类似的手环，今天看到，勾起回忆，有点难过，也有点忌讳。"了解到这个情况后，菲菲立刻向车队建议，将手环改成卡通人物的贴纸，一样的防走失功能，同时照顾到特殊旅客的心理。

后来，儿童防走失"环"就变成了卡通"贴"。从一只小小的"环"，演变成一张可爱的"贴"，一丝观察，几许温暖；一点关爱，多重体贴。

满载真情的"西子号"，服务旅客既有体贴入微的深度，更有面面俱到的广度。如何更好地帮助重点旅客？车菲菲在"西子号"列车长的新岗位上又开始思考了，除了从进车门到下车门，还能为重点旅客们做些什么呢？

一条新年祝福短信，打开了她的思路。2022年年底，一位车菲菲经常帮助的重点旅客——一个依靠轮椅出行的女孩发来短信，祝她新年快乐，感谢她今年提供的帮助，感慨铁路服务的贴心，无意中感叹如果从出家门就能遇到这么贴心的帮助，那对于残疾人来说就太方便了。

是啊，为什么不能号召大家一起为残疾人提供帮助呢！菲菲灵光一闪，马上向车队汇报了自己的想法，经过肯定后，她花了几个月的时间，与杭州东站"之江心驿"雷锋服务站、杭州地铁"五心"服务台进行沟通研究，最终联合起来，为重点旅客们建起了一个"畅行联盟"。

2023年暑运，最繁忙的时间段里，车菲菲值乘的G7511次列车在上海虹桥站迎来6名轮椅旅客。她迅速组织乘务员分头协助大家上车，放行李、倒热水、问行程。在得知大家计划去杭州旅游后，车菲菲立即在"畅行联盟"群里发出信息，不到半小时，一条从高铁车厢到旅客驻地的绿色通道就建立起来。抵达杭州东站时，2名车站工作人员笑盈盈地站在指定车厢门外，热情迎接这群重点旅客。15分钟后，"畅行联盟"群里弹出地铁工作人员的消息：已接到旅客，正准备将她们送上地铁，另一头接驳的志愿者也到位啦！看着消息，菲菲笑着长舒一口气，"畅行联盟"首战告捷！

两年来，这个由"西子姑娘"车菲菲发起的"畅行联盟"辐射的范围越来越广、受益的旅客越来越多，规模也越来越大。成员们从最初杭州地区的20多人，发展壮大到整个长三角地区近百人，她们几乎每天都在乐此不疲地接力服务重点旅客，让他们平安、顺利地在高铁与地铁间"无缝"换乘，她们的服务面更广了、受益者更多了。

有深度、有广度，更要有温度，"西子真情"可不是一句自夸，而是"西子姑娘"们靠着一颗真心、满腔赤诚，赢得了旅客们口口相传的认可与赞美。谈起"满意不是标准，标准是更满意"，整个"西子"团队的姑娘都服气车菲菲。

2022年春运结束时，天气依然冷得反常。车菲菲值乘的G43次"西子号"列车从北京南站开出，停靠枣庄站时，她发现上来一位奇怪的老人。那么冷的天，这位年近古稀的大娘穿得单薄，脚上蹬着一双拖鞋，

◆ 车菲菲在巡视车厢（周围　摄）

在车门边席地而坐。菲菲核验票证无误后，蹲下身温和地与老人攀谈，想问她需不需要帮助。谁知大娘脸色一寒，斥责道："不要你管，反正我有票，你管不了我！"

　　周围旅客闻声惊讶地看了过来。跟在菲菲身后的列车员小沈，是个20岁出头的年轻姑娘，听到老人斥责，又觉察到众人目光，窘迫得脸皮都涨红了，菲菲却丝毫不以为意，起身倒了杯热水递给老人，笑着说："那您先喝点热水暖一暖，这么冷的天别冻着了。"之后每次巡视车厢，菲菲都来和老人聊上两句，渐渐地，老人没有那么暴躁和抗拒了，告诉菲菲，她和儿子儿媳大吵一架，临时跑出来，身上所有的钱都拿出来买了高铁票，要去杭州打工，摆脱家里的"白眼狼"。

车菲菲一惊，离家出走的孩子她帮助了很多，可是离家出走的老人还是头一回见。她注意到老人的手机一直在振动，猜测家里也快急疯了，便像哄孩子一样安慰阿婆："他们怎么能这样呢！您把您儿子的电话给我，我来批评他！"老人重重一哼，索性关了手机："别以为我不知道，你想给他通风报信！"

一路走一路劝，菲菲还请老人在车上吃了饭，可倔强的老人坚决不同意联系家人，坚持要到杭州打工。菲菲悄悄咨询了乘警，有没有什么办法联系上老人家属，乘警也很为难，老人是意识清醒、精神正常、身体健康的成年人，行为举止也不算很出格，确实不好干涉。就这样在一筹莫展中，列车抵达了杭州。这时，车菲菲已经确认老人身无分文、在杭州举目无亲。她想，不能就这样放任阿婆出站，这么大年纪了，又是赌气出门，哪里能"打工"，只能是"流浪"。

退乘后，车菲菲让组员回去休息，自己紧紧跟着阿婆，一直追到寒风凛冽的街头，菲菲脱下羽绒服披在阿婆身上，搓着她冰冷的双手，温柔哄劝着："你看，你在杭州只认识我一个人，我带你去找打工的地方。"

苦口婆心地说服了对方，菲菲先找个旅馆办理住宿，让阿婆住下，又去最近的派出所说明了情况，值班民警又惊讶又感动，说小姑娘，你做得已经很棒了，剩下的交给我们吧，我们一定把阿婆平平安安送回家！

第二天，菲菲下班后通过那位民警联系上了阿婆的儿子，确认阿婆已经平安回家了，才算放心。电话里阿婆儿子反复感谢道："谢谢你，车长姑娘！我娘说了，你比她亲儿子还贴心！"

带好"西子号"团队

2016年年底，各项考核成绩常年稳居第一的车菲菲，郑重接过前辈的"袖章"，成为新一代"西子号"包乘组长。

作为包乘组长，她要管理"西子号"团队——5个乘务班组、35名乘务员。车菲菲肩上的担子更重了，她暗下决心，要带着新一代"西子姑娘"凝心聚力、继往开来，在万里铁道线上书写新的动人篇章。

多年的列车长职业生涯，让菲菲总结出带队工作"秘诀"：团结、和谐，才能创高效。成员间紧密团结、互相学习、互相鼓励、互相信任的团队氛围，不仅会助力个人成长，而且能推动团队整体业务水平的提升，形成良性循环。

95后"西子号"列车长朱雅，是车菲菲的徒弟，深得菲菲"真传"，突发事件处置上尤为妥帖。

有一次，已担任列车长的朱雅遇到了旅客在高铁上被食物噎住的紧急情况。当天，朱雅值乘的G38次列车即将在杭州东站停靠之际，一名旅客因吃鸡蛋时过于急促而导致噎食，情况十分危急。"立刻广播找医！"朱雅迅速冷静地安排乘务员进行广播，寻找医务人员。由于当时车内大部分旅客都已下车，未能找到医务人员。朱雅迅速从站台奔向16号车厢，脑海中不断回忆着急救的方法。当朱雅赶到现场时，见一名青年男子站在车门口，紧张地摸着自己的脖子。朱雅立即用海姆立克急救法对男子进行施救。经过和同事的轮流施救，男子终于呕吐出食物，呼吸也逐渐恢复正常。退勤后的朱雅，第一时间打视频电话给师父，分享这份急救成功的喜悦，一番小小的"得意"之后，又赶快恢复谦虚好学的态度，腼腆地问菲菲："师父，我这次处理得怎么样？有没有什么需要改进的地方？""你做得非常好，教科书般标准！"菲菲为她骄傲，同时提醒道："总结经验做法，分享到群里，可以作为其他车长的学习参考资料。"

这个"杭京西子线"工作群，不仅是工作联系群，更是搭建起了一个知识共享平台，鼓励团队成员在业余时间，积极分享自己领悟的专业知识、积累的技能经验、遇上突发情况的处置方法，不断提出新想法与新的解决方案，让大家互相学习、互相指正，在比学赶超的氛围中提高团队整体业务水平、激发创造力与活力。

根柢盘沃壤，绿叶发华滋。除了内部互学，菲菲还很注重向外拓展，通过"拜师""听课""共建"等方式，让专业人士的传道授业如汩汩清泉灌溉沃土，为"西子号"接连不断地提供丰厚滋养。她带领乘务组人员，走进浙江传媒学院，旁听播音主持专业课程，向浙传教授们学习列车广播技能提升的技巧；走进全国劳模、国家级美容大师罗红英工作室，拜师"罗大师"，邀请她为团队培训化妆技巧；走进杭州东站"之江心驿"雷锋服务站、东方航空公司雷锋志愿服务团队、杭州地铁"五心"服务台，与行业品牌"过招"，切磋服务技能，交流服务心得；走进杭州市第三人民医院等，在学习专业救护技能的同时，开展党建共建活动，为平安旅途保驾护航。

2024年8月9日，车菲菲值乘的G33次列车从北京南站开车不久，就接到报告："6号车厢有名旅客突发疾病！"她立即赶到现场，看到一位男旅客捂着胸口，脸色苍白，身前是一摊呕吐物，整个车厢都弥漫着刺鼻的气味。"快，广播找医，再打一杯温水。"车菲菲蹲下身子，用纸巾沾湿清理对方衣服上的呕吐物，并询问情况。这位身体不适的旅客姓李，来北京旅游，临返程前偶遇了一位很久未见的老朋友，高兴激动之余，和朋友把酒言欢，不知不觉喝了一个通宵，一大早酒还没醒、饭也没吃，就急急忙忙一路狂奔赶车。

宿醉、奔跑、空腹，再加上本身有心脏病史，上车不久后，李先生就开始胸闷头痛、呼吸困难，再也忍不住酒意，剧烈呕吐。

列车广播一遍一遍播放寻找医护人员的紧急通知，然而车刚开出，旅客不多，更没有是医护人员的旅客。这种情况下，菲菲保持冷静，仔

◆车菲菲带领"西子号"乘务组值乘复兴号亚运智能动车组列车（周围　摄）

细回忆平日里党建联建医院医护人员是怎样教大家处理的。菲菲找来急救箱，首先量血压、测脉搏、量体温，再查看对方瞳孔、条件反射，确认对方没有心脏病、心肌梗塞等危及生命的疾病征兆，应该只是单纯的酒精中毒后，从急救箱中找到葡萄糖冲剂，冲好让对方服下，又从百宝箱里取出U型枕、备用毛毯，尽可能让他坐得舒服一点。济南西站开出后，车菲菲来查看情况，看他脸色好转了一点，只是人没什么精神，蜷缩在座位上。

这时，车菲菲再次通知乘务员进行了广播寻医，终于有旅客医生响应，赶来现场，诊断之后，笑着夸赞菲菲："前期处理非常专业！他没什么事了，也没有出现脱水、低血糖的情况，只不过酒精还没完全代谢掉，好好休息就行。"即将抵达终点站温州南站时，李先生已经基本恢复了，他又感动又惭愧，专门找到菲菲，感谢她及时的救护，说给她添麻烦了。菲菲笑盈盈地安慰他："没关系呀，这是我应该做的。只是您下次可不能再这样喝酒了，太伤身体啦！"

下班后，菲菲把这次事件分享到"共享平台"上，大家感慨，学为战、练为战，多亏平日里的"学无止境"！

工作上，车菲菲是精益求精、以身作则的领航者；学习上，她是推陈出新、开拓进取的引路人；生活中，她是温情关怀、真诚热忱的知心姐姐，以独有的、江南春雨般的温柔与包容，无微不至地关心、爱护每一位团队成员。

"钱子玥这孩子不太好'管'。"车菲菲刚刚接管"西子号"团队时，同事给她介绍诸位团队成员，提到小钱时有些为难，"工作很认真，就是太有个性。"

车菲菲仔细看了看小姑娘的照片，温柔一笑："多可爱呀，我喜欢有个性的！"

第一次出乘，小钱就给车菲菲一个"下马威"。

此前值乘服务时，车菲菲习惯于对旅客使用相对亲切的称呼，她把这一习惯也带到了高铁上。这天，她看到一位老人带了很多行李上车，连忙上前扶了一把，并亲切提醒道："大爷，您当心脚下！"身后的小钱听到后，直爽地更正："菲车，都高铁时代了，对旅客要使用'先生''女士'这样的标准称呼，你管人家叫'大爷'，万一旅客不喜欢这称呼呢？称呼也要与时俱进，要改的！"出乎小钱意料的是，当面纠错菲但没有让列车长生气，反而得到了诚恳的认错和表扬："小钱你说得对！这个称谓的确不太规范，以后还请你多监督提醒我！"

几个月值乘下来，目睹了车菲菲认真负责的表现和熟练的业务水平，钱子玥心里开始服气这位新列车长。暑运开始后，她们更加忙碌，几乎天天出乘，吃在一起、宿在一块，车菲菲对大家的关怀和体贴，让班组之间的感情随着天气一同升温。

8月底的一天，江南气温直逼40摄氏度，劳累了一天的乘务员们，回到行车公寓倒头就睡。晚上10点多，空调坏了，钱子玥被热醒，翻来覆去睡不着了。这时，睡在她身边的车菲菲也醒了，问小钱："是不是热醒了？"说着翻身下床，打开了行李箱："我正好带了个小手持风扇，拿来给你用吧。"小风扇转了起来，小钱感到清凉了许多。车菲菲像哄孩子般说道："我不怕热，我给你拿着扇，保证不热，放心睡吧。"

或许是小电扇起作用了，或许是相信了菲车的保证，小钱逐渐睡着了，再次醒来时，她看到了让她不敢相信的一幕。车菲菲已经睡着了，但她依旧保持着手拿电扇为自己扇风的姿势，钱子玥看了看手机，凌晨3点多，睡着的车菲菲保持了这个姿势近5个小时。

激动的小钱拿出手机拍了一张照片，发了一条朋友圈："这是睡着了也要拿着风扇让我凉快一点的人，这是我的车长，这是我的姐姐。"

以真心博得真心，以赤诚赢得赤诚。在车菲菲的带领下，"西子号"团队形成了团结、和谐、友爱的好风气，取得了骄人的业绩。自2016年以来，服务重点旅客12960人，找回旅客遗失物品5832件，受到旅客来信来电表扬不计其数，团队的5个班组多次被评为"标杆班组"，3位列车长被评为集团公司"服务明星"。

"西子公益团队"

"西子号"品牌自1988年成立以来，"西子姑娘"们茁壮成长，她们不仅有一双双服务旅客的妙手，装扮着"西子号"的春天，让列车承载大爱；更有一副副勇于担当的铁肩，扛起社会责任。2000年，"西子号"正式组建了一支公益团队——"西子公益团队"，多年来，她们服务社会、奉献爱心，结出了丰硕的果实，赢得了社会的尊重。

2016年，车菲菲担任这个公益团队的队长。公益团队发起人、前任车队书记文江说："车菲菲对公益工作很有思路和想法，她带领大家让公益团队工作更上一层楼。"

采访中，团队成员金丹璐回忆道，记得车菲菲第一次组织我们参与团队公益活动时，就很特别、很新颖，我们以往就是进敬老院为老人做些好事，就算是开展公益活动了。车菲菲提出公益活动要持续化，而且要不断扩大覆盖面，如助学贫困学子、关怀病重患者等。

火种就此点燃，多年来，她与团队一起，仅关爱自闭症患者就20多人，照顾骨髓癌儿童10多人。"西子号"的真情与大爱，在广阔的时间维度里，温暖更多的人。

一年冬天，"西子公益团队"到浙江龙游溪口小学开展活动，一个又黑又瘦的男孩远远蹲在一个角落里一声不吭。他的异常引起了车菲菲的注意，她走上前，蹲下身温和地问："同学，你叫什么名字呀？"那孩子看了她一眼，并不说话，又低下了头。菲菲看他穿得单薄，便从援助物资中拿出一件羽绒服为他披上，又把他冰凉的手握在掌心，一边轻柔地为他哈气暖手，一边笑着说："你喜欢这件衣服吗？姐姐还带来很多书和文具，你想不想看一看有没有喜欢的？"男孩的手慢慢暖和了，他悄悄瞟一眼眼前的温柔大姐姐，小声说道："我叫小豪，我想看看你的书，因为我以后就不能上学读书了。"菲菲一愣，马上向学校老师询问小豪的情况。老师叹口气，很无奈地说："这孩子非常懂事，但是家里实在贫困，父母常年不在家，只有体弱多病的爷爷奶奶照顾他。前两天他和我说，爷爷又生病了，他想把上学读书的钱，省下来给爷爷买药。"菲菲听了很心疼，向车队汇报后，决定带领团队资助他读书。办理了相关结对手续后，"西子公益团队"定期为他购买学习和生活用品，还带他和奶奶去北京参观天安门，帮他们圆梦。现在小豪长大了，家里生活条件也越来越

◆ 车菲菲参加关爱自闭症儿童公益活动（周围　摄）

好了。上次见面，他悄悄告诉菲菲，以后长大了也要像"西子公益团队"一样力所能及地帮助别人，让这份真情传递下去，温暖更多的人。

　　一次值乘中，车菲菲意外接触到"来自星星的孩子"——自闭症儿童，那个孩子无助的样子始终在她脑海中挥之不去。她在网上搜了很多相关消息，得知杭州市有一家自闭症康复机构，名字叫"爱贝儿康复中心"。她很激动，决心要帮助这些孩子们！

　　经领导同意，车菲菲联系了这家康复机构，将每周三定为公益团队的活动日，休班的团队成员参加。

　　车菲菲第一次走进康复中心，恰逢四月暮春、烟雨朦胧。连绵春雨敲打着玻璃窗，不甚明亮的天光勉强透过雨幕，室内显得有些昏暗。车菲菲带领团队成员站在教室门口，听老师们低声介绍孩子们的情况，她的目光盯上了一个洋娃娃般的小姑娘。"她叫小芽儿。"老师向菲菲介绍道，"这个姑娘5岁，是个很可爱的孩子，患有严重的语言障碍，来到我们这里已经半年了，也搭建了图片交换系统，但是康复效果一直不是特别理想。"

车菲菲与老师交流，探讨帮助小女孩的方式方法。老师说，图片交换系统是一种用图像代替语言，以感官代偿的方式，帮助语言障碍的自闭症儿童康复的治疗模式，但是由于我们人手有限，这个治疗模式缺乏耐心和针对性。

车菲菲来到小女孩面前，拿起地上形形色色的卡片，半跪在女孩身侧，轻声问她："小芽儿，想不想和姐姐玩拼图？"那孩子不说话也不看人，接下来几个小时一直保持最初的状态，可菲菲毫不气馁，临走时，她笑着说，姐姐下周再来陪你玩。

连续几个月的陪伴，小芽儿虽然还是无法交流，但开始与菲菲有了一些肢体接触，且并不抗拒。然而好景不长，在年底的一次公益日里，小芽儿突然抓起塑料积木砸向墙壁，一次又一次，刺耳的撞击声在感统训练室里炸开。菲菲一惊，耳膜突突跳动，身体却本能地保持半跪姿势没动，怕进一步刺激到孩子。等孩子恢复平静，她悄悄找到老师问了小芽儿最近的情况，想知道是否有事情发生导致了她这种无法表达的焦虑——参加这项公益活动前，团队接受过专业培训，她记得书上讲过，自闭症儿童的攻击行为往往源于无法表达的焦虑。老师叹口气，说年底小芽儿的母亲本该休假来陪孩子，但是突然接到出差任务，要推迟几天才能回来，可能孩子想妈妈了。车菲菲听了，马上返回训练室，只见小女孩捏着一张皱巴巴的卡片，上面画着火车——她知道妈妈会坐火车回来。车菲菲的心里充满了惊喜，小芽儿终于学会用感官代偿了！

五一前夕，车菲菲再一次来看望小芽儿，只见小芽儿跌跌撞撞地由妈妈陪着向她走来，抓着车菲菲的衣角，说出了人生中第一句完整的话，像暖阳下的冰面终于裂开了第一道缝隙："我……认识……喜欢……你……"

震惊、激动一齐涌上车菲菲心头，她哽咽得说不出话，蹲下身轻轻抱住孩子，看向孩子身后的母亲，这位霜鬓尘面的妈妈眼含热泪，不住地冲她致意："谢谢你，谢谢你们，'西子姑娘'。"

翻开"西子公益团队"2025年的计划表，发现她们已经详细列好了一项公益活动，年后即将开展：与杭州市第三人民医院共建，志愿服务罕见病儿童。

"西子号"的公益活动持续了几代人数十年，而车菲菲为"西子公益团队"注入了新的理念——当她们精心铺平山区学子坎坷的求学之路，重塑书声琅琅的春天；当她们俯身拥抱"来自星星的孩子"的内心宇宙，修补撕破已久的星空；当她们温柔走进医疗仪器闪烁的病房，为罕见病儿童搭建童话城堡——公益活动不再是泛泛的物质帮助，或者单纯的"锦上添花""雪中送炭"，而是用大爱点燃改变命运的星火、用真情温柔托举生命的尊严。

长大后我就成了你

"长大后我就成了你"，这是一首老歌里的歌词。借用在这里，完全可以诠释老列车长、全国劳模陈美芳与车菲菲的故事，两位"最美铁路人"接力传唱爱心曲，成就了杭州客运段的同一首歌。

2017年10月底，杭州客运段甬广车队的老列车长陈美芳刚刚从北京参加完党的十九大回来宣传党的十九大精神。车菲菲坐在台下，聚精会神地听着。看着讲台上陈美芳声情并茂地讲述，菲菲眼里充满着无限向往。

5年后，曾坐在台下听宣讲的车菲菲，追随劳模陈美芳的脚步，当选党的二十大代表走进人民大会堂。

笔者来到杭州客运段采访车菲菲，特意拜访了党的十九大代表陈美芳，我们充满敬意地问陈美芳："您有没有想过，您在宣讲党的十九大精神的时候，坐在下面有个全神贯注听讲者，几年后也成为党的二十大代表？"陈美芳说："我在宣讲党的十九大精神时，就有一个想法，要用自己的经历激励更多的人，用心用情服务旅客，为铁路争光、为党争光。车菲菲当上了党代表，我很欣慰。"

一个基层站段，竟然有两名列车长先后当选为全国党代表，成为中国铁路的光荣，一时间传为佳话。

车菲菲参加党的二十大回来以后，第一时间找到陈美芳，向她请教如何把党的二十大精神学习好、宣讲好。陈美芳用自己的经历告诉她，要把党代会精神逐字逐句学懂弄通，要把新时代铁路发展取得的伟大成就，自己成长的故事、"西子号"服务的故事结合到党代会精神中去宣讲，这样才能产生共鸣。

于是，车菲菲结合自己的学习理解，把党的二十大报告分成若干个部分，再把国情、路情、局情融入到报告中，结合一个个鲜活的故事来

◆ 车菲菲在段内开展党的二十届三中全会精神宣讲（周围　摄）

进行宣讲。当讲到"精神"这个词的时候，她激动地说："党的二十大报告中一共出现了 23 次，这也让我想到了我们的'西子号'精神，我想正是这些宝贵的精神财富，指引我们前进的方向，给予我们强大动力，激励我们奋勇前进。"在讲到青年强则国家强时，她强调，要按照习近平总书记提出的要求，坚定理想信念，踔厉奋发、笃行不怠，扎扎实实干事，踏踏实实做人。就像当年陈美芳勉励大家一样，勉励铁路青年，以永不懈怠的精神状态和一往无前的奋斗姿态，努力作出我们这一代人应有的贡献。她说，我们生在伟大的时代，只有把个人的事业、利益，与这个时代、这个国家紧密联系起来，为其强大而添砖加瓦，才能实现自己的最大价值。

车菲菲把车厢作为平台，结合高铁发展、时代背景、"西子号"服务，宣讲党的二十大精神，讲给更多的旅客听。记得第一次在列车上宣讲时，一位阿姨激动地拉住她的手："姑娘，你讲得真好！想不到在车厢里还能遇到党代表宣讲，今天这趟旅程真是太值了！"还有位头发半白的老党员说："我是 1992 年入的党，党的二十大开幕我全程看了直播。现在听了你的宣讲，有种身临其境的感觉。"她还到学校、社区、工厂及其他铁路单位开展宣讲，累计宣讲 80 多场。

车菲菲比以前更忙了，也比以前更加充实了。有"变"，亦有"不变"。变的是她在思想上、认知上、行动上有了提升，对服务的多样化与人性化有了更加深刻的理解，而始终不变的是铁路人始终听党话，永远跟党走的初心与使命和人民铁路为人民的宗旨。

谈及未来规划，车菲菲眼中闪烁着无尽的憧憬与信心。她渴望继续与这列与她同龄、承载着光荣服务传统的"西子号"列车并肩前行，将"满意不是标准，标准是更满意"这一服务理念不断发扬传承下去。她决心，将这份初心与使命化作实际行动，让这份温暖与关怀遍布祖国大江南北，让高铁服务成为连接心与心的桥梁，让每一位乘客都能在"西子号"上收获满满的幸福与感动。

光荣的亚运火炬手

2023 年金秋时节，杭州亚运会在万众瞩目中拉开帷幕。

9 月 19 日，亚运之火传递至浙江衢州。三衢大地上，170 名火炬手接力执炬奔跑，传递着仁爱、奉献、传承、拼搏……这一刻，人性之美与运动之火交相辉映，生生不息。

一身紫色亚运制服的车菲菲，担任第169棒的传递工作，她长发扎成马尾、面带微笑、高擎火炬，缓缓跑来。9月艳阳下，青春靓丽的菲菲吸引各大媒体的目光。跑至接力点，菲菲将手中火炬传递给第170棒时，笑容灿烂地打了一个帅气的手势，赢得现场观众们热烈的掌声。马上有记者们围了上去，好奇地问她："您最后那个手势是什么意思？看起来好酷啊！"

菲菲爽朗一笑："我是一名铁路职工，我打的是我们高铁司机发车的手势，既符合'永远向前'的亚运精神，也寓意着我们的高铁向远方出发、我们的祖国向未来出发！"

高铁列车长手持亚运火炬、打出高铁出发手势的场景，恰似当代中国发展轨迹的隐喻——以中国速度为引擎，以工匠精神为轨道，在连接世界与通向未来的道路上永不停歇。

这种职业荣耀与时代使命的交融，正在书写新时代中国故事、铁路故事的生动篇章。

车菲菲不仅是亚运火炬手，还带领着"西子号"乘务组担当"虹韵紫"亚运列车的值乘任务，精心服务前来参赛、观赛的国内外旅客。

亚运列车以杭州为原点，串联起宁波、温州、湖州、绍兴、金华等协办城市。早在火炬传递之前，菲菲就开始琢磨怎么打造亚运列车的服务特色，与团队进行几次头脑风暴后，她们决定结合杭州、绍兴等城市的特点，为国内外旅客制作"亚运城市攻略一条通"，让大家在游玩、观赛的时候少走冤枉路，以最舒适的心情欣赏盛事、品味盛景。

那段时间，菲菲带着团队，利用休息日提前摸清了杭州、宁波、金华等6个城市里56个亚运竞赛场馆的具体位置和交通路线，熟悉周边的大街小巷，把车站与场馆、景点、酒店的接驳路线，详细记录下来，精心制作成中英双语版"亚运城市攻略一条通"和各个城市亮点宣传册，摆放在车厢一角，方便旅客随时取用查看，让列车成为"流动的"大美中国城市"宣传员"，展示国际大都市的靓丽风采。

亚运会期间，"西子号"的"亚运城市攻略一条通"，成为国内外旅客的指路神器，尤其是不擅长电子产品的银发旅游团和不会中文的外国旅客，对纸质的"亚运城市攻略一条通"特别满意，赞叹"西子号"的服务精细、周到。

一天，列车即将抵达杭州东站，菲菲如常在车门边立岗，一位佩戴马来西亚代表团证件的旅客，拿着"亚运城市攻略一条通"与杭州城市宣传册专门赶来致谢，他说自己是随行记者，需要在几座城市间不停穿梭采访、踩点拍摄，"西子号"提供的中英双语版"亚运城市攻略一条通"不仅帮助他高效顺利地完成了采访，还让他对杭州、对中国有了更深的认识，为他的采访打开了思路。临下车前，他紧紧握住菲菲的手，用不太熟练的中文表达着激动："我要在自己的文章里点赞中国高铁、点赞中国列车长！"

亚运火炬传递完毕那天，车菲菲的爱人和公公婆婆带着两岁的女儿等在终点为她喝彩，随后坐着亚运列车返回杭州家里。这天菲菲不当班，第一次以乘客的身份登上"虹韵紫"，捧着火炬的她一上车就引来周围旅客惊叹："这是那位高铁列车长火炬手！"

一传十、十传百，连着好几节车厢的旅客都跑来合影，整列车厢里热闹极了，一位白发苍苍的老人眼里闪动着泪光，轻抚着火炬，激动地说："我是'西子号'的老朋友了！从80年代就开始乘坐'西子号'，那时还都是慢悠悠的绿皮车，哪里能想到短短几十年，中国高铁已经达到世界一流水平、成为国家名片了！"

随着老人的讲述，车厢渐渐安静了下来，车菲菲抱着女儿、身后站着爱人，专心致志地听着，其他旅客也围了上来，有几位同样两鬓斑白的老年旅客频频点头赞同，菲菲身边的大姐接过话头，笑着对菲菲说："我也是'西子号'的老朋友啦！那年春节假期，我第一次出远门，好不容易挤上车，却和家人走散了，那会儿哪有手机啊，我就相当于失联了，吓得直哭，幸亏有你们那位列车长帮我，我到现在还记得她的名字，叫徐浩娟。"

大姐提到的徐浩娟，是早期一位"西子号"列车长，也是陈美芳的师父、车菲菲的前辈。"西子号"已经37岁了，时光在永恒延伸的铁轨上荡开温柔的光晕，照见了飞速的发展——车型不断升级、交路不断拉长；也照见了不变的初心——以徐浩娟、陈美芳、车菲菲为代表的一代代"西子姑娘"，视旅客为亲人、精业务无止境，以娇弱之肩，扛旅途平安之重担。她们将心中大爱，从车内传递到车外，从江南传递到江北，接力描绘出《西子号》这幅代表铁路一流服务品牌的精美画卷，让"西子号"成为祖国南北纵线上最美丽的风景。

星奔川骛，时光荏苒。无数旅客感动于"西子姑娘"的热忱与真情，

◆ 车菲菲和女儿合影

与"西子号"结下情谊、成为老友。几十年前，他们在绿皮车里为江南烟雨的朦胧诗意而沉醉；今天，他们在复兴号上为世界级盛事成功举办、为他们的老友"西子姑娘"成为火炬手而骄傲！

擅长摄影的王师傅也是"西子号"的老朋友之一，他为菲菲一家人在亚运列车前拍下全家福，热闹的车厢里，他骄傲地把照片展示给大家："这么重要的时刻，我作为'西子号'老朋友，一定得用镜头记录下来！"车菲菲看着照片，笑着说："谢谢您！说实话，孩子都两岁多了，我们一直没时间拍全家福，这张照片是我们家第一张全家福！"大家赞叹着、传看着，菲菲内心充满幸福和安详，环视周围一张张亲切的面孔，忽然福至心灵：如果说这张照片是她小家的全家福，那么车厢里此刻的画面，不正是"西子号"的全家福吗！还未等菲菲开口，早有旅客提议："我们都是'西子号'的老朋友，咱们集体拍个合影，也算是'西子号'的全家福啦！"

窗外群山一闪而过，车轮辘辘一往直前。这一瞬间，"全家福"的美满与欢乐，在人生的铁轨上永恒定格。

三十七载春秋，"西子号"牵动了上千万双眺望远方的眼睛，讲述着几百万次热泪盈眶的感动，承载过无穷无尽重于泰山的乡愁，当"江南第一车"的历史接力棒交给车菲菲，"西子号"依然守护着最初的心动——那列从西子湖畔开出的火车，永远驶向阳光明媚、驶向美好未来、驶向一个草长莺飞的人间四月天。

与"西子号"同行，大江南北，一路芳"菲"！

李 元

迎春花开

——记中国铁路广州局集团有限公司深圳车站深圳北站"迎春花"服务队队长李元

▶ 范 恒

深圳北站，大湾区最重要的铁路枢纽之一，每天迎接着国内和世界各地的旅客，开启他们对深圳的美好期待和体验。气势恢宏的站房，蓝白相间的线条像是一条条美丽的海浪线向着蓝天无限延伸，象征着深圳这座城市的开放、自由、包容与活力。

2024 年岁末，我来到深圳北站采访。走进宽敞明亮的候车大厅，中央的迎春花服务台十分醒目。只见许多旅客在这里排队办理业务，有改签车次的，有咨询列车晚点的，有求助寻找遗失物品的。一位位旅客焦急而来，转眼间就满意地离开了。

突然，一位女士焦急地来到服务台，满脸通红，情绪激动，朝着值班的李元一通比画，李元连忙安慰她："您别着急，有事慢慢说。"她掏出手机打字给李元看，原来她是一名聋哑人，刚上完厕所出来发现患有阿尔兹海默症的老父亲不见了，找了几圈也没找到。李元赶紧带着她查看监控，发现她父亲从候车室的出口走出去了。大家立即分头寻找，最后在东广场的一个角落里找到了老人，看见老父亲平安无事，她激动地扑通跪在地上要给工作人员磕头。李元连忙拉起她，用手语比画告诉她："您别这样，这是我们应该做的。"送完父女俩踏上了回家的列车，李元和她的伙伴们来不及喘口气，又开始忙碌起来。

这就是"迎春花"服务队的工作常态。深圳北站人流如织，日均到发量35万人次，候车大厅永远挤得满满的。俗话说，在家千日好，出门一日难。李元作为"迎春花"服务队队长，她带领队员常年忙碌在广大旅客中，分忧解愁，乐此不疲。迎春花开，花香四溢，温暖着南来北往的旅客。

在迎春花展览工作室，我一边观看图片和视频，一边与李元亲密地交谈，试图寻觅和体会"迎春花"服务队成长印迹，探索迎春花开的奥秘。10多年来，一朵朵迎春花热烈绽放，书写着春天的故事，从深圳站向外延伸，开遍深圳，开遍粤港澳大湾区，开遍祖国大地，开遍神州内外，成为改革开放前沿的一道美丽风景。

李元自2021年担任服务队队长以来，她和小伙伴们服务重点旅客20万余人次，处理旅客遗失物品50余万件，为旅客解决各类疑难问题一万多次。李元先后获得全路"火车头奖章"、铁路"尼红奖章"和"最美铁路人"光荣称号。

毫无疑问，李元就是最鲜艳的一朵迎春花。

航校走出的铁路人

清清菏水，浩浩雷泽。

1990年5月，李元出生在美丽的"牡丹之都"山东菏泽。她从小聪明懂事、性格开朗，上有爷爷奶奶的宠爱，下有哥哥的陪伴。因父母做生意忙，没时间照顾孩子，李元很小就去读启蒙班。

李元母亲张翠菊说："元元从小就知道体贴父母，学习成绩也好，小学跳一级升读初中。"父母生意忙碌，李元平时跟在爷爷奶奶身边的日子多。

李元的爷爷李喜成是一名老兵，参加过抗美援朝、中越自卫反击战，抽屉里装着爷爷很多枚功勋章，不懂事的小李元和哥哥从小把这些勋章当玩具，拿到外面和小朋友丢啊、抢啊、滚啊，经常玩丢了，但爷爷从不责骂他们。

爷爷有一只耳朵没有听力，常听不见李元说话，有次小李元趴在爷爷的膝头上大声问："爷爷，为什么我要那么大声跟你讲话才听得见啊？"

"给大炮震的。"爷爷摸着李元的小脑袋说。

"哪里的大炮，什么样的大炮？"李元很好奇。

"敌人的大炮。"爷爷叹口气又说，"爷爷只是耳朵聋了，很多战友为保家卫国牺牲了，没能过上今天的好日子。"说着眼泪吧嗒吧嗒往下掉。

李元再也不敢问让爷爷伤心的话题了，但在她幼小的心里萌发了一个军营梦，她梦想着长大当一名军人，像爷爷一样保家卫国。

俗话说女大十八变，长大的李元身高 1 米 68，亭亭玉立，笑面春风，散发着青春的活力，父亲看着长相标致的女儿，想着女孩子就不去当兵了，恰逢北京昌平航空学校来菏泽招生，父亲觉得李元外形条件好，就想送李元去这个学校，抱着试一试的心态，没想到李元一举中第，被录取了，2006 年，她入校读书，学习空乘服务。

在航空学校，李元接受了空乘严格的基础服务学习，包括文化、形体、语言等训练，并经常参加北京各种大型运动会、国际展览的服务实习活动。

2008 年北京举办奥运会，奥组委来学校招募志愿者，李元和同学们争相报名，奥组委派人到学校来面试，李元顺利入选 VVIP 区志愿者。

李元在奥组委接受了半年的标准化服务培训，从形态、化妆、沟通、到茶水服务等，手把手地教，杯子怎么放，矿泉水、玻璃杯的放置位置，茶水里放什么茶叶，加水应加多少，杯盖用哪个手指头拿，杯把的转向是多少度，玻璃杯上要盖什么纸盖，矿泉水在什么时候倒进玻璃杯里，等等，都有严格规定。李元认真学习，一丝不苟。在形体训练时，每天头顶着书，腿夹着纸，手端着盘，嘴里咬着筷子，一天练下来身体僵硬，手脚发麻，虽然辛苦，但是收获很大。志愿者值班分早班和晚班，早上 5 点钟天不亮就出发，一直要服务到下午两三点，分两班倒，工作强度很大，还要穿着高跟鞋，一天下来脚都浮肿了。

这次当志愿者的经历让李元开阔了眼界，增长了见识，打牢了基础，学习到了最高端的服务，给李元心中定格了一个高质量服务标准。

◆李元在进站口咨询台帮助旅客查找遗失物品（田恬　摄）

　　毕业时，首都机场 T3 航站楼国际 VIP 区招聘，300 多名同学去面试只有两个人被录取了，其中一个就是李元。在机场工作了半年后，一个偶然的机会，同学邀她到深圳工作。2009 年，李元怀着对南方大都市的向往，毅然辞职来到深圳，被招聘到广铁集团深圳站工作。

　　李元对火车的印象，还是读小学时和爷爷一起坐绿皮火车去北京，那时的火车上，人多拥挤，过道、车门口站满了人，上个厕所都很困难。李元不曾想到，十几年后，自己会成为铁路的一员。

　　深圳是改革开放的前沿，是中国最文明干净的城市之一，这里高楼林立，科技领先，人才济济，国际大公司比比皆是。当李元穿上笔挺的铁路制服，恍若梦中，自己在心里暗暗思忖："车站是展示城市形象的窗口，我们的服务是旅客对于这座城市的第一印象，我一定要把服务工作做好。"

走进"迎春花"

李元入路时，她所在的深圳站客运车间副主任叶迎春，是原铁道部的"服务明星"和广东省劳动模范，她竭诚服务旅客，富有爱心，用自己有限的收入捐助了车站几十名弃婴，享有"铁路妈妈"的美誉。

有次接车，李元看见一位扛着大包小包的旅客茫然站在站台上，便主动上前询问，得知他第一次来深圳打工，不知道怎么去落脚地，可李元也不知道这个地方。正着急时，叶迎春走过来，熟练地告诉他坐哪趟公交、怎么换乘，哪儿的饭菜更实惠，一一给他指点，李元佩服不已，认真向她请教，她告诉李元："咱们服务工作看似简单，其实里面的门道多着呢。"李元暗下决心，要成为像叶主任这样的人。下班后，李元走遍深圳的大街小巷，了解深圳的酒店、医院、风景名胜等地理位置，对车站周边公交站点、换乘方向熟记于心。

李元的师父叫杨鸿，也是一名服务标兵，曾获得"最美广铁人"光荣称号。李元虚心向叶迎春、杨鸿学习，学业务、背规章，不懂就问，得到了师傅们的真传，学到了师傅们的好思想、好作风和高超的服务技法。

李元记忆力很好，学习天赋很高，在师父杨鸿和职教老师的教导下进步很快，规章背一两次、示意图画两三遍就能记下来。一年后，李元参加车站业务比赛，拿到了客运值班员全能第一名的成绩。没多久，李元调入贵宾室工作。她服务灵敏、机智，反应快，记忆力好，工作起来如鱼得水，总是会得到事半功倍的效果。

"你是怎么训练记忆力的呢？"我好奇地问。

"只要对方打过一次电话，我就会记住这个电话是哪个单位，对方的职务和声音。"李元笑着告诉我。

深圳站出版过一本《百年画册》，记录了从 1911 年至 2011 年整整100 年的历史大事件。杨鸿经常翻开这本画册，跟李元讲深圳站的历史，讲述画册上深圳站每一件大事和每一个重要人物的故事。

有次车站举行大型庆典活动，一个退休了 10 多年的老站长来车站，李元立即打招呼："杨站长好！"老站长一脸惊讶，问李元："小姑娘，你怎么认识我啊？"

"我师父鸿姐告诉我们的啊，《百年画册》里有您的照片。"李元笑着回答。

"我们深圳站就需要像你这样优秀的客运服务人员。"老站长高兴不已。

2011 年，深圳站正式组建以劳动模范叶迎春的名字命名的党内服务品牌"迎春花服务台"，寓意要像迎春花一样盛开，以春天般的温暖服务旅客，默默奉献，讲好新时代铁路的故事，讲好深圳的故事，讲好春天的故事。

李元荣幸地成为迎春花服务台的一员。

走进迎春花服务台的李元，标准更高了，劲头更足了，责任更大了。

她积极动脑筋、想办法，不断完善、优化服务方式，竭力提高服务水平。比如，给旅客的引导手势，她觉得用"一指禅"指路很难看，用五指并拢伸直，姿势更优美；为残障旅客和小朋友服务，会俯下身来，或者蹲下来平视交流，让他们觉得没有距离感。李元把这些细小的服务动作规范起来，归纳到"迎春花"服务队的作业标准里。

"每处理一个棘手的案例和好的服务方法，我都会记录在本子上，思考是否有更好的处理方法。"李元说，短短几年里，她写下了4本笔记，服务经验和技巧得到极大长进，成为规章制度"问不倒"、旅客咨询难不住的"百事通"。

深圳站刚开始实行电子客票时，很多老年旅客不懂查询行程提示单，也不会使用自助机，坐车找不到自己的检票口和车次。李元就和伙伴们设计了一个固定模板，上面注明旅客乘车的日期、车次、检票口、车厢号、席位、席别、始发终到站等，只要有旅客来问，他们就帮旅客把乘车信息查出来，直接打印好给对方，旅客照着去坐车就可以了，一目了然，既节约时间又方便了旅客。

鉴于李元学习能力和领悟力都很强，组织上推选她担任广铁集团和国铁集团服务礼仪的兼职教师，李元讲课很受欢迎。我询问她讲课的秘诀，她说："就是要多讲故事，少讲空洞的大道理，用故事吸引人、讲明道理。"

2018年10月15日，深圳站对"迎春花"党内服务品牌全新升级，正式成立"迎春花"服务队，响亮地提出了"迎春花开，一路有爱"的服务理念，为旅客提供更贴心更细致的服务。在车站候车大厅里设置迎春花服务台，作为"迎春花"服务队的一个服务岗位，直接面对旅客服务。服务队精心挑选 16 人，组建独立班组，杨鸿担任服务队队长，李元成为服务队的骨干队员。

每一朵迎春花的绽放，都藏着夏秋冬的储藏。10 多年的真诚服务，积累了丰富的服务经验，也得到了广大旅客和组织的好评，2019 年，李元被评为广东省优秀共青团员，2021 年，她荣获全国铁路"火车头奖章"。

握紧"接力棒"

2020 年 3 月，广州局集团公司生产力布局调整，由深圳站统一管辖深圳地区及厦深铁路共 28 个车站。2021 年，迎春花开遍深圳站，深圳所有车站的服务队统一叫"迎春花"服务队，深圳北站也相应成立了"迎春花"服务队作为一个独立的客服班组。李元担任深圳北站的第一任服务队队长。

踏着前人的奋斗足迹，独立担当起工作的重任，李元既感到荣幸，又深感有着前所未有的压力。

深圳北站作为"八纵八横"高速铁路网主要交通枢纽之一，面向香港，辐射粤港澳大湾区全域"1 小时经济生活圈"，有 28 个省会城市直达，是香港通往内地的第一道铁路关口，也是粤港澳大湾区和中国特色社会主义先行示范区的重要服务窗口。

传承"迎春花开，一路有爱"的服务理念，李元一天也不敢懈怠，

◈ 李元在现场指导"迎春花"服务队队员工作（田恬　摄）

她立刻忙碌起来，收集大量咨询热点问题和典型案例，对服务队队员进行有针对性的训练；增设了检票口引导揭示牌、12306App退改签流程提示卡等便民措施，分类整理出"乘车篇""车票篇""附近周边篇""主要口语篇"等内容，形成言简意赅的文字，和旅客无障碍交流，更加便捷地做好贴心服务。

　　一次，有位坐轮椅的重点旅客要去江西的万安站，没能赶上车，找到服务台。队员查了当天的车告诉他，今天没有去万安站的列车了，只能等明天。李元坐在旁边，边听旅客的需求，边用手机快速地查找车次，正当旅客十分失望准备离开服务台时，李元对他说："先生，深圳现在有去南昌的车，南昌有中转到万安站的列车，我跟南昌站联系帮你中转，你看可以吗？"旅客听了，本来沮丧的心情立马激动起来，连忙说："好的好的，真是太感谢你了。"李元立即帮他买到南昌的票，在12306上下工单，让南昌站工作人员来接他，并转给下一趟列车。

李元在服务旅客上遇到服务难点、矛盾焦点时善于思考，她总是千方百计想办法，或"曲线救国"，或远程求援，力求能为旅客解忧，不会用一句简单的"没车了"打发对方了事。

李元对伙伴们说："我们做服务行业的，要多为旅客着想，不要怕麻烦，我们多做多想一点，旅客出行就要容易很多。"

在迎春花服务台内，有一个12306预约特重服务"工单榜"，最多一天能接到120多单，这还不包括现场临时有需求的旅客，前来服务台问询人数最高一天有两三万人。

一天晚上11点，一趟从厦门北开过来的列车终到深圳北站。"元姐，元姐，快点到17站台，一个旅客不舒服，我们打了120。"客运员在电台呼叫，这是一个临时的特重旅客服务。

李元带着轮椅迅速赶到站台，看见一位女旅客站在站台上，身边还带有一个2岁多的孩子，她两条腿在颤抖，裤子上有血迹，李元吓了一跳，问她："您怎么了？"

"我流产了。"这位旅客小声告诉李元。

"啊？"李元赶紧要她坐到轮椅上，心疼地问她："你现在要不要紧，有没有头晕？"她说："我很难受。"但她就是不肯坐下，身边的老公也是六神无主。

"你坐下吧，我推你上去。"李元再次要求她坐上轮椅，她坚决不坐，说："我怕把你的轮椅弄脏了。"

李元赶紧说："没事的，脏了可以洗，你坐下吧。"李元恳求她。

见她坚持不坐，李元只得叫列车员从车上拿了一个干净的垃圾袋铺在轮椅上，她这才坐上轮椅。

不一会儿，救护车过来了，李元和护士一起扶着她上了救护车，这位情绪一直很镇定的旅客，猛然紧紧地拉着李元的手哽咽地说："谢谢你！"接着眼泪夺眶而出。

李元告诉我："坐轮椅、盲人都属于特重旅客，服务中不允许有任何失误。"她经常跟服务队强调一个服务细节，带轮椅服务旅客时，不管有没有人坐在轮椅上，一定要用手把住轮椅，在站台与列车平行摆放，万一刹车不灵，或者旅客碰到刹车，都有可能掉进股道，造成严重的安全问题，后果不堪设想。

2023年春运期间的一天早上，李元在前往东广场的途中，突然听到身后有人追着跑过来，边哭边喊："救命、救命。"李元扭头看去，原来是一位五六岁的小男孩跑过来，当时被吓了一跳，以为孩子是被人拐卖，赶紧巡视了周边一圈，没发现有异常情况。李元蹲下来，拉住小男孩的手询问情况，他哭着说："我找不到爸爸了。"

"知道爸爸妈妈的联系方式吗？"李元问。小男孩一个劲地摇头。

李元拿个糖果哄他："小朋友，你会写字吗？"小孩不说话，点了点头。

正当李元准备拿起对讲机告诉各岗位寻找家长时，小男孩突然开口说:"我知道妈妈的电话,但是我不知道什么是联系方式。"李元差点被他这句话逗笑了,原来孩子是没听懂她的话。

李元拿了纸和笔给他,经过耐心引导,孩子终于写出了一个完整的电话号码。

李元打过去,孩子妈妈正在睡觉,迷迷糊糊地听了电话,立马说:"不可能。"她以为李元是骗子,没等李元把话讲完就挂断了电话。李元只能发短信过去:"我是深圳北站的工作人员,请与我联系。"

几分钟后,孩子妈妈打电话来了,连忙说对不起,她告诉李元:"爸爸独自带孩子回老家过年,他带娃经验少,忘记了自己是带孩子出门,一个人上车走了。"

很快妈妈来到了车站,爸爸也从中途站折返回来,一家人聚在一起,又是哭又是笑,父亲很不好意思地摇着头,感谢李元的帮助。

这件事让李元认识到,服务中跟不同年龄的人沟通要用不同的语言,大人说的话孩子不一定听得明白。于是,李元根据自己的服务经验,制定了迎春花客服班组管理办法,从作业管理、班建制度及服务标准方面都进行了规范要求,以此来提升服务技巧、沟通方式和处理旅客诉求等。

采访中,李元回忆起一件让自己很感动的事,那是2023年的腊月二十四,两个90岁的年迈老人让儿子特意做了一面锦旗,上面写着"温暖千家万户,服务周到细微,马卫平敬上",并让儿子带他们送到深圳北站,亲自将锦旗交到李元手中,表示对深圳北站所有工作人员的感谢,并对李元说:"一定要亲自感谢你们。"

◆ 李元在候车室帮助旅客临时照看小孩并指引乘车（田恬　摄）

李元清晰地记得，她只是给老人提供了一次很普通的接送车服务，却得到了他们发自内心的感谢。正是因为有这样的情感回馈，促使李元每一次服务都会认真对待，哪怕是一件很小的事。

"你认为自己服务的最大特点是什么？"我问她。

李元想了想，说："做到换位思考，理解别人的难处，知道了对方的需求，就能给予恰到好处的服务。"

优质服务无止境，李元引领着团队在服务路上一路探索前行，以实践为基础，提炼出"三精、四通、五心""迎春花"服务队"345"服务工作法，为南来北往的旅客提供高质量服务。

我就是你的眼睛

"放心吧，请跟我来。"这是李元服务盲人旅客时常说的一句话。

深圳是一个开放、包容的城市，是中国第一个为盲人立法和提倡无障碍出行的城市。据官方数据统计，深圳有 8000 多位盲人，其中从事按摩工作的视障人士数量居全国首位。

深圳北站每天都会接待盲人旅客，少则三四人，多则几十人。为这样一个特殊群体服务，李元用尽心思，每次帮助盲人旅客的时候，她都会换位思考，如果我是他们，会担心什么、害怕什么、恐慌什么？她在心里反复地琢磨怎样更好地服务视障旅客。

2021 年春运，一对盲人夫妻来乘车，李元热情地接待了他们。交谈中得知，夫妻俩在深圳按摩院打工，小孩在老家，因为出行不便，一年也就回去一次。李元听了，立即说："你方便记一下我的电话，以后要来乘车，你给我打电话，我可以来接你，地铁、公交都会安排好。"

"还可以这样吗？"夫妻俩高兴得像个孩子。

"可以的。"李元告诉他们，"我们车站专门成立了一个特殊服务队，以后尽管安心回家。"对方感到很惊喜，高铁站居然这么重视他们这个群体，他们感受到了极大的重视和尊重。

他们返回深圳时，李元专门安排人去站台接了他们，送上地铁，一路接力直至把他们送到工作地点。

专门的背后是专业。

刚开始时，李元和小伙伴们都不知道怎样引导盲人才是最舒适的，是拿着盲杖好，还是挽着他们的胳膊好？有次，一个盲人对李元说，不要牵着我的盲杖走，这样让我更没有安全感。李元当即改为让盲人旅客搭着自己的胳膊。

后来，李元通过查阅资料，了解到让盲人搭着肩膀，保持半个体位的距离最合适，这样盲人如果遇到前方有危险或障碍物，第一时间就能感受到，有一个反应的时间；其次是伴随着肩膀的起伏，盲人知道前方是高了或低了，上台阶还是下台阶；带盲人上下楼梯或乘坐电梯时，用脚重踏一下，提示他向前踏一步，表示上楼梯或下楼梯。

2024年2月1日上午，李元接待了一对来自河南许昌的视障夫妻张女士和陈先生。一路上，李元让张女士的手搭在自己肩上，张女士另一只手紧紧牵着丈夫。李元告诉他们已和许昌站联系好，到时会有车站人员接他们出站。临别时，张女士拉住李元的手，哽咽道："闺女，我虽然看不见，但我知道你是一个很美很善良的人，你真是比我们的亲人还亲哩！"

夫妻俩脸上浮起的盈盈笑意深深烙印在李元的心里，她感动地说："我常常被旅客感动，这也是我干好工作的动力。"

李元每次在总结会上都会跟小伙伴探讨交流，互相学习为盲人服务的技巧和细节。耿必成在盲人足球里学习到"敲击法"，通过声音敲击来提示前方变窄、门的宽度、障碍物等；蒋婉妮说，导盲犬不适合乘坐扶梯；等等。

采访中，队员们争相告诉我，元姐服务盲人的小细节。

罗帅说："遇到地铁口、障碍物，我们服务时就只会提醒，而元姐会转身用两只手托住盲人的手，带着盲人过去，让盲人更有安全感。"

王珂说："上下楼梯时，元姐会提前问盲人能不能坐扶梯，这些服务小细节元姐都会想得很周到。"

由此，李元专门组织了一次团建活动，每个人戴着眼罩，按照购票、安检、检票乘车和车长交接等流程，一步步沉浸式体验视障旅客感受。

"这里要慢点，需提醒；这里要小心碰头，要防止撞上旅客……"一遍遍走下来，大家才慢慢揣摩到服务的要领。

"当眼睛围上黑布的那一刻，完全依靠别人，内心是很害怕的，每走一步，都好像有柱子要朝自己撞来，有种因为看不见而带来的恐惧感。接待盲人旅客，我就是他们的眼睛。"李元解释道。

李元站在盲人旅客的角度亲身体验，一点点细化服务流程，优化服务细节，总结出"说一声、搭一把、停一下"服务法，并建立了盲人信息台账，主动为视障旅客提供点对点服务。

一次，李元为一位视障女孩服务后，收到她父亲写来的一封信，信中写道："感谢你们的帮助，让我女儿赶上了回家的列车，是你们给了她回家的方便，感受到了人间温暖，万分感谢。"

李元看着这封字迹工整的信，既感动，又深有感触，对于自己来说，她只是完成了一件很普通的工作，对于他们来说，却是传递了一份人间真情。

姜伟告诉我，2023年车站举办宣讲比赛训练，模拟迎春花服务盲人旅客的场景，当大家都不知怎样表达时，李元走过来，没有丝毫犹豫，脱口而出，从接到盲人到送上列车的整个过程，用语、动作很到位，把整个服务环节还原出来，这种信手拈来，说明她平时的积累很多，不需要过多地思考，这些流程在她脑中形成了肌肉记忆。

2024年10月，央视记者带着一位盲人在广东省拍摄无障碍出行，在深圳北站上车途中，这位盲人对央视记者说："我以前没有带导盲犬来深圳北站坐车，一样非常方便，他们的服务很周到。"

盲人协会的张女士经常在深圳北站乘车，李元在一次为她服务时，她感激地说："谢谢你，你们的服务让我出行很方便。"

盲人旅客的认可是对李元服务的最大鼓励。为让盲人在深圳北站能来去自如，真正做到无障碍出行，李元自己出镜示范，特意拍摄了一个为盲人服务的短视频，成为为盲人服务的标准，让大家学习。

多年来，李元和"迎春花"服务队用心服务，共为2800余名视障旅客带去了光明和温暖，并与许多经常乘车的视障旅客建立了深厚友谊。其中，李元和队友们帮助盲人按摩师群体往返粤湘务工的故事，被拍成微电影《脚步》在全网热播，传为佳话。

服务大湾区

深圳与香港近在咫尺，广深港、赣深、杭深3条高铁在深圳北站交会，内地乘客去香港旅游探亲，以及大量的外籍、港籍旅客大都是从深圳北站出入境。

这些出入境旅客，经常遇到各种各样的困难，来服务台咨询和寻求帮助。李元和团队一次次为他们提供了最好的服务，帮助他们解决一时之困，让他们在异地他乡感受到了铁路的真诚和友爱。

2024 年 2 月 25 日，两名香港籍老人从香港西九龙站搭乘 G6538 次列车到达深圳北站，中转换乘时与家人走散。李元发现老人时，他们正急得满头大汗，在候车室来回寻找家人。经了解，原来两位老人是回内地探亲，他们与亲属约好在深圳北站会合后一同去往潮汕，由于没有及时办理内地电话漫游，电话无法使用联系不上亲属，老人嘴里一直念叨着："我们才 5 年没回内地，变化太大了，怎么找得到啊？"李元了解情况后，把老人安顿在座位上坐好，叫队员给他们各倒了一杯水，要他们别着急，缓一缓，自己立即拨打了老人亲属的电话，几番周折后，终于找到了他

◆李元在服务台前为旅客指引检票地点（田恬　摄）

们亲属，一家人高兴地在服务台相见。临走时，两位老人激动地握住李元的双手，红着眼眶对她说："如果没有你的热心帮助，我们可能会错失这次探亲的机会，遗憾地返回香港。"老人感觉语言的感谢不够，又将自己在香港的住址告诉李元，再三叮嘱道："如果来香港，你一定要来找我们啊。"

李元在深圳站工作多年，接触了很多港籍旅客，她能从穿着打扮、语言上，一眼辨别出港籍旅客。很多香港人没有来过，或者是很多年没有回过内地，广深港开通后，逆向来内地购物、旅游的香港人越来越多，尤其是老年人，他们踏入内地的第一站就是深圳，铁路的服务就是给他们的第一印象，一些香港旅客感慨道："内地发展这么快、这么文明，真好啊。"

一些港籍老年旅客，一过境，就会来到迎春花服务台询问"去 ×× 景点，坐几号公交、几号地铁，哪里好玩？"这样的问题，天天要回答上百遍。李元要求团队成员不仅要解答问题，而且要尽力帮助他们解决困难。

有次，一位香港老太太购买了满满一拖车的货物，实在拖不动，来到迎春花服务台求助，蒋婉妮帮她拖着沉重的行李，一直送到列车上，老太太感激不已，硬要塞 100 港币给她。蒋婉妮坚决不要，老人用笔认真记下了蒋婉妮的服务号说："我要记住你，回去给你写表扬信。"这样的故事在深圳北站几乎天天都在上演。

有一天，有个港籍旅客突然发微信问李元："我要在深圳北站转乘，推了一辆婴儿车，但中间时间很短快赶不上了，很着急，我应该从哪边出站？"李元问她，你在站台的哪一端，几号车？然后李元立即帮她查找最近的中转路线，减少中转时间，让她赶上了下一趟列车。李元问她："您怎么有我的微信呢？""是2021年5月份，我去送外婆坐车，你来送的我们啊，我主动加你的。"像这样的旅客很多，李元都忘了是什么时候帮过他们。

"作为大湾区一个服务窗口，熟悉深圳和香港的环境和文化，成为'迎春花'服务队队员的必需技能。能熟练使用英语和粤语，是我们做好旅客服务的基本要求。"李元说。

李元每天都会带着队员们学习语言和业务，每季度组织一次考试，必须人人过关，让大家都成为英语通、粤语通、深港通、铁路通的"四通"型综合人才。

每当有外籍、港籍旅客遇到困难焦急无措时，李元和服务队队员上前一句"Can I help you"，或是"有乜嘢可以帮到你"，熟悉的语言迅速拉近与旅客的距离。

2024年12月13日，有个环游世界的外籍旅客护照丢了，很着急找到迎春花服务台，急得叽里呱啦说了一通。李元听懂了大概意思，他的护照刚才在检票口还在，到候车室就不见了，他很郁闷地说："这是我最糟糕的一次旅行。"李元组织队员在候车室找了一圈没找到，心想，只要掉在候车室就一定能找到，她请派出所民警来协助寻找，查监控，最后在安检机下面的缝隙里发现了，显然是过安检时从包里滑落的。当护照重新回到他手中时，旅客非常激动，一把抱住队员蒋婉妮，连连说"Thank you"，他回到美国后，给迎春花服务台发来信息："中国太好了，这是我体验最好、最幸运的一次旅行。"

李元说："为外籍旅客服务，我们会特别小心谨慎，每一个队员都非常有责任心，会尽最大的努力解决问题，这不仅代表个人和铁路形象，更代表了中国形象。"

2023年夏天，有位90多岁的台湾旅客叶落归根回到大陆定居，他经常到深圳北站坐车，在一次接受深圳北站的服务后，感慨地对李元说："还是深圳的服务好，我在台湾生活了很多年，还是喜欢深圳，我希望我儿子以后也回来。"

从容应对突发情况

李元常说："咱们服务队，不光要有双'火眼金睛'，能一眼锁定需要帮助旅客，还得会'七十二变'，从容应对各种突发情况。"

迎春花服务台业务包罗万象，除了日常业务，也会时常发生临时突发事件，如恶劣天气晚点、旅客急病、死亡、投诉等，每次李元都是临危不惧，和团队力挽狂澜，一次次化险为夷，维护了车站安全秩序，做好服务工作。

2023年冬，湖南、湖北、江西等地发生50年一遇的寒潮冰冻，造成列车大面积晚点，深圳北站滞留了上万名旅客，候车室一时成了"重灾区"。

车站广播一遍遍地播放列车晚点信息，请旅客谅解，或办理退票手续，大部分旅客从手机新闻里，或打电话回老家，知道了中部地区的恶劣天气情况，很理解铁路的难处。这时，突然有名男子冲向迎春花服务台，质问为什么不开车，大骂铁路不讲良心，有几个情绪激动的旅客跟在他后面帮腔、起哄，把服务台围得水泄不通，场面十分混乱。

面对突如其来的意外事件，李元正要解释，这名男子突然将一个纸团丢到李元脸上。他以为李元会反击，不料李元不急不怒，稳定了一下情绪说："您着急回家的心情可以理解，您的事我找领导帮您解决，请跟我来。"她把这位气呼呼的男子带出了人群，带到候车室另一个区域。很快，服务队其他成员也把聚集的旅客分散开来。不久，地方应急管理局派人到车站支援，每个检票口、服务台都派人值守，车站秩序很快稳定下来，到了下午五六点，晚点的列车一趟接一趟进站，候车室的旅客慢慢变少，逐渐恢复了正常。

"这是深圳北站开站以来遇到的最大一次大面积晚点事件，竟然没有发生踩踏事故和舆情问题，真是万幸。"李元回忆那个场面，仍是心有余悸。

类似的事情，只隔了几个月，在2024年4月30日又发生了，那天台湾发生地震，影响到沿海地区，造成杭深线列车晚点，正好赶上五一小长假客流高峰期，列车晚点导致候车室滞留的旅客越来越多，旅客里三层外三层围住迎春花服务台。

有了之前的经验，李元立即指挥队员，把不同方向的旅客引流分开，分广深港、潮汕、厦深、武广等方向，分区安置，服务台增设人手，接受旅客咨询。

在李元的带领下，班组分工合作，各管一块，不管旅客如何发脾气、说难听的话，他们始终耐心解释，做好安抚工作，一直忙到晚上，到了

◆李元在爱心候车区教老年旅客使用12306App查看乘车信息（田恬　摄）

饭点没一个人主动提出要先去吃饭，甚至为了少上厕所，大家坚持不喝水，一直到晚上11点，所有旅客满意地踏上旅途后，大家都累得瘫坐在地上。

晚上他们清场时，发现服务台上有旅客默默送的矿泉水、咖啡和奶茶，那一刻，李元觉得再累都值得，她感慨地说："在危急时，有人闹事，但有人却能看到我们的辛苦，对我们的付出心存感激。"

回首往事，有疲惫、有辛酸，但更多的是感动。这种双向奔赴，激励着李元一次次义无反顾、奋勇向前。

服务队的工作，比其他岗位都要复杂，往往被指引来服务台的旅客都是带着问题和怨气来的，火急火燎，态度不是很友好。

李元说："不管是投诉还是求助，我们在处理的过程中要小心翼翼，从容应对，要抱着解决问题的心态，这样才能得到旅客的谅解。"

反馈旅客投诉意见是迎春花服务队工作职能之一，而这项工作最难处理，既要有语言的艺术、合理的解释、真诚的歉意，还必须沉着冷静，心理强大。

有次，一个旅客在服务台大吵大闹，李元了解了一下事情经过，是列车临时变换站台，更换了检票口，他戴着耳机，没有听到广播和工作人员宣传，错过了自己的车，于是恼羞成怒，到服务台讨说法。李元先递给他一瓶水，和气地说："您先喝口水，慢慢说吧。"然后把他带离服务台到一边的座椅上，态度诚恳地向他解释列车变道的原因，车站通过广播进行了多次宣传，然后问他："你是不是戴着耳机没听到，现在吵也解决不了问题，我帮你改签最快的下一趟车，你看行吗？"旅客见李元确实是帮他解决问题的，也意识到自己的错误，一下不吵闹了，接受了李元的建议，走时还跟李元道谢。

李元说："很多时候旅客要的就是我们的一个态度，有没有真的在帮他想办法，不要生冷地一口拒绝，如果我们真的办不到，旅客也会理解。"

旅客急病在车站经常能遇到，但是旅客死亡事件很少，李元仅遇到过一次，在没有经验的情况下，李元沉着冷静，忙中有序地处理好了这起突发事件。

2021 年 4 月 5 日，李元接待了一位坐轮椅的重病旅客，同行人是她的女儿和丈夫，他们准备带她去外地求医，大约 11 点多，女士突然不行了，李元上前一摸，发现病人脉搏很弱、手也冰凉，女儿看着母亲闭上的双眼，一声一声呼唤着妈妈，瘫坐在一旁的丈夫也是号啕大哭。李元一边安抚他们，一边赶紧拨打 120。医护人员迅速赶来，紧急施救后，告知人已死亡。李元看着痛不欲生的一家人，他们完全失去了处理后事的能力，她果断地着手安排，马上叫来队员给他们办理退票，立即联系公安和殡仪馆来现场取证，以及运送遗体，一直忙了三四个小时，直到把他们送出车站。

事后，李元发现自己后背湿透了，小伙伴问她："元姐，你不怕吗？"李元说："当时哪知道怕啊，就想着赶紧处理好，不要影响其他旅客出行。"

李元也是第一次直面死亡旅客，第一次处理这样的突发事件，容不得她害怕和后退，关键时候只有自己勇敢面对。

20多天后，李元收到女孩张莹莹写来的一封信，满满的两页纸，工整娟秀的字迹，字字真情，她在信中写道："你们让我看到了平凡岗位上的不平凡，你们的赤诚之心温暖着我，你们的一言一行都深深地印在了我的脑海里，我想把这种助人为乐的精神传递下去。只要人人都成为一道光，周围就不再黑暗……"

李元一直收藏着这封信，每看一次，眼睛就湿润一次。

采访中，大家说，李元控场能力很强，她担任"迎春花"服务队队长以来，多次遇到突发事件，但每次都能沉着冷静，处事果断，真的让我们很佩服。队员王珂说："有她在，我们就有主心骨，她工作很有方法。"

李元想方设法提升团队的业务水平和突发处置能力，让每个人轮流当值班站长，增强个人的责任感和管理经验。她很自豪地告诉我，现在每个人都能独当一面，"迎春花"服务队个个都是骨干队员。

为你找回失物

走进深圳北站遗失物品仓库，里面远远超过我的想象，这是一间大约 500 平方米的巨大仓库，这里堆山码海的货物像一个物流中心，一排排高大坚固的货架上堆码着整齐的旅客遗失物品，每一件都贴着清晰的编号。

我顿时有一个疑问，旅客天天都在丢东西吗？

李元无奈地告诉我："仅深圳北站，平常一天能收到 400 多件，节假日 700 多件，一年有近 20 万件的遗失物品，除特殊重点旅客之外，处理旅客遗失物品是我们'迎春花'服务队工作量最大的一块。"

"这些东西旅客还会回来找吗，要保存多长时间？"我好奇地问李元。

"现在民法典规定最长保存一年。有隔半年多后才来找的。"李元说。

旅客的遗失物品五花八门，贵重的有金银首饰、现金、笔记本，甚至是重要文件、救命的药品等，小到一只鞋子、一个发卡，无所不有。

2021 年暑运，陈先生带着亲戚特意到深圳来买一种特效药，要送去漳州的医院给家人救命，他们在离开深圳北站候车室时，两个人都以为对方拿了，实际都没拿落在候车室了，上车后发现药丢了，两人急得头上冒汗，找列车长求助。

李元接到电话，立即去旅客坐过的候车区寻找，座椅上早就坐满了人，询问周围旅客，都说没有见到。这袋药是用一个普通的白色塑料袋装着，李元估计是被保洁当垃圾扔了。

李元带着队员一个一个垃圾桶去翻，当时是夏天，垃圾桶里一股刺鼻难闻的味道，令人作呕。她把垃圾一袋袋翻出来解开，翻了四五个垃圾桶，功夫不负有心人，终于在一个垃圾桶的底层找到了这包药，打开看里面还有一个冰袋，已经快融化了。

李元立即打电话告诉陈先生药找到了，他非常激动："里面的冰化了吗？这个药是需要冷藏的，不能在常温下放太久。"李元想，递到漳州还有几个小时，考虑到药品对旅客的重要性，自己跑到外面买了几个冰袋放进药袋里，打电话告诉对方："您放心，都帮你处理好了，我们递今天最快的列车给您带到漳州。"

陈先生收到药感激不已，几天后，他打电话告诉李元，因药及时送到了医院救回了家人的命，并特意寄来了一面"急之所急，服务一流"的锦旗。李元感到无比欣慰和高兴。

在海量的遗失物品里，最多的是黑色双肩包，每个月都会发生几十起。

2022年春节前，一个旅客拿着一个黑色双肩包惊慌失措地跑到迎春花服务台："我的包被别人拿错了，这个不是我的包，我的包里有很贵重的东西。""您的包里有什么东西？"李元问。旅客开始犹豫不决，李元说："您不说，我们就没办法帮您快速找，我们这里每天都有很多人拿错包。"男子这才告诉李元，他包里有9万多元现金，是他打工一年的血汗钱，过年取出来带回贵州老家准备建房子，因为贵州山区取钱不方便，只能带现金回去。男子急得呜呜直哭，李元看了很心疼，安慰道："您别着急，我们帮你找。"李元仔细翻着他手中的这个包，终于在一个破旧钱包的夹层里找到一个电话号码，李元快速拨过去，告诉对方："你拿错包了，请你把手中的包马上交给列车长。"

两个多小时后，装了9万多块钱的包在离开主人在外旅行一圈后，又回到了主人手中。拿到包后，男子喜极而泣，跟李元鞠躬致谢，李元知道他赚钱不易，再三叮嘱他看好自己的包，亲自把他送上列车，又跟列车长做了重点交接。转身，李元将另一个包递去潮汕站，那位旅客还在潮汕站等候。

处理遗失物品要特别小心谨慎，任何一件不起眼的遗失物品，说不定对乘客都有着非常重要的特殊意义。

有次列车上交来一件严重掉色的破旧毛衣，有队员说："这么破的衣服，不会有人要了，丢掉吧！"李元想了想说："还是先留着吧，万一有人来领取呢。"果不其然，当天下午就有一个20多岁的年轻女孩来领取这件毛衣，她姓李，跟李元说，这件毛衣是带大她的外婆给她织的，从小到大都要抱着这件衣服才能睡着，现在外婆走了，这件衣服成了她唯一的精神支撑。当她发现衣服丢了，跟疯了一样，着急地到处打电话。"真的没想到我还能找到，这件衣服对我太重要了，太感谢你们了。"李小姐拿到衣服，失而复得如获至宝。

有的遗失物品有人马上会找，而大部分遗失物品不会有人来认领，日积月累，堆积如山，造成了车站库房堆放不下。

李元刚来车站时，遗失物品仓库是一个20多平方米的小仓库，物品多、仓库小，一个十一假期，能捡到4000多件遗失物品。那时李元最大的梦想就是能拥有一间大仓库安置遗失物品。

在李元的不懈努力下，终于在 2023 年春运前申请到这间大仓库，解决了一个让人最头疼的难题。

遗失物品有着严格的管理规定，每一件遗失物品都会在客管系统里登记造册，丢失日期、车次、物品名称等，全部编码，再一一分类按时间顺序摆放。

李元介绍，只要不是被盗窃或者被故意丢掉，不管是在列车还是车站丢失的，都能找到。

"2024 年有个旅客过了半年来领一个水杯。"李元无奈地说道，我问她，为什么现在才来？她说："我知道在你们这儿，丢不了。"

这种过度的"信任"，让李元哭笑不得。

李元开玩笑说："最贵重的'遗失物品'是孩子，最多一天捡到了4 个。"

"服务台"的延续

采访中，我发现在深圳北站东广场进站口，还设有一个迎春花服务台，李元说，这是"站外"迎春花服务台，也是迎春花精神的延续，其主要功能是为重点旅客办理接送车、接受社会咨询等服务。

李元介绍，迎春花服务台走出车站，搬到站外给社会提供服务，这一先进前卫的服务理念起源于深圳站。

当时站领导认为，迎春花开，墙内墙外都要香，要把服务台移到车站外面去主动服务旅客。于是在 2011 年，深圳站"迎春花"服务队走出车站，给社会提供服务。这一举措，开创广铁集团客运服务先河，服务旅客的阵线推到了进站前。

多年前，李元在一次服务重点旅客时，旅客随口说了一句："深圳站交通这么复杂，我们这些外地人真会绕晕。"

旅客的感慨让李元思考良久。深圳是座移民城市，外来人口占比达到70%。深圳站周边交通复杂，2条地铁交会，25条公交线路，13个出入口交织，常让人眼花缭乱。

李元想，要是能与地铁、公交对接服务就好了，这样方便为重点旅客服务。于是，就试探性地与外围交通建立联系。

2013年6月，钟先生背着大包小包第一次来到深圳务工。当他独自站在站台上茫然四望时，李元主动迎上去，将他带出车站交给义工，从

◆李元在检票口帮助大客流列车旅客检票乘车（田恬　摄）

地铁到公交，各单位接续服务，钟先生享受了爱心服务圈各个环节细致的关照，快捷到达目的地。

11年后，已在深圳安家的钟先生在深圳北站乘车，见到李元，他高兴地说："我还记得你。当年，是你们的服务让我对深圳第一印象特别好，也让我和深圳结下了不解之缘。"

2018年，深圳站正式成立"迎春花"服务队时，在车站的支持下，李元和队员们对"迎春花"服务品牌进行全新升级，将服务从站内推向站外，并创新推出"爱心接力圈"服务举措，通过"迎春花爱心服务圈"微信工作群，与地铁、出租车、公交、志愿者协会等单位互联互通，为重点旅客开办专点、专人、专线接续服务，让旅客享受从"车门"到"家门"的"最后一公里"贴心服务。

"深圳北站的站外迎春花服务站是李元当队长后倡导建立的。"车站宣传助理员姜伟说。

为了办好这个站外服务台，李元牵头建立了一个名叫"深圳北站爱心服务圈"的工作群，链接了地铁、公交、志愿者等多个单位，通过对外延伸，与外围公共交通进行无缝对接，给重点旅客提供更便捷舒适的服务。

2024年暑假，一位华侨旅客坐飞机到深圳，在深圳北站坐车去惠州时，他发现自己的包掉在机场了，心急如焚的他找到在迎春花服务台值班的李元，问能不能帮他联系找到包。李元立即联系机场，机场很快答复，找到包了，他包里有两万美金，这个华侨很高兴，夸李元和小伙伴"高效率的优质服务"。

"各环节打通，大家齐心协力帮助旅客，整个过程就像是把一颗珠子投入湖里，掀起一道道涟漪，荡漾到各个圈层，形成一张爱心服务网。"李元形象地介绍道。

自从建立了站外爱心服务圈，李元为旅客服务的触角自然延伸了。

李元家住东莞，在深圳北站上班，每天坐火车跑通勤。她经常在上下班路上遇到乘客有困难，会下意识地帮一把。

2022年冬天，李元在深圳地铁上，遇到一个挂着拐杖的男子很痛苦地拖着行李，累得满头大汗，李元看他带着如此多的行李像是要到深圳北站坐车，好心地问他："你需要帮忙吗？"他看了一眼李元，愣了一下，用怀疑的眼光看着李元，李元立即说："我是深圳北站的工作人员。"并掏出工作证给他看，但他还是有点半信半疑。

"你要去哪里呢？"李元问。

"去河南。"

李元帮他拎着沉重的行李，引导他过安检，进到候车室，他悲伤地告诉李元："我姓刘，是在工地干活受伤的，一辈子治不好了。"到了候车室，李元叫同事推了一把轮椅过来，带到检票口候车，李元马上去换了制服出来，他惊讶地看着李元说："这下我相信你了，你不是骗子。"李元拎着行李，一路将刘先生送上车。在得知刘先生的工伤遭遇后，李元还以身边人的故事鼓励他以良好的心态面对未来。临走前，刘先生从包里翻找，掏出一个崭新的水杯，有些不好意思地递给李元："你的话让我心里舒服多了，让我看到了希望，谢谢你。"

"我都有职业病了，不管是上班还是下班，看见有困难的乘客，就会下意识地去帮忙。"李元笑着说。

有次坐动车去上班，车上两个外地乘客在商量，一个说："我们要先出站，再进来。"另一个说："不用出吧？我也不确认，出站再进来怕赶不上车呢。"李元忍不住在旁边接话："不用出站，站内就可以换乘。"两位乘客一脸疑惑地看着李元。下车时，李元跟他们说："跟我走吧，我带你们换乘。"

每次遇有重点旅客服务，李元总是会打电话到南昌、南宁、贵州、西安等外局车站，跟旅客的终到站或中转站沟通，请求协助做好服务。同时，李元也会经常接到列车和全国各地车站的请求服务支援，她也同样给予无微不至的服务。

四通八达的高铁枢纽，就是一条无障碍、畅通无阻的绿色大通道，让每一个匆匆而过的乘客，携一缕迎春花香，踏上幸福旅程。

伙伴们的元姐

采访中，我发现伙伴们不管是比李元年龄小还是大，都叫她元姐。有时候站领导也开玩笑叫她元姐。经常有不明所以的人会问："李元，你到底多大啊？"

我知道，一声元姐背后，是对李元精湛业务、责任担当、无私付出的最大褒奖，是伙伴们对她的最大信任和尊重。

深圳北站"迎春花"服务队共有38人，队员有竞聘来的，也有毛遂自荐来的，无论怎么来到"迎春花"服务队，都是业务最硬、服务最好、技能最强的，他们各有所长，有英语无障碍对话的孟禹婷，有急救经验丰富的王珂，有擅长为盲人服务的耿必成，有"最美深站人"蒋婉妮……

采访中，我请"迎春花"服务队队员们用一句简短的话来形容李元。罗帅说："漂亮，严谨，有担当，有爱心。"耿必成说："漂亮，能吃苦，服务专业，精益求精。"方人秀说："漂亮，善良，大气。"

王珂告诉我："每个小伙伴过生日，都能收到元姐的祝福信息。她把我们的生日全标注在手机上。"

蒋婉妮说："在班组办公用品和日常药品接续不上时，元姐会自己掏钱买，不会坐等上面来解决。"

……

这就是大伙的心声。毋庸置疑，元姐是服务队最艳丽的那朵迎春花，这是一起战斗的小伙伴们公认的，也是千万旅客授予她的，她在春天摇曳生姿，书写着春天最动人的故事。

李元从担任服务队队长起，每年自己掏钱给每人准备一份礼物，邀请所有的队员和家属参加，举办岁末迎春花"嘉年华"晚会活动，增加团队的凝聚力，让职工家属支持理解他们的工作，这个活动也是真正把"家属保安全"落到实处。

一个温暖的团队足以治愈一切坏情绪，"迎春花"服务队的"感恩制度"，治愈了小伙伴们生活中所有的烦恼和不顺心。

李元倡导制定了"班前一感恩，班后一总结"制度。班前感恩，就是每天早上在群里发一条感恩信息。班后总结，就是下班时把自己这个班遇到的问题和解决方法，或是旅客的感谢，分享到群里，让大家互相学习。

"为什么要制定这个制度？"我问李元。

"我们队员都很年轻，我想要培养他们的感恩精神。"李元打开手机给我看，一条条感恩的信息历历在目："感恩一位旅客对我的帮助表示了感谢。""感恩我的朋友给我送来美味的晚餐。""感恩我的小伙伴，及时站出来为我解围。"……

感恩制度持续4年来，从未间断，现在"迎春花"服务队队员之间变得越来越团结，他们会处处留意身边的事，主动帮助同事，互相补位，队员之间关系非常融洽。

罗帅说："元姐的这个班前感恩制度，让我有更好的精神状态迎接一天的挑战，有时面对旅客的刁难，我会让自己冷静，不要生气和发脾气。"

让李元最感动的是在2022年春运，像山一样的遗失物品又脏又杂，异味重，每天要及时处理，因人手不够，班组每个人都会主动提前两个小时上班去清仓库，无偿加班。

队员方人秀，家里突发变故，要休一段时间假回去照顾家人。李元知道详细情况后安慰她，让她安心回去照顾家庭，并立即组织班组捐款，自己带头捐了1000元，结果这个800元，那个500元，一下捐了1万多元。在方人秀最困难的时候得到了班组关爱和支持，她真切感受到来自这个小集体温暖的力量，她感动地说道："在那种紧急的情况下，元姐不但给了我精神鼓励，还组织班组给我捐款，当时对于我来说，等于雪中送炭，我很荣幸自己能来到迎春花这个温暖的队伍。"

◆ 李元在办公室查看工作重点（田恬 摄）

"我是他们的同事、朋友，但也像是一个家长，事无巨细，我都要想周到。"李元认真地说。

拼搏奋进，携手同行。李元带领团队，以爱心为舵、创新为帆，用温暖凝聚力量铸就了一支充满爱与力量的卓越队伍，他们如春天的使者，共同绘就大地新绿，迎来灿烂的春天。几年来，李元带领的"迎春花"服务队，先后被国铁集团党组授予党内优质品牌，班组荣获广东省"五一劳动奖状"、全国铁路青年文明号等称号。2025年，喜讯再度传来，"迎春花"服务队被中宣部命名为第十批"全国岗位学雷锋标兵"先进集体。

与元姐儿子对话

2023年暑假，儿子嚷着要去妈妈单位体验生活，李元只好带他去了车站。李元去现场忙了，把儿子留在办公室，站领导来巡查时看见一个小男孩坐在那里，笑着问："这小帅哥是谁啊？"

"我是元姐的儿子。"他站起来大方地回答。

这句话把领导逗笑了。于是，"元姐的儿子"成了服务队的一个笑梗。

元姐的儿子叫韩正，今年11岁，1米62，读小学五年级。谈到儿子，李元脸上洋溢着幸福的笑容。她告诉我，儿子聪明懂事，从读一年级起，学习成绩一直名列前茅，还是班长。

李元说，家里有好吃的，不管是餐桌上，还是零食，儿子永远都会把第一口给长辈，最后才自己吃。他每天进出家门都会跟家人打招呼，在小区看见保安和保洁，都会说"叔叔阿姨，辛苦了"，让小区物业工作人员都对他另眼相看。

儿子的优秀，离不开李元的正确引导，李元跟他讲自己为旅客服务的故事，告诉他要多帮助别人、理解别人，让他从小能明辨是非，遇到困难想办法解决，不要抱怨。

寒假期间，我特意来到李元家，采访她家的小帅哥。见到他时，韩正同学刚从兴趣班下课。我问他："你上的什么兴趣班啊？"

"数学思维逻辑。"他认真地回答。

"你最喜欢什么科目，哪科成绩最好？"

"语文和数学都喜欢，这学期语文考了 100 分。"

"那你业余喜欢什么呢？"

"数学思维逻辑、打篮球，我喜欢的妈妈都让我学。"

"为什么年年都选你当班长呢？"我笑着问他。

"我帮助同学，学习成绩好，班上的重活、累活我都抢着干，同学扫地，我搬桌子、倒垃圾；同学擦桌子，我提水、洗抹布……"帅气阳光的小男孩，说得头头是道。

"学习难吗，平时需要补课吗？"

"不需要，只要上课认真听老师讲，完成好作业就行了。"

"妈妈这么忙，不能经常陪你，你怎么想的，怨妈妈吗？"

"那是妈妈能干，领导信任她、重视她，我为她高兴啊！"他想都没想，脱口而出。

李元说，儿子的作文经常是满分，每次老师在班上当范文读。

在日复一日忙碌的日子里，李元陪伴儿子的时间很少，如果值班不回家，儿子会打视频电话给李元："妈妈，你辛苦了，我想你。"

一句普通的问候让一天的疲劳压力瞬间释放，儿子的暖心就是李元最好的精神补给。

2024 年年底，平安夜那天晚上，李元值班，儿子转给她 800 元，发信息跟李元说："妈妈，你去买套护肤品吧，你上班需要这个。"

李元知道，这是儿子积攒的全部零花钱。他的贴心让李元眼窝发热，有时候她真希望儿子不要这么懂事。

大年三十那天，李元值班，儿子说："妈妈，我陪你去值班吧。"

在单位，李元在现场忙得像个陀螺，儿子在办公室乖乖地写作业、看漫画，等李元回到办公室，他和同事已经打成一片。

值完班回家的路上，他掏出两个利是包给李元："妈，这是钦哥给的。"

李元愣了一下，忍不住哈哈笑了起来。

林钦是她的车间主任，平时同事都亲切地叫他钦哥。

韩正笑了笑，告诉我："我当面叫他叔叔的。"

"喜欢高铁吗？"

"喜欢啊，妈妈每年带我旅游，都是坐高铁的，我们去过珠海、香港、澳门、海南、成都，很多地方。"

李元经常跟儿子聊天，交流彼此遇到的事是怎样处理的，如果有不开心的事，会分析一下是谁错了，下次要改正，不留心结过夜。他对李元工作中发生的事很感兴趣，包括救人、服务重点旅客，李元总会引导他做一个正义、善良的人。

爱出者爱返，福往者福来。

在李元的言传身教下，儿子快乐成长。父母健康、儿子优秀，这是李元工作最大的动力和底气，心无挂碍，一心一意工作。

说到这里，李元微笑着，幸福地说道："我儿子就是来报恩的。"

父母是孩子追梦路上的灯塔，照亮前行的路，一代一代传承。

儿子从出生起就是李元母亲一手带大。李元上班忙，家里所有事都是母亲一个人操劳，孩子如果是一般的发烧、感冒，母亲就抱到附近的小诊所看病拿药，不让李元工作分心。

◆李元与儿子

刚当"迎春花"服务队队长时，李元在上班路上、吃饭、睡觉都在冥思苦想，如何尽快地提高服务标准，建立班组制度，心越急就越焦虑，导致晚上睡不着，头发大把地掉。李元父亲和哥哥知道后，特别关心她，买了很多营养品给她，开导她，跟她聊天，缓解压力。

母亲说："那段时间，元元瘦得厉害，我看了心疼，但不敢多问。"

一直到工作慢慢走上正轨，压力渐渐缓解，李元才轻松了一些，身体也慢慢好起来。

工作虽然累，但李元在奋斗的路上不孤单，每一步跨越，背后都有家人坚定的支持和温暖的怀抱。

李元有着山东人特有的性格特征——直爽大气，表达能力很强，跟她交流，流畅而舒适，用时髦的话说，就是能够提供情绪价值。她休息时，会请母亲舞友团的阿姨们吃饭，跟她们聊天、拍照。阿姨们十分感动，很羡慕张女士有个孝顺闺女。

2024年年底，李元预选"最美铁路人"，回山东跟爸爸过生日，李元跟父亲开玩笑说："您的优点都遗传给我了，还有什么法宝没，再教教我吧？"爸爸宠爱地拍了拍李元："你现在比爸爸优秀多了，爸爸为你骄傲。"

回首一路艰辛，李元感慨道："从入路那天起，我从来没有厌倦这份工作，虽然辛苦，从没有想过离职，现在更是越来越喜欢。"

李元对自己身上的铁路制服十分看重和珍爱。这份平凡的工作，让她领悟到生命存在的意义与价值，她的美，她的善，在岗位上闪耀着个性的光芒。

15 年来，李元用满腔热忱和精湛服务，持续不断地为南来北往的旅客提供优质服务，在流动中国里，她像一朵优雅的迎春花，怀揣着春天的梦想，迎风绽放，将爱心和希望撒播在繁华的大湾区，温暖着每一个来深圳的追梦人。

迎春花开，一路有爱！

王 超

"王超人"密码

——记中国铁路昆明局集团有限公司昆明车辆段检修车间车辆电工王超

▶ 梅国建　陈尹晓璇

　　2024年8月下旬的一天下午，虽已入秋，昆明的天气仍然闷热。昆明车辆段动车检修库里，几名地勤机械师正在急切等待车辆电工王超的到来。

　　王超是昆明车辆段检修车间车辆电工，他外表普通，却是大师工作室带头人，在破解检修技术难题方面拥有过人的本领，大伙敬佩地称呼他为"王超人"。

　　此时，有几列动车的影视系统操作屏出现黑屏故障，刷新软件后仍无法修复。这种平时很少遇见的故障，让大家感到颇为棘手。动车影视系统操作屏控制着全列车影视系统，是为旅客显示列车运行信息和提供影音、资讯等服务的设备。由于每台售价高达6万元，因此备用数量不多。如果在动车检修库修不好，就要送到2000公里外的厂家修理，来回少说也要3天时间。

王超带着两名大师工作室成员匆匆赶来。经过测试，他判断是软件出了问题。软件刷新后，故障仍未解决。王超分析认为黑屏原因是由承载设备运行功能的系统软件引起，按惯例必须用厂家的系统软件源文件才能解决问题，而得到源文件必须返厂修理。

显然，返厂修理时间太长，不现实。王超提出采用源盘复制的方法，尝试从没出现故障的硬盘复制系统软件。很快，一台监控屏系统复制完成，启动后，屏幕正常显示，黑屏故障得以解决。

多年来，王超多次带领团队成员解决动车检修急难故障，他爱学习，爱琢磨，刻苦钻研业务知识，勤学苦练检修技能，修复高价值配件4000余件，总结提炼百余项疑难故障处理法，自主研发20多项工装成果，编写7个种类的中老铁路动力集中型动车组作业指导书，实现了动车组部分配件自主维修。他被授予"全国五一劳动奖章"，获得"全国技术能手""最美铁路人"等多项荣誉称号。

新年伊始，我们采访了王超和他的伙伴，随着他们的讲述，我们走进王超的世界，一同探索他成功的密码。

与火车结缘

在人生成长历程中，很多人都会为了梦想拼搏奋斗直到它照进现实，王超也一样。

1992年夏天，10岁的王超第一次跟着父亲进城，到昆明市区的商品批发市场给家里的小卖部进货。在铁路道口旁，王超看到一列长长的火车呼啸而过，那一刻，他被眼前的庞然大物震撼了，觉得火车无比神秘。

父亲告诉他："一列火车可以坐几百到上千人，一小时能跑上百公里。这些神奇的火车，每次跑几百或几千公里路回来，都要到不远处的车辆段进行检修，检修合格后，才能再开出去。因为有了火车，人们才能更方便地到全国各地旅行，全国各地的商品也才能流通起来。"

"有这么神秘和了不起的火车，竟然还能有人会修火车！"经过昆明车辆段的大门口时，王超不禁多看了几眼。他看到一群穿着铁路工作服的叔叔阿姨，心里特别羡慕，心想自己长大了要是也能修火车该多好。

从那个夏天开始，这个与火车有关的梦想，就像一颗种子在王超心里悄悄埋下。每天放学回家，王超都先做完作业，再帮着父母做一些家务，而后又认真复习功课。在父母和邻居、老师、同学眼里，王超是懂事、爱学习的孩子。

1998 年，王超中考结束，填报志愿时发现自己可以填报齐齐哈尔铁路工程学校。他想报考这个和火车有关的学校，尽管学校离家有几千公里路。父亲也鼓励他说："能考上铁路的学校是好事，村里很多人都羡慕到铁路工作的人。"于是，王超更加坚定了自己的选择。报名后，他被录取到齐齐哈尔铁路工程学校供热通风与空调专业。

到了学校，王超发现自己所学的专业偏向于铁路房屋建筑类，不是和火车直接相关的专业。王超感到失落，仿佛一直疾驰在梦想深处的那列火车，在那个家乡的夏天便远远地开走了。

后来，看到同学们都很喜欢这个专业，王超转念一想，虽然这个专业和火车关联不大，但也属于铁路的专业。既然来了，就要学出个名堂来！于是，饮食上的不习惯，气候上的不适应，他都努力克服。最难适应的是老师讲课时语速较快，口音也很重，课堂上讲的有些内容，王超听不清楚。为了学好专业，下课以后王超就追着老师请教，直到把问题弄明白为止。晚上回到宿舍，他又认真复习电工学和其他专业课本上的知识。

那时候还很少采用计算机制图，大多都是用笔和尺子画在图纸上。王超绘制的图纸，一开始并不过关，不仅图纸容易出现污迹，而且修改的痕迹较多，线条也经常画不直。为此，他经常受到老师批评。于是，他虚心向同学请教绘制图纸的方法。同学告诉他："画线之前先定好点位，下笔争取一次成型，就能保证线条笔直，画纸上也不容易出现污迹。"

◈王超正在检查集成板卡的焊接状态（韦济飞　摄）

王超按照这个方法反复练习，连续一个月，他每天都抽出时间认真画图纸，不仅把线条画得笔直，画纸上也没有了污迹。而且，因为天天画图，他还练成一个让大家叹服的技能——不管是画1厘米的线条，还是画3厘米或5厘米的线条，他不用尺子量，一笔下去，长短误差不超过2毫米。

学打字时，王超发现自己使用五笔输入法打字的速度比其他接触电脑较早的同学慢，于是，他买了学校计算机室的机位卡，一有时间就进入计算机室，专心练习五笔输入法。不久之后，他的打字速度快速提升，超过了很多电脑操作熟练的同学。经过不断努力，学习中的难题全都迎刃而解。王超不仅担任了班级的物理科代表，期末考试的成绩也在班上名列前茅。

2002年7月，王超从学校毕业，被分配到昆明车辆段。穿上铁路制服的那一刻，王超很自豪。他原本以为自己会被分配到铁路房建段从事房屋建筑方面的工作，没想到随着空调列车增多，他学习的供热通风与空调专业正好派上了用场，机缘巧合下，他终于干上了自己心心念念的火车修理工作。在学校里刻苦学习的专业知识，也为他更快地掌握铁路旅客列车电路和电器知识打下了基础。

那时候，由于客车车辆气密性不好，加上有不少内燃机车的柴油燃烧后油烟较大，列车跑完几百甚至上千公里返回检修库以后，灯罩外都会粘上油烟和灰尘，灯罩里也会钻进很多蚊虫，需要打开灯罩一盏一盏地擦干净。

王超最初跟随师父学习的工作，就是擦灯罩。这份在别的年轻职工看来枯燥且没有技术含量的工作，王超却干得特别认真。

第一天擦灯罩时，师父王丽洁给王超做了示范，讲解了擦灯罩的步骤和方法，就到别的车厢擦灯罩去了。一个小时后，王丽洁来看王超擦灯罩的情况，一走进车厢，她就吃了一惊。这个车厢里的车灯，比其他车厢的车灯都明亮。"这灯，你是怎么擦的？"王丽洁禁不住问王超。王超马上做起示范。原来，他不仅把灯罩里里外外擦得干干净净，连灯罩里的反光板也擦得锃亮。"这个年轻人能吃苦，做事情也认真细致！"王丽洁对这个徒弟很满意。

其实，王超不仅把灯罩擦得光亮如新，他还把灯罩里能看到的配件都记下来了，灯管是多少瓦，整流器是什么型号，进线方向在哪里，擦的灯罩多了，王超都一一记在了心里。

跟师父学技能

擦了一段时间灯罩后，王超误以为车辆电工的工作就是擦车灯和检修灯具。然而，就在他以为工作难度不过如此的时候，却接二连三地出了"洋相"，并由此领教了工作的真正压力。

有一天下班时，师父王丽洁有事情先离开，就让王超收拾好工具后切断车厢里的电源再离开。王超切断电源后，发现餐车有两盏灯还亮着，怎么也找不到开关在哪儿，就跑回班组向老师傅请教，有个老师傅告诉他说："你按应急电源的红色按钮就可以断电。"王超才知道这是餐车的应急灯，于是跑回餐车，找到应急电源的红色按钮，但按了几次仍然没能断电。王超怀疑自己没找对开关，于是又跑回班组向老师傅请教，老师傅叹了口气说："忘了告诉你，要长按3秒。"王超惭愧地跑回餐车，长按应急电源的红色按钮3秒钟后，两盏应急灯都关闭了。第二天，王超和师父王丽洁说起这件事，师父告诉他："方法不止一种，你还可以关电池开关。"

一瞬间，王超觉得车上的电气设备门道真多，想独立上岗远着呢，还需要认真跟着师父学习。于是，他每天虚心向师父请教，主动学习除擦车灯之外的其他知识。

不久后，王超实习期结束，被分配跟随师父瞿波学习车辆电气检修工作，这项工作需要很强的理论知识和专业技能，远比擦车灯和检修车灯的工作难度大。第一天见面，瞿波就找出两本电气检修规程，对王超说："检修标准要记熟，重点的参数也要背下来，这些标准，就是做好工作的一杆秤。"从此，王超白天跟着师父去检查车辆电气设备，晚上就认真自学电气检修规程。

每天，他在前面检查第一遍，师父在后面复查第二遍。"从左到右、从上到下，注意回头看，用不同的看车角度发现问题。要养成按顺序看车的习惯，遇到不同的车型才不会漏检。"瞿波不仅认真教王超工作方法，也不时纠正他的错误。有一次，王超检查一排电线，他用手一根一根地扒拉过后，没有发现问题，却被瞿波叫住，让他再检查一遍。"我都一根一根扒过了，没有问题。"王超说。

"你看这根线，线鼻子有点歪没接好。现在看上去摸上去是没有问题，难保开出去不出问题。"瞿波说着，用手一拽，那根线就脱了。随

◈ 王超正在检测集成板卡的技术状态（韦济飞　摄）

后，瞿波告诉王超，"看车要眼到、手到、心到，只有每个检查点都这样做，才能保证检修质量，让旅客坐车更放心、更舒心。"从此，王超把师父的话牢牢记在心里，每天检查设备故障时，认真眼看、手摸，不放过任何一个可疑之处，处理故障时也记牢故障状态，用心思考故障处理方法。他还随身带着一本笔记本，遇到不懂的问题就向师父和同事请教，然后记在笔记本上。

时间长了，王超问的问题越来越难，有些问题甚至连老师傅也不一定能回答上来。还有的时候，王超发现，同一个问题，向不同的人请教，就会有不同的答案，每个人都有自己的高招。于是，王超到处收集电气配件技术资料和技术规程，再对比车厢里的电路和电器配件进行学习。

有一天，他向瞿波请教时，发现瞿波有一本名为《车电员》的书，书里对客车上每个配件都有详细讲解。王超如获至宝，立即向师父借了这本书。白天，他一边检查故障，一边对照电气原理图整理电路布线，测量不同配件的电压和触点状态，遇到解决不了的电气配件问题，就在晚上通过《车电员》这本书认真学习各个配件的工作原理，再记熟故障处理的方法和技巧。有些配件上的接线错综复杂，让人看得眼花缭乱，王超就一根线一根线地捋顺，还贴上易于分辨的标签。有的配件在书上没有电路图，王超就对着配件琢磨，直到自己画出一幅电路图来。

铁路旅客列车数量不断增多，车型不断更新迭代，车辆电气化、集成化程度越来越高，车辆设计更加复杂，有些故障的处理难度也加大了。在车辆段能自己处理的故障越多，就越能减少等待厂家修理和来回寄递配件的时间，提高车辆检修效率。还有一些配件的某个元件出现故障后，即使找到厂家的技术人员，他们也无法做到精准修复，只能将配件整体更换，导致检修成本较高。因此，车辆电工只有不断学习，与时俱进，才能快速处理更多的车辆故障。但是，也会有一些处理故障的新方法还处于探索阶段，没有普及推广，有些新设备上的电气原理也特别复杂，一时很难找到相关的技术资料，这就给学习带来很大难度。王超却有一种触类旁通的思维，他心想，电气检修原理应该是相通的，也许可以学习借鉴一些家电行业从业人员的经验。有一段时间，他经常下班后满大街寻找家电维修店，然后到店里一边给家电维修师傅打下手，一边学习请教。

检修车间有车电组和电控组两个班组，王超所在的班组是车电组，全组有 20 来个人。王超一直想学习空调控制柜的故障处理技术，因为这个岗位的工作技术难度在班组中最高。于是，他找来一张空调控制柜原理图，结合《车电员》这本书中关于空调电路的知识，从最简单的通风控制电路学起，用笔在本子上画出电路走向图，摸清每一个电路的原理。而后，他拿着图纸去向师父瞿波请教，在师父面前讲解整个电路图原理，请师父指出其中有错误的地方。瞿波也结合图纸给他讲了很多处理空调控制柜故障的经验。熟练掌握理论知识后，王超就利用中午休息时间，去车厢里对照图纸做空调电路控制试验，不久之后，整个电路原理仿佛刻在王超脑海中一样，再复杂的空调控制柜，只要一打转换开关，根据各个工况启动或不启动的情况，他就能判断出电路是否出现故障，或者可能发生故障的范围。为提高空调控制柜故障处理的实际操作技能，王超还经常和搭档利用中午休息时间，趴在控制柜旁的地板上互相给对方假设故障，通过预想处理方法提升空调控制柜故障的处理能力。

几年下来，王超不仅把旅客列车每个配电柜的控制逻辑熟记于心，还记满厚厚的 6 本工作笔记。凭借勤奋好学的精神，王超进步很快，逐渐成长为班组中的业务骨干。

2007 年，王超担任车电组工长，带领车电组职工进行车辆电路、电器的检修工作。虽然在班组中处理故障已经得心应手，但面对旅客列车车型不断更新升级，王超意识到，随着车型越来越先进，车辆电气部件和电路系统上的故障会更复杂，仅凭现有的技术是不够的，必须始终保持"本领恐慌"，学习更多的知识，掌握更多的技能。

从老将到新兵

如果一个技能出众的车电检修老将，突然有一天变成职场新兵，并且要面临比从前难度更大的挑战，他会怎么想，又会怎么做？王超就经历了这样意想不到的转型。

铁路在持续快速发展，旅客列车也一直在不断升级换代。自2010年以来，大量DC600V新型直供电客车投入使用，为做好DC600V新型直供电客车的检修工作，昆明车辆段抽派人员组成技术攻关组，攻关DC600V新型直供电客车检修难题。

这时王超只有28岁，但经过多年历练，已经成长为车辆电工的高级技师。他感觉自己在车电组很难再学到更深的知识和更多的技能了，就想到技术攻关组继续提升自己的技能。2013年，王超得偿所愿，从车电组调到技术攻关组。

然而，让王超没有想到的是，技术攻关组面对的DC600V新型直供电客车检修难题，远远大于车电组面对的检修难题。面对全新的电力电子技术和各种各样的逆变器故障，王超感到无从下手。

有时候，他尝试修理承担电流转换功能的逆变器和承担充电功能的充电机，辛辛苦苦接好线后，一通电，逆变器和充电机又显示故障了。无奈之下，他就去请教师父和同事，问的次数多了，他感觉有些难为情。想到自己在车电检修岗位已经是高级技师，很少有解决不了的难题，到了技术攻关组却成了一个"职场新人"，王超心理上产生了巨大落差，特别是同事叫他"王高技"的时候，说者无心，听者有意，他总感觉有些不自在。

王超向师父吴晓雷说起自己的苦恼，吴晓雷对他说："我以前和你一样，也是先在车电组从事整车电气检修，而后到技术攻关组修逆变器和集成板卡等配件。突然面对原来没有接触过的东西，我起初也很迷茫，遇到故障更是着急。你不要灰心，在车电组能干好，在这儿也没问题，先从修逆变器、充电机学起，遇到不懂的问题，就来问我。"于是，王超重树信心，决定从零开始，忘掉自己高级技师的荣誉，一点一滴地认真学习起来。他随身带着笔记本，师父讲到判断故障的方法和处理技巧，他就详细记录下来，之后再不断练习处理各种故障。

王超跟着吴晓雷学习还不到 3 个月，吴晓雷就被段上调去筹建动车所了。临别前，吴晓雷对王超说："我不能再带你了，把修集成板卡的方法教给你，你继续一点一点钻研，一定要把技术攻关组这个光荣的团队撑起来。"

集成板卡是将承担图像显示、声音传导、网络连接等多种功能的元件集成在一块电路板上，检修难度很大。在吴晓雷指导下，王超学会了检修集成板卡的基本方法。吴晓雷调走后，他就一边修逆变器，一边继续摸索集成板卡的维修方法。2014 年 4 月，一群厂家的技术人员到昆明车辆段参观，王超听说其中有一位从事车下电源检修的技术人员，就主动去和他交流，趁机请教一种老接口集成板卡的常见故障处理方法。对方告诉他："板卡通电后，先测量 LM124J 这块芯片的第一个焊脚输出电压，它对应的输入电压是 1∶100 的关系，比如输入的电压是 600 伏，那第一个焊脚应该输出 6 伏才正常，如果电压出现偏差，就说明电路有问题。"这些专业的知识，王超此前闻所未闻，这次交流后，他意识到自己理论功底的匮乏，下定决心要加强理论知识学习，提高板卡的维修能力。于是，每天午饭后，王超利用午休时间反复钻研集成板卡的故障处理方法，光整理出来的故障处置方法就记满了几个笔记本。

逆变器主控板卡频率电压低的故障，是技术攻关组的重点攻关项目。有一次，王超带领大家检修逆变器时发现逆变器频率和电压较低，调整电压后也无法达到正常值，只有更换新的主控板卡才能解决问题，并且这样的故障发生过多次。王超心想，这些故障原因应该都是同一类，只要能找到故障点，就能修复更换下来的板卡。

于是，他一有空闲就研究逆变器主控板卡，一个电路一个电路地画出电路图，一个元件一个元件地更换和排查故障。渐渐地，故障的可疑范围越来越小，王超对逆变器主控板卡的电路原理也越来越熟悉。最后，他排除了硬件上的故障，怀疑是软件故障。由于不熟悉软件故障的处理方法，这项攻关陷入停滞。但是王超并没有放弃，一有时间他就拿出这块板卡研究。一次偶然的机会，他听说上海有人能处理这个故障，刚好段上安排他和同在一个车间的妻子到杭州疗养，他便给车间写了借条借出板卡。在杭州疗养期间，他让妻子带着孩子，自己则去了上海两天，终于把板卡修好了。

回到单位后，他迫不及待地把修好的板卡拿去试验，调整电压后，板卡频率电压低的故障消除了。他用放大镜翻来覆去地仔细查看，没有发现板卡上的元件被更换过。于是，他更坚信是软件方面出了问题。他一边认真学习软件知识，一边不断想办法查找软件问题。经过几个月钻

◆王超在检修铁路客车充电机逆变器等配件（熊美　摄）

研，他终于解决了这类板卡的软件问题，仅这一项攻关，每年就可为单位节约成本近70万元。

　　有几台老艾斯玛逆变器在列车运行途中出现故障，到了车间检修试验台试验时却又显示正常，导致维修无从下手。有同事猜测是由于模块过热引起故障，王超却不赞同。他用铝板粘上泡沫海绵，将逆变器全部封闭起来做试验，为了使试验温度接近实际工作温度，他又在逆变器模块里增加了电热采暖片和风扇，使内部的温度接近75摄氏度左右。经过对10多台逆变器试验，他排除了同事们关于模块过热引起故障的推测。最终，又通过多种验证，他找出逆变器连接线插头簧片变形、插接不良、驱动信号线受干扰、电源板电容老化等多种影响逆变器稳定工作的原因，经过"对症施治"，这几台老艾斯玛逆变器的故障都迎刃而解。

一天早上，车间里突然来了两个陌生人，原来他们是设备厂家的板卡供货商。昆明车辆段多年来一直在他们厂订货，近年来订购板卡的数量少了很多，他们担心自己的产品出了质量问题，于是前来了解情况。王超告诉他们，段上成立了技术攻关组，能够将许多报废的板卡重新"救活"，这样不仅减少了采购，节省开支，也减少了配件的寄递时间，极大地提高了旅客列车检修效率。一席话让供货商既惊讶又敬佩。

迷上小小芯片

把别人不敢想、想不到的事想通，把别人觉得不可能的事做成，这就是成功。王超就是这样一个敢想别人不敢想、想不到的事和敢把别人觉得不可能的事变成可能的人。

在火车车辆电路中，逆变器板卡上的芯片虽然只有指甲盖大小，作用却如同人的心脏一样重要。机车上高达600伏的直流电压，只有在逆变器芯片控制下进行转换，才能变成380伏、220伏和110伏3种电压，给车上的空调、照明、茶炉等电气设备供电。

由于列车车厢里的用电设备较多且持续使用时间长，用电负荷大，偶尔就会有逆变器上的芯片发生故障的情况。在极小的芯片体积内，集成着数量众多的电子元件和关键电路，芯片更换难度极大。因此，常用的修理方法都是直接更换新的板卡，但这样会造成配件的较大浪费，也会大幅增加检修成本。

2013年10月，王超尝试更换一块逆变器板卡上的8脚芯片。他小心翼翼地用电烙铁和焊锡把这块芯片的8个焊脚焊接起来，试验正常后，先装进逆变器，再把逆变器安装到车辆上。可是在复检时，逆变器又出现问题，还是板卡上有故障。王超用吹枪轻轻一吹，刚焊接上的那块芯片就掉落下来。他意识到，这是芯片焊接工艺有问题，必须开展芯片焊接攻关，探索有效的焊接方法。

在技术攻关组，芯片故障处置的探索尝试长期停滞不前，由于不能焊接芯片，都是坏了就换新的。之所以未能攻关成功，主要有两方面原因。一是因为芯片分为多种型号，不同芯片的焊脚数量不同，从8个脚到270多个脚不等，许多芯片焊脚之间的缝隙比头发丝还细，只有在放大镜下才能看清楚，焊接时连半毫米的偏差都不能出现。二是因为每块板卡上都有多块芯片，板卡是高价值产品，价格从几千元到上万元不等，一旦焊接芯片时粘连到其他焊脚或电路，就很可能在通电时烧毁芯片甚至整块板卡，导致无法再修复，从而造成巨大损失。

俗话说"没有金刚钻，别揽瓷器活"，芯片焊接攻关却是就算有金刚钻也未必敢揽的"瓷器活"。王超决定攻克芯片焊接难关的大胆想法，让很多了解芯片复杂程度的人觉得不可思议。王超却认为，只要掌握了芯片焊接技术，就可以在短时间内高效率地完成修复工作，还能降低板卡的报废率，减少资源消耗，同时能为单位节约很大一笔成本。虽然难度很大，但这项攻关很值得。

于是，王超白天忙着修理逆变器、充电机等设备的其他故障，下班后就专心研究芯片焊接方法，还多次跑到书店、图书馆寻找相关书籍。

在查阅大量资料后，他终于找到了突破的方向——尝试更换其他型号的焊锡丝和焊锡膏。随后，他买来各种型号的焊锡丝和焊锡膏，在报废的电路板上反复练习。更换焊锡丝和焊锡膏后，焊脚与焊盘之间的熔合度提高了，但是一个焊脚一个焊脚地焊接不仅效率低，电烙铁的高温也容易损坏芯片。于是王超找来一台电风扇，边焊接边对着芯片吹，希望能降低电烙铁接触芯片焊盘时的温度，却发现这个方法根本不管用。

一天，王超到车间看车辆焊工焊接车体铁板，希望能从中学习一些经验。他看到焊条划过焊缝时留下的鱼鳞状纹路，立刻想到改进办法——把原先的点焊方法改为烙铁头划过焊脚的划焊方法。他兴奋地跑回工作室试验，结果却让他失望，这个方法也不能解决问题。首先是点焊变成划焊后，焊接温度不够，无法焊接牢固；其次是电烙铁的烙铁头从一个焊脚划向下一个焊脚时，会出现不断弹跳的情况。

王超没有气馁，反复琢磨后觉得可以从烙铁头上想办法改进，于是他重新买来电烙铁，把烙铁的尖头磨成斜口，经过一次次磨削和试焊，不断调整搭配不同型号的焊锡丝和焊锡膏，在4个多月里失败600多次后，王超终于能模仿电焊中的划焊方法，高效地焊接好8脚芯片。他让技术攻关组的其他同事也用这个方法试焊，大家掌握要领后都焊接成功，禁不住欢呼起来。

8脚的芯片能焊接好，16脚的芯片应该也能行。王超找来16脚芯片，采用之前的方法也获得成功。但在尝试焊接44脚芯片的时候，他却再也无法成功突破。因为44脚的芯片，焊脚与焊脚之间的距离已经细微到肉眼无法看清了，手稍微有一丝抖动，焊接就失败了。

能焊修到 16 脚的芯片已经是过去不敢想的事，想要攻关 44 脚芯片的焊接，成功概率似乎不大。但王超不满足，他觉得如果能焊接更加复杂的 44 脚及更多脚数芯片，动车检修的效率就会更高。

有一次在维修逆变器的网关配件时，王超发现一块小板卡上有块神经元芯片存在问题，就进行了更换，但问题仍然没有解决。新更换的神经元芯片质量没有问题，很可能是焊脚焊接不到位。王超在放大镜下找来找去，也没有找出焊接不到位的地方。到了周末，一大早他就带上小板卡到一家手机维修店，拿出 50 元钱请维修师傅帮忙焊接，想看看维修师傅是怎么焊接的，维修师傅告诉他不能焊，王超以为对方是嫌工钱少，于是把工钱加到 100 元，又加到 200 元。维修师傅终于说："不是不帮你焊接，而是我也焊接不了。像这样芯片出了问题的板卡，我们都是直接整块更换。"

王超偏不信这个邪，他认为熟能生巧，经过反复练习，一定能完成 44 脚的芯片焊接。于是，一连几个周末，他都往单位跑，找出报废的芯片反复练习。

终于，功夫不负有心人，经过一段时间的练习，王超感觉焊接芯片的手感越来越好，开始尝试用 44 脚的芯片进行焊接，让他兴奋的是，这次焊接成功了。

而后，王超继续向更多脚数的芯片发起挑战，直到能够焊接 200 脚的芯片。

2017 年 7 月 15 日，人力资源和社会保障部和云南省人民政府联合举办的"世界青年技能日·走进云南"技能展示活动在昆明举办，王超作为云南省青年技能人才代表，向大家作了芯片焊接技能展示。在几百双

◆ "昆铁工匠"王超在检修充电机逆变器（熊美　摄）

眼睛注视的大屏幕下，王超把一块176脚的芯片拿到放大镜下，处理焊盘，抹焊锡膏，对焊脚，点边，划焊，清理焊脚，放大检查……整个过程动作行云流水，焊接一次成功。通电试验时，芯片功能正常，现场爆发出热烈的掌声。

此后，凭借精湛的检修技能和芯片焊接技艺，王超不断在云南省和全国铁路的各类技术比赛中取得优异成绩。

迷上科技创新

铁路旅客列车车辆检修工作，检修是基础，认真仔细很重要，大胆创新也很重要。只有在检修工作中多动脑筋，才能干得又快又好。

2019年，昆明车辆段让王超牵头成立大师工作室。几年来，他带领团队开展技术攻关和科技创新，研发出了许多受到专家肯定的高价值、高效能设备。

在技术攻关组时，每次修好板卡，王超和同事都要装到逆变器或充电机等设备上检测，如果还存在故障，就要拆下来继续修理，安装和拆卸都费时费力。王超很想研制一个板卡试验台，用来测试不同型号的板卡修复情况，以便提高工作效率。由于他平常还要负责车下电源的整机维修工作，就一直没有时间研制。成立大师工作室后，王超把研制板卡试验台作为前期创新的重点项目，带领工作室成员迅速开展研发工作。

根据前期研究板卡掌握的逻辑原理和信号参数，王超和同事利用电子元件制作信号输出电路，通过导线和连接插件为铁路客车车下电源主控板、驱动板、电源板提供检修所需的电信号。同时，利用报废的客车网络配件进行信息转换，而后提供板件电路所需的电源和电流信号，对主控板通信状态进行检测，将有故障的主控板工作状态信息显示出来，便于检修人员根据故障代码判断故障所在区域，进而提高检修效率。研制板卡试验台不仅提高了板卡检修的效率，还让王超和同事对各个厂家的板卡性能、优点和缺点有了更深了解。

动车组的车门叫塞拉门，控制塞拉门开关的无杆气缸发生故障时修复难度较大，一直是制约检修效率的瓶颈。由于没有专门的试验设备，每次在车下检修完无杆气缸后，只能使用外力拖动活塞检测拉力，但这个力度与活塞实际运行产生的力度差异较大，对检测结果有影响，检修效率也难以提高。王超带领大师工作室成员用了一年时间研究和改进，终于制造出一套功能完善的试验设备。他们创新性地运用无杆气缸活塞两端的压力，通过计算机生成压力差曲线，有效解决了无杆气缸的试验难题，这个方法比传统外力拖动活塞检测拉力的方法更简单，也更接近活塞的实际运行状态。这项研发成果不仅极大地提高了检修效率，还获得了铁道科学技术奖三等奖。

中国铁路昆明局集团有限公司开行的CR200J动车组，所有双窗缓解指示器在2024年下半年就到检修周期，这些动车组车辆都要在昆明车辆段进行批量集中检测，但厂家设计的检测试验台功能单一，只有整合多种功能才能提高检修效率。王超接到任务后，带领大师工作室团队自主设计制作多功能检测试验台。

双窗缓解指示器是通过红、绿双色窗口灯光显示动车缓解和制动状态的标志，安装在每辆动车中部靠下的位置，用于判断当前动车组车辆的空气制动系统是否正常，以及显示类似汽车手闸功能的"停放制动"状态，是确保行车安全的重要指示设备。

2024年春节期间，人们忙着过年和走亲访友，王超却在家里忙着查资料和修改图纸，这里采用手动电路，那里设置机械电路，中间加装二极管和芯片……他的心思全在图纸上，常常不知不觉干到深夜。

图纸定稿后，王超带领大师工作室成员反复修改模具、调试电路、编写程序，几个月后，成功制作出集单窗、双窗缓解指示器和单向止回阀等多种状态检测功能于一体的设备。车间使用这套市场估价近30万元的设备，已经高效完成CR200J动车组双窗缓解指示器集中检测工作。

2024 年 8 月，昆明车辆段新配置的一批高原动力集中式动车组即将投入运行，按照新的配置要求，必须为每个动车组配备一台随车应急电源，但库房里合格的随车应急电源数量不足，至少要修复 5 台才能满足配置要求。随车应急电源价值较高，短时间内难以完成采购，同时，出现故障后维修难度很大，段上不仅没有相关的技术资料，甚至连检测试验的设备也没有。王超接到任务，要带领大师工作室成员研发出检测试验设备，以便抢修库房内损坏的随车应急电源。

为确保在新型动车组开行前将随车应急电源配置到位，王超和大师工作室成员停下手头正在进行的其他工作，全力以赴研发随车应急电源的检测试验设备。先拆解随车应急电源，再绘制电路图，而后搭建试验平台。仅 3 天时间，他们就搭建好一个带有负载试验功能的简易试验平台，开始对初步检查维修过的随车应急电源进行通电试验。对试验中再现的故障，他们就对照电路图，采用替换元件的方式确定故障区域，而后锁定有故障的元件进行检修。修复的随车应急电源经过严格试验合格后，他们又对各个插件和端口进行热熔胶加固，对内部配线进行固定，确保修复的随车应急电源即使经受震动也能正常工作。

经过近半个月的奋战和实践验证，他们研发的检测试验设备性能优越、精准实用，王超不仅带领大家修好了 6 台随车应急电源，还成功将原计划委托厂家修理的高原动力集中式动车组随车应急电源变为车辆段自主检修。

王超带领大师工作室成员不断开展技术创新，研发出多个比厂家设备更高效适用的检测试验台，能更准确排查故障和获得精确检测试验数

◆ 王超在指导工作室成员测试板卡功能（徐锐攀　摄）

据。不仅如此，自 2019 年至今，他们在自主研发的检测试验设备助力下，修复各类高价值配件 4000 余件，节约成本 4000 余万元。

这些创新成果，也得到相关专家高度肯定。在中国国家铁路集团有限公司 2024 年举办的首届技术创新劳动竞赛中，王超通过层层选拔，最终到西安参加个人项目的比赛。这次比赛的参赛选手虽然都从事与铁路相关的工作，但有的是博士生导师，还有不少正高级工程师。作为一名技术工人，能跻身这样的大赛很不容易。在比赛中，王超展示了自己的多项创新成果，得到专家、评委一致好评和认可，并获得竞赛第三十八名的好成绩。

"虽然我们的科技创新成果只是致力于解决一线客车车辆检修难题，但能在这样高规格的大赛中取得这样的成绩，我感到很自豪、很开心，也感受到中国国家铁路集团有限公司对我们立足生产一线开展科技创新的关心和鼓励。"王超说。

凭借这种刻苦钻研、勇于创新的精神，王超不断取得新的优异成绩，被评为中国国家铁路集团有限公司工程专业带头人，还被授予"云南省劳动模范""全国五一劳动奖章""第十六届全国技术能手"等多项荣誉，并享受国务院特殊津贴。

带出好徒弟

再高的技能，也必须有人传承才能长久存在。王超一直注重带徒弟的工作，他知道，只有把自己的技能传给更多的人，绝技才不会失传，才能发扬光大并取得更大的成效。

王超在车电组当工长时，有个徒弟负责控制柜检修，这个徒弟比较粗心，王超常提醒她在把整排空气开关拆下校验前，先对线路按顺序做好标记，以便装回开关时能按照标记正确地装回去。但这个徒弟连线路的顺序标记也会弄错，等她把开关拆散再重新安装时，不是接错线路，就是线路松脱，甚至有时候还会出现一些不明原因的故障。每到这时，徒弟就来找王超帮忙处理。刚开始时王超要梳理好半天才能处理好，难免有些生气。可后来王超发现，随着这类故障处理次数的增多，他一眼就能看出问题在哪儿，自己的检修技能得到极大提高。即使是最复杂的新型四合一功能的空调控制柜空气开关也难不住他。"你这样的徒弟，不会是来帮我练手艺的吧？"王超不仅不再生气和抱怨，还心态平和地和她开起玩笑。看到王超面对这类问题从原先需要梳理好半天到后来三下五除二就能解决，技术变得如此熟练，徒弟再也不好意思出错了。偶尔出现别的错误时，她调皮地叫一声："师父，给你练手艺的机会又来了！"听到这话，王超也不生气，过去一边指导她解决问题，一边提醒她记熟处理过程。现在，这个徒弟早已成为班组里的业务骨干。

王超担任大师工作室带头人后，想把自己的芯片焊接技能传授给大师工作室成员，于是以44脚的芯片作演示，教大家芯片焊接方法。他先从拆旧芯片开始示范，根据芯片选择专用吹枪头，将温度调至450摄氏度，轻微转动吹枪吹5秒左右，看到芯片完全与焊盘脱开，就用镊子挑起芯片。"焊接前要清理干净焊盘，焊锡膏要涂抹均匀，焊脚要对正，屏住呼吸先把相对的焊脚点上，再用刀头顺序拖动到每一只脚，锡量少的时候要注意补锡。要根据芯片引脚的多少和间距，适当调整操作技巧。"在王超手把手指导下，大师工作室的每名成员都掌握了芯片焊接的基本方法。

但是，要真正练好焊接本领，还需要认真揣摩和反复练习。王超告诉大家，光掌握方法不够，还需要持之以恒反复练习，把技能练到纯熟才能焊接好芯片。一位同事焊接好芯片后，试验时仍然不通电，便问王超："是不是芯片不能用了？焊接之后也不通电，我都重焊好几次了，在放大镜下看过每个脚都焊接牢固了。"王超接过来看了看，回复说："没有焊接好，让我试试。"而后，他将芯片拆下，重新对脚、焊接，一气呵成后递给同事说："通电试试。"同事一通电试验，芯片可以正常使用了。"焊接的时候补锡量不够。"王超给他指出了问题所在。大师工作室的成员都对王超特别佩服，经过反复练习，不久之后，大家都掌握了焊接44

脚芯片的技能。

"师父在一个人的成长过程中特别重要。我自己有过很多师父，我很感恩；我也很荣幸当过很多人的师父，带过很多徒弟。"王超说，"我们大师工作室还担负着一份责任，就是要把培养青年骨干的创新意识和我们段的检修、生产工作实际结合起来，引导青年骨干为客车车辆检修贡献智慧和力量。"

近年来，昆明车辆段各个车间纷纷办起青年产业骨干培训班，王超和大师工作室成员带着各车间的青年骨干做课题研究，结合他们各自的工作岗位和班组检修项点，从现场存在的疑难问题中选择研究课题。而后，王超带着他们做研究笔记，每天下班前又对当天的工作进行总结，指导他们查询与课题相关的资料，还让大师工作室其他成员向他们讲解不同电气配件的技术原理并教授检修方法，组织青年骨干上试验台验证课题研究的结论，再带着他们根据研究结论制作作业指导书，撰写研究报告和维修方法流程。2020 年，他带领学员做的"铁路客车压力式水位仪检测装置""硅整流发电机试验装置"等多套工装申请了国家实用新型专利；2024 年，他带过的杜正涌、曾利等多位徒弟，在中国铁路昆明局集团有限公司车电员、车辆电工等岗位技术比赛中名列前茅；还有不少徒弟在全段年度课题评审中获得大奖。

王超认为，带徒弟，就要敢于让年轻人挑担子，甘于让年轻人出彩。

2023 年，大师工作室来了一名大学刚毕业的新职工庄孝松，王超大胆让他负责这一年的 QC 课题。QC 是英文"Quality Control"首字母的缩写，意为"质量控制"或"质量管理"。QC 课题为从事质量改进的小

◈ 王超带领大师工作室成员到现场解决"疑难杂症"（陈图南 摄）

组或活动代称，主要涉及解决问题型的课题和创新型的课题，能列入课题的都是重要攻关项目。有同事问王超："你真放心让一个新手做这项工作？再说，今年的项目可比往年更重大。"王超说："谁都是从新手成长起来的，项目重大，更应该让年轻人多锻炼。"让大家没想到的是，在王超带领下，庄孝松在图纸设计、零件制作和装配试验中尽展才能，主动承担建模任务，还尝试使用 3D 技术打印模型。最后，这个课题获得国家级优秀 QC 成果奖。

"给年轻人创造机会，让他们充分发挥自身才能，他们更不会辜负大家的期望。年轻人不断得到成长，我们的铁路事业才会越来越好。"王超说。自 2019 年以来，依托大师工作室，王超和同事先后培养了 180 多名技术骨干，其中有 13 人获得省部级及以上"技术能手"的荣誉称号。

王超不仅自己用心带徒弟，也热心大师工作室成员的技能传承。

大师工作室成员尹瑞光再过 3 年就要退休了，他掌握的电磁灶维修技术很难在短时间内学会，王超就把帮尹瑞光寻找徒弟的事记在心上。经过几个月的时间，他物色到一个在电磁灶维修技术方面勤奋钻研的青年职工，就推荐给尹瑞光当徒弟。这个徒弟不仅学到了尹瑞光的技能，传承了他良好的工作作风，还把他多年的检修经验整理成图文资料，便于更多青年职工学习。

"中国标准"走出国门

自汉晋时期起，从长安（今西安）经四川往云南出境连通南亚、东南亚地区和国家的古代"南方丝绸之路"路线，就经过老挝境内多个地区，中老两国自古就山水相连、友好往来。

2021 年 12 月 3 日，中国昆明至老挝万象的中老铁路正式通车。中老铁路既是"一带一路"标志性工程，也是中老友谊的象征。在中老铁路通车前，王超就带领大师工作室成员围绕中老铁路 CR200J 动车组进行技术积累和攻关创新，担负起中国检修标准走出国门并应用到中老铁路客车车电检修的重任。

在王超牵头组织下，他们编写了《中老铁路境外段动车组车下电源全套作业检修标准》，包括动力集中型动车组车下电源拆装与试验作业、统型充电器检修作业、统型及单相逆变器检修作业等7份作业指导书，把中国铁路动车组的检修标准与中老铁路老挝段实际情况相结合，让"中国标准"走出国门，实现中老铁路国内段和老挝段动车组电路、电气检修的技术互通、配件互换、标准互联。

同时，他们创新攻关中老铁路旅客列车多项核心检修技术，完成3项科研项目和"CR200J动车组双窗缓解指示器试验工装""CR200J动车组暖风机CPU控制板试验装置""CR200J动车组安全环路试验装置"等29个技术攻关课题，自主研发20余项工装成果，率先在全国铁路实现CR200J动力集中型动车组部分配件的自主维修。此外，还成功搭建起集CR200J动车组学习培训、故障诊断、技术攻关、科技创新于一体的精品科技创新平台，不断推进中老铁路动车组检修技术创新。2023年，经过近2年的技术攻关和科技创新、经验积累，大师工作室的"中老铁路CR200J动车组检修技术研究"项目获得云南省首席技师专项资金支持。

在王超和大师工作室成员培养下成长起来的很多徒弟，都被选拔到中老铁路国内段和老挝段，成为中老铁路客车检修的技术骨干和检修技术负责人，他们把跟随王超和大师工作室其他成员学到的知识、技能应用到中老铁路列车检修工作中，既保证各项检修工作流程结合老挝段工作实际，又符合作业标准要求。这些年轻人不仅用心保障每一辆客车的车辆电路、电气安全，还把所掌握的知识和技能毫无保留地教给新的徒弟和老挝籍车辆电路、电气检修职工。

作为大师工作室带头人和客车电路、电气检修的专家，王超责无旁贷成为护航中老铁路这趟"钢铁新丝路"列车质量安全的技术尖兵。他不仅经常通过视频会议为在老挝工作的检修人员开展技术培训讲座，还多次对中老铁路 CR200J 动车组电路、电气紧急故障检修进行远程指导。

有一天晚上，王超刚睡下，忽然电话响起来，是在老挝检修客车的同事打来的。有一台单相逆变器在途中出现故障，导致车厢里的交流插座不能通电，但在车库检查时又显示正常，找不出问题。王超一听，知道是遇上了棘手的软故障，于是告诉在老挝的同事，"等我思考一下再回复你"。随后他起身去了书房，在纸上列出各种可能出现的故障。"在车库里检查时显示正常，在运行途中却频繁发生故障，会不会是过多开启车内电气设备所致？有没有可能只是单相逆变器出现故障？"王超思考一阵后，心里有了解决方案，立即给在老挝的同事回电话："先确认车内插座和单相排风机有没有问题。"

"检查过了，都没有问题。"在老挝的同事说。

"单相逆变器是什么型号？"王超又问。

"我没注意，只记得主控板上有 4 个小变压器。"

一听到主控板上有 4 个小变压器，王超立刻明白了："可能是电源板出问题，你把主控板后面的电源板更换一块看看，这种电源板上有个电源芯片容易坏，一旦坏了就会出现时好时坏的情况。如果还是不行，就先把单相逆变器的线接到隔离变压器上应急。"很快，在老挝的同事回复电话，更换主控板后面的电源板后，故障排除了。这下，王超终于安心回卧室睡觉了。

一天下午，王超接到在老挝的同事电话，一台逆变器在车库检查时出现故障，反复检查却找不到故障点。王超仔细询问故障现象后，得知

◆ 王超带领大师工作室成员到现场解决"疑难杂症"（陈图南 摄）

这个故障只在打开电气设备时才出现，而且输出电压也正常。会不会是因为板卡的版本不一致导致不匹配？王超让在老挝的同事更换了板卡，问题还是没有解决。王超又让在老挝的同事发来一张驱动板的照片，他边看驱动板的照片边指导在老挝的同事用万用表测量驱动板的元件，测量后驱动板也没有问题。王超开始扩大故障排查范围，电容组件、保险、电源板、滤波电路、电抗器……一个接一个的配件飞速在他脑海中闪过，突然，他想起曾帮厂家处理过一个类似的故障，原因是接触器触点烧损。于是他让在老挝的同事拆开接触器检查触点，拆开后发现触点已经严重烧损，重新更换接触器后，逆变器运行恢复正常。处理完故障后，王超又给在老挝的同事开了一个"电话小课堂"，给他们讲清楚这个故障的原理以及一些类似故障的处理方法。

中老铁路上开行的"澜沧号"列车是CR200J动车组，除在老挝万象客车整备所进行日常检修外，每运行到一定的里程，还要集中到昆明车辆段进行更全面细致的段修。2023年11月，集中进行段修的时间到了，王超带领大师工作室成员，按照前期研究制定的检修工作方案，对动车组上的电气部件进行精细维护保养和检修，同步对老挝万象客车整备所执行的检修技术标准作进一步优化。连续两周，他们每天加班检修动车组的车内电路和电气设备，按期高效完成检修任务，保障中老两国旅客顺畅出行。

不畏困难的强者

王超的名字里有个"超"字，又做出很多超越常人的业绩，同事都敬佩地称他"超人"。实际上王超不但没有特异功能，他的视力和听力还有缺陷，一路走来，他凭借超越常人的执着和毅力，付出了别人难以想象的艰辛和努力，才取得令人瞩目的成绩。

车辆电气配件拆装时很多零件特别细小，这对于视力好的人来说不算太大的难题，对王超来说却很困难，因为他不仅眼睛近视，还有散光。有些配件细小得掉在地上就很难被找到，拆卸和安装就更不容易，特别是板卡拆装、芯片焊接，虽然是在放大镜下进行，但连视力好的人也很难做好。

在刚开始拆卸和安装细小配件的时候，王超遇到很多次失败。有一次看电视，王超看到一个骑在马上射箭的节目，在马上射箭，很难瞄准，为什么他们能射中目标呢？王超思考着这个问题。突然，他想到一个词——手感。上网一查，射箭的手感也叫直觉箭感，即可以依靠直觉、技巧、经验、身体协调性和眼睛大致瞄准，就能射中目标。回想自己拆卸和安装细小配件时，从一开始感觉笨手笨脚到后边逐渐有些熟练，这其实已经逐步练出了手感。于是，王超每天坚持在放大镜下练习，硬是练出了检修细小部件时的精准手感，手里的工具一点下去，接触点不偏不倚。

视力方面的困难克服了，王超还要面对听力方面的困难。2018年夏天，王超连续几天加班到很晚，回到家里也熬夜查阅资料。有一天早上，他参加全段的电视电话会，发现主会场上传出的声音，他听不到了。这让王超惊出一头冷汗。会议结束后他回到大师工作室打开一个试验检测平台，发现平时用来判断通电状态的电磁声响，此刻也完全听不到。王超被确诊为听力四级残疾，其病症的表现是在持续熬夜后听力就会明显下降，导致无法听清高频声波。从医院回到大师工作室，看着眼前的检测试验台和等待检修的配件，王超心里着急起来——虽然避免熬夜和加班能够在一定程度上恢复听力，但自己暂时还听不到检测试验台的电磁声，今后也不知道还会不会出现听不到电磁声的情况，如果在有电磁声的情况下自己却听不到，就会对检测结果作出错误判断。王超没有因此情绪低落，反而盯着检测试验台思考改进的办法。突然，他一拍脑袋，有了！耳朵有时候会听不到电磁声，但眼睛能随时看到光啊！只要在检测试验台上增加一个灯光显示装置，把电流转化为眼睛能看到的光，就多了一重检测保障。不但能防止听力受影响时误判检测结果，而且即使把检测试验台放在嘈杂的环境中使用，也不会影响判断的准确性。王超立刻动手，对检测试验台进行改进和加装。很快，检测试验台就既能通过电磁声检测配件通电情况，也能通过灯光显示通电情况，而且根据灯光的亮度还能检测出电流的强弱，实现了检测功能的进一步提升。

在工作中，王超不仅以积极乐观的心态克服自身困难，还在车辆电气检修工作的急难险重任务中勇于担当。2008年5月，距暑期运输工作只有一个多月时间，昆明车辆段除承担客车车辆日常检修任务外，还要检修一批用于临时旅客列车的车辆。每天王超和班组职工基本都要工作到22时。工作任务已经很繁重，段上又接到新任务，要在7月上旬改造完成一批路用车移交给工务部门作为防洪应急车辆使用。

王超所在的车电组承担的工作任务很重，技术难度也大。作为工长，王超深感压力巨大，客车车辆的日常检修，临时旅客列车车辆的检修和整备，还有防洪应急路用车的改造，一样都不能耽误，而且车辆电路、电气的检修工作是很专业的技能，其他岗位的同事也支援不了。再苦再难，也得带着大家咬紧牙关扛下来。王超带着班组职工白天检修日常车辆和临时旅客列车车辆，等22时交验完车辆后，又投入到路用车改造工作之中。"我是党员，工作再难，我也会带好头，第一个来，最后一个走。大家咬牙坚持一段时间，这既是检验我们能不能吃苦耐劳的时候，也是体现我们岗位重要性的时候。熬过两个月，我们就可以按正常时间下班了。"王超一边给大家做思想工作，一边专挑难度最大的工作做。在他的示范带动下，班组职工没有人叫苦叫累，大家每天加班到凌晨，第二天8时准时上班，连周末也不休息。每天晚上，王超等大家都离开后才走出车间，回到家已经是凌晨2时左右，吃点宵夜，睡上几个小时，他又要早起第一个赶到班组。到了7月份，经过大家的共同努力，日常车辆的检修工作有序进行，临时旅客列车车辆顺利完成检修并投入暑运工作，防洪应急路用车的改造工作也圆满完成。

段上遇到连厂家售后技术服务人员短期内也解决不了的设备故障时，也常会让王超带领大师工作室成员尝试破解。2024年6月12日，王超接到一个棘手任务——尝试修复段上设备车间轮对智能库里的行车设备。这套行车设备因故障已经停用了一个月，设备车间人员和厂家技术人员初步判断是控制器出现故障，但买不到可以替换的控制器，所以故障一直无法消除。不能因为短期内买不到控制器就让行车设备闲置，段技术科打来电话，让王超带领大师工作室成员想办法。厂家技术人员也未能解决的问题，挑战自然不小。王超和大师工作室成员赶到设备车间轮对智能库，现场研究行车设备的技术资料，弄清楚控制逻辑后，他们便开始逐个电路查找故障。这套行车设备较高，要架着梯子检查，梯子够不到的地方就只能系上安全带，像过独木桥一样从行车轨道上一点一点挪过去。经过连续几天认真查找，王超和大师工作室成员推测可能是电源导轨放大器与控制器间的通信出现问题。他们拆下电源导轨放大器，对内部的通信芯片进行更换。6月17日，他们把修好的导轨放大器装回行车设备，启动之后，行车设备功能恢复正常，轮对智能库里响起热烈掌声，王超和大师工作室成员受到全段通报表扬。

相亲相爱一家人

从刚接触火车时出了不少"洋相"，到勤学苦练技能成长为全路首席技师和全国技术能手，再到一路创新攻关成长为"最美铁路人"，离不开单位的培养和王超自身的努力，也离不开王超家人的支持。王超的身后，有一个相亲相爱默默支持他投入铁路车辆检修事业的美丽家庭。

王超在车电组工作时，每天要把30多千克的蓄电池一个个搬下车，检修好后再装上车。此外，车辆逆变器、充电机等大配件上有很多螺丝和尖角，稍不注意就会把衣服勾破。有一段时间，王超经常加班，父亲就来车间给他送些点心。一见面，工作服上满是油污还撕破了口的王超让父亲吃了一惊。"衣服咋这么脏？"父亲问他。不等王超回答，父亲便拉着他到车辆段后面的劳保用品店，一口气给他买了5套工作服，还买了一些检修工具。王超现在一直在用的一把小铁锤就是父亲那时候买的。

王超的父亲已经去世了，但每次看到这把小铁锤，王超就想起父亲对他的引导、期待和关心，工作也更加充满激情。

王超的妻子李金莲和王超在同一个车间工作。2007年，经同事介绍，李金莲和同事口中勤奋刻苦、待人亲和的王超认识了。到王超家里见王超的父母时，李金莲发现王超一家人之间不仅相亲相爱，还经常热心资助村里的老年人，在村里口碑特别好。于是，两人很快结婚。

2008年，王超每天加班回家都很晚，但不管多晚到家，李金莲总是帮他准备好宵夜。王超吃着宵夜的时候，李金莲就陪他坐在桌边，听他讲工作中的烦心事，时不时安慰和鼓励王超。在车间里，王超中午加班时，李金莲就帮他打好饭，然后两人一起吃。

2016年，王超在技术攻关组从事车下电源检修工作，因为有很多电路技术难题需要克服，王超每天把一些故障板卡或配件带回家，独自坐在一个房间里研究。女儿和儿子到房间里找王超，李金莲就把孩子带到客厅去玩，不让孩子打扰王超。到下半年的时候，车间推荐王超到福州接受动车组机械师培训。王超在卫生间不慎滑倒，眉角磕伤缝了针，李金莲在视频通话时看到伤口，很担心王超，第三天就请了年休假，带着女儿从昆明赶到福州去看望王超。见到妻子和女儿的那一刻，王超感到无比幸福。

2017年暑运期间，王超的父亲病重，经常到医院做检查和化疗，但每天王超在技术攻关组要处理很多棘手的故障，暑运期间车辆增加了很多，检修时效也很紧急，李金莲就挑起家里的重担，请假带着王超的父亲去医院做检查和化疗，在医院里细心照料王超的父亲，晚上回家忙着

◆王超和家人外出游玩时的合影

辅导女儿作业的同时还要照管好儿子。

每次王超获得荣誉时，李金莲就把荣誉证书和奖杯摆在家里最显眼的位置——客厅书架的顶层。女儿看到这些荣誉证书和奖杯，敬佩地说："爸爸，我也要好好学习，将来也想像你一样修火车！"当王超把荣誉证书和奖杯照片发到家庭微信群里后，全家人都会祝贺王超，王超的哥哥还会写很长一段鼓励和祝贺的文字。

2022年五一劳动节，王超获得中华全国总工会授予的"全国五一劳动奖章"，一连几天他都特别兴奋，李金莲对王超说："你回头想想，这些年是怎样一步一步走来才取得今天的成绩。你在努力和付出的时候，在专心检修配件故障和钻研技术的时候，在深夜里一个人查资料、研究电路原理的时候，从没想过要得到什么，今后，也要像以前一样，戒骄戒躁，要牢记自己的初心。"

李金莲不仅一直默默支持王超，自己也努力学习业务知识，苦练业务技能。现在，李金莲也到了技术攻关组，像王超以前一样从事检修技术攻关工作。

王超每次出差到外地，总是会抽空到商场去转一转，尽管李金莲不让他买东西，他也要帮李金莲买挎包、手表等礼物。还会给哥哥和李金莲的姐姐、双方父母也带一份特产。回到家里不加班的时候，王超就忙着辅导女儿和儿子的作业，或者和李金莲一起做家务。

王超的刻苦努力和敬业精神，也给孩子树立了好榜样。"女儿现在上初中了，受爸爸影响特别大，做事情和学习都很专注，不仅不怕吃苦，也很执着，从不轻易放弃。"李金莲说，"王超虽然平时工作很忙，但他很喜欢学习教育孩子的方法，不仅经常和孩子同学的家长交流，也经常上网学习一些好的方法。有空余时间时，他就帮着妻子做家务和辅导孩子学习。"由于李金莲的英语水平比王超好，女儿和儿子的英语作业通常都由李金莲辅导。可有时候李金莲也会忙得顾不过来，王超就找空闲时间自学英语，他经常会坐在电视机柜旁大声拼读英语单词。女儿问他为什么这么努力，王超说："学无止境，我就不信我学不好英语。等我学好了，就能辅导你们，也能让你妈妈轻松一些。"那段时间，女儿原本迷上看手机短视频，看到爸爸这么刻苦学习，很受感动。王超在和女儿谈心后，在女儿书桌上贴了一张"我能管好自己"的字条，此后，女儿不再沉迷手机短视频，而是把精力全部投入到学习中。

"当世界变得安静，梦提着灯开始游行。萤火虫的尾部散发出微弱的光亮，散开来照亮了原本漆黑的夜晚。而在我的成长中，也有如同萤火虫一样提灯的人，他带领我走出困境，树立正确价值观……"女儿在一篇获得"A+"的作文里这样写道。女儿写的这位提灯的人，就是王超。

陈永红

穿越祁连山

——记中国铁路兰州局集团有限公司兰州高铁基础设施段张掖西综合维修车间工长陈永红

▶ 符会娟　彭春光　李思宁

2024 年年底，又一场大雪悄然降落，厚厚的大雪将祁连山包裹得严严实实。

一台黄色电力作业车穿行在茫茫雪原上。车上坐着工长陈永红和他的工友们，他们刚刚接到调度命令，正紧急赶赴抢修现场。

10 分钟后，他们到达元山子隧道出口，原来是一块大铁皮被大风卷到了接触网上，造成 3 组定位器脱开，导致线路跳闸停电。此时，距离下一趟客车通过仅剩 22 分钟。

驻站联络员在对讲机里呼唤："浩门至山丹马场上下行供电臂已停电，停电时间 30 分钟，可以开始作业。"

"供电臂已停电，可以开始作业，陈永红明白。"

地线人员迅速验电、接挂地线。陈永红动作敏捷地爬上接触网腕臂，迅速摘除铁皮，拆除定位器，更换定位装置，调整拉出值和定位坡度，调整每一个可能会影响行车的设备参数。

整个抢修过程干净利索，仅用时 19 分钟。几分钟后，满载旅客的动车组列车呼啸而过。虽然汗流浃背、筋疲力尽，但陈永红和他的工友们感到特别踏实。

这只是他们日常工作中的一个抢险场面。看似平常，却是正常天气、平原地带技术比武现场都很难完成的任务，陈永红带领工友们在海拔3000 多米、风雪交加的恶劣天气下做到了。

陈永红，兰州局集团有限公司兰州高铁基础段山丹马场综合维修工区工长，十几年坚守在兰新高铁，用智慧、毅力和勇气带领着工友们，确保了兰新高铁供电安全，先后获得甘肃省劳动模范、"最美铁路人"等荣誉。

新年伊始，我们冒着零下 20 多摄氏度的低温，踩着厚厚的积雪，来到山丹马场综合维修工区采访。憨厚、内敛、刚毅是陈永红留给我们的第一印象。面对巍峨的祁连山，他平静地说："身为一名接触网工，我的愿望就是保障高铁供电安全。"

我们跟随他的足迹，走进了他的故事。

从练登杆开始

每个人都有梦想，当他每一步都朝着梦想前行时，梦想也会悄悄向他靠近。

儿时的陈永红，印象最深的就是家门口铁道线上来回奔驰的火车。

高大的蒸汽机车喷吐着白烟轰隆隆地驶过，大地发出轻微的震颤，陈永红站在铁道边，思绪随火车飞扬：火车为什么跑这么快？火车来回跑是不是也要加油？他小小的脑袋充满遐想。尤其看到当线路工的父亲偶尔穿上笔挺的铁路服，小永红心里羡慕极了，梦想的种子悄然埋下。

花开花落，车轮飞转，怀揣梦想的少年一路奔跑。1995年5月15日，陈永红如愿成为一名铁路工人，他来到黄羊镇，在武南供电段学习当接触网工。

报到第一天，陈永红背着行囊兴冲冲地来到工区，一座小院，两排平房，几棵榆树，就是他今后朝夕相处的伙伴了，他掩饰不住内心的喜悦，换上了向往很久的黄蓝相间工作服。看着镜子里自己挺拔的身姿，年轻的脸庞，闪烁着求知欲望的热切眼神，陈永红高兴极了。

在工区院里，陈永红见到了自己的师父陈勇。他长相清秀，个头不高，比陈永红还小两岁。陈永红一时心里犯起嘀咕，但工长说师父陈勇比他早上班几年，练就一身过硬本领，连续两年参加段技术比武都拿了第一。

师父这么厉害，陈永红打心眼儿里佩服，决心好好跟师父学。新工入路要参加培训，每天都是学规章、学理论，这样过去了一个月，陈永红连工区大门都很少出。他多么想跟着师父早点去现场干活，比如登杆、天窗点作业等。

夕阳西下时，陈永红就站在线路旁观望，7米高的接触网支柱像一个个笔直站立的战士，用臂膀搭建支撑起长长的接触线。陈永红知道，这些接触线里流动着强大的电流，为飞驰的列车提供着源源不断的动力，他觉得自己的工作很重要。

当接触网工首先要练习登杆，登杆一是要稳，二是要速度快，这样才能保证安全，为接触网天窗检修赢得时间。当师父说要带他练习登杆时，陈永红可高兴坏了。他立马穿好工作服，系紧安全带，戴好安全帽和手套。师父先行示范，只见他双手紧抱支柱，双脚替换使力，几下就攀到支柱顶部。

轮到陈永红了，他却变得害怕起来，两腿发软，双手似乎也不听使唤。

"手把牢靠，脚踏稳准。"师父一声令下。

陈永红学着师父的动作，但不知为什么，腿像灌铅一样沉重，手也使不上劲，好不容易登上一节，突然，脚底哧溜一声又滑下来，好胜的他并不认输，来来回回反复练习，脸涨得通红，汗水顺着脸颊不停滑落。

"好小子，好样的。"他终于登上了杆顶。听见师父的夸奖，他兴奋地仰望天空，蓝莹莹的天，白白的云朵，接触线编织的五线谱近在手边，他成了人们口中名副其实的空中"蜘蛛侠"。

5分钟是陈永红第一次登杆的成绩，要知道师父的成绩可是1分钟啊，陈永红觉得很丢脸。师父和工友们鼓励他说，不容易，不容易，第一次登杆就能爬这么快。此后，陈永红学技练功更加刻苦，但工区组织的实训机会有限，所幸黄羊镇距离段部只有两站地，轮休时他便背上小包坐火车来到段部实训场，穿戴齐全防护装备，抱着接触网支柱不厌其烦一遍遍攀上攀下，一次次掐算时间，直到手掌心磨出厚厚的老茧、胳膊疼得抬不起来。

◆ 陈永红在大平羌隧道检调接触网补偿装置

4个月后进行学员实作测试，师父惊喜地发现陈永红登杆时间缩短为3分钟，但理论测试成绩不理想。同一批7名学员中，陈永红的综合成绩排名第六。师父对陈永红说："学习要理论联系实际，才可真正发挥作用。"

自此，陈永红一头扎进学习业务知识的海洋。为了默背安规、技规，他将里面的内容拆分打散，写成一个个小纸条，粘贴于宿舍墙面，每天早晨一睁眼就开始背诵。跑通勤坐火车的时间，火车上的小桌板成为他的临时小课桌，摆满专业书籍，他一边默默背诵一边在本子上奋笔疾书。

有一次，因为背诵一组技术参数，陈永红反复闭眼默背，竟没注意坐过了站，只好等下趟车再返回。站台上等车的时间，他继续背题，将两大页接触网基本参数背得滚瓜烂熟。半年后学员顶岗考试，陈永红综合成绩排名第二，其中实作考试取得第一名的成绩。

1997 年 10 月，陈永红报考了甘肃省广播电视学校铁道供电专业。这是不脱产的学习，学习只能在业余时间进行，但是他很珍惜。《电气化铁道供电》《接触网基础知识》等专业书籍，就摆放在陈永红的书包里、枕头边，他一有时间就学起来。一个个新词语、新数据，一个个典型案例，不断扩展着他的思想认知和专业领域。

同时，陈永红将书本上学到的知识积极运用到生产实践中，结合现场实际，不断地琢磨、提升。两年的学习让他的业务水平得到很大提高，工区管内有多少根接触网支柱、笔直的接触线遇到雨雪会发怎样的坏脾气、什么季节应检修和维护，陈永红心中已然刻下一幅"活地图"。

又一个春天到来，作为工区选拔赛的第一名，陈永红即将参加全段技术比武。比赛前两天，他吃坏了肚子，上吐下泻，为了不影响正常参赛，陈永红赶紧到医院输液，第三天准时出现在比武现场。他从容参赛，冷静应对，最终夺得武南供电段春季技术比武接触网工第一名，手捧奖杯和鲜花，陈永红心中涌动着激动、喜悦和自豪，可他并不满足，他觉得一切才刚刚开始。

在实践中长本领

"纸上得来终觉浅，绝知此事要躬行。"陈永红注重在实践中学习，检修作业只要出现疑难杂症，陈永红总是冲锋在前。

有一次，工区管内遇到接触网频繁跳闸，按照传统的老办法处理后还时不时跳闸。"怪了，以前没碰到这种事。""到底是什么原因呢？"大伙不停讨论着，心中犯起疑惑。时间一分一秒过去，他们还是束手无策。

任何问题发生都有迹可循，陈永红不相信找不出原因，他一连两个晚上将自己关在屋里，考证大量资料和以往类似事例，白天，他和工友仔细观察站场及供电设备周边环境，这时，一群飞来飞去的鸟儿引起他的注意，它们飞累了常成群结队停驻在接触线上，有的甚至衔来树枝和杂草在接触网支柱与钢柱间"安家落户"。"鸟儿，是鸟儿。"陈永红指着天空中的飞鸟高兴地向大伙宣布他的发现，这便是鸟害造成的跳闸，歇息在接触线上的鸟连同粪便留在接触线上，而鸟粪作为导电物不仅会污染接触线影响其绝缘性能，还会增加接触线的负荷，影响受电弓正常取流从而造成接触网跳闸。

陈永红赶紧向车间主管副主任汇报，经过和段相关部门沟通，联系厂家购买了一批扇叶式驱鸟器，安装后成功解决了跳闸的问题。

陈永红掏出随身携带的小本子，将鸟害的案例详细记录下来。慢慢地，他记录的典型案例越来越多，记事本越来越厚。工友们遇到难题时都乐意翻翻陈永红的本子，说不准上面就有他们需要的答案。

小池塘留不住大鱼，是鹰总要展翅高飞，此时的陈永红正默默积蓄力量，为飞翔做着各项准备，当段上需要抽调一名技能过硬的接触网工前往大修队参加施工时，工区第一个推荐了陈永红。

大修队因从事工作技术含量更高、劳动强度更大，成为许多青年锻炼和提升技能的舞台，但也因作业难度和劳动强度令不少人却步。陈永红虽做好了心理准备，但直到来到大修队参加现场施工后，他才真正体会到其中的苦和难。

每天七八个小时，他在空中脚踩接触线，探身跨步，往返穿行，有时陈永红将自己悬吊空中，仰卧身子给承力索和接触线之间安装吊弦，一到晚上他双腿肿胀酸麻，胳膊疼得抬不起来，第二天又准时随施工队出发。那段时间陈永红瘦了20斤，体重从140斤下降到120斤，父母和妻子心疼他，劝他早点回工区，可陈永红像吃了秤砣铁了心，说啥也不回去。

他心想这点苦算什么，男子汉可不能打退堂鼓。果然，陈永红通过几个月大修队艰苦卓绝的历练，技术水平得到质的飞跃。建线大修，使他全面接触了从钢柱的栽立到供电线的布置、分段、关节、分相的计算设计，掌握了接触网曲线设备检修技术。此外，陈永红还在大修队历练出快速制作吊弦的高超技艺。

那时，普速线路接触网基本都采用环节吊弦，其作用是通过承力索支撑和悬挂接触线，使接触线与受电弓保持良好接触，从而为列车稳定供电，当时，很多环节吊弦都由职工自己制作。大修队工作期间，陈永红和大伙常利用工余时间制作吊弦，作为当时接触网工种技术比武项目，吊弦制作不仅考验制作者对各部尺寸的精准把握，还有审美的要求，要求制作出具有艺术美感的水滴状，同时环孔要相互垂直，收口及环圈须密贴。

制作一个环节吊弦一般需要3分钟，陈永红经过在大修队的实践磨炼，手法越来越娴熟，1分钟便能制出一个合格的环节吊弦。当他听说局里技术比武制作吊弦创下 28 秒的纪录时，陈永红在心中立下目标："我也要创造自己的纪录，不管是质量、精度还是速度。"

此后一段时间，每当银色的月光遍洒大地，其他人都进入梦乡，陈永红却手握铁钳、拿出钢卷尺和铁丝，一遍遍勤学苦练，直到两只胳膊酸疼得抬不起来。终于，在大伙的共同见证下，陈永红用时 30 秒制作出一个各部尺寸均丝毫不差的环节吊弦，两端漂亮完美的水珠环像极了他流下的一颗颗汗珠，在阳光下闪耀出夺目的光彩。

"吊弦制作有质量、有精度，不只是为了争名次，更是为了每一趟列车能安全行驶。"秉持着供电安全第一的理念，陈永红不断勤学苦练，提升技艺，挑战自我，以过硬的技能为列车安全运行提供保障。

时间来到 2004 年，长达 22 公里的二代乌鞘岭隧道开始建设。乌鞘岭向来有着河西走廊门户之称，高寒缺氧，空气稀薄，年均气温零下 2.2 摄氏度，最低温度达零下 20 摄氏度，昼夜温差特别大，自然条件和工作环境特别艰苦。

当车间召开动员会，动员大家前往乌鞘岭"参战"，其他工友都嫌条件艰苦犹豫不决时，"算我一个。"陈永红说着第一个举起手，虽然条件艰苦，但他觉得这是学习新技能，练就硬功夫的又一个好机会，于是，他很快向组织递交了工作申请，来到乌鞘岭隧道建设工地。

也许是命运使然，陈永红的每一次选择似乎都和艰苦脱不开关系，但这也恰恰证明，越艰苦的环境越能锻炼出技术全面的复合型人才，很快，陈永红迎来又一次考验。

在接触网供电系统中，隔离开关是一种没有熄弧装置的开关电器，

◈ 陈永红给职工讲解转换柱技术参数

作用是检修时隔离电源，使检修设备与带电设备之间有明显的断开点。在乌鞘岭隧道即将开通前的联调联试中，其中一台隔离开关出现开合闸不到位的现象，如果故障不及时排除，将为正式开通运营埋下一颗隐形的"定时炸弹"，造成隧道供电随时中断。

检修迫在眉睫，陈永红立刻登上梯车查找故障原因。他拿着设计图纸逐一排查隔离开关的传动部件、控制电路、操作杆，仔细查看每一个部件的运行状态，用手掌触摸设备的温度和振动频次。经过精准排查，最终确定是操作机构的顶丝产生松动，导致传动部件行程出现偏差。

"快，扳手给我，必须马上调整顶丝。"说着，陈永红动作麻利地接过专用扳手，用精确的角度和力度小心翼翼地转动顶丝，每旋转调整一次，便进行一次开合闸测试，以实时观察触头的闭合和分离状况。

冬季的乌鞘岭隧道，彻骨的寒风钻入脖颈，为了便于在狭小空间施展身手，上梯车前陈永红特意脱掉棉大衣，因为头顶紧挨隧道拱顶，他只好低头屈膝转动扳手，一不小心手臂碰到设备尖角，钻心的疼痛袭来，陈永红眉头一紧，正在转动顶丝的手不由颤抖了一下，很快他又投入检修中，经过反复测试调整，隔离开关最终恢复正常的开合闸功能。

为确保万无一失，冻得浑身僵硬的陈永红带领工友步行十几公里，对隧道口的另一台隔离开关进行检查确认，第二天他又带领大伙对整个接触网设备再次进行排查，确保了乌鞘岭隧道开通前接触网设备正常运行。

机会总是会青睐有准备的人。在乌鞘岭隧道的监管建设过程中，正值壮年的陈永红不仅积累了宝贵的隧道设备检修知识，更拥有了在高海拔高寒地区进行高空作业的切身经验，像一个故事埋下的精彩伏笔，对于后来在世界上海拔最高的高原高铁——兰新高铁检修接触网，他已做好充分准备。

来到兰新高铁

我们随陈永红漫步在宽敞的工区大院，两边依次矗立着轨道车库、材料库、办公楼和职工食堂，职工自发开掘的小花坛里，一些枯黄的枝丫努力向上伸展着，似乎正积蓄力量等待春天到来。

"刚来时可不是这样，那时候条件太艰苦了。"谈起刚到工区的工作和生活，陈永红记忆犹新。

2013 年 9 月，带着对高原第一条高铁——即将开通的兰新高铁的好奇与渴望，44 岁的陈永红毅然递交申请，来到祁连山腹地的山丹马场综合维修工区。

山丹马场，距离焉支山仅仅数十公里。焉支山是古代"丝绸之路"通往西域的必经之地、军事要地。公元前 121 年，骠骑将军霍去病率领骑兵 1 万人在焉支山大战匈奴取得胜利，这便是历史上著名的焉支山战役。这里自然环境艰苦，气候多变，平均海拔近 3000 米，常年高寒低温，积雪不化。

山丹马场工区管内的元山子、双墩子、金瑶岭、大平羌、小平羌、祁连山、大梁 7 座隧道组成的祁连山隧道群，平均海拔 3100 余米，最高的大梁隧道海拔 3608 米，是世界高铁的最高点，这里空气含氧量只有海平面的 77%，最低温度零下 39 摄氏度，一年当中冰雪期长达 9 个月。

陈永红记得，刚到工区时只有一排简陋的平房和小土院，平时吃的是河沟里拉来的水，没有暖气，自己发电，买一次菜吃一周，除了生产生活设施不完备，陈永红他们首先要面对的是低温缺氧和随之而来的高原反应，没过多久，几乎每个人都出现了不同程度的头痛、胸闷等症状。

当工友们一个个躺下，陈永红还笑话大家抵抗力低，结果没几天，陈永红也躺下了，而且一躺就是好几天，吃不下、睡不好，一下瘦了好几斤，家人劝他赶紧卷铺盖回家。可看着远处的雪山和脚下的草原，陈永红想了很多，想到两地分居的妻子，想到快上高中的儿子，想到他心里始终不忘的梦想……

是啊，他这半辈子，干过单线的接触网设备检修，干过复线的，唯独没有干过高铁的。尤其在施工介入的这段日子里，他接触到先进的高铁检修理念，看到了无交分的线岔结构，认识了六跨式分相的装置，掌握了"高五平五"锚段关节数据等高铁接触网的专业知识，它们一起发出前所未有的巨大诱惑，吸引着陈永红再去探索新领域。

"吃点苦算什么，一个男子汉就不能怕吃苦。我要在这里好好干，越是艰险越向前，绝不能退缩。"陈永红心里再次迸发出坚定的信念。

2014 年 12 月 26 日，兰新高铁全线开通运营，甘肃、青海、新疆一举跨入高铁时代。经过层层选拔，陈永红成为山丹马场高铁接触网工区首任工长。

"想要大家安心留在这里，就要创造舒心的环境。"陈永红对我们说。他开始下大力气带领大伙整治环境，指导大家正确使用制氧机，更好地利用氧气瓶、氧气袋，为职工配备红景天、速效救心丸以及应急的感冒药。同时，给每个房间申请配置电暖器，以此来应对高原缺氧和高寒低温，使大家不再对高原望而却步，而是团结一致，拧成一股绳，坚守在高原大山。

同时，兰新高铁作为兰州局第一条高铁线，新设备、新工艺、新标准，没有经验可借鉴，没有样板可参考，为了跑好守护高原高铁的"第一棒"，"奔五"的陈永红再次啃起书本，一章一章研究作业指导书，一遍一遍默画供电示意图，对高铁接触网安全工作规则和运行维修规则逐条注解，并标注相应的事故案例，先后记下 3 本 2 万余字的学习笔记，成为日后应急处置、克缺整治的"实操指引"。

为了彻底摸清"家底"，陈永红在不到 3 个月的时间里，顶风冒雪，翻山越岭，风餐露宿，徒步走遍管内 7 座隧道、8 座大桥，在磨破了两双胶鞋后，他摸清了每一处设备的脾气秉性、每一个施工配合的关键点、每一处防洪防汛的薄弱点，为设备故障整治积累了大量第一手资料。

这时候他发现用于测量接触网导高、拉出值、高差等数据的激光测量仪，在夜间零下 20 摄氏度天窗作业时没法使用，每次进行测量前都要备用 3 块电池，可是刚测量完一处仪器就自动关机，实在没招的陈永红将电池揣进怀里，用自己的体温给电池"升温"。每次，当冰凉的电池贴上他肌肤的瞬间，他都被激灵得一颤，为此，幽默的陈永红戏称自己是人体激光测量仪，一激就发光。当激光测量仪再次自动关机时，陈永红通过仔细观察，发现电池在低温下会启动电池保护，从而自动关机。于

◈ 陈永红在兰新高铁祁连山隧道群进口检修定位线夹

是他反复测试各个温度下测量仪使用时间，并通过数据分析，发现零下10摄氏度是激光测量仪的临界值。随即他带着整理好的数据来到厂家，与厂家讨论研究后，参与重新改造，终于将低温型激光测量仪带回工区。

一个问题刚解决，新的问题接踵而至，2015年9月，陈永红所在的管辖区段内接触网设备连跳9闸，由于辖区处于高海拔地区，气压低、气温低、昼夜温差大，恶劣的自然环境给接触网绝缘性能带来极大挑战。他牵头成立维护与应急攻关小组，带领大伙冒着大风大雨往返300多公里，连续三天三夜对气候和地理环境等因素进行研判。那几天，陈永红脑子里一直想着跳闸的事，吃饭时想，走路时想，睡觉做梦也在想，第二天，天还没亮他就奔往故障现场，一个一个作业区间逐一排查，一个一个隧道认真判别。

经过连续几天的细致观察，陈永红发现隧道侧壁缝隙处有渗水滴漏，当持续渗水滴漏遭遇寒冷低温，便会聚合凝结成晶亮的冰柱，长长的冰柱缩短了接触网设备的绝缘距离，导致接触网设备绝缘距离不足，当冰柱融化持续滴水，水珠触及接触网设备发生放电，从而引发接触网跳闸断电。

"原来如此，找到原因了。"陈永红连日来紧锁的眉头终于舒展开来，他赶紧安排一部分人快速除冰，同时召集技术人员商讨解决办法。由于绝缘距离不够产生跳闸，他们最终决定在隧道壁上加装柱顶式绝缘子，拉起正馈线并固定，以此加大正馈线与承力索之间的绝缘距离，或者在转换柱上安装悬式绝缘子固定引线等。一个个合理得当"接地气"的方法，果然有效减少了接触网跳闸。

民乐综合工区工长智万英听说后，连夜打电话向陈永红"取经"："陈哥，我们管内最近总跳闸，听说你们有好办法，传授我一下呗。"陈永红赶紧询问他们跳闸的位置，心里一比较，位置相似，于是，他毫无保留地将加装柱顶式绝缘子的办法告诉了智万英。几天后，智万英再次打来电话："陈哥，您这办法真管用，我们加装后再没有跳闸。"很快，这个办法传扬开来，许多工区开始推广运用，后来经统计整体跳闸率降低了85%。

如果说技术革新考验着陈永红日常经验的累积，那么临时抢险则检验着陈永红他们的应急处置能力。

2016年7月14日下午，正在研究供电示意图的陈永红被急促的座机铃声打断："山丹马场站分段拉弧。"放下电话，他迅速指挥作业负责人做好梯车应急出动准备，随即跑进料库，亲自准备现场应急所需机具材料，调度命令下达后，陈永红带领抢修人员仅5分钟便到达现场。

申请停电命令、迅速验电、接挂地线等防护工作完备后，陈永红顶着大风快速爬上梯车，并安排徒弟兰建军在地面进行辅助，通过对分段绝缘器的导高进行测量，发现原5400mm的导高降成了5370mm，随即陈永红开始调整导高数据。

当时风力很大，看着他单薄的身躯在梯车上来回摇晃，兰建军紧张地喊："师父，我来吧，风太大了！"他头也未回："这点小风不是事，你自己注意安全。"兰建军后来回忆说：我1米85的个子，那一刻我觉得师父比我高大。

梯车在分段绝缘器和两边支柱间来回移动，陈永红顶着大风一边调整吊弦，一边复核相邻定位的设备参数，风越来越大，但梯车上的身影和动作丝毫不受影响。"参数测量符合标准。"当听到兰建军的反馈后，陈永红立刻下令撤除地线，梯车返回，此次抢修作业共调整两组定位器，调整一处分段绝缘器，整个应急处置过程仅用时 25 分钟，线路很快恢复供电。

回到工区，陈永红才发现自己的左手掌正慢慢渗出血迹，褪去手套，一条划伤赫然在目，可他丝毫不在意，这种小伤于他是家常便饭，更何况身处高原，哪一个人不是比大山还硬的汉子，用当地牧民的话说："痛苦的时候不流眼泪，是男子汉的特性；饥渴的时候不喝泥水，这是牦牛的特性。"

地震中的考验

高原铁路，高寒缺氧，陈永红和他的工友们不仅要与线路、桥梁和隧道打交道，时常参与应急抢险，还要与异常天气博弈，与恶劣的自然灾害斗争。

2022 年 1 月 7 日，天气异常寒冷，一早便飘起了雪花。陈永红带领 24 名工友，分坐两台作业车照例进行天窗作业，作业时间为 1 月 7 日 22 时至 1 月 8 日 4 时，作业区段位于祁连山脉海拔最高点 3608 米的大梁隧道，3 个小时的紧张作业后，大家回到了作业车，准备返回。

突然，作业车上下起伏，产生剧烈震动，陈永红感到一阵眩晕，他急忙看向车外，只见接触网线索正在频频摇晃、颤抖，啊，是地震！陈永红心里一紧，他立刻扭头朝车内大喊："大家不要怕，是地震，所有人戴好安全帽，坐在原位置不要动！"他本能地看了一下手表，时间为1时46分。

顿时，大家陷入紧张和恐惧，都有一种眩晕和失聪的感觉。想到另一台作业车还有12名工友，陈永红努力克制住头晕目眩，再次拿起对讲机，呼叫另一台车上的工友："地震了，大家不要紧张，全体人员听我指挥。"

说完陈永红快速做好防护，立即下车对两台作业车以及周围环境进行检查，确认车辆安全后迅速组织两台作业车进行连挂。谁知刚刚连挂成功，隧道又发生余震，只见距作业车50米外隧道侧壁开始掉落石块。眼前的景象让陈永红明白此次地震震级不小，高度的责任感涌上心头："我一定要把人和作业车安全带出去。"

余震过后，陈永红下车至落石处查看现场情况，就在他快走到落石位置时，一块摇曳的碎石突然从身侧掉落，仅仅半米的距离，就会砸中他。陈永红被吓得不轻，心里很慌乱，但他顾不上眼前的危险和害怕，努力压制住心中的恐惧，继续检查落石位置，发现石块掉落位置不影响行车，他立即用G网手持台向段、车间调度汇报现场情况，经请示，两台作业车向山丹马场站方向以5km/h的速度运行。

运行过程中，隧道内出现大量白色粉尘涌向作业车，能见度不足5米，他下令司机停车观察隧道情况。几分钟后粉尘散去，能见度逐渐达到行车要求，作业车再次行驶，运行200米后，陈永红通过瞭望，发现前方钢轨发生变形。"立即停车，党员随我下车，其他人车内待命。"随

◆ 陈永红在兰新高铁大梁隧道出口紧固承力索支座螺栓

之 5 名党员在陈永红带领下，做好防护后携带照明灯和 G 网手持台、对讲机（手机无信号），分上下行线对隧道内线路、电务和供电设备进行巡视检查，检查过程中又多次发生余震，但看着走在最前面的陈永红，其他人没有丝毫犹豫，一个接一个快速迎头赶上。

巡视至距离作业车 400 米处时，陈永红发现隧道已经发生部分塌方，而且还在不间断落石，人员无法通过，他随即让党支部书记彭春光采集现场音视频资料，并将灾害情况通过 G 网手持台向上级汇报。随后陈永红带领大家返回作业车，与调度沟通后，他指挥作业车反向朝浩门方向运行。

"我们现在反向运行出隧道，大家不要担心，一定能安全出去。"陈永红在车上一边密切观察情况，一边安慰鼓励大家，看着他自信坚定的身影，听着他铿锵有力的话语，大伙慌乱紧张的情绪逐渐得到安抚和平复。

作业车于1月8日6时38分，驶出大梁隧道安全到达浩门车站，这时大家才发现陈永红浑身上下布满白灰，"陈工长成雪人了。"大伙一边笑闹调侃，一边心疼地替陈永红掸去灰尘。

此刻，他们才知此次地震高达6.9级，门源地区受灾严重。陈永红心里一阵后怕，心中涌起复杂的情感，两行泪水夺眶而出。"老陈，你没事吧？"技术员崔柴军看着陈永红颤抖的背影关切地问，"没事！"陈永红哽咽着嗓音，转过身，默默擦掉泪水。当他看见大家因一夜惊惧劳累，又饥又渴，赶紧就近买来方便面、矿泉水和面包，为大伙补充体力。此时，他又接到命令，要求再次对隧道内震后受损情况进行巡视检查。

于是，还没来得及吃东西的他重新组织作业车通过安全路线，再次返回隧道，对设备受损情况进行巡视，其间隧道内余震不断，但在他的带领下，大家顺利完成隧道设备受损情况排查，等排查结束回到门源网工区，时针已指向1月8日22时。已经极度疲惫的陈永红来不及休息，又组织人员对车辆进行整备加油，以再次做好应急出动的准备，此时，大家已经连续奋战26个小时，而陈永红连续26个小时没吃没喝没休息。

当我们问他再次进入隧道时有没有害怕，他说："没进去前有点害怕，进去后忙着检查设备，就忘了害怕。"那天，经过26小时连续奋战，他们详细掌握了设备受损情况，为开展震后抢修工作提供了第一手宝贵资料。

震后第二天，陈永红他们再次进入隧道配合抢修队对隧道供电设备进行抢修，对线路贯通进行排查。有一次，一名电化局的作业人员打着安全带站在线索上维修，陈永红看到后大喊："谁让你直接踩在接触线上的！"作业人员被他的吼声吓了一跳，他却更焦急地喊："赶紧下来，你踩的位置可能会造成接触线二次伤害。"听他这样说，那名作业人员赶紧下来，再也没敢违规作业。

那段日子，陈永红每天24小时坚守在抢修现场，饿了就在隧道里啃干馒头，困了就靠着隧道眯一会儿，大伙都说他把隧道设备当成了自己的孩子，一丝不苟地用心呵护着。

零下 30 摄氏度的坚守

对陈永红来说，最大的心愿就是保障一列列客车平安抵达。在祁连山长达9个月的冰雪期里，零下30摄氏度的坚守成为陈永红他们的工作日常。

他们说，这里一年只有两个季节：一个是冬季，一个是大约在冬季。初听此话的人，可能觉得是一种笑谈，但只有生活在这里的人才懂得这是高原气候的真面目。漫天雪花纷纷扬扬，连续一天一夜就会完全覆盖钢轨和道岔，从而影响过往列车运行。

后来，陈永红任兰州高铁基础设施段山丹马场综合维修工区工长，全面负责辖区内的供电、线路和电务设备后，道岔除雪成为陈永红他们又一项重要任务。

又一场大雪降落，在张掖家中轮休的老陈看着窗外鹅毛般的雪花，心神不宁，来回踱步，这是今年以来的第六场雪，陈永红心里还是放心不下工区，他查了一下车次，开始收拾行装，在厨房做饭的妻子提醒他吃完饭再走，可陈永红早已等不及："赶最后一趟动车了，我回工区随便吃点。"

夜里零点天窗命令下达，陈永红他们迎着寒风裹挟的雪粒，携带吹雪机、扫帚、铁钩进入站场，熟悉的站场雪雾弥漫，只剩4条钢轨的轮廓和设备箱盒鼓起的雪包，陈永红带头蹚过淹没脚踝的积雪，深一脚浅一脚走向车站西咽喉。

零下30摄氏度的夜，雪越来越大，刺骨的寒风裹挟雪花不停扑打脸庞，呼出的白气瞬间在帽檐、眉毛上结成一层白亮的冰霜，彻骨的冷风穿透劳保大衣使劲往骨头里钻。陈永红背着30多斤的吹雪机在钢轨上来回穿梭，尽管脸冻得通红，双手仍紧握吹雪机，眼睛紧盯着道岔积雪，一刻不停歇。

当他们清扫完8号、6号、4号的道岔积雪后，控制台反馈4号道岔无法正常扳动，此时天窗时间已过半，陈永红安排副工长兰建军带领3个人去清扫2号道岔，他和另两个工友又趴在雪窝里对4号道岔转辙部位清理了一遍，但对讲机仍回复道岔无法扳动。

时间紧迫，陈永红赶紧呼叫技术员张学军，经过检查，发现问题出在4号道岔尖1动作杆处，他们拿起铁钩迅速清理，可后台显示仍无法扳动。

"应该是动作杆和锁钩冻在一起了，快，把喷灯打着给我。"

听到张学军的话，陈永红赶紧拿起喷灯，反复按压开关，喷灯却毫无反应。意识到是风大太，他马上拉开棉衣拉链，用棉衣挡住大风，使劲一按，炽热的火焰蹿了出来，顾不上烧焦的头发，他赶紧把喷灯递给张学军，10分钟后，道岔终于正常扳动。

回到工区已凌晨4点，大伙纷纷钻进被窝，陈永红来到张学军床前问个不停，张学军连比带画说了半天，他还是不明白问题所在。

无奈，张学军只好说："库房有备用杆件，明天你一看就明白了。"

"现在就走，要不我睡不着。"

执拗的陈永红不由分说，硬拽着张学军来到库房，杆件、锁钩摆放一地，终于弄清楚了分动式外锁闭道岔的动作原理，没想到细细的杆件下面竟然暗藏玄机。回到宿舍，天已发白，陈永红这才感觉到脚底钻心的麻木，他脱下劳保鞋，才发现里面灌满了冰水，脚指头也让水泡得开始发白肿胀。

后来，为了便于大家弄清楚原理，他又自费从网上下载了道岔动作分解动画，学会了道岔功率曲线"一尖二平三翘"的分析法，制定了扫雪固定走行路径，此后，他们包保的道岔再也没有发生过问题。

和常年积雪的祁连山相伴，不仅要常常清扫道岔积雪，还得随时观察隧道口结冰、渗水，以免影响供电线索正常供电。

得知祁连山隧道口又一次渗水结冰，陈永红立即申请天窗，带领大伙赶赴现场。只见隧道口侧壁悬垂着很多冰柱，冰柱的位置距离供电线索不足1米，冰柱一旦突破安全距离，必然引起跳闸停电。

"必须在承力索上加装挡雨板，隔绝渗水与接触线触碰。"陈永红一

◈ 陈永红在使用扁除雪铲清理山丹马场站6号道岔积雪

边说着一边迅速穿上雨衣，做好防护，登上作业车平台。

　　顶着冰冷刺骨的冰水，他一手往承力索上固定挡雨板，一手用力矩扳手紧固螺栓，细细的水流顺面颊钻进领口，又随手臂滑入袖口，瞬间，他被一团升腾而起的白雾包裹，那是冰水被陈永红的体温融热后蒸腾氤氲的水雾。顶着冰水安装完挡雨板，回到作业车里，浑身上下湿透的陈永红冻得上下牙齿像打架般咯咯响，他赶紧脱掉贴在身上的雨衣，脱下灌满冰水的鞋子。

　　为防止受凉感冒，回到工区后，陈永红赶紧吹干头发，换上一身干衣服，喝几杯热开水。但有时候再小心还是会感冒，但就算感冒了，第二天，第三天……只要听到隧道口渗水结冰，陈永红依然冲在队伍最前面。

就这样通过一次次摸索和经验积累，陈永红总结提炼出打冰四步法：巡检一体，更新入库；一米红线，坚决守住；侧壁3米，以下记录；3米以上，每日必除。利用这个方法，他们成功提高了打冰作业的有效监管和除冰效率，保障了隧道供电安全。

高原不仅常年冰雪，高寒低温，温差也很大，供电线会因为热胀冷缩导致数据变化，从而影响线索的张力和尺度，而调节张力和尺度的关键就在于隧道棘轮装置。

2024年冬天，为提高高原高寒设备的稳定可靠性，山丹马场综合维修工区对祁连山隧道群内棘轮补偿装置进行更换。因为普速列车要转高速铁路运行，天窗时间由原来的4个小时缩短到90分钟，在祁连山上，短时间内组装更换180多斤的棘轮补偿装置，对他们无疑又是一项巨大挑战。

陈永红发动大家一起想办法，"既然天窗时间短，那我们就想办法在天窗点外下功夫。"最终陈永红一锤定音，一有时间就组织大伙在练兵场上一遍遍组装，一遍遍更换，功夫不负有心人，经过两周紧锣密鼓的训练，身处狭小的作业车平台，他们顺利实现30分钟完成更换。

"登高作业，一定要手抓稳、脚踩实。""安全带一定要打牢。"更换棘轮装置现场，陈永红大声叮嘱正在安装紧线器的姚腾飞。只见姚腾飞双脚找好支撑点，一手紧握接触线，腿部发力，腰部紧绷，配合安全带，在6米高空流畅上演闪转腾挪，很快完成紧线器安装。

轮到陈永红了，只见他一抓、一拉、一蹬、一站，扣紧安全带，不到两秒便爬上坠陀架，快速将两侧的线索用链条葫芦做好牵引，通力配合将旧棘轮拆下，并通过地面绳索的牵引使其安全落地。

看着旧棘轮落地，陈永红悬着的心也随之落地，"大家一鼓作气，拉、拉、拉、使劲拉。"陈永红用沙哑的嗓音接连发出指令，一个个新棘轮被顺利拉升至安装位置。

零下30摄氏度，山谷的寒风像一把把冰冷的小刀，争相涌入隧道，透骨的寒气悄悄从脖颈间侵入身体夺走热气。为了应对寒夜低温和缺氧，陈永红他们作业时不得不手戴两层手套，衣兜里随时备好红景天，以应对突然出现的呼吸急促、心跳超速。

但大伙对此早已习以为常，紧一紧衣领，搓一搓双手，跺一跺双脚，继续投入紧张忙碌的工作，现场作业车的轰鸣声、工具材料的碰撞声、对讲机里的呼唤应答声，交织成一曲黑夜里火热劳动的颂歌，在空旷寒凉的隧道内久久回荡。

强将手下无弱兵

俗话说，强将手下无弱兵，良将带出精锐师。一支能打硬仗的队伍，必然有一位优秀的将领。陈永红便是一位这样的良将。

"高铁发展日新月异，我们要努力学习新设备、新技术。"陈永红经常对工友说。他常常将天窗点维修现场变成实训课堂，向青工们传授他半辈子累积的供电知识，为青工业务技能"充电提素"，为保障客车供电安全打造了一支"精锐之师。"

我们走进工区二楼学习室，一眼就看见桌面摆放着一个个职工利用铁丝和废旧钢材拼装焊接而成的接触网教学模具，随手拿起一个，接触面都被磨得光滑锃亮，那是经常被手指抚摸留下的印记。

"这是陈师傅带我们做的教学模具。"说起陈工长，大家纷纷打开话匣子。"陈工长一有空就带我们进学习室，工作中稍有差池就黑脸。"

"师父也训过我，但如果没有他监督和指导我，就没有我的今天。"副工长兰建军向我们讲起他和师父陈永红的故事。

服过兵役且只有中专学历的兰建军初到山丹马场工区，第一次面对站场错综复杂的接触网供电设备，脑海中一片空白和迷惘，情绪一度低迷，一天除了天窗作业就躲进宿舍。

有一次，天窗作业完毕，陈永红像往常一样来到料库查验绝缘工具实验记录本，突然发现兰建军在偷偷补签。仔细询问才知原来在绝缘工具出库前，他做完绝缘试验忘了及时登记。

"你是第一天上班吗，不知道供电安全容不得丝毫马虎？"陈永红黑着脸大声训斥，兰建军深深低下头，羞愧得恨不得找个地缝钻进去。陈永红接着告诉他，高铁供电作业具有高压、高空、高速、大电流的特点，任何一个小细节都不能马虎大意，如果不仔细确认，把绝缘性能不良的工具带上去，后果不堪设想。认识到错误的兰建军，脸涨得通红，只有频频点头。

从那以后，兰建军像变了一个人，一有时间就翻看设备图纸、了解设备编号、名称、所在位置和运行方式。天窗作业中遇到不明白的问题，就虚心请教陈永红，自此他不仅爱上供电接触网作业，专业技能也得到

◈ 陈永红和徒弟兰建军在山丹马场站西咽喉更换渡线吉斯玛分段绝缘器

迅速提升，不仅在技术比武中取得优异成绩，还考上接触网专业技师，并向高级技师发起冲刺。

得知兰建军要备考高级技师，陈永红二话没说将庞大的理论知识题库进行拆解，将技术中的重点难点一一梳理，汇集成一本实用的题库。红色的笔标注核心要点，蓝色的笔圈画出容易混淆的易错点，绿色的笔则写下关键的解题思路与案例分析，兰建军拿到这本专属定制的"备考套餐"如获至宝。

那段日子，兰建军每天除了天窗作业，其余时间都在学习中度过，中午休息，陈永红还不忘监督兰建军背题。朝暮相伴，兰建军业务能力提升很快。陈永红感到很欣慰：看到大家成长成才，更优秀更有上进心，他就不觉得辛苦。

如今，兰建军已成为山丹马场综合维修工区副工长、接触网专业高级技师，他像陈永红一样，未曾停下学习的脚步，又成功考取北京交通大学，在学知识长本领的道路上披荆斩棘。

让陈永红倍感欣慰的还有徒弟阮学刚，今年 29 岁的他已经参与援藏工作两年半。当时陈永红听闻局里开启援藏报名的消息后，第一时间联系已任车间副主任的阮学刚。

陈永红语重心长地说："学刚，现在有个援藏的机会，这是一份沉甸甸的责任，也是难得的历练。你跟我在高原工作过，以你的能力和冲劲，定能在那片土地上发光发热。"话语间充满对徒弟的信任与期许，这也开启了阮学刚投身援藏事业，续写奋斗征程的新篇章。

初到拉萨，面对现有设备的独特性能、隧道供电方式的不同，阮学刚没有心情欣赏雪域天路的美景，每天晚上焦虑不已，辗转反侧难以入睡，一心想的都是如何才能把活干好。

那天，陈永红刚下天窗就接到阮学刚电话，一开始阮学刚还高兴地向他介绍拉萨的美景，但提到天窗作业却支支吾吾含混不清，陈永红敏锐捕捉到听筒中低落的情绪。他并未安慰，直接给出建议："打铁还需自身硬，不要怕困难，每天下天窗后把自己不懂不会的问题用小本记下来，多看多问多学。"

此后，阮学刚隔三岔五就要向陈永红请教工作中的问题，慢慢地阮学刚很快进入角色，他从规章制度、生产组织、设备现状入手，逐渐摸清和掌握了高原地区供电电力安全专业技能。同时，阮学刚还将山丹马场综合维修工区的优良作风带到了青藏高原的那曲。面对我们的视频采访，阮学刚说："每当我遇到难题，总是第一个请教师父，师父的话总能给我启发，给我力量，让我直面困难，解决困难。"

2024 年年底，山丹马场综合维修工区迎来两名 00 后新工，刚走出校园的大男孩，身上带着浓浓的书生气，青涩的脸庞不仅写满对未来的憧憬与好奇，也夹杂着初入职场的懵懂与忐忑。看着和自己儿子一般大的年轻人，陈永红心底涌起一股亲切感，决定手把手教他们。

"热爱是最好的老师，守住安全是我们的底线。"入职第一节安全培训课，陈永红谆谆教导。此后，陈永红一有空就利用接触网教学模具给两个年轻人上课，用手指着受电弓和接触线，让他们细细观察受电弓经过线岔时的状态，从受电弓的角度理解线岔参数，讲解受电弓与分段绝缘器的工作关系。

除了讲授理论知识，陈永红还利用轨道车库、料库这些"天然教室"，带着他们实地认识不同的料具。陈永红拿起一件件维修工具，详细讲解其用途、使用方法以及在天窗作业中的注意事项。来到料库，面对琳琅满目的供电材料，他又像一位专业的导购员，介绍每种材料的特性、适配场景，使他们不仅知其然，还知其所以然。

涓涓之水，汇聚成川。在陈永红的影响和带动下，山丹马场综合维修工区走出一批优秀的年轻职工，他们有的走上技术管理岗位，有的成为专业技师、高级技师、技术能手，有的成为沿线工区的工班长，持续为兰新高铁供电事业添砖加瓦，发光发热。

让大家快乐工作

陈永红深知，在高原上工作和生活，身体是根本。尤其身处海拔3108米的山丹马场，空气稀薄的高原气候让职工的身体承受着巨大挑战，为了让大伙保持良好的身体和精神状态，快乐地工作生活，他想方设法动员大家做一些适量的简单运动，比如，做广播体操。

陈永红说，刚开始，吃过早饭我就挨个宿舍喊人。大家都有些不情不愿，我就软磨硬泡，一个一个将他们硬拽出来。队伍最前面，陈永红一招一式格外认真，"来来，大家跟上节奏，均匀呼吸，对，就这样。"起初大家做操动作生疏、手脚僵硬，后来在陈永红的带动下慢慢找到感觉，动作也越发流畅。

不止常年驻守在这里的陈永红和他的工友们，无处不在的高原反应

"接待"着每一位到来的客人。采访才半天，我们已出现不同程度的头痛、气短、胸闷，陈永红见状赶紧打开一扇柜门：红景天、速效救心丸、布洛芬、感冒药等你拥我挤，塞得满满当当。

吞下两粒布洛芬，我们感觉好多了，随陈永红走上二楼，阅览室报刊书籍排列整齐，等待主人随时翻阅；健身房摆放着哑铃、跑步机等运动器具；干净整洁的职工宿舍，充满家的温馨宁静，步入打头的房间，一个"军马铁魂"红色教育基地的牌子格外醒目。

墙面上一张张照片，有在狂风中抢修供电接触网设备的坚毅身影，有深夜坚守岗位、聚精会神盯看屏幕的专注神情，有家属参观工区留下的真情告白。

"2024年夏天，高原风景最美的时候，我们邀请了20名家属前来工区参观。"看着我们询问的眼神，陈永红缓缓向我们讲述着。

一周7个长达8小时的夜间配合施工天窗作业令大家身体疲惫，很多家居外地的职工，甚至不能常回家看看。离家3000公里的相景权，近两年没有回过黑龙江老家探亲；作业负责人刘超，孩子出生一个月，他还没回去抱抱；轨道车司机长张辉，妻子身体不好，最近又伤了胳膊，视频时忍不住潸然泪下……一种对家人既愧疚又无奈的情绪在工区渐渐蔓延。

陈永红看在眼里，急在心上，后来他瞒着大家，悄悄拿起电话，一个一个邀请职工家属前来工区参观，有的家属担心路途遥远、会产生高原反应，他耐心解释："嫂子，您放心，我们会安排好一切，让大哥和您见上一面。"就这样20名家属踏上前往工区的旅程。

◆ 家属进工区活动中陈永红正在给职工家属讲解现场作业场景

　　那几天，陈永红和班组党支部书记彭春光一吃完中午饭，就坐在电脑前整理照片和视频，小视频制作成形后又一遍遍精心打磨。

　　当天，家属一进工区大院，就看见陈永红笑容满面："来来来，大家一路辛苦，我们先去个特别的地方。"众人随他来到红色教育基地。

　　陈永红神色庄重而自豪："这些荣誉和照片，凝聚的是我们军人铁律、战马忠魂的'军马铁魂'精神，我们是党员，虽远离家乡和亲人，但我们心甘情愿坚守在祁连山深处，保障兰新高铁大动脉畅通。"

　　听着陈永红的讲述，看着眼前的一切，家属心中累积的埋怨、委屈，像阳光下的冰块开始慢慢消解融化。当看见大屏幕上，陈永红他们在零下20摄氏度的隧道中艰难作业，在狂风怒吼中抢修接触网设备，在连绵的雪峰间顶风来回巡视……无论是父母、妻子还是孩子，家属们再也抑制不住泪水……

"没想到你这么辛苦，是我误解你了。"

"孩子爸，你安心工作吧，家里有我。"

"爸爸，原来你们晚上才化身'蜘蛛侠'啊。"

这一刻家属们开始真正理解自己的亲人为何执着于这片土地，这一刻，家属们内心涌起深深的骄傲和自豪，是啊，让孩子引以为荣的"蜘蛛侠"是他们；让妻子满心信任终生依靠的人是他们，看着眼前一幕幕温馨幸福的画面，陈永红脸上露出舒心的笑容。

标间宿舍、职工食堂、健身房，以及大院里大伙精心培育的绿油油的野山葱和苜蓿，处处流淌着生机和活力，处处都是独特的风景，大家尽情地观赏品味着，这里是他们美丽可爱的家园，也是家属们日夜牵挂思念的地方，"工区和家一样啥都有，这下我就放心了。"参观活动结束后，家属向亲人说着临别的话，依依不舍登上返程列车。

陈永红他们不仅要每天检修接触网，还要对祁连山的7个隧道群和8座大桥进行安全巡视，巡视路上常碰到当地牧民——扎西，一来二去，陈永红和扎西成为好朋友。

阴雨天气，巡视完毕，陈永红喜欢来到扎西家的牧场，捡上一桶蘑菇，回到工区，陈永红将捡来的蘑菇摊晒在阳光下，白色、黄色的小蘑菇像一把把努力撑圆的小花伞，散发着高原泥土特有的清香，晒干后的蘑菇被他宝贝似的收起，大家知道稍后他就会钻进厨房，大显身手。

蘑菇和肉同时下锅，伴随着"滋滋"的响声，香气四溢，不一会儿，一锅美味的蘑菇炒肉就出锅了。大伙围坐一起，大口吃着这高原馈赠的美味佳肴，脸上洋溢着满足的笑容，连连夸赞："老陈这手艺，绝了。"

◈ 陈永红在厨房给职工炒菜

除蘑菇炒肉外，陈永红还擅长做鸡肉垫卷子、红烧肉、黄焖羊肉。逢节假日值班陈永红也会拿起锅铲走进食堂，不一会儿，厨房就弥漫出诱人的香气。平日里谁要是有个头疼脑热，一碗热气腾腾的好饭准会悄无声息出现在床前。当看见一桌丰盛的"生日宴"，大伙知道这准是老陈准备的惊喜，他记着每一名职工的生日。

陈永红说他也是工区的"家长"，小到每一名职工的衣食住行，大到职工家里的事，他都不能不管。

因许多职工家住张掖、武威，家里有个急事甚至不能及时赶回去。有一次，家住武威的赵松得知父亲去世后，悲痛不已，此时天还没亮，高铁还没发车，他不知道该怎么办，同事知道后主动开车送他回家。陈永红知道后立即召集休班在家的同事赶往武威赵松家，帮忙搭建灵堂、写挽联、招呼邻里乡亲。

在陈永红带动下，工区不论谁家有婚丧嫁娶，或老人生病住院，大伙就利用休班时间主动上门帮忙，让每个家庭都感受到工区这个"大家"带给小家的慰藉与呵护。

"让大家快乐地工作生活。"是陈永红常挂嘴边的一句话，"先进班组""模范职工小家"等奖牌，是事无巨细的关怀爱护浇灌出的真情之花。

他有一个温暖的家

家是幸福的港湾，它能安抚我们疲惫的身心；家是黑夜里一盏明灯，召唤我们早日回归。陈永红有一个温暖的家，有一个始终站在家庭后方，任劳任怨、默默付出的妻子，她叫王玉红。

天气晴好的一天，我们从兰州乘坐动车来到张掖，走入张掖老火车站一个老旧小区，陈永红位于5楼的家。

两室一厅的房间异常干净整洁，阳台养育的盆盆绿萝，叶片绿得发光发亮，流淌出生命的蓬勃与活力。一盆开花的君子兰，橘红色的花瓣娇艳欲滴，在阳光下格外好看。

王玉红中等身材，朴素大方，她告诉我们，这盆君子兰是逛街时陈永红送给她的结婚纪念礼物，代表家庭幸福美满，生活和顺。每次看到它，她就想起这些年两人相互扶持走过的日子，虽平平淡淡却和谐温馨。她热情地为我们泡茶倒水，"天冷，喝点茶暖暖身子。"说着坐在陈永红身边，和我们聊起过往。

1997年5月，陈永红和王玉红牵手步入婚姻殿堂。

"刚结婚，我们的小家安在小桥堡，那时条件苦，可玉红一句怨言都没有，将家里操持得井井有条。"陈永红言语间满是对妻子的感激与爱意。此后，陈永红一心扑在铁路供电事业上，王玉红成为家里的主心骨和顶梁柱，她独自操持着家中的大小事务，陪伴教育孩子，照料家中老人。

"多亏玉红，替我照顾父母，我却很少陪他们，那一年，父亲生病住院，我都没能在身边伺候。"陈永红说着，眼圈微微泛红。

2011年夏，陈永红的父亲病重住院，陈永红请假从张掖赶回武威，和王玉红一起照料父亲。那几天张掖连续降雨，在医院待了几天后，担任副工长的陈永红实在放心不下，拨通了工区的电话，当得知工区管内因暴雨导致接触网接连发生故障时，陈永红待不住了，他赶紧坐车返回工区，一下车就投入抢修。

经过3天抢修，管内接触网设备恢复运行，但降雨时断时续，陈永红他们还得时刻巡查。车间主任特意批准陈永红休假，但陈永红说啥也不走，坚持和大伙一起巡视，直到第五天天空彻底放晴，才坐上回武威的火车。

这时，妻子打来电话："爸爸刚刚离开了。"疾驰的火车上，陈永红靠窗而坐，他扭头看向窗外，泪水不停滑落，耳边响起父亲的念叨："永红工作干得好，但他怎么那么忙，有一段时间没见了。"

他心中充满了对父亲的深深愧疚，多年来他一心投入工作，却忽视了对父母的陪伴，除了偶尔回家陪老爷子下盘棋，给他们做一顿家常便饭，他几乎没有做过什么，他觉得自己不是一个合格的儿子。回想那天他离开时，正在输液的父亲突然握住他的手，久久不愿松开，"去吧，好好工作。"父亲一直都懂他，最后一刻都明白他的心思。

后来，整理父亲的遗物，陈永红发现一枚陈旧的路徽，一本泛黄的笔记本："今天，儿子实现愿望到铁路上班了。""大修队艰苦，不知永红的腿疼好些没有。"一页页翻看，陈永红的泪水再次滑落。

之后一年，为了不增加更多遗憾，陈永红休班就陪着母亲，他给母亲炖鸡汤、做清蒸鱼，母亲给陈永红做他最爱吃的"懒人米饭"，但母亲的身体还是越来越弱，一年后，陈永红又送走了母亲。

在陈永红心中，他始终觉得亏欠父母，但更加愧对妻子和儿子，自从来到山丹马场工区，他就没有回家陪他们过过年，反倒有一年，妻子和儿子来工区陪他过年。

2018年除夕，正当陈永红握着擀面杖飞快地擀着饺子皮给大伙准备年夜饭时，"爸爸，我们来陪您过年了。"一个无比熟悉的声音响起，陈永红一抬头，愣了，眼前站的正是拎着大包小包的妻子和儿子。放下手里的东西，王玉红洗了洗手，拿过陈永红手里的擀面杖，对神情依然有些恍惚的陈永红说："我带了大白葱和萝卜，你往饺子馅里加点。"说着，开始擀饺子皮，回过神的陈永红，赶紧打开妻子的包裹。"过年了，嫂子来给我们包饺子了。"看见王玉红来了，大伙高兴地喊着，纷纷开始行动。有的贴春联，有的挂灯笼，剩下的人围着陈永红和王玉红，一边包饺子，一边笑闹着，当形态各异的饺子，随一大锅开水欢快翻滚，浓浓的年味也到达顶点。吃完饺子，陈永红带着儿子陈江彦参观工区，他惊喜地发现上大学的儿子长高了，更加帅气了，这些年，他始终觉得对不起儿子，他的思绪不由回到儿子高考前那段日子……

2016年高考前夕，陈江彦的学习到了最关键的时刻，王玉红精心照料儿子的一日三餐，可陈永红正忙碌在供电设备集中检修的战场，他每天顶着星光奔赴施工现场，白天，又参与制定维修方案、排查安全隐患，如此昼伏夜出的工作模式，让陈永红连在电话里鼓励孩子的机会都少之又少。偶尔，他望着远方长长的铁轨出神，他多么想回家陪儿子啊，可是，他只能把牵挂和想念放下，在心里为儿子加油。

高考结束，陈永红打电话询问考试情况，没有兴奋也没有埋怨，儿子淡淡一句"不知道"，瞬间陈永红心底涌起深深内疚……沉默过后，他向儿子郑重承诺："爸爸忙完这阵就回家。"当陈永红看到儿子常州大学的录取通知书时，他信誓旦旦地保证，一定要和妻子一起送儿子上大学，想不到因为施工配合和防洪防汛，他又一次食言了。之后，陈永红觉得和儿子之间像隔了一层无形的隔膜，儿子有什么话常跟母亲说，有什么事也先告诉母亲，父子间的交流越来越少，他明白儿子心里有怨言，是他常常忽略儿子，陪伴儿子太少。

当陈永红父子走进活动室，里面一片热闹的呐喊声，原来大家一边看电视晚会，一边掰手腕，"老陈，和儿子来一局！"大伙不由分说，一把拉起他们坐下，陈永红的斗志一下被激起，他挽起衣袖，露出布满老茧的粗糙双手和新旧疤痕叠加的胳膊。看着父亲沟壑般深深的皱纹，陈江彦忽然意识到眼前那个常年不在家的父亲，那个总在干工作的父亲，如今也老了。

久久凝望父亲，陈江彦的目光越来越温柔，陈永红也望向儿子，目光交会的刹那，他们好像一下理解了彼此，重新接纳了彼此，曾经那层无形的隔阂正在慢慢消解。后来，参加工作的陈江彦用第一个月发的工资给父亲买了一块手表，陈永红收到儿子的礼物高兴极了，他觉得自己是天底下最幸福的父亲。

恰巧此时，陈江彦拨通了母亲的视频电话，原来，他刚被公司评为优秀员工，第一时间向父母报喜。视频里的男孩，戴黑边眼镜，高大帅气。"爸爸从没训过我，但他对自己要求很严格，现在我参加工作几年了，更理解我的爸爸，这么多年他辛苦了！"这是陈江彦眼中的父亲，对爸爸他有深深的钦佩之情。

一直没说话的陈永红望向儿子："工作不要太累，过年回家我给你做红烧肉。""儿子最爱吃他爸做的红烧肉。"王玉红对我们说，我们望向陈永红，他竟有点不好意思，赶忙拿起水杯走向厨房。

电视柜上一张全家福照片吸引了我们的视线，照片里陈永红一家幸福依偎，尤其陈永红身上的大红毛衣，格外鲜艳夺目，纹理均匀整齐，似乎一针一线都倾注着浓浓的柔情和爱。

以女性的直觉，我猜出这是王玉红所织。"高原冷，老陈经常在外面干活，我就想着织件厚毛衣，让他穿上暖和些。"说完，王玉红回头看向陈永红，眼神触碰的一瞬间，虽无一字一言，却又像道尽千言万语，这是世间最真实、最平淡的爱，不计较付出多少，不在乎得到多少，那是一生的相濡以沫，一世的默默陪伴。

采访结束了，我们向陈永红告别。高原的风很冷，格桑花依然每年怒放，高原的雪很厚，挡不住前行的脚步，高原的阳光很灿烂，折射出信仰的光芒。

马万里

"马金锤"传奇

——记中国铁路青藏集团有限公司西宁工务段
西宁高铁路桥车间桥隧工马万里

▶ 赵风斌

新年伊始，2025 年的第一场雪翩然而至，大地银装素裹。东西延伸的兰新高铁上，动车组列车像一道道银色闪电飞驰于祁连山下，流动的光影与茫茫雪原构成一幅奇美画卷。

踩着厚厚的积雪，午夜时分，我们来到门源站采访。寒风袭人，一台轨道车上，昏暗的灯光下，西宁工务段西宁高铁路桥车间检查工区工长给大家分配"天窗"任务："今晚主要检查隧道衬砌，海拔高，气温低，大家做好安全保护，要一米一米地敲，确保春运期间的桥隧设备安全。老马，你最有经验，拱顶衬砌病害比较复杂，还是你来负责检查。"

老马叫马万里，长相朴实，笑容憨厚，他是中国铁路青藏集团有限公司西宁工务段西宁高铁路桥车间检查工区桥隧工。入路 30 年来，先后在多个工务段从事桥隧工作，对各类桥隧设备了如指掌，磨砺出一种对桥隧隐患明察秋毫的"敏感度"，手不离锤，"听音辨障"，大小隐患，一锤定音，大家都称他为"马金锤"。

接到命令，轨道车缓缓进入海拔 3600 多米的大坂山隧道。马万里站在轨道车作业平台上，手执长柄敲击杆，不停地仰头敲击拱顶，锤起锤落间，他仔细聆听每一锤敲击声。

"停车！停车！"突然，马万里拿起对讲机向司机大声喊道。轨道车缓缓退回，他举起敲击杆再次敲向拱顶。

"这块拱顶衬砌有空腔，做好记录。"马万里对负责记录病害的一名年轻职工说。说完，他拿起电钻仰头对准刚刚敲过的地方按下按钮。钻头的空转声证实了他的判断。从敲击的声音准确判断衬砌里面是否正常，这是马万里的独门绝活。

入路以来，马万里恪守"一处不漏、一米不落、一点不差"的安全初心，刻苦钻研、执着创新，用脚步丈量过 3.6 万多公里铁路桥隧，攻克了 90 余个大大小小的技术难题，累计完成 30 多项技术发明创新，牵头编制完成 10 多万字的作业指导书和安全手册，他先后获得"最美铁路人""青海省岗位技术能手""高原铁路工匠""感动青藏铁路十大人物"等荣誉，在平凡的岗位上，书写着励志传奇的人生故事。

日升月落，四季更迭，轨道车一次次穿行于祁连山下，无数个夜间天窗，隧道深处"金锤"声声，敲响高原钢铁大动脉安全畅通的永恒旋律。

年轻的工班长

7 月的柴达木，骄阳似火，热浪翻滚。

1995 年 7 月的一个下午，马万里乘坐轨道车来到青藏铁路西格段连湖站。经过短短 3 个月的培训，他被分配到原兰州铁路局西宁铁路分局德令哈工务段连湖桥隧工区，成了一名桥隧学徒工。从此，命运的齿轮开始沿着高原铁路桥隧日夜旋转。

"这里太阳毒、紫外线强，外出作业时要做好个人防护，戴好护套，不然会晒暴皮。"站台上，前来接他的老工长说过的话他依然清晰记得。

车站向北几公里外是一片湖泊，南面是一望无际起伏翻滚的片片沙丘。火辣辣的阳光下，躯干虬曲稀稀疏疏的骆驼草紧贴地面，向着天空，顽强地展示戈壁滩唯一的绿色。

一张单人床，一张长条桌，一把小椅子，一座用泥块砌在墙角的地炉，是马万里宿舍的全部家当。看着眼前简陋的宿舍，他有些惊愕，巨大的环境落差，使他突然无比想念自己的学生时光。

人生有着太多的不确定性。中专 3 年，马万里所学的是临床医学。不承想，他最终遵从父亲的愿望，踏进了铁路。父亲曾是一名铁路职工，他的想法很现实，那时，马万里的 3 个哥哥 2 个姐姐都已经在铁路上班，而父亲刚刚退休，他决定让最小的儿子接班上铁路，找一个旱涝保收的"铁饭碗"。

"行行出状元，修好铁路，把好铁路安全，就好比给病人治病，一样很光荣。"看着简陋的宿舍，马万里想起父亲说过的话，心中有了些许安慰，他明白，人生中总有一些东西要舍弃。

不料，来到连湖的第二天他的自信心就严重受挫。令他备受打击的只是一次简单的拌砂浆，他的角色相当于建筑工地上的一个小工。

一切准备妥当。马万里嘴里念念有词，按照工长交代的水和水泥砂子的掺杂比例，边踅摸边搅拌。整个过程似乎非常顺利。搅拌结束，拌好的砂浆却像一座小山支棱在原地。

　　马万里傻了眼，赶紧往坚挺的砂浆上面洒水。铁锹左右翻动，砂浆渐渐变稀，地上却泥水横流。工长赶紧过来制止他继续添加水泥砂子。"拌砂浆时，要干着拌3遍，再加水拌3遍，这样砂浆才能搅拌均匀，才能更好地抹到砌面上。"工长看着灰头土脸的马万里笑着说。马万里的脸却比哭还难看。他尴尬地看着工长重新补救那堆砂浆，工长抹砂浆的动作如行云流水，让他眼界大开，他没想到，看似简单的拌砂浆竟也蕴藏着大学问。

　　马万里不服输的性格被点燃。午饭后，大家躺在阴凉处休息。他悄悄来到另一座涵洞口开始一个人拌起砂浆。有了上午的教训，这次，他

◆ 马万里在东村隧道进行检查（逯明　摄）

格外仔细小心。很快，砂浆拌好，稀稠适中。马万里模仿工长的动作，用抹子托起砂浆，从翼墙底部往上推。第一次，因力度太小，砂浆"哗啦啦"几乎全部掉落。第二次，又用力过猛，抹子虽狠狠刮过，但砂浆未完全糊住砌面。马万里没有灰心。多次试验过后，他渐入佳境，手下动作也慢慢加快。等到别人上班时，涵洞上下游四面翼墙砌面已经被他全部抹完，大家伙向他投来惊奇的目光。

"小马，好好干，将来会有出息。"工长当众夸赞他。

柴达木以滚烫的热情接纳了马万里。不到一周工夫，他的嘴唇开始裂口，额头面颊开始大片大片往下掉皮，白皙的面孔变得黑红油亮，手心也磨出一层新鲜的茧子。他以一种前所未有的黝黑粗粝，快速融入那个有着同样黝黑面孔的群体。

第一次拌砂浆时的尴尬，让马万里感受到了自己桥隧业务知识的匮乏。为了快速掌握桥隧理论知识，他将工区仅有的两本《桥隧工》和《铁路桥隧建筑物维修规则》天天装在工具包里，茶余饭后、雨雪天休工、短暂的午休，他都埋头书本中，不停地看，不停地画，不停地写。

从零起步的学习，注定困难重重。由于非科班出身，复杂的桥隧原理和那些深奥的结构图对马万里来说形同天书。为了弄懂一个晦涩的桥隧理论，许多时候，他厚着脸皮半夜敲开工长的门向他求教。每天外出作业，他总是不停地问这问那，问得多了，大家都叫他"问题青年"。

有一次，在检查一处桥梁支座时，由于天气炎热，马万里检查锤敲击的力度明显降低，敲击的频率却明显加快。工长一眼看出他的焦躁。"铁路安全不能有丝毫的麻痹大意，桥梁支座和防落梁的每一个螺栓，角钢的每一个焊缝，都不能落下。"工长语调缓慢，言语柔中带刚，马万里的脸立刻红到了耳根。

工长说完，从兜里拿出一个小本开始记录。"一定是被工长狠狠记了一笔，当月考核工资肯定泡汤。"马万里心里一阵忐忑。回到工区，他趁着工长外出，悄悄打开放在桌子上的那个小本，里面的内容却让他深感意外。小本里，密密麻麻记录着工长检查发现的一些桥隧病害以及处理方法，对一些疑难棘手的，他还特意做了加粗标注。

马万里的内心肃然起敬，他悄悄放回了那个小本。从那以后，无论走到哪里，他也随身带着一个小本子，随时记录各种疑点难点和隐患病害处理方法，如今，他用过的记录本已有厚厚两大摞。

那时，工区刚刚通电，由于设备不稳，停电成为家常便饭，照明主要靠煤油灯。每天早上，马万里的眼窝和鼻孔都被熏得黑黢黢的。有天深夜，因看书过久，马万里打起小盹。不料，头一歪，头发正好触到煤油灯火苗上，"刺啦"一声着了起来。他猛然惊醒，一下原地弹起，手忙脚乱地扑火却为时已晚，帅气的"四六开"发型已变成"鸡窝头"。第二天早晨，他古怪的发型引得师傅们一阵大笑。

渐渐地，马万里摸索出一个学习桥隧知识的小窍门。对于一些深奥难懂的桥隧技术原理，他长句变短句，分段拆解，然后画在纸上，按图索骥，各个击破，逐句消化。峰回路转，柳暗花明。时间长了，枯燥的专业书在他眼里变成了趣味横生的故事书，那些长短不一、高低迥异的桥隧涵洞，就像一部连环小说中形态各异的场景道具，每一次登高作业，每一次病害处理，每一次应急抢险，就像一个个跌宕起伏曲折迂回的故事情节。

马万里沉醉其中。每当夜深人静时，他一次次与桥隧对话，与病害交流，徜徉于自己的"阅读"世界。冬去春来，骆驼草黄了又绿。书香伴他度过了一个个黎明和黄昏，勤奋踏实，成为同事们对他的印象底色。

时光不辜负努力。一年后，马万里以全段第一的成绩顺利定职。

1999年5月，在车间的一致推荐下，马万里第一次参加全段技术比武。理论第三，实作第二，总成绩全段第二，他载誉而归，成绩超过一众科班出身的大中专生。从此，单位的各类比赛，他的成绩从未跌出过前三。

鉴于出色的工作表现，2002年7月，马万里被提拔为副工长，调往德令哈桥隧工区，成为全段最年轻的工班长。

班组是最小的生产单元，工班长是一线生产的直接管理者。前往德令哈上任时，马万里踌躇满志，下决心要干出个样子。

不料，上任第一天他就遭遇一个下马威。那天，车间安排工区处理一个箱型涵端墙、翼墙水泥保护层脱落病害。他分工的时候，没有人提出任何异议。等敲完旧的保护层，需要抹砂浆时，却没有一个人听他指挥。

"听说你技术比武拿过奖，给大家展示一下呗。"一位老职工不服气地说。

"是啊，你这么年轻就当了副工长，就应该带头抹，也给我们教教技术。"另一名老职工立刻跟着附和。

"既然你怀疑我的技术，那咱俩比一比，看谁抹得又快又好。谁要是赢了，以后就听谁的。"马万里一脸自信地大声说。

"比就比。"老职工毫不示弱。

比赛开始。短短几分钟后，差距明显拉开，老职工提前认输。"别看这小子年纪小，还真有两下子，以后我们都听你的。"他笑着说。大家纷纷起身，开始听从马万里的安排。

这次交锋给马万里在如何管理班组方面上了生动一课。此后，他更加谦虚地向老职工请教经验，逐渐摸索出"因材施用、人尽其能"的班组管理模式，慢慢地跟老职工成为朋友。在大家的齐心协力下，班组的安全管理、整体面貌和职工业务素质都有了大幅提升。那一年，班组被评为单位自控型班组，他也被评为先进生产者。

沿着钢轨延伸的方向，马万里努力奔跑。

出了名的"爱琢磨"

灵感的迸发，源自一次次的观察和琢磨。

在单位，马万里是出了名的"爱琢磨"。他常年奔波于荒漠戈壁和高山峡谷之间，遇到难题时总是凝神静心，琢磨每一个可能的突破口。那些闪烁着智慧与灵光的"金点子"，让同事们津津乐道。

2006 年 11 月，随着生产布局调整，马万里被调到格尔木工务段格尔木桥隧工区任副工长。

有天下午，在检查一座桥梁时一位年轻的职工突然牢骚满腹："每次都干无用功，今天刷完漆，过段时间还得来刷，这样的工作，有什么意义？!"他一边往泄水孔里刷油漆一边抱怨。

说者无心，听者有意。望着油漆斑驳的泄水管，马万里陷入沉思。那个时候，桥梁泄水都采用铸铁管，穿过梁体翼缘板的管子内壁和外露的管体被涂上了一层油漆。由于柴达木地区紫外线强，油漆容易开裂翘皮，经雨水浸泡后，泄水管容易锈蚀堵塞，导致桥梁面积水。为确保泄水管畅通，只好一遍遍往其表面刷漆防锈。

马万里突然想起工区食堂的那段排水管。为什么不更换成永不生锈的PVC管？他茅塞顿开。晚上回到工区，马万里急不可耐地冲进库房，找出一段用剩的排水管。尺寸跟泄水管相差无几，他好一阵兴奋。当天，马万里将情况反映到车间，后来，管内锈蚀严重的泄水管，全部被更换为PVC管。"马工长脑子真好使，一来就解决了一件大问题。"一位老职工称赞他。

◈ 马万里在曹家堡特大桥进行支座检查（杨玺　摄）

2007 年 8 月，一家钾肥公司要从察尔汗站往察尔汗盐湖引进几根高压电缆，电缆要穿过紧邻的两条线路，配合施工的任务落到了格尔木桥隧工区。

察尔汗站位于著名的"万丈盐桥"上，土壤盐分含量高，板结严重，坚硬异常。穿越电缆前，需要在两座路基中腰钻出一个直径约 20 厘米、长十几米的孔，然后插入一根同样直径的铁管，再将电缆穿过管子。多次尝试失败，解决方法又回到原点——移开钢轨，直接从上面开挖。"这样不仅会影响行车，而且开挖后的路基结构会发生变化，处理不当，会留下严重安全隐患。"马万里坚决否定。在他的心中，安全永远是第一位的。

顶着炽热的阳光，马万里对着沉默的路基，不停地琢磨，一个想法在脑海中渐渐清晰明朗，他拿起检查锤，用锤把在盐碱地上勾勾画画起来。晚上回到宿舍，他顾不上吃饭，拿出纸和笔，顺着白天的思路，又不停地写写画画。终于，一个简洁的掏铲模型，从构想落进图纸，又从图纸变成实物。掏铲的头部像一截被斜切的烟筒，焊接在一根带丝扣和手柄的可接续钢筋上，大家轮流发力，铲头一次次啃咬路基，掏铲一点点向前掘进。

凿孔成功，难题迎刃而解。钾肥公司的现场负责人高兴得几乎要跳起来，他说，要不是马万里出的好点子，他们已经做好花十几万元去请工程单位动用大型机械的准备。

在一次全段安全生产会上，单位领导表扬了马万里，鼓励年轻人向他学习，多动脑筋多出点子。面对这突如其来的褒奖，马万里一时不知所措，不好意思地红着脸挠着头。

习惯成自然，琢磨也会上瘾。2008年10月，桥隧路基标准化建设推进到青藏铁路锡铁山至饮马峡区段，为加强该区段桥头路肩稳定性，对桥头前后20米的路肩进行水泥硬化，而所需的混凝土，需要用皮筐一次次抬到路肩上。起初是两人一组，装好混凝土，从两边拽着皮筐的橡胶抓手，一晃一晃踩着护坡送上路肩。

沿袭已久的习惯，没有人觉得有什么不妥。可是，混凝土的供应速度远远跟不上抹水泥的节奏。马万里有些着急。略加思考，他开始重新分配任务，将抬运混凝土的6个人重新排成一队。人与筐、筐与人相互衔接，这样，6个人一起发力，一次可抬上去5筐混凝土。大家抬着皮筐喊着口号一次次冲上路肩，铺设速度明显加快。

铁路有着严格的半军事化管理要求，所有的工作都有着严苛的标准。按照当时标准化建设要求，紧挨水泥路肩的道床边坡脚道砟，不仅要笔直整洁，还要丝毫不能侵入到水泥硬化面上，需要人工制作一种水泥挡板，沿着一条笔直的线，栽入道砟边坡脚下，既能防止边坡道砟下滑又美观。但是，一段20米长的路肩就需要40块水泥板，仅仅一座桥梁就需要160多块，用原有的木制模子一块块制作，显然无法跟上作业进度。所有人都在想办法。有的建议找厂家定制水泥块，有的建议索性用废旧钢轨或枕木代替。马万里却对着那个木质模子动起了脑筋。第二天，他从工区库房找出几条角钢、一块钢板、几条废旧弹簧，又从建材市场买回来十几个木制模子大小的塑料筐，在同事充满不解的目光中，叮叮咣咣操作起来。

两天后，一个简易的震动床问世，它一次可以制作 16 块水泥板，作业效率被直接提高了 16 倍。"马工长太厉害、太不可思议了。"同事个个惊叹不已。那年，工区在全段第一个完成标准化建设任务，并被评为标准化样板工区。

所有的琢磨，都紧紧围绕着铁路安全。当爱琢磨成为一种习惯、一种不自觉的行为意识时，安全第一的思想也深深地嵌入了马万里的灵魂深处，逐渐筑牢他对桥隧设备、对铁路行车安全坚不可摧的责任，这种责任伴随他走过无数个晨昏。

一年夏天的一个中午，吃过午饭，工区同事躺在一座桥底阴凉处小憩。突然，一块指甲片大小的石片从高处掉落，砸在了马万里的左手背上，他的手背顿时火辣辣地疼。这很不正常，马万里立刻警觉起来。他爬到桥上，弓着身反复查看，怀疑石片是从梁体的缝隙中掉下的。当扒开一处梁体间的道砟时，他发现用来堵挡道砟的钢板发生位移，露出一道 3 厘米左右的缝隙，道砟碎片是从缝隙中掉下的。这一发现非同小可。如果不及时处理，就会造成道砟掉落，道床塌陷，会影响行车安全。

如何能很好地防止桥梁漏砟？他开始对着那块铁板琢磨起来。片刻之后，又一"金点子"出炉。第二天，他在钢板上焊上 4 条小钢腿，将钢腿伸进梁体缝隙间，防止了钢板因车轮震动而发生位移。"马工长的'金点子'可真多，一晚上就想出一个这么好的办法，啥时候也给我们传授一下经验。"一位同事跟他打趣说。"铁路安全是大事，要想把住安全，就要多思考多琢磨。"马万里一脸严肃地回答。后来，他的这个"金点子"被推广到单位各个车间班组。

◆马万里利用模型讲解隧道结构知识（逯明　摄）

　　提起"爱琢磨"的故事，马万里曾经的女同事罗俭勤讲起一个故事。

　　那个秋天，德令哈地区的雨水出奇得多。为随时掌握水情，单位要求对每个涵洞的水位尺重新涂刷油漆，马万里将相对轻松的涂刷任务分给了罗俭勤。尽管格外认真，由于是纯手工操作，罗俭勤还是将水位尺刻度标志涂刷得长短不齐，边框线也是歪歪扭扭。马万里见状，立刻大发雷霆。一顿劈头盖脸的批评后，要求她第二天用脱漆剂洗掉重新涂刷。罗俭勤委屈得直掉眼泪。

　　"马工长干活非常细心，第二天我也特别忐忑，真不知道咋样才能涂刷好，都已经做好了挨骂的准备。"说起那次经历，罗俭勤依然记忆犹新。不料，第二天上班马万里交给她一张用医院 X 光片做的水位尺模板，使用模板后，她的涂刷很快高质量完成。

"我做梦都想不到，他还能用废旧 X 光片做出一个水位尺模板，真的太佩服他了。"时至今日，罗俭勤对马万里的钦佩依然溢于言表。

因为热爱，所以执着。马万里一路琢磨，笃定前行。

灵性的检查锤

无论是日常检查还是处理病害，马万里总是锤不离手。中途小憩时，他喜欢席地而坐，手扶锤柄闭目沉思；攀爬崎岖山路，检查隧道顶危岩危石时，长长的锤柄就是他的拐杖，助他前行；敲击检查时，检查锤又成为他延长的手臂，帮他快速锁定病害。长时间的陪伴，在他眼中，手中的检查锤仿佛有了灵性，带给他灵感，给予他发现病害确保安全的经验和底气。

2013 年 2 月的一个下午，在德令哈检查一座桥梁时，马万里接到车间打来的电话通知他已被调往兰新高铁提前介入小组，要求第二天就动身前往西宁报到。这个突然的电话，让他感到有些紧张，那时候，他对高铁、动车几乎一无所知。

"小马，把你抽调到高铁，说明工务部领导非常认可你的技术能力，你勤奋踏实，又喜欢琢磨，好好干，一定会干出成绩来。"临走时，车间主任鼓励他。

肩负嘱托与期望，马万里告别柴达木，告别曾经的同事们，只身前往西宁。到了西宁，他才知道，整个青藏铁路公司工务部门只抽调了 11

人，都是经过层层筛选的各单位技术骨干，成为其中一份子，这让他觉得肩上压力陡增。

兰新高铁是世界上一次性建成通车里程最长的高速铁路。其中青海省境内218.426公里，90座桥梁、29座隧道、140座涵洞分布其中。

"绝不能拖后腿，一定要干出个样子。"马万里一遍遍给自己打气。3个月的封闭式培训结束后，7月初，他被选为小组长，踏上兰新高铁，开始了提前介入检查。

提前介入，相当于给工程施工单位"挑刺"。走到哪里，介入小组都会遭遇冷脸，马万里却不以为意，他的心中只有安全。

2013年8月下旬的一天中午，检查到付家寨1号隧道口时，大家坐在路肩上原地小憩，马万里却站在隧道口不停抬头张望。40多天的连续检查中，他养成了一个习惯，无论检查还是休息都喜欢四处观察，脚步停下了，眼睛却一刻没闲着。

当目光转到隧道顶铭牌时，马万里察觉出一些异样，水泥混凝土做成的铭牌，有一个角微微翘起。这很不正常，他当场提出自己的质疑。

"马工，这是用专用界面剂粘上去的，怎么可能不牢固？"工程技术人员很不以为然。"粘接牢固就不应该出现翘角，高铁速度快震动大，万一掉下来砸到列车上，后果不堪设想。"马万里执意爬上架子检查。谁知，他轻轻一敲，整个铭牌"哗啦"一下全部掉落地面。工程技术人员当场傻眼。此后的检查中，马万里共检查出12处隧道铭牌质量隐患，都被一一更换处理。

每天晚上，马万里回到宿舍，对白天的检查情况进行梳理，将查找出的病害进行归纳分类，仔细研究病害的个性、共性和原因。他将不同的敲击声用手机录下来，一遍遍回放。反复的聆听辨认中，敲击声逐渐具象化，他慢慢练就了通过声音判断衬砌病害的"硬核"本领，捕捉病害的"眼功"也飞速提升。

有天晚上，隔壁宿舍的张宏德总觉得有人在敲门，几次开门却见不到人影。他有些纳闷，便推开了马万里的门。让他诧异的是，敲门声竟然是从马万里的手机传出，而他竟然闭着眼听得津津有味。"别人拿手机听歌听故事，你却在听锤声，马哥，我真佩服你。"张宏德笑着摇头走出去。

2013年9月，在检查到付家寨3号隧道一段墙腰时，马万里发现，一片光滑的隧道壁上有几条细若发丝的不规则裂纹，若不细看很难发现。直觉和经验告诉他，边墙里面极有可能存在病害。

"这段边墙里面有病害，需要敲开处理。"马万里对身后的工程人员说。身后六七个人，你看着我，我看着你，没有一个人接话。

"这段边墙里面有病害，需要敲开处理。"马万里提高嗓门，口气坚定，不容商量。

"马工，这边墙光滑平整，怎么会有隐患？再说我们全程都在严格监督施工质量，不会有问题的。"工程总工的口气带着明显的抗拒和不服气，并没有敲开检查的打算。

见没有人动手，马万里拿起检查锤，对着裂纹开始敲击。

手起锤落。一下，两下，三下……敲击声在隧道两壁间撞来撞去。所有人都屏住了呼吸，目光紧随着马万里的检查锤，那把小小的锤头，突然承载了两种截然不同的期待。当敲到六七下时，隧道壁的素灰浆开始成片掉落，一个盘子面大小的混凝土蜂窝赫然出现眼前，在场的工程人员被惊得面面相觑。

"马工，你太神了，你是怎么判断里面有蜂窝的，刚才我们都替你捏了一把汗。"介入小组的小孙偷偷问马万里。

"经验是慢慢积累来的，多用心、多观察、多总结，就会有经验。"马万里回答。那天，他又陆续指出6处隧道隐匿病害，每次判断都准确无误。

"马工，你这哪是检查锤，分明就是一把金锤呀。"检查结束后，那位总工拉着马万里的手红着脸说。"马金锤"的绰号从此不胫而走。

许多同事的潜意识里，桥隧工程质量靠高端的科技就能测试出来，但马万里认为，桥隧病害需要经过人工仔细排查才能放心。正因为这种

◆ 马万里在下沈家隧道对隧道拱顶病害进行敲击确认（马正俊　摄）

执着，他克服了常人难以想象的艰辛。在 200 多公里的高铁线上，他手握一把检查锤，爬上荆棘丛生的山顶，下到泥泞湿滑的河谷，每天平均检查十几公里，脸上手上常常被划出道道血印，衣服经常被划开口子，他 3 天就能穿烂一双袜子，两个多月磨坏一双防滑鞋，妻子曾笑着向他打趣："你这是脚底长牙了。"

熟能生巧。慢慢地，马万里发现，表象正常的衬砌病害，敲击时发出的声音却有着明显的区别。有时像"梆梆梆"的敲木板声，有时却像"咚咚咚"的敲鼓声，响声不同，病害所呈现的形式也完全不同。"金锤"在手，他就像一个不知疲倦的陀螺日夜旋转，桌上的记录本越摞越厚，头脑中的经验越积越多。

同年 10 月，检查大阳山隧道，有一次，马万里发现一段拱腰处有两条直线裂纹，他立即叫来施工人员。"这个我们已经处理过一次，里面又重新填充了 106 袋水泥，不会有病害存在。"施工单位一位副经理自信满满。

"那说明处理不够彻底，里面衬砌有夹层，要不怎么会出现裂纹。"马万里依然坚持自己的判断。

"那我们打个赌，我赌里面正常，要是输了，我就住到隧道口，天天陪着你检查，你要是输了，以后遇到这样的细小裂纹，你就不要怀疑工程质量，给我们大开绿灯。"僵持不下时，副经理突然提出这样一个怪诞的要求，他的提议让大家深感意外。

"好，一言为定，我来敲你来看。"马万里语气铿锵地回应。众目睽睽下，两人互拍手掌。等架子搭好，马万里三两下攀到上面，举起锤砸向隧道拱腰，"咚咚咚"的空鼓声立刻响彻隧道。

"这处病害依然存在，不能销号。"马万里大声说。

"光凭声音，不能你说有就有吧。"副经理依然不服气。

"凿开看看不就知道了。"马万里的语气更加笃定。

无奈之下，副经理让工程人员拿来电镐，在拱腰处凿开一个碗口大小的口子，里面果然存在粉煤灰混凝土夹层，副经理输得心服口服。

"介入检查，就像给工程质量加上双保险，有的时候，机械施工会留下一些难以察觉的隐蔽病害，所以检查要更加仔细。"马万里说。

"马工，你真是太神了，太让人佩服，以后我们要更加仔细。"副经理对马万里说。他兑现承诺，搬来一张简易床，在隧道口住了10多天，天天陪着马万里，直到大阳山隧道检查结束。

2014年12月26日，我国西北首条高速铁路兰新高铁开通运营，甘肃、青海、新疆同步迈入高铁时代。那天黄昏，祁连山下雪花飞舞，马万里静静站在门源站站台，望着第一列高原"和谐号"动车组飞速驶过时，他思绪万千，再次感受到手中检查锤沉甸甸的分量。零下20摄氏度的严寒中，望着列车远去的方向，他站了很久很久，兰新高铁的顺利开通，有他400多个日日夜夜的艰难跋涉和付出，那一天，他感到无比自豪。

从考生到考官

考试是知识检测与查漏补缺的双重奏。上班至今，马万里参加过大大小小的各类考试近千次，每次成绩从未低于90分，是单位有名的考试"达人"。

"考场就像战场，是对个人技术水平的一次检验，从考试中能学到不少东西，所以考试也是一种享受。"对于考试，马万里有着自己的见解。每次考试时，他只带着一支笔，从容进出考场，一副成竹在胸的样子，让别人羡慕不已。

"我们都害怕考试，师父他却喜欢考试，真的非常佩服他，这跟他长年累月的学习积累是分不开的。"徒弟赵松山这样评价马万里。

其实，刚上班时马万里也对考试心存恐惧。第一次参加单位技能竞赛时，他紧张得一连几晚都睡不着觉。工长看出了他的焦虑，把他叫到宿舍鼓励他："心里有规章，考试不用慌，你平时学习刻苦，干活也认真，我们都看好你，不用紧张，这次考不好，下次再来。"工长的话让他的压力一下子释放大半。

但比赛还是略有遗憾，实作考试时，因为一个小小的疏忽，马万里以微弱的劣势屈居全段第二，他的遗憾是因为疏忽了对工具质量的考前检查，考官故意弄松了铁锹头，以考查考生的标准化作业水准，马万里刚拿起铁锹，铁锹头"当啷"一声直接掉到地下，这令他懊恼不已。

铁路安全建立于严格的标准之上。那场比赛让马万里明白了细节和标准对于安全的重要性。从那以后，每天早晨，他都第一个起床，对工区当天所用的各种工具材料进行细致的检查，年复一年，雷打不动。

人才强企，培训先行。2013 年年底，青藏铁路公司开始在整个高原铁路选拔各工种兼职教师，经过层层推荐和考核，马万里被评为桥隧专业兼职教师，一年以后，他以专业第一名的成绩受聘为"金牌讲师"和职业技能等级认定高级考评员，成为职工公认的考官，一次次走向讲台，

◆ 马万里对青年职工进行现场教学（袁超 摄）

走进考场，为职工们答疑解惑，指点迷津。

师者，学而不厌，诲人不倦。在给职工讲授专业知识的同时，马万里也从未间断自己的学习，授课中，他将职工提出的各种专业难题悉数记录下来，一起研究，一起学习，在亦师亦友的轻松氛围中汲取经验，收获知识，他的专业技能和授课水准也日渐精湛。2016年，他被聘为青藏铁路公司桥隧专业"首席技师"。此后，每一次桥隧专业技师、高级技师考试考评，他都以主考官的身份坐镇考场。

2017年，马万里前往西南交通大学，接受为期一个月的专兼职教师培训。高校浓浓的学习氛围和授课老师广博的专业知识让他更加意识到自己作为一名铁路兼职教师的业务欠缺。他如饥似渴，就像一块海绵疯狂吮吸企业职工培训知识技能。

培训结业仪式上，十几个铁路局集团公司组成 6 个小队，以"对战"的形式向学校汇报培训成果。作为"天山梦之队"的代表，马万里用影像视频、思维导图、虚拟技术模拟隧道病害等方法，声情并茂讲解他提炼的隧道衬砌"四字检查法"，博得全场潮水般的掌声，团队最终获得第二名，他的成绩与第一名的专职讲师只差 0.1 分。讲课规定时间为 10 分钟，他在 9 分 58 秒时的精彩收场，更是让团队集体呐喊尖叫。

"马老师，您讲得太精彩了，您的课件内容，可以进一步细化，作为硕士研究生的毕业论文。"一位评委老师对他的讲课予以高度评价。

从考生到考官，改变的是角色身份，不变的是责任和初心。当一次次站在讲台、考场上，面对一张张年轻的脸庞时，马万里感觉到另一种沉甸甸的责任，他把这种责任融入到每一次备课、每一次出题、每一次阅卷中，时刻提醒自己精益求精，不差分毫。这次讲课分析什么病害？下次考试抽选哪些试题？他都在仔细斟酌、精心挑选。这是孜孜不倦的专业追求，更是一个师者敬畏安全传道授业的职业情怀，将引领更多人在呵护铁路运输安全的道路上前赴后继。

"年轻人理论知识丰富，缺少的是操作经验，我要将自己所学的专业知识全部传授给他们，他们的整体素质跟上去了，安全就有了保障。"采访中，马万里朴实的一句话让记者钦佩不已。

2023 年，在监考一场技师实作考试时，一名年轻小伙高傲的神态引起马万里的注意，小伙子看似认真，但手下动作漫不经心。马万里经侧面打听，了解到小伙子为一所 985 院校毕业的高材生，每次考试成绩都很优秀，但工作中有些浮躁。

"你的速度可以更快一些，但你为什么要浪费时间？"马万里质问正在检查涵洞顶部的小伙子。

"我觉得这样的考试太过简单，缺乏考试本身的挑战意义。"小伙子面无表情地回复他，这让马万里既惊讶又好奇。

"什么样的考试才具有挑战性？要不咱俩换个方式，你来考我来答！"马万里面带微笑看着小伙子说。更令他没想到的是，小伙子竟一下来了兴致，且很快随口抛出一道题："涵洞顶部产生裂纹的原因是什么？"说完，他目光灼灼地盯着马万里。

"主要是涵洞顶部受到不均匀的压力，以及表面填土和火车荷载导致的纵向裂缝，其危害程度要看裂缝的宽度和长度以及裂缝发展情况来确定。"马万里对答如流。小伙子眼神闪过一丝紧张。

"现在我来考考你，涵洞该不该有伸缩缝？"马万里依然微笑着问。

"不该。"小伙子声音怯怯地回答。

"错，涵洞不仅有伸缩缝，而且伸缩缝可使涵洞构件在温度变化时能自由伸缩，避免因热胀冷缩产生的应力导致涵洞出现裂缝，从而延长涵洞的使用寿命。"马万里盯着小伙子，目光定定地说，小伙子不敢直视他，低下头，双腿明显有些发抖。

"要记住，铁路安全不允许有丝毫的骄傲和自满，要认真对待任何一次考试。"马万里严肃地说道。小伙子面红耳赤，接下来的考试，他的每一步都极其认真。

马万里的手机里保存着一张特别的照片，这张照片也是他的手机屏保。照片中，蓝天白云下，在一个隧道口，马万里被一群小伙子簇拥在正中间，他手执检查锤，眼神略显疲惫，与别人不同的是，他的胸前挂着一个小氧气瓶，鼻孔里还插着一根氧气管。

那是 2024 年 3 月初，马万里前往拉林铁路给拉萨基础设施段的职工讲授隧道衬砌检查技术。刚到拉萨时，严重的高原反应像一把利剑刺痛着他的心肺和大脑，他克服恶心呕吐、胸闷气短等身体不适，带着氧气瓶，一连 7 天到现场给职工授课，他的坚持感染着在场的每一个人，职工们对他钦佩不已，而这已是他第三次前往高海拔地区现场授课。

2024 年 4 月底，一场别开生面的网络视频课火热进行中。课堂设在西宁，授课的是马万里，而听课的数十名学生却都在千里之外的拉林铁路。一个个问题通过网络传递过来，马万里一一详细解答。在学生们的强烈要求下，原本 1 个小时的讲课时间硬是被延长到 3 个多小时。担任兼职讲师以来，马万里奔赴格尔木、拉萨、德令哈等地，先后为 3000 多名大学生进行线下线上和现场授课，他的"学生"遍布高原铁路。

"道阻且长，行则将至。每天记住一点点，每天进步一点点。"这是马万里写在一本学习笔记扉页上的一句话，征途漫漫，他时时刻刻勉励自己。

"工人发明家"

充满奇迹的年代，发明创新的火花，不仅仅局限于实验室和研究所，同样闪烁于普通人的日常思考。

2017年10月，以马万里名字命名的"万里工作室"成立，以精心是态度、精细是过程、精品是成果为理念，开始集体攻关和创新发明。工作室的成立，为马万里提供了一个绝好的实践平台，他如鱼得水，尽情遨游于自己的创新发明世界且乐此不疲。

走进万里工作室，映入眼帘的是正面墙上"凝心聚力促发展，锤炼'金锤'保安全"14个大字，这是工作室的精神，也是团队握手成拳、勇毅前行的集体追求。环顾四周，展示台上整齐摆放着桥梁新型支座平面位移测量卡尺、自动排水栅栏、声屏障吸声板防脱装置以及各种QC成果手册，而这些，大多出自马万里之手。

2019年5月，工区管内发生一起水透路基的病害，经检查，为村民春灌时灌溉渠过水笕子被杂物堵塞所致，如发现不及时，会产生影响行

◆马万里利用模型讲解桥梁结构知识（逯明　摄）

车安全的严重后果。

　　为什么会发生堵塞？对着那个过水篦子，马万里陷入深深的思考。拆除水篦子，加大水篦子孔径……他不停假设，然后不停否定自己脑海中闪过的解决方法。因为那样虽然能防止堵塞，但村民的家禽、野兔甚至小孩就可能进入线路，结果会适得其反。连续几天蹲点观察后，他依旧百思不得其解。周末带着问题回到家，马万里依然思虑重重。临上班的头天晚上，正在做饭时，对着厨房呼呼作响的抽油烟机，他突然脑洞大开，大喊一声"有了"，便放下手中的锅铲，火急火燎地冲进书房，在纸上画起来。妻子被他的怪异行为吓了一大跳，也急忙跟进书房。

　　"有了，有了！"他拿起一张纸对着妻子说。但妻子依然一脸蒙。片刻之后，她才听明白，马万里是受抽油烟机止逆阀的启发，想制作一款自动排水栅栏。

　　"大喊大叫的，连做饭时都想着工作，你简直就是'神经病'。"妻子轻声叨咕，无奈地回到厨房操起锅铲，她知道，这个时候，不弄出个子丑寅卯来，马万里是不会停手的，那晚，他写写画画直到凌晨。

　　想法成为实践，绝非一蹴而就。回到工区，马万里着手准备。他将自己画的草图交给工作室电脑技术好的两名大学生，按照排水渠的断面尺寸，做成 CAD 样图和效果图。两天后，一款用钢筋做骨架、用铝合金板为叶片的自动排水栅栏问世。马万里急不可耐地拿到现场实验。安装完成后，叶片随着水流自动开合，原有过水篦子容易堵塞的隐患被彻底消除。

　　2020 年 10 月，马万里接到段技术科的电话，告诉他自动排水栅栏可以尝试申请国家专利，让他完善一下相关资料。

自己的发明可以申请国家专利，这是马万里做梦也没想过的事情。完善完毕，他怀着忐忑的心情将自动排水栅栏所有资料寄给了西安一家专利公司。3 天后，他得到专利公司的答复，自动排水栅栏创意和效果均非常优秀，在全国尚无同类产品，而且可同时申请实用新型专利和发明专利。2021 年 6 月和 2024 年 8 月，自动排水栅栏获得国家实用新型专利和发明专利，马万里成为单位公认的"工人发明家"。

"能被大家称为'工人发明家'是一件很幸福、很荣光的事情，自己发明的专利能服务于铁路安全，我觉得非常自豪，我要带动工作室成员，争取以后每年发明一项专利。"采访中，谈及自己的专利，马万里一脸自信。

智慧敲开创新发明之门。在一次桥隧设备例行检查中，马万里发现一处桥梁声屏障吸声板存在晃动现象，若长期受列车或自然风的风压影响，将会导致吸声板脱槽，影响行车安全。

回到工区，马万里反复研究声屏障结构，琢磨着如何消除这个病害。有一天，他在库房准备材料时，看到料架上的几根槽钢，随即萌生一个大胆的想法——加长槽钢翼缘，牢牢挡住吸声板。他的想法很快付诸行动，一款声屏障吸声板防脱装置很快做成。为了验证装置实用性、安全性，他联系兰州交通大学专家进行了专门的荷载分析和风压试验。

"这款装置各项参数全部合格，完全满足兰新高铁 250 公里时速动车的运行条件。"有一天，专家打电话告诉马万里，这一消息让他振奋不已。

有了上次的专利申请经历，这一次，马万里毫不犹豫将声屏障吸声板防脱装置发给了另一家专利公司。几个月后，他再次收到专利公司发来的实用新型专利证书，看到证书的那一刻，工作室沸腾了："马师傅发明的专利真的太给力、太实用，解决了安全大问题。""我要向马师傅看齐，将来也要发明专利。"大家七嘴八舌表达着各自的兴奋。"发明专利其实并不难，只要肯用心，大家都能发明专利。"马万里鼓励工作室成员。

用发明创新定格新时代的精神坐标。上班以来，马万里研究发明各种工具、工作法等15项，万里工作室成立至今，已攻克15项技术难题。其中，有4项QC攻关发明获青海省优秀质量管理小组技术成果奖，有3项QC攻关发明获全国铁道行业优秀质量管理成果奖，工作室培养出的3名高级技师、8名技师、24名高级工，分散于全段各车间班组，成为保障铁路运输安全的中流砥柱。2020年，万里工作室被青藏集团公司评为"党内优质品牌"，在雪域天路上继续书写一个个传奇。

条条桥隧通南北，天堑变通途。绵延不绝的钢铁大道，记载着马万里几千个日日夜夜的艰难跋涉，映射着他干一行、爱一行，钻一行、精一行的不懈追求。

"土专家"著书立说

2014年10月，马万里前往北京接受兰新高铁开通前的静态验收评审，评审会上，铁路各系统各专业教授专家云集，参会人员名单上，马万里是唯一一名工人。

评审开始，专家看着静态验收问题库抛出各种严苛刁钻的问题：这个预应力混凝土简支箱梁内的顶板横向裂纹如何处理？这处隧道边墙砂线隐患怎么消除？这里的隧道衬砌纵向、横向裂纹如何整治？马万里举手一一对答。

"你的回答很精彩，问题库也建得很详细，看来你们是做了大量的前期功课。"专家对马万里的表现予以了充分肯定。评审顺利通过，为兰新高铁的如期开通运营提供了有力支撑。

鲜为人知的是，静态验收问题库是马万里亲手建立的，里面的数百个病害是他和同事不分昼夜，一个个检查又督促整治过的。每一个病害、每一项数据，都凝结着他夜以继日的心血与汗水。

"小马，你今天的表现堪比专家，你就是一个名副其实的'土专家'呀。"评审结束，有一名教授夸赞马万里。从此，他又有了一个"土专家"的称呼。

马万里生性沉静，他从不打游戏、不打麻将、不喝酒，也很少应酬。一个人的时候，他总是习惯性点上一支烟，摊开一本书，静静沉思。汹涌的思绪中，有他对铁路桥隧事业炽热的爱，浓浓的情，以及矢志不渝的孜孜追求。

检查工区担负着兰新高铁青海管内所有桥隧涵设备的检查任务，他们将每次检查出的病害及时反馈到各个维修工区整治，然后进行复核销号，实现病害的闭环管理。

在兰新高铁检查验收阶段，马万里发现，许多病害有着相同的特征，按惯有的检查方法，存在很大的盲目性。经过对隧道不同病害表象、原因、特征及后果的分析研判，他将隧道衬砌病害分为八大类36种，总结提炼了看、敲、听、诊隧道衬砌病害"四字检查法"，在高原铁路推广运用。

兰新高铁开通不久，部分隧道出现漏水病害，反复整治后效果却不尽如人意。经过对现场整治方法过程以及所用材料的分析，马万里发现，问题的根源为整治方法不当所致。他对管内隧道地质结构、地区近3年降水情况以及近两年漏水点进行了大量的统计分析，总结出一套隧道漏水整治勤观测、多分析、勤疏通、降水压、少打孔、短开槽、早引排、堵裂缝的隧道漏水整治"八步法"，为兰新高铁青海段的安全运行提供了保障。

"此前我们检查处理隧道漏水病害时，只是从隧道内缝缝补补，根本没想到漏水有地表水和地下水之分，自从有了马师傅总结的'八步法'，

◆ 马万里在隧道里为职工讲解"四字检查法"（逯明　摄）

每次处理我们都会有的放矢，工作效率有了很大的提高。"同事对"八步法"赞不绝口。

所有的积累沉淀，都会在未来某个时刻升华。2018年5月，在一次单位组织的培训中，大通西高铁路桥工区工长向他吐槽："工区没有一本专门的高铁桥隧作业指导书，一些新设备的日常检查没有参照标准，职工作业存在随意性和盲目性。"

听到这里，马万里很受触动，责任心促使他找到了单位主管领导："我想编写一本高铁桥隧工作业指导书，希望领导给予帮助支持。"

"你来得正是时候，现在段上马上要搞标准化建设，正准备抽调你来编制高铁桥隧检查作业指导书呢。"领导高兴地说。

然而，对工人出身的马万里来说编写一本完全专业化的作业指导书，困难重重。他查阅资料、多方求教，历经10天，搭起了作业指导书的框架结构，40天后，一本《高速铁路桥隧工作业指导书》终于编写完成，受到单位领导和同事们的高度评价，并被快速分发到单位车间班组，成为一线职工检查桥隧设备的工作指南。

再次遇到大通西高铁路桥工区工长时，他不停地夸赞马万里："马工长，你太了不起了，你编写的作业指导书太实用了，我们现在严格按照指导书标准作业，工作效率比以前提高不少。"

然而，把经验凝练成"书"，绝非40天那样轻描淡写，其间，马万里经历了排版布局、流程分类、标准参考、可视图拍摄、风险项点划分等一系列难题。面对困难，他坚韧不拔毫不气馁，打电话给高校专家，求教框架布局。向儿子"拜师"，学习排版技巧，他艰难地跨越一个个技术壁垒，最终抵达成功的彼岸。

借助《高速铁路桥隧工作业指导书》的编写经验，马万里趁热打铁，将"四字检查法"和"八步法"重新进行了细化分类，他牺牲节假日和业余休息时间，历时一年4次修改，编写完成了《隧道衬砌病害检查手册》，手册被推广到一线车间班组，为高原高铁的安全畅通保驾护航。

"授人以鱼不如授人以渔，作为一名老职工老党员，总想为年青一代留下点什么，这样将来退休也不会觉得遗憾。"采访中，马万里的这句话让人动容。

安全生产，永远在路上。在西宁工务段，每一个桥隧重点病害，都被收纳于万里工作室写实台账中，以便进行统一化、精细化管理，而每个台账的编写制作都由马万里牵头完成。为收集现场第一手资料，他忍受着严寒侵袭，曾连续10个多小时在隧道内观察病害变化，也曾连续100多天全程盯控病害整治流程，他的电脑里储存了数万张他为制作台账亲自拍摄的各类照片，每一个台账都为总结病害处理经验、开展职工培训、改进工作方法，提供了宝贵的借鉴依据。

不以规矩，不能成方圆。铁路不同的工种、不同的设备都有着不同的工艺工法标准。被称为铁路"咽喉"和"命脉"的铁路桥隧，其设备的检查检修，同样有严格的标准加持。为确保作业标准不打折不走样，2023年，马万里完善了针对桥隧设备检查、病害处理的工艺工法，有效提升了现场劳动力组织、质量控制、安全卡控的标准化规范化水准。

积水成渊。多年的授课生涯中，马万里制作的25个各类课件都成为高原铁路高铁桥隧专业职工培训不可或缺的授课资料。他撰写发表专业论文 3 篇，其中《高速铁路声屏障吸声板防脱装置研究》一文发表于《甘肃科技》，《插板式非金属声屏障复合吸声板晃动病害整治研究》发表于《青藏铁道》，《高原隧道渗漏水病害整治的思考》一文被收录于《青藏铁路开通运营 15 周年论文集》，他执笔的课件、检查手册、作业指导书、论文等字数超过 13 万字，这些紧接地气、冒着热气的文字，无一例外反哺着铁路安全，成就了他在平凡岗位上的不凡传奇。

2024 年年底，高原铁路提出"80+20"职工培训理念，要求各系统、各专业编写一套紧贴现场实际，包括 80 道理论题、20 道实操题的《职工岗位必知必会培训手册》，高铁桥隧专业必知必会培训手册的编写任务，自然而然地交给了马万里。他再次开启了挑灯夜战、冥思苦想的编书工作模式。

曾有同事问马万里："作为一名普通桥隧工，你牺牲自己的休息时间，编写那么多的资料手册，图的是什么？"

"不图什么，我只是喜欢桥隧工这份工作。"马万里淡淡回答。

有一首诗这样写道：为什么我的眼里常含泪水，因为我对这片土地爱得深沉。同样，扎根高原这片热土，怀揣对铁路桥隧岗位的无限挚爱，马万里披星戴月、倾情奉献。

幸福的港湾

家，是幸福的港湾，是心灵的归宿。马万里有一个幸福的三口之家，妻子善良体贴，儿子懂事上进。

妻子王红春退休前是一名护士，两人的相识相恋缘自马万里的一次重感冒。

那是1999年的冬天，一向健康少病的马万里却被一场突然的感冒彻底击倒。无奈之下，他只好到德令哈铁路卫生所就诊，接连两天，给他打针换药的正是王红春。趁着给他打针的工夫，马万里从王红春的胸牌上记住了眼前这个开朗爱笑、大大咧咧的女孩的名字，也由此开始了他们一生中最珍贵、最纯情的初恋。

光阴似水。没有花前月下的浪漫之约，没有山盟海誓的郑重承诺。日子在平平淡淡中一天天悄然划过，如今，两人都已跨进知天命的年龄门槛。虽事过境迁，但第一次互相敞开心扉时说过的话，两人依然清楚记得。

"我可不会做饭，你不会嫌弃我吧？"二十几年前的那个黄昏，王红春问马万里。

"我做饭特别好吃，而且喜欢做饭，以后你不用下厨，我天天给你做饭吃。"马万里紧接着回答。

也因为这句话，他对妻子一直心怀愧疚。由于铁路工作的流动性，结婚后，马万里辗转于离家几百公里外的几个工区，工作忙时，一连两个多月回不了一趟家。儿子出生后，家庭的一切重担全都落到了妻子一个人的身上。当初的"天天给你做饭吃"成了一句永远无法兑现的空头许诺。短短几年下来，妻子也练就一手好厨艺，家里人来客往时，她轻轻松松就能张罗出一桌好菜。但这种进步和改变让马万里更加心疼和内疚。

人间烟火味，最抚凡人心。只要休息回到家，马万里就承包了所有的家务活，他不让妻子进厨房，一日三餐从不重样，变着花样给娘俩煎鱼、卤排骨、氽丸子、拌凉面，他用自己的双手烹饪出最浓最香的人间亲情，尽量弥补自己为人夫、为人父的家庭角色缺失。

夫妻之间，包容是爱的升华。儿子 3 岁多时，妻子带着儿子来到工区探望马万里，那是她唯一一次来到丈夫工作的地方，为了给丈夫一个惊喜，出发前她没有告诉马万里。

然而，当她和儿子出现在工区时，一身油漆、油泥的马万里让她不敢相信自己的眼睛。她没想到，回到家酷爱干净、一身利落的丈夫，工作时竟是这般模样，她知道沿线条件恶劣，也知道工务工作非常辛苦，但丈夫工作的辛苦程度远超她的想象。儿子显然被马万里的样子吓到，他"哇"的一声躲到妈妈身后不敢看爸爸。马万里有些无所适从，他摸着后脑勺，立在原地，对着妻子憨笑。王红春却"吧嗒吧嗒"掉起了眼泪。从那以后，她更加理解和包容丈夫，马万里上班时，她不再给他讲家里和单位不顺心的事情，她不想给丈夫更多的压力。

铁路点多线长，离多聚少成为无数铁路夫妻的生活常态。由于长年在外奔波，儿子从小到大，马万里多次错过儿子的生日和家长会，也错过了儿子的成人礼。

有一次家长会让马万里终生难忘。那次，他碰巧休息在家，妻子头天就叮嘱让他准时参加。来到学校走进教室，他却找不到儿子的名字。老师问他孩子是几年级几班，他竟一时语塞，回答不出儿子的班级，引得一教室家长哄堂大笑。他红着脸走出教室给妻子打电话询问，被妻子一顿数落。当他气喘吁吁跑到儿子教室时，家长会早已开始，儿子正红着脸站在门口焦急地等他，很显然，他已经被班主任责问。

"你太过分了，哪有你这样当爸爸的，连我的班级都能记错。"回去的路上，儿子第一次对他大吼。马万里自知理亏，他不停地向儿子道歉："对不起，爸爸真不该忘记你的班级，是爸爸的错。"那时儿子已上初二，他却跑到了印象中的初一教室。

缺失的陪伴成为无法弥补的遗憾，映射着许许多多铁路职工的亲情牵挂。一年当中，马万里绝大多数时间在沿线奔波，参加设备的日常检查、春检、秋检、专项整治等，忙碌中，他着实忘记了儿子的班级。

人间最美的风景在远方。结婚的时候，马万里就知道妻子一直向往旅游，但因两人都忙于工作和照看孩子学习，一家三口的第一次旅游，一直拖延到儿子考上大学。他们的旅游目的地是江西南昌，儿子大学所在地。

一路上，一家人欣赏着窗外美景，享用着马万里精心准备的美食，追忆着儿子点点滴滴的童年趣事，陶醉于至亲至爱的亲情世界，共享醉人的天伦之乐。

来到江西，他们去了庐山，看了"飞流直下三千尺"的庐山瀑布，登上了"江西第一楼"滕王阁，一起品读那首流芳千古的《滕王阁序》，来到了红色记忆殿堂南昌八一起义纪念馆，感受波澜壮阔的革命岁月。离开儿子前，一家人又一起看了一场风靡当年的电影《流浪地球》。在电影院，妻子靠着马万里的肩膀轻声说："一家人在一起的时光真好，但真是太少太短了。"马万里没有言语，只是紧紧地握住了妻子的手。

在马万里的后脑勺，一条 10 厘米左右的肉色疤痕有些触目惊心，那

◈马万里生活照（杨帅　摄）

是疾病强留给他的身体印记。

2023 年 3 月中旬开始，马万里觉得脑袋有一种隐隐的压迫性疼痛，几天后，他的后脑勺长出一块指甲片大小的肿块。由于当时正值设备春检，作为工长他无法抽身，便没太在意。等春检结束时，短短一个多月，肿块疯长了近一倍，疼痛也更加剧烈。妻子连说带骂拉着他来到了西安唐都医院。诊断的结果是头部皮下孤立性纤维性肿瘤，且部分细胞增生活跃，必须立即手术，他一下子陷入紧张。

"不怕，有我在，一切都会好起来。"病床前，妻子一遍遍鼓励马万里。

手术结束后，马万里的四肢都被挂上点滴，妻子寸步不离病房，给他喂水喂饭、接屎接尿。看着妻子日渐消瘦憔悴的面容，马万里的心里充满愧疚，他暗暗发誓，以后要加倍疼爱妻子以报答这份相濡以沫的亲情。

爱能创造奇迹。在妻子的精心照顾下，马万里的身体迅速康复，7 天后，大夫告诉他，他已完全康复，当天即可出院。那一刻，夫妻俩喜极而泣。

回到工区，马万里又一心扑到工作中，开始没日没夜地检查设备、制作课件、远程授课，他想把生病期间耽误的工作全补回来。

11 月，马万里的左乳出现间歇性刺痛，这一次，他未敢大意，感觉不适，便来到青海省第五人民医院寻医检查。结果是血管脂肪瘤，同样需要立即手术。医院的诊断，让夫妻俩再次陷入忐忑。

幸运再次眷顾马万里一家。他的手术非常顺利，只短短 5 天，他便康复出院，再次投身到心心念念的工作中。担心自己的身体影响到工作，他主动辞去工长职务，放下琐碎繁杂的班组管理，将更多的时间和精力投入工作室的技术创新和新人培养方面。

高原的春天，总是偷偷躲藏在白雪之下。春节期间，西宁又落下一场小雪。回到家，每日晚饭后，马万里和妻子手拉着手，沿着灯火璀璨的马路相伴而行，温馨的情愫萦绕心间。岁月悠悠，爱意如初，执子之手，与子偕老。风传递着春的消息，雪反射着温暖的光芒，咯吱作响的脚步声，洒下一路幸福。晚风拂面，摇曳的灯光将紧紧依偎的两个身影拉得很长很长。

一切都好美！

王中美

美丽的弧光

——记中国中铁高新工业股份九桥工程公司
电焊工王中美

▶ 张妹妹　曹　雪

2023年8月14日，巢马城际铁路马鞍山长江公铁大桥工地一片繁忙。这座世界在建最大跨度三塔两主跨斜拉桥的3号主塔，在这一天将完成最后一节段钢塔吊装，进入关键的焊接工序。

这无疑是一项具有极高挑战性的作业，钢塔柱结构复杂，使用的是500兆帕高强度钢，钢板厚，焊接难度大，而且作业点在江面上空，空气湿度大，稍不注意湿气就会影响焊接质量。工程业主方和多家单位反复商量，必须请一名焊接技术高手来完成这项艰巨任务。最后，这一重任落在了中铁九桥电焊工王中美肩上。

王中美来到焊接现场，头戴安全帽，拿起焊枪和面罩，乘坐一段电梯后，稳健地顺着塔身攀爬，爬一段，歇一歇，顺利到达百余层楼高的塔顶。

想不到天公不作美，王中美刚要开始作业忽然刮起了大风，她的工装被吹得猎猎作响。王中美不慌不忙，定住心神，有条不紊开始了作业。先是立好挡风罩，然后屈膝半蹲，身体微微前倾，开始对钢塔柱焊接部位进行打磨、预热、除湿，这样可以防止变形、避免焊接时产生气孔。接着，她熟练地调好电流电压，左手稳稳地握住面罩，右手轻轻调好焊枪的角度和位置开始焊接。只见她手腕灵活转动，目光透过防护镜片，敏锐捕捉熔池的每一丝细微变化。焊枪与钢塔柱接触，发出"嗞嗞嗞"的声响。焊花飞溅，璀璨夺目。她焊接的频率特别稳，呼吸与送丝节奏同步，焊枪匀速前移，熔滴精准铺展。焊缝在她手下逐渐成形，光滑而平整。

约 3 小时后，她移开面罩，看着这条焊缝像打量着自己的孩子，露出满意笑容。此时，全身已被汗水浸透，直到一阵江风吹来，她才感到一丝凉意。休息片刻，她又继续焊接了……

24 小时后，焊缝冷却稳定，经第三方超声波无损检测，一次性合格率达到 100%，验收一次通过！大家击掌相庆，为王中美点赞！

如同书画家对线条的锤炼，衡量焊工的终极指标就是焊缝。焊缝不仅要好看，关键是要达到技术要求，100% 经得起检验。参加工作 24 年来，王中美苦练焊接技术本领，深耕焊接技术领域，从一名电焊工学徒练成了技术好、业务棒的焊接高手，成了媒体记者口中的"大国女焊将"。

她先后参与 60 多座国内外一流桥梁建设，获 20 余项国家专利，光荣当选为党的十九大代表、中国工会十七大代表，获"全国优秀共产党员""全国劳动模范""全国五一劳动奖章""全国技术能手""中国好人（敬业奉献类）""最美铁路人"等荣誉。

如今，王中美这个名字已与中国桥梁建设的辉煌历史紧密相连，她的青春正如同那焊枪点亮的一道道美丽的弧光，在事业的天空熠熠闪光。

追"光"的女孩

王中美的父亲王全亮是一名电焊工，曾在铁道部大桥工程局船舶管理处工作，这家单位就是中铁九桥的前身。他年轻时参与了著名的九江长江大桥工程建设。这座大桥是我国继武汉长江大桥、南京长江大桥之后的第三座里程碑式的桥梁，也是当时中国最长、工程量最大的公铁两用大桥。

1981年出生的王中美从小就爱听父亲讲建大桥的故事。她仰着小脸，眨着好奇的大眼睛问父亲："那些高大的钢梁是怎么焊接在一起的？"父亲告诉她："组装钢梁，有的是铆，有的是焊，里边都有不少学问哩……"对父亲讲的这些大桥故事，小中美总是听得格外入神。

王中美的家在长江畔，她从小和母亲生活在江北岸的湖北省黄梅县老家，父亲工作在位于江南岸的江西省九江市。一江两岸，一边住着她和母亲，一头连着对父亲的惦念。

小时候，王中美少有女孩子的娇柔文静，是个假小子一样爱跑爱跳的疯丫头。她喜欢上树爬高，喜欢在河溪里面逮鱼捉虾、在田间地头捉蚂蚱、推铁环、用弹弓打鸟……在她看来，男孩子能做的事女孩子一样可以做到。

由于父亲长期在外工作，家里的农活自然落在了母亲肩上。王中美自小懂事，无论放学后、周末还是寒暑假，有空她就帮母亲下田干活，放牛、挖红薯、插秧、割稻子……她干起来像个小大人，不仅能吃苦，而且心灵手巧，忙完农活，还学着做织手套等女红活计。她一针一线地编织，甚至常常忘记了吃饭和睡觉，那些五彩线编织出的好看花纹，就像少女心中梦想的色彩。

在九江长江大桥建设的日子里，父亲为了解决钢板厚焊接不易等难题，不得不减少回家探亲的次数，经常住在单位。那时，王中美常常站在江边守望着父亲归来，浮想联翩，想象着父亲工作的情景。

难得盼到父亲回家的日子，小中美像个跟屁虫追着父亲左瞧右看。父亲穿着铁路制服，白衬衫配深色裤子，头戴一顶有铁路徽章的帽子，格外神采奕奕。趁父亲在家休息，王中美就偷偷戴上父亲的帽子，跑到左邻右舍找小伙伴玩。大大的帽子戴在她小小的脑袋上，几乎遮住了她半张脸，却掩不住她银铃般的笑声。她一路蹦跶，身后追着一串小伙伴艳羡的叫喊声。

技术出色、勤恳踏实、认真负责，父亲在单位是出了名的老师傅。不管刮风下雨还是酷暑严寒，他从不迟到早退。时至今日，谈及父亲，王中美依然满心满眼都是敬佩。

1990年寒假的一天，父亲刚好周末休假在家。晚饭过后闲坐之时，王中美想去亲眼看看父亲口中的"焊花"，让父亲第二天带她去单位。父亲怕给单位、同事添麻烦，起初拒绝了，奈何架不住女儿苦苦央求，只得答应下来，然后就是一番叮嘱，让她到了厂区不能乱跑乱动，一定得听话。

当时家乡附近的江边还没有大桥，人们南来北往过江只能依靠轮渡。第二天凌晨4点半，天还没亮父亲就把睡梦中的王中美叫醒，帮她穿好衣服，把她抱上自行车后架，驮着她赶往渡口方向。辗转经过3个多小时的路程，他们终于到达单位的制造厂区。

父亲放下行李，顾不上休息，全副武装，拎起焊枪开启了一天的工作。好奇心"作祟"，王中美悄悄趴在车间外的墙角，偷偷看着父亲的一举一动。只见绚丽的焊花像烟花一样在父亲手中绽放，两块钢板经过父亲焊接，"黏合"在一块，她觉得有趣极了。那闪烁的弧光，在她眼中也显得十分神奇——朵朵焊花竟能造大桥？王中美小小的心灵深受震撼。

1993年1月16日，历经20年建设，九江长江大桥公路桥胜利建成。那一天，成为王中美终生难忘的日子。

天还没亮，母亲就带她赶往典礼现场。整个桥面热闹非凡，王中美和母亲左寻右瞧，终于在桥头堡处看见了父亲。父亲容光焕发，精气神十足，牵着她的小手笑容满面，自豪地说道："你看，这些钢梁都是我们焊的，大桥通了，长江两岸人员来往也方便了，今后我们国家还会建更

◆ 王中美在巢马城际铁路马鞍山长江公铁大桥3号主塔上焊接

多更长的桥，有可能还会到国外建大桥呢！"

父亲讲得津津有味，王中美从未见过父亲如此激动。望着横卧江面的大桥和神采飞扬的父亲，她的情绪也不知不觉被感染：父亲能建这样宏伟的大桥，真了不起！典礼结束后，父亲提议在桥上走走，一家人走完了整座大桥。平常走几公里都脚痛难忍的她，而那天往返十几公里却一点都不觉得累。

一朵朵跳跃的焊花，在12岁的王中美脑海中成了"星星之火"，用焊枪捍卫大国工程的梦想的种子也悄悄埋进了心间。

1998年，王中美进入武汉铁路桥梁学校，也就是如今的武汉铁路桥梁职业学院。那一年秋天，她踏上了去武汉的求学之旅，人生中第一次坐上了火车。当车轮铿锵驶过九江长江大桥时，她激动不已，原来过长江乘坐轮渡需要1个多小时，现在坐火车竟然不到10分钟就到了对岸。王中美似乎更加理解了为何父亲对大桥如此钟爱，也更加懂得了大桥在人们心中的分量。

武汉铁路桥梁学校位于长江畔的鹦鹉洲，为新中国培养出许多技术技能人才，是全国唯一一所以"桥梁"命名的高等职业院校，被誉为"土建工程的摇篮""桥梁建设者的黄埔军校"。王中美学的就是桥梁专业。每天学习桥梁工程技术、工程制图、杆件拼装吊装等知识，理论课与实操训练交替进行，日子虽然充实，对一个年轻人来说却难免感到一些重复与乏味。

一个周末，王中美忽然想去江对岸的黄鹤楼散散心。途经武汉长江大桥时，她驻足良久，仿佛有一股无形的力量"牵引"着她。万里长江穿桥而过，大桥巨龙般横卧江面，人潮涌动。她凝视着桥头堡独特的黄鹤楼造型、攒尖顶亭式的建筑风格，轻抚栏杆，脑海中不断浮现出毛主席当年写下的豪迈诗句："一桥飞架南北，天堑变通途。"建桥，特别是在长江上修建大桥，是一件多么神圣的事情啊！当列车疾驰在宽阔的江面呼啸而过，将曾经的天堑化作通途，那一刻，便是献给山河和人民最崇高的礼赞！

那颗"建桥"的种子在她心中逐渐萌芽，她也从心里越来越爱上了大桥，爱上了桥梁专业。她入了迷，不再觉得学习枯燥乏味，在桥梁知识的殿堂里全身心投入，遇到难题就主动向老师请教。临近毕业时，同学们都渐渐有了各自的就业意向，王中美未曾动摇过心中的建桥志。

2001年7月，20岁的王中美加入中铁九桥，拿到人生第一本工作证。她抚摸着绿色封皮上的铁路徽章标志许久——从今以后，我也是一名铁路人了。

小小的焊花

电焊工作又苦、又脏、又累，而身材秀美、长着一张鹅蛋脸的王中美，气质娴雅，与人们眼中的电焊工形象相去甚远。头一天上班，她就受到同事的调侃与奚落。

"这么俊俏的丫头，怎么跑来烧电焊呢？看你白白净净的手指，就不是干这活的人！""姑娘，电焊工太苦了，你真的不适合干这行。""你啊，现在改行还来得及，别到时候哭鼻子回家，那就太丢人了……"特别是男工友们更是起着哄说她。

王中美却偏不信这个邪，她理直气壮地说："我师父赵文芳也是一名女同志，她都干得那么拔尖儿，我就是要向她学习，做师父这样的人！"

梦想很美好，现实却是吃苦。刚开始，王中美印象还停留在与焊花初遇的场景："焊花飞溅犹如烟花，分外美好。"当自己拿起焊枪、头戴安全帽、穿上工作服，真正站在焊花的背后，才发现眼前的风景并不如想象中那般浪漫。"实际操作后才明白，这份工作和自己原来期待的完全不同。"王中美说。

第一次穿上厚实的工作服上班，练习焊接时，师父一再叮嘱她："千万不能盯着电焊弧光看，那样对眼睛伤害很大。"

王中美虽然点头答应，但在焊接过程中，还是忍不住好奇，拿开面罩多看了几眼。不看不要紧，一看便麻烦上身了。"下班回家后，眼睛渐渐肿成了一条缝，眼泪止不住地流，脸上也开始脱皮。虎口麻、胳膊疼、眼睛酸……"王中美说起当时的窘态，还有些不好意思。

"完了，完了！这下该毁容了。要不，干脆不干了吧？"看着镜子里狼狈不堪的自己，她心中也曾闪过一丝动摇，但转念一想："就算转行，也要先把这批杆件焊完啊，半途而废那叫个啥。不战而退也不是我的性格。"

就这样，她咬牙坚持了 1 个多月。看着别人的焊缝平平整整如同工艺品，而自己的焊缝却歪歪扭扭、疙疙瘩瘩，像条蠕动的毛毛虫，她虽然不服，但还是有点泄气。

夏天，女孩们本该穿着漂亮的裙子欢快地穿梭在街头巷尾。然而，王中美仿佛被隔绝在另一个冰冷的世界。年轻爱美的她望着镜子中被烫伤的皮肤，自卑、难过常常袭上心头。

一天中午，王中美坐在车间角落，情绪低落地垂着头。师父注意到了，主动和她说话。王中美怯怯地说道："师父，我真不想干电焊了。我也不是这块料，实在太累了。"她伸出右胳膊，撩起衣袖露出被铁水烫出的水泡，"师父，你看，铁水烫到皮肤上，疼死人啊，我脸都蜕两次皮了，衣服上还烫出了不少小洞。"

"小美，你现在的情况跟我当年入行时一样，我烫伤次数可比你多多了。"师父挽起衣袖给王中美看，随后语重心长地开导道，"小美啊，咱们既然选择做一件事，就要认真用心去做，从基本功练起。你要明白茅以升先生说的那句'建桥，建得不好还不如不建'的真正含义。你不是在简单烧电焊，而是在捍卫一座大桥的'生命'，岗位虽平凡，意义却重大，可千万不能放弃啊！"

"师父，那您有没有因为伤疤而自卑过呢？"王中美抬起头，询问中带着一丝好奇与忐忑。

赵文芳微笑着摇了摇头："小美你想想，哪位英雄的身上没有伤疤？伤疤可不是什么丢人的东西，它是我们电焊工人的荣誉勋章。小美，你记住啊，苦累与伤痛都是成长路上的重要印记，别怕，也不用在意。"

听着师父的话，她有些似懂非懂，但心里渐渐豁亮起来，之后也没再提打退堂鼓和转行的事了。

既然干，那就踏实地把工作干好。

为了尽快练就十八般武艺，王中美如饥似渴地跟在师父后面，仔细观察师父施焊的站位、角度、手法等一招一式，领会不同板厚、坡口工件的焊接技巧，以及如何调节电压、电流，反复琢磨技术难度大的角焊缝、立焊、仰焊等工艺，认真记录，有时晚上做梦都在大桥上焊接。

狭窄的作业空间、不动的持枪姿势、焊接时的熏烤、弥漫的粉尘……在异常艰苦的工作环境中，与王中美同期进厂干电焊的几名女工，因为各种原因都先后转行了。而王中美却凭借着那份毅力，坚持了下来，干出了样子，干出了精彩。

"师傅领进门，修行在个人"，20多岁的年纪，别人按点下班时，她还在琢磨焊接工艺；别人都吃完晚饭，花前月下的时候，她还在车间反复操练。

在练习高难度的熔透焊时，王中美几乎到了痴迷的状态。所谓熔透焊，是将两块需要焊接的母材用专业焊条完全烧透后彻底地焊接在一起，焊缝需单面焊接双面成形，联接强度高。这是一项她从未接触过的新技术。

师父找来一块试板，手把手教她熔透焊的熔池宽度、焊条走向等知识和手法，以及焊接时需要注意的事项，王中美——牢记于心。即使焊花飞溅到手臂上或衣服里，烫伤皮肤甚至灼痛流泪，她也硬咬着牙、强忍着痛继续焊接，不愿意停下来，不忍心破坏焊缝的美感。常常是拿开面罩，额头的几缕碎发早已被汗水浸透粘在一起。在面罩镜片的映射中，她看到自己的眼睛是那样明亮，闪烁着执着的光芒。

经过连续一个多星期的加练，终于一条平滑无起伏的焊缝出现在她面前，在阳光的照耀下泛着丝丝银光，试板经检测达到合格标准。她在心里和自己说："加油！王中美，你能行！"

在采访中，王中美告诉我们，在职业生涯中，自己也有好心办坏事

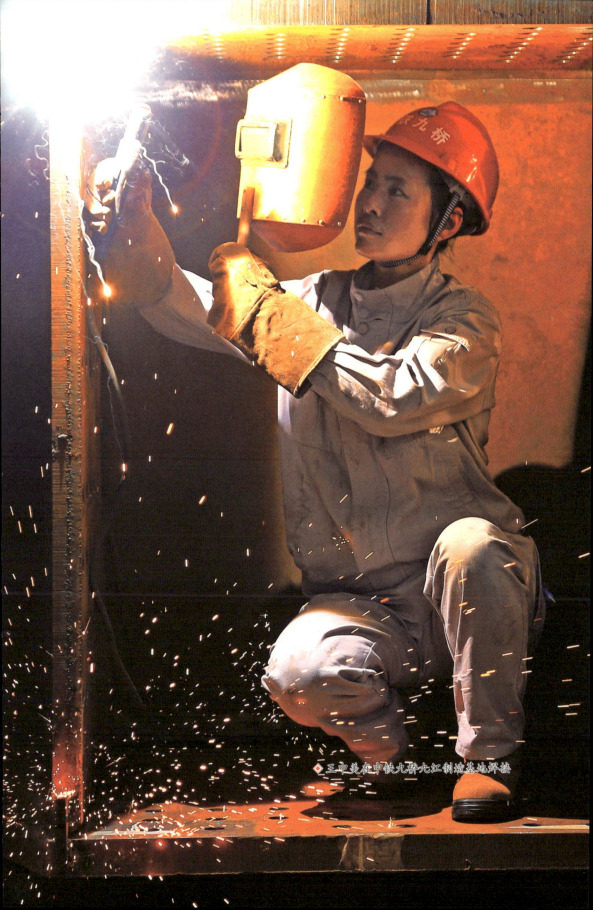

◆ 王中美在中铁九桥九江制造基地焊接

的时候，对此，她也有过深深的挫败感。那是 2002 年冬季，师父接了一个焊接任务，需要赶工时。看着其他同事都加了一天的班，王中美自告奋勇，热情满满的她加班焊了一个晚上，却把事情搞砸了。"当时没有注意焊接顺序，第二天焊出来的工件全变形了。"王中美脸红着说。

"我当时下定决心，一定再多下功夫，坚决不能再干拖后腿的事了。"

就像一块钢，在淬炼中，她对自己的要求更加严格了。星光不负赶路人，时间不负有心人。她的技术长进更快，焊出的焊缝越来越均匀、成形越来越漂亮、检验合格率越来越高。她常常在工作时在心里哼起了歌，逐渐找到了工作的乐趣与自信。

"中美是个好苗子啊！""想不到你这丫头还真是干这行的料，当初真是小瞧了你。"每当听到工友们的夸奖，王中美心里总会掠过一丝喜悦和成就感，同时更加努力了。

这时，她已经深深爱上了焊工这一行，再面对别人有意无意的转行建议，总能以一句轻松的"自嘲"回应："我现在已经喜欢上了焊接，焊接也喜欢上了我。除了会焊接，别的我还真不会呢！"

冰心先生曾说过，成功的花，人们只惊羡她现时的明艳！然而当初她的芽儿，浸透了奋斗的泪泉，洒遍了牺牲的血雨。只有她自己清楚，一个轻松的"会"字背后浸透了多少汗水、眼泪，又付出了多少鲜为人知的努力……

焊接时，刚溅出的焊花瞬时温度上千摄氏度，常常穿透厚厚的工作服，让人防不胜防。有一次，由于专注作业，焊花点燃了工服袖口，连带着里面的毛衣也被烧出一个大洞，直到皮肤感受到灼痛，她才恍然察觉。"当时我一心只想尽快完成任务，竟没注意到这些。"说起那次经历，她仍然有些心有余悸。这样的小插曲在她的职业生涯中并不鲜见。

工作环境常常粉尘飞扬、火花四溅，王中美的皮肤，相较于同龄女子，更多地承受了岁月的磨炼，显得尤为粗粝。她笑称："不敢化妆，皮肤太干，化也化不好。还好我皮肤偏黑，有点粉尘也不明显。"

自从干上了焊接，她也变成了一块温柔的"铁"，她的体质似乎也变得不再畏寒，甚至开始研究温度对焊接工艺的影响，进而根据温度变化调整操作模式。

每天，王中美都要使用近20千克的焊丝，长期与焊枪作伴，与钢铁为伍，衣服湿了又干、干了又湿，日复一日、年复一年。工作服常常让汗水粘在身上，她也把身心"黏"在了焊接上。

寒来暑往，斗转星移，王中美的焊接技术日益精湛，单位许多高难度的焊接任务都交由她来完成。

"有时真觉得焊接也是一种艺术，让人着迷。"王中美陶醉地说。在她看来，虽然大家焊出的焊缝粗看都差不多，但仔细观察就会发现，每个人的手法和焊缝的纹路都有所不同，像做女红的高手出手的针脚。"我希望我焊出的焊缝，大家一眼就能认出这是我王中美的作品。"说这话时的王中美俨然成了一个艺术家。

是的，她将生活融入焊接之中，将艺术融入技艺之内，"要想焊出一条美观的焊缝，调节电流和电压的配比至关重要。电流就像面粉，电压就好比水，焊工巧妙地调和它们，焊出的声音就会非常好听，焊缝成形就会特别美观。""就像书法家写出真正的好字，笔、墨、纸都会感到很舒服，都会感到彼此的理解和相互的烘托与成全……"的确，焊接在王中美的心中已经上升到了艺术和审美的层面。

这是艺术的大美，更是劳动的大美！

凭借这股干劲，经王中美手焊接的产品一次性探伤合格率99%以上，监理们一眼就能分辨出来哪些焊缝是由她焊接的，并亲切地称她为"免检王"。这个称号不仅是跟她姓氏的巧合，更是对她焊接的产品质量的高度认可和对她初心不改的崇高赞誉。正是这无数次的"千丝万缝"，焊就了她"免检王"的桂冠。

"在焊缝探伤时，她的焊缝基本就是'一级无缺陷'。对我们焊工来讲，这就是我们追求的最高境界。"她的师父赵文芳常常对这个最满意的学生作出"青出于蓝"的评价。

"她焊出来的焊缝特别美，调出来的电流电压声音特别悦耳，像音乐一样。"这是工友们对她的赞许。

"我最服她的技术，她焊接出来的成品就是免检产品。"这是驻厂代表、监理眼中的王中美。

"对任何一项工作来说，'好'只是一个一般性的要求，而好上加好是永无止境的。"面对如潮的好评，王中美始终保持着初心与匠心，在焊接这条道路上继续奔跑着、奋斗着……

女工长挑大梁

成长起来的小姑娘开始挑大梁了。

2006 年，25 岁的王中美被任命为工班长。任职令一下，在当时引发了不小的议论：有人认为她技术好，把她当作榜样；不少老员工也有些不服气，"这么年轻能带好队伍吗？""家里孩子才两岁多，又是个女同志，哪有精力管事？"……

桃李不言，下自成蹊。王中美深知，赢得大家支持与理解的最好方式，就是踏踏实实把工作干得更好。一名合格的工班长应当具备丰富的经验、过硬的技术、良好的沟通管理能力，只有用实际行动证明自己能够扛起这份责任，才能带着工友们干好工作。

没多久，一项"大活儿"交到了她手中——要带领工班参与江苏泰州火车站改造工程。这项任务最大的难点在于栈桥箱体空间狭小、内部结构复杂，焊工根本无法进去焊接。这块"硬骨头"令许多经验丰富的老师傅和技术能手都望而却步。

不服输的王中美愿意接受挑战，苦思冥想后灵机一动：既然空间小人进不去，能不能人不进去探进手臂完成焊接呢？想法一提出，就遭到了质疑："只把手伸进去，看不见里面，怎么焊？""这等于蒙着眼睛干活儿，稍有不慎，探伤就过不了关！"

王中美心中有数，她知道每提出一个新想法，总会出现一些新问题，新问题解决了，就能证明新想法是正确的。"敢想敢试，多练多试，办法总比困难多！"她制作了一个试板模型，盲人摸象般探进手臂，反复试焊，通过听声音辨别施焊情况，最终找到最佳角度和手感。

正式焊接时，她跪在箱梁上，侧着身子，手握焊枪伸进狭窄的空间，半眯着眼睛以便更清晰地观察焊接情况，动作沉稳流畅，只用很短时间便完成了那几条令人头疼的焊缝，在一旁围观的工友纷纷鼓掌喝彩。

这种焊接手法被称作"半盲焊"。全程关注王中美焊接的老焊工们对她这番操作感到震撼，一心期待检测结果。经检验，这几组焊缝全部一次性合格，受到总包方和监理的高度赞扬。

"真正的眼睛在心里，也在手上。"王中美越干越自信。

王中美成了工班里的榜样、单位的技术标杆，无论高难度熔透焊、角缝焊还是对接环缝焊，她自己总是第一个站出来，也会头一个被工友们推举出来。渐渐地，在她的带领和影响下，遇到工位窄、难度大的任务，技术好的师傅都会主动冲在前面；力所能及需要熬工夫的工作，经验稍浅的焊工也总是积极承担。

"她干起活来特别实在，啥事都冲在前面，这股劲头上来了，谁还会有偷懒的念头？"工班里的同事只要说起她工作的那股劲，总是一脸的钦佩。在王中美带领下，工班屡次在桥梁施焊攻坚中大显身手，赢得广泛赞誉，那些当初对她有些偏见和不服气的老师傅也对她心服口服、喜爱有加，成了她的忠实"铁粉"。

2007年，因表现突出，王中美如愿光荣加入中国共产党。

从一名技术骨干到一名班组管理者，仅凭技术过硬和勤勉实干还不够，王中美的脑子里还常常思考如何提高工作效率、如何降低成本，"不仅要低头赶路，更要抬头看路，方法、方向很重要。"

2008年，在武汉天兴洲长江大桥压重区横梁肋板熔透焊中，使用传统开双面坡口工艺导致焊后变形大、工序复杂、效率不高。王中美大胆找到监理方提出建议："许多焊接点位于犄角旮旯，焊工要么进不去，要

◆ 王中美（左二）和工友们讨论焊接技术

么进去了伸展不开手脚，难以焊好，有的调校项目也根本无法达到验收标准。"监理方到焊接现场查看后，认为王中美说得很对，并求助她研究改进方案："能不能再研究研究，帮着找出一套好办法？"

　　针对这个现场课题，王中美又上来了执着劲儿，她茶不思饭不想，一猛子扎进去，带领工班工友模拟焊缝位置，反反复复做了 10 多组试板研究，最终摸索出一套新工法：将厚度 16—28 毫米钢板的熔透焊接，由传统的开双面坡口焊接工法改为开单面坡口焊接工法。这种方法不仅简化了工序，易于学习，还有效控制了杆件变形，减少了钢板重复翻身开坡口的次数，工效提高了一半。

　　此后，这种工法被广泛应用于包括芜湖长江大桥 800 吨桅杆式桥面起重机在内的中铁九桥承接的多个重大项目中，取得了"一枝放而百花开"的效果。

随着对专业的钻研、管理经验的增加和知识面的拓宽，王中美对专业的研究也开始立体丰富起来。她分析认为，对男性而言，女性在体能上固然有劣势，对硬碰硬的苦脏累险岗位的确面临心理、生理的多重考验，但劣势当中的优势也不容忽视：女性体格偏小，身材柔韧性强，在小箱体里施焊时，比男性更灵活、更细心，男性、女性从事这项工作各有所长，焊接并不是男性的专利。

在中铁九桥，有一支赫赫有名的巾帼团队——中国桥梁战线首支女子电焊突击队。这支成立于 2011 年 4 月的团队，从诞生之初便肩负着攻坚突击的重要使命。2013 年，王中美从师父手中接过女子电焊突击队领头人的接力棒。队员虽都是女儿身，却撑起了桥梁焊接任务的半边天。提起她们，无论是领导还是同事，无不竖起大拇指。这个有着光荣传统的集体，始终坚持发扬特别能吃苦、特别能战斗、特别能奉献、特别能作为的"四特"精神，出现在国内外一座座知名桥梁的建设中，累计完成焊缝百余万米。这些心灵手巧的"绣女"们，用针脚般细腻焊缝"绣"出了她们对事业执着的爱。

铜陵长江大桥是京福高铁控制性工程，主跨 630 米，在当时刷新我国公铁两用桥梁跨度的纪录，也是长江上首座采用双节间整桁片架设的大跨度斜拉桥。大桥 3.6 万吨钢梁由中铁九桥负责制造生产，时间紧、任务重。

时间来到 2013 年 6 月，此时距离大桥计划合龙的时间不到半年。前期因暴雨等恶劣天气影响，工期有所耽搁，需要加快建设进度，否则一步慢，步步慢。一天，王中美接到通知需要她带领6名突击队队员在半个月内完成8个节段的桥面板顶板焊接，平均每人每天要完成至少40平方米的焊接，且大部分都是难度较大的仰焊。

经过对队员技能、体能方面一番严格筛选后，王中美带领她们紧急从九江赶赴铜陵。

这无疑是一场攻坚战。所有焊件要求全部达到一级焊缝标准，即焊缝需控制在毫米级，不能出现任何气孔或夹渣，焊完后表面要平滑如镜。"简单来说，就是把焊好的钢板沿焊点再切割开，切开的截面要与钢板原本的内部结构完全一致。"王中美通俗而专业的描述引起了笔者的浓厚兴趣。

当时的铜陵，室外最高温度达到39摄氏度，密不透风的钢梁内温度高达四五十摄氏度，像个大蒸笼。人站在里面即使不动，几分钟就汗流浃背，像是从水里捞出来一样。

"本来温度就非常高，不透气，施焊会产生大量高温，炙烤得人中暑，甚至脱水。"谈笑风生的王中美像是在轻松地讲着别人的笑话，"而且如果焊接时使用风扇对着焊接区域吹，可能会吹散保护气体，使得空气进入焊接区域，从而影响焊接质量。只能用鼓风机对着其他区域吹，稍作缓解。"

在这样一个酷热的环境中，她和队员们每天焊接前喝适量藿香正气水或抓8颗左右人丹等防暑药物倒进嘴里，深吸一口气，钻进梁体焊接。她们像冲锋的勇士，戴着口罩、手拿面罩，穿上厚厚的帆布防护服，半蹲在脚手架上进行高难度的焊接作业。

焊接线连续焊接的时间越长，接头就越少，隐患就越小，缺陷就越少，成形也更美观，中途若停止，可能会引起钢梁的整体变形。"为保证一次性成功，一条焊缝需要来回连续作业几十道甚至上百道，焊工往往保持一个焊接姿势就是一天，停下来的时候腰都直不起来，像箍了一块铁板。"王中美谈道，"我们尽管会提前准备一大瓶喝的水，但为了保证焊缝质量、减少去卫生间的次数，还是会尽量减少喝水的量和次数。"

放下焊枪，舒展一下身体，抬头看一眼蓝天白云，听一听奔腾的江水声，就是她们最幸福的事。在工地简易遮阴棚下，常常备有西瓜、冰块、绿豆汤等解暑物，这里是她们补充能量、缓解暑热的地方，也是她们经常交流技巧、鼓劲打气的"加油站"。"工作虽苦，却苦中带甜，望望高天远野，就是我们心中的诗与远方。"队员们莞尔笑道。

对技艺的痴迷者而言，啃"硬骨头"也是上瘾的。在工作中，只要遇到最刁钻的部位、最难干的活，王中美总是抢着上，总是想看看难题里边到底是什么名堂。这样，她也就经常忘了"我"。

晚上，温度有所下降，江风吹来更觉舒畅。为了抓住晚上这段宝贵作业时间，她们有时也选择晚饭后继续奋战四五个小时。有一次，在连续干了几天"白加黑"后，王中美从最后一个焊接部位走出来时突然眼前一黑，直接晕倒在现场，什么都不记得了。"当时就听到'嘭'的一声，我们回头一看，发现她已经倒在地上了，把我们吓坏了。"工友回忆道，"后来，我们赶紧把她送到医院。"

躺在病床上，王中美心里还惦记着工作的事、工期的事，"不行，我得回工地……"这是她醒来后的第一反应。医生和工友们硬摁、苦劝，她才无奈作罢。最后她在医院待了一天，体力刚有所恢复就又继续回到工地，重新投入到紧张的工作中去了。

半月鏖战，大家齐心协力，硬是坚持下来了，按期完成任务，焊缝质量一次性通过验收，堪称完美。"在面临这样重大任务的时候，感觉不到苦了，因为心里一直想的是我们的工作不只是在攻克焊接难题，而是要保证让大桥如期建成，绝不能因为自己而影响单位的信誉。"王中美一脸坚定地说。

2018年，铜陵长江大桥斩获全国优秀焊接工程一等奖的消息传来，王中美和姐妹们心里乐开了花，感觉比吃了蜜还甜。

在王中美的心里，极致与苛刻是一种追求，也是一种美丽。她对工作质量的要求近乎苛刻，不仅要求自己焊接的产品全部合格，还严格要求队员们对自己焊接的每一条焊缝负责，自己焊的焊缝必须自己动手打磨，不合格的焊缝要自己查找问题、分析问题、解决问题。

几年下来，女子电焊突击队个个都成了焊接能手，每个人都能独当一面，焊接的焊缝被驻厂代表和监理视为"免检产品"。这支队伍成为中铁九桥最能啃"硬骨头"的"尖刀连"，先后荣获"全国五一巾帼标兵岗""班组文化建设五星级班组"等称号。

智慧与汗水浇灌出的劳动之花是美丽的。过去，她们都不太愿意跟别人说自己是一名电焊工。如今，姐妹们自信满满，无论是与他人聊天还是面对镜头采访，总是客观大胆地亮出自己的身份，对自己的职业已经有了一种深深的自豪感。

◆ 王中美（二排左五）与她带领的中铁九桥女子电焊突击队

　　闲暇时，王中美和队员们也会互相调侃："唉，下辈子咱们再也不做这行了，多累人啊！""谁信你？要是任务来的时候，保证你还是第一个抢着上！"大家哈哈大笑。

　　作为工班长、队长，负责做好奖金分配也是王中美的工作职责之一。技术好、干活多、专挑苦活难活干的她，在分配奖金报酬时一边坚持公平透明原则，却又一边让自己往往比大多工友拿得少，"这样做更能够以德服人，更能够调动同事的工作热情，让团队更有战斗力。"

　　谈心交流、互帮互助，闲暇之余愉快交流焊接技巧、爬山、郊游……工班成了其乐融融的大家庭。

创新工作室的新能量

2015 年，中铁九桥成立以王中美名字命名的劳模创新工作室。工作室共有 10 余名成员，以王中美为领头人，其余多为技术专家和技能型人才。工作室墙上挂有"传承超越　创新发展" 8 个大字，这是文化理念，也是王中美和团队一直以来坚持的信念。

2024 年 7 月 18 日，由中国中铁联合央视拍摄制作的纪录片《花开友谊路第四集《飞架大桥》在 CCTV-4《国家记忆》栏目热播，王中美带领团队攻克中铁九桥参建的孟加拉国帕德玛大桥钢管桩焊接难题的事迹登上央视，受到亿万观众的关注。

"宝剑锋从磨砺出，梅花香自苦寒来"，这项工作是工作室成立以后王中美和她的团队迎接的第一场"硬仗"。

帕德玛大桥被称为孟加拉国人民的"梦想之桥"。它横跨帕德玛河，上通汽车、下通火车，是孟加拉国目前规模最大的造桥工程，也是首个采用欧洲标准的全焊结构、超厚板、公铁两用钢桁梁桥。

在大桥建造过程中，40 个水中桥墩是整座桥的关键支撑部位。每个桥墩用 6 根或 7 根倾斜的超级钢管桩支撑，这些钢管桩直径 3 米、长约 120 米、重约 550 吨，如同凳子的腿稳稳扎进河床，是当时世界上最长最重的桥梁钢管桩。

钢管桩达 260 余根，总长将近 7000 米，总重达 13 万余吨，制造时首先要用平直钢板在卷管机上卷成圆桶形，焊接成 3 米的管节，再将这些管节纵向焊接组合成设定长度的钢管，共计 1 万多个管节单元。巨大的焊接量对焊接工艺提出了极高要求，焊缝强度必须得到充分保障。

2015 年伊始，王中美和她的团队便成了钢管桩焊接的主力军。"帕德玛大桥是'一带一路'的重点工程，它不仅仅是一座桥，更代表着中国制造的实力。"作为焊接实验小组的组长，王中美丝毫不敢大意。

大桥焊接质量要求为一级，必须确保厚达 60 毫米的钢板在对接处焊实焊透。然而，刚开始焊接，状况就接连不断——在焊接处出现了不少气孔。焊缝中若存在气孔，会降低焊缝的机械性能，使焊缝抗拉强度降低；若气孔数量过多，甚至会导致钢管桩报废。

此外，如何保证超厚管熔透焊接质量和效率，且最大限度减小钢管回圆应力对焊缝质量的影响都是"卡脖子"的大难题。王中美带领团队大胆创新，优化坡口形式、调整焊道、控制预热温度，经过一个多月，解决了超大超厚钢管桩焊接容易产生气孔的问题。

波涛滚滚的帕德玛河，水流流速高达每秒 5 米，且河床都是由粉砂组成，深度超过 150 米。粉砂松软，不仅承载力低，而且极不稳定。两根 70 米和 50 米管节对接成的 120 多米长的钢管桩扎入像豆腐块的水中基层，受力如何？是否能够承受泥沙的冲刷和十几万吨的桥梁岿然不动？这都需要焊接试验来一一证明。

为满足现场快速对位焊接的质量和工期要求，王中美和团队成员进行了多组水上接桩的焊接工艺性试验以及横位埋弧自动焊试验，从焊接材料、工艺参数等方面反复调整、不断优化，最终制定了海上接桩横位自动化焊接专项工艺，填补了国内技术空白，为优质、高效完成大桥钢管桩制造任务提供了技术保障。

2022 年 6 月 25 日，帕德玛大桥公路部分正式通车。这座大桥将原本需要乘轮渡 2—3 个小时或绕行 7 个多小时的过河时间缩短至 10 分钟，惠及超过一半的孟加拉国民众。

当王中美在电视机前观看通车新闻时，泪水在眼眶里打转，心情久久不能平静："终于圆梦了！"梦想照进现实，6.15 千米的桥梁如画卷般在帕德玛河上徐徐铺展。微风拂过，河水泛起层层涟漪，仿佛诉说着中孟友谊的源远流长。

一桥架两岸，中国桥跨度在增大、高度在攀升。王中美和她的团队仍在创新之路上奋勇前行。

2019 年，王中美投入到安九铁路鳊鱼洲长江大桥项目的焊接技术攻关任务中。

这座桥有个令人瞩目的亮点——高铁过桥无须减速。以往的过江桥梁，设计时速大多在 300km/h 以下，而鳊鱼洲长江大桥以 350km/h 的设计时速，成为全国首座高铁无须减速通过的长江铁路桥。它既是九江首座连接湖北的高铁大桥，更是江西省首座跨越长江的高速铁路桥梁，一端连接着王中美的家乡湖北省黄梅县，另一端延伸至她工作单位所在地江西省九江市。

大桥在国内大跨度铁路斜拉桥建设中首次应用钢箱梁结构。全桥钢箱梁总重 3 万余吨，高达 4.79 米，标准节段长 18 米，最大节段重量达 650 吨。这些庞然大物在中铁九桥九江制造基地生产、拼装后，整节段逆流运往桥址架设。钢箱梁超大、超高、超长，难度超乎想象。

钢箱梁边箱室部分为高 4.5 米、长 18 米、重 155 吨的大型杆件，基本为熔透焊接，且顶板材质为 316L+370qE 的不锈钢复合钢板。不锈钢复合钢板是一种以碳钢为基体，单面或双面整体连续包覆 0.1—20 毫米不锈钢的两种不同材质金属高效节能材料。为保证在焊接后复合钢板保有原有的综合性能，需在基层、过渡层及复层焊接时使用不同的焊接材料分别处理，焊接工艺极其复杂。

起初，由于对这种特殊材质性能了解不足，王中美和工作室成员在焊接过程中出现了问题：首件主焊缝角变形过大，导致钢箱梁总拼时匹配精度远远不满足要求，必须进行纠偏返工处理。

"学无止境啊，还是要不断钻研。"为此，王中美陷入深深自责。

解决角变形的常规方法是在钢板受热区的反面进行热处理，通过热量抵消，使钢板平面度满足规范要求，再进入下一道工序。但复合钢板耐磨、硬度高，且不熔于火焰，焊后产生的变形用火焰进行调校效果不佳，杆件平面度依旧无法满足规范要求，这将极大影响高铁桥梁的使用。

调整好心态，变压力为动力，王中美带领团队开始了反复讨论与实践，"既然常规的人工调校不能解决问题，有没有机械调校的方法？""走前人没有走过的路，不试试怎么知道行不行。"

不断摸索、屡败屡战，他们研制出一种"箱型杆件主焊缝角变形调校装置"，将杆件顶板平面度有效控制在 3 毫米内，确保了桥梁的使用和运营安全。这个装置结构设计简单、合理，安装操作方便，采用液压顶压力校正焊接变形。相较传统的火焰调校，一根 18 米长的梁，两条主焊缝角变形调校原本需要 5—6 小时，而采用该装置，以机械代替人工，仅

◉王中美在中铁九桥培训场地对工友们讲授焊接技术要点

需1—2小时即可完成，大大提高工效，节约了火焰调校所使用的气体用量，获得1项实用新型专利授权。

困难接踵而至——由于不锈钢复合钢板中复层存在奥氏体晶粒，这种柱状的晶粒粗大且组织不均，具有明显的各向异性，给超声波探伤带来许多困难。

王中美和团队通过优化不锈钢复合钢板焊缝检测技术，采用"复合钢板超声波调校试块""超声波DAC曲线制作试块""超声波DAC曲线对比试块"等专利成果，成功攻克复合钢板无损检测难关，为未来桥梁结构大规模推广使用不锈钢复合钢板奠定基础。

更大的挑战出现在2020年。新冠疫情如阴霾般笼罩，打乱了施工计划；夏季，长江流域洪水泛滥，工程进度面临巨大压力。王中美和工友们戴着口罩，在制造基地穿梭忙碌，无惧"烤"验、无畏风雨，誓把耽误的工期抢回来。白天焊接，晚上思考第二天的工作计划，王中美像一个不服输的"女焊子"，连轴转不停。

为了确保钢梁安装目标如期实现，高效完成环口焊接成为关键环节。王中美一头扎进实验室，研究不同环境下的焊接工艺。施工期间，大家24小时轮班，争分夺秒，通过搭建防风雨棚、持续除湿预热、冬季保温等精细措施，将节段环口施工焊接时间控制在5天内，创造了"安九速度"。

2021年6月3日，鳊鱼洲长江大桥成功合龙贯通，比计划提前了23天。那一天，桥面上彩旗飘扬，工人们欢呼雀跃。大桥在阳光的照耀下，宛如一条银色的丝带，连接着两岸的希望。它不仅是一座交通枢纽，更是王中美以及无数建设者心血与智慧的结晶，是工匠精神在新时代的生动诠释。

一次次攻关，一项项突破！那是别样的精彩！

如今，纵横交错的铁路网在大地上越织越密，成为人们出行的重要选择。铁路建设快速发展，桥梁作为关键性控制工程也随之增多。一条条刷新国内外纪录的"长龙"，为王中美搭建起施展才干的广阔舞台。

"钢桥正交异性板U肋全熔透焊接技术研究""不锈钢复合钢板焊接技术研究""U肋板单元激光—电弧复合焊接设备研发"……10年来，王中美带领着工作室成员，挑战越江过河跨海桥梁焊接，挑战不同板厚、不同材质、不同强度的钢板焊接，研制出架桥机、提梁机等一批世界级施工"神器"，多项工艺填补国内桥梁建造领域焊接技术的空白。工作室先后荣获"国家级技能大师工作室""江西省劳模创新工作室""中国中铁劳模（专家型职工）创新工作室"称号。

"黄冈长江公铁大桥、连镇铁路五峰山长江大桥……每每看到自己挥洒过汗水的桥梁横跨在江河湖海、崇山峻岭，便热血沸腾，那份骄傲无法言说。"王中美饱含深情地说。

焊工与院士

在中国桥梁建设领域里，流传着一段焊工与院士共同推动中国桥梁事业进步的故事。故事的主角是王中美与中国桥梁界的领军人物——中国中铁首席科学家、中国工程院院士高宗余。

王中美与高宗余多次参与过同一个项目，如采用 Q370qE 桥梁钢的京广高铁武汉天兴洲长江大桥、采用 Q420qE 桥梁钢的京沪高铁南京大胜关长江大桥等。然而，十几年来他们始终未能见面，直到 2020 年 7 月 1 日，沪苏通长江公铁大桥建成通车仪式上，受邀出席的王中美和高宗余第一次见到了对方。高宗余感慨万分地对记者说："这座大桥的成功通车，凝聚了千千万万桥梁建设者的智慧与汗水。"他随即转过身指向身旁的王中美继续说道："她就是其中之一。"

2014 年，世界首座跨度超千米的公铁两用斜拉桥——沪苏通长江公铁大桥项目正式破土动工。作为大桥总设计师的高宗余深知高性能桥梁钢对大跨度铁路桥梁发展的关键意义。核心技术一旦受制于人，就像头顶悬挂的"达摩克利斯之剑"，时刻威胁着项目的未来。

正是这种危机感，使他下定决心带领设计团队踏上了一条充满未知与挑战的研发征途。得益于国铁集团的鼎力支持，高宗余携手高校、科研机构及高新技术企业，会聚了一支实力雄厚的科研团队。经过无数次的试验与论证，他们终于为沪苏通长江公铁大桥量身打造了 Q500qE 高强度桥梁钢。这一成就不仅在全球范围内树立了新的标杆，更在中国桥梁建设史上镌刻下了浓墨重彩的一笔。

然而，当设计方案和材料研发逐渐趋于完善时，焊接工艺却成了项目推进的大障碍。"设计、材料都没问题，但焊接工艺，这最后的关卡，能行吗？"专家的质疑如同浪潮般汹涌而至，让整个项目笼罩在了一层不确定的阴影之中。之后，在一次次激烈的研讨会议和紧张的现场试验中，一个熟悉又陌生的名字不断在高宗余耳边响起——王中美。

作为一名经验丰富的电焊工，王中美心里同样清楚高强度钢材的应用对于推动桥梁建设迈向新高度的重要性。每座桥梁因设计要求不同，使用的钢材也不尽相同。此次大桥首次采用的 Q500qE 桥梁钢，最大板厚达 60 毫米，对环境条件的要求极为严苛。

当沉甸甸的任务交到王中美手中，有人问她是否有信心完成时，她露出迟疑的神色。就在这一刹那，一个名字在她的思绪中悄然出现——高宗余。虽然从未谋面，但高宗余的设计理念、创新精神、精益求精、严谨务实如同春风化雨，滋润着大桥的每一寸细节，也深深影响着王中美。

"全力以赴，保证完成任务！"王中美深吸一口气。攻关过程中，她发现 Q500qE 高强度钢焊接性能较差，在冬季低温环境下施工经常产生热裂纹，极大地影响焊缝质量。她多次召集工班成员展开头脑风暴，试图研究出一种新的高效焊接方法。一遍不行就两遍，两遍不行就三遍……他们反复请教老师傅，大量查阅中外焊接前沿资料。

有一天深夜，工友看见王中美的台灯还亮着，忍不住好奇走过去看看。只见她眉头紧锁，手中的笔记本上密密麻麻地记满了各种数据和公式。王中美抬起头，眼中闪过一丝疲惫，但更多的是坚定："高工历经千辛万苦为这座桥'定制'出 Q500qE 钢，这份来之不易的成果，绝不能在我们这儿掉链子！"

一天晚上，正当她在宿舍里翻阅着厚厚的技术手册时，突然灵光一闪——如果通过调整预热温度来改善材料特性呢？于是，第二天一早，她迫不及待地跑到工地上，一次又一次地调整参数、优化工艺，最终确定了最佳的预热温度。他们采取焊前预热、焊中减少热输入、焊后石棉被保温，多层多道、窄焊道薄焊层等焊接方法，成功解决了焊缝裂纹和焊缝热影响区韧性冲击功不达标的问题，攻克了 Q500qE 钢材的焊接技术难关。

不要小看这次工艺流程的调整，它远远超出了为公司完成一次施工任务创造效益的层面。这套实战工艺流程，为推动我国铁路桥梁新钢种从 Q370qE 到 Q420qE 再到 Q500qE 的三大跨越作出了重要贡献。

然而，前方依旧不是坦途。大桥钢桁梁采用大节段制造、整节段滚装下水的制运方案，长 28 米、宽 35 米、高 20 米、重达 1800 吨，她再次感受到压力，但也激发了她更强的斗志。

进行焊接有限元模拟、预留焊接收缩余量、安排合理的焊接顺序……他们"对症下药"，使焊接质量和几何精度得到有效控制。这套工艺不仅解决了中国中铁重大科研课题"重型大节段钢桁梁制造及总拼技术研究"中的焊接核心技术问题，更为大桥钢桁梁制造和总拼顺利进行扫清了"障碍"。

何止大江大海。在祖国辽阔无垠的大地上，桥梁建设者的足迹早已烙印在每一寸土地之上。当他们的目光越过奔腾不息的江河，转向那片遥远而神秘、白雪皑皑的高原时，一场关于梦想、挑战与胜利的壮丽史诗悄然上演。

2018年9月，一份承载着重要使命的文件打破了高宗余平静的工作节奏。他被赋予了一项光荣而艰巨的任务——参与高原铁路建设，主导完成4座特大桥的前期研究与勘察设计。没有丝毫犹豫，高宗余迅速组建了一支由业界精英组成的"天路"攻坚团队，满怀激情踏上了前往海

◈ 王中美（右一）指导徒弟们焊接

拔 4000 米左右的高原征途。

然而，实地考察中团队遭遇了前所未有的困难——高原地区地震频发、气候条件极端、昼夜温差巨大……高宗余带领团队深入研究、反复论证，通过融入绿色设计理念，选用具有天然防护层的高强度耐候钢作为主体材料，提升桥梁的稳固性和耐久性，实现环保与节能的双重目标。

命运仿佛早已有了某种特殊的安排。2019 年年初，王中美团队接到一项任务：在高原极端恶劣环境中完成高强度耐候钢的焊接作业。高原缺氧、气候多变、裂纹频发、质量难以保证……对焊接技术形成重重考验，种种问题如同一座座无形的大山压在团队成员心头。

心急如焚的王中美第一时间拨通了高宗余的电话。两人共同探讨裂纹产生的可能原因，并提出了一系列假设："会不会是高原低温导致热应力过度集中，从而增加了裂纹风险？""或者是因为高原空气稀薄，削弱了焊接过程中的气体保护效果，影响了焊缝质量？""还有可能是焊接速度过快，使焊缝冷却时产生过大应力，进而引发裂纹？"……

在高宗余的启发与帮助下，王中美带领团队开展了一系列细致入微的实验与研究。他们夜以继日地工作，不断尝试和调整焊接参数，希望能够找到解决问题的关键所在。

经过数月的反复推敲和实验，他们终于发现了问题的核心：高原地区气压降低、空气密度减小，直接削弱了焊接作业中的气体保护层效果，从而显著影响了焊缝质量。这一发现让他们激动不已。

针对这一症结，王中美和团队成员深入高原腹地，立即启动"耐候钢高原环境下施工技术研究"项目。他们经过无数次探究与优化，成功研发出适用于高原环境的焊接工艺，解决了高原焊接作业中的技术难题，推动了 500 兆帕强度级别耐候钢在高原铁路上的广泛应用。

完成高原铁路耐候钢研究后，他们并未止步——继续致力于高强度大热输入高效易焊桥梁钢的研发与应用，不断尝试新的材料和技术方案，解决大线能量焊接导致的热影响区晶粒粗化、韧性降低等难题。实验室里堆满了各种材料和设备，团队成员们忙碌的身影穿梭其间。不断失败、不断发起"冲锋"……正是这样的坚持和努力让他们最终取得突破性进展，为提升中国桥梁钢的技术水平注入新活力。

2024 年 10 月 20 日，王中美身着工装，以一名普通产业工人的身份踏入了清华大学参加第一期"大国工匠人才培训营"，并致力于"高原环境 Q500qENH 高强度耐候钢的焊接技术研究"这一极具挑战性的课题研究。培训一结束，她就马不停蹄奔赴雪域高原，研究如何提升高强度耐候钢在高原恶劣条件下的焊接合格率，保障国家重大工程建设的质量。

她满怀感慨地说："作为一名普通的产业工人，能够有幸走进中国高等教育的殿堂，参与到如此重要的国家战略项目之中，与众多杰出的专家院士携手合作，无比荣幸！仰望星空之后，我们更要脚踏实地钻研焊接技术。"

最美姐妹花

"仅我一身是铁，能打几根钢钉？得把技术传授给更多的人。"王中美深知，一个人的力量是有限的，要培育更多新时代产业工人。

每当有新徒弟加入团队，王中美总是耐心细致地指导她们如何正确使用焊枪，如何根据不同材料和需求精确调整焊接参数，以及如何勇敢面对工作中遇到的各种困难与压力。她常常对徒弟们说："焊接时，心要静，手要稳，就像对待你最珍视的宝藏一样。"在她的悉心教导下，徒弟们的技艺迅速提升，整个团队的凝聚力和战斗力也日益增强。

说起王中美与徒弟刘青的初次相遇，仿佛是两颗怀揣着炽热梦想的星辰，在这片钢铁的世界里相遇并交会。

2005年的一天，车间内机器轰鸣，各道生产工序有条不紊地运行。王中美正在专注地检查一批焊件，不经意间抬头，目光被一位年轻女孩吸引。这个女孩正是刘青，她全神贯注地操作着焊枪，虽然动作略显生疏，但眼神中却透露出一种专注。

工作间隙，王中美和刘青坐在车间的角落里闲聊。心细的王中美一眼便看到刘青左手腕上有个水泡疤痕，便轻声询问它的来历。刘青有些羞涩地笑了笑说："刚开始学焊接的时候，手法还不熟练，出了一点小意外，这可能就是成长的印记吧。"听完这些话，王中美心中涌起一股共鸣，仿佛看到了自己当年初入行时的模样——那份倔强和对焊接的热爱简直如出一辙。"别怕，只要你用心去做，会越干越好的。"王中美鼓励道。

王中美和刘青签订了导师带徒协议。休息时，她们常常坐在车间的角落分享彼此在焊接技术上的新发现，交流如何坚守立场和信念。

2008年，南京大胜关长江大桥急需一批钢梁交付施工现场，其中涉及大量的熔透焊工作，王中美需一个得力助手。看到曾经成功焊接过几次熔透焊的徒弟刘青主动请缨，出于信任，她带着刘青试焊一条近 3 米长的熔透焊缝，一人负责一端，各焊 1.5 米。

然而，刘青的焊缝最终检测不合格。王中美一边询问刘青焊接过程，一边用气刨逐步刨开焊缝，分析发现——主要是心态急躁、焊缝融合不良导致的。

"凡事不能急于求成，心态决定状态。"王中美说道，并用生活中的例子耐心给刘青讲解原理，"你看啊，咱们焊接就像往杯筒里从下往上填充冰激凌，挤得过快，底部会呈现不紧实的状态。"王中美陪着刘青一起重新练习焊接，观察熔池状态、调整电流电压和焊接速度等，不放过一丝一毫的细节。经过两天时间，刘青终于能够紧紧跟上王中美的节奏，焊缝一次性合格率达到 100%，最终两人准时完成钢梁的交付。

"在工作中师父虽是'霸王花'，生活中我们像对姐妹花嘞。"说起师父，刘青眼含笑意。因年龄只相差 6 岁，她们不仅是师徒，更是一对好姐妹。

2019 年盛夏，珠海洪鹤大桥工地，咸湿的海风裹挟着热浪，蒸腾出令人窒息的闷热。王中美带着刘青与成百上千的"洪鹤人"一起，将滚烫的焊花化作浇铸"钢铁长龙"的星火。

一日正午，刘青在焊接时不小心被飞溅的焊花烫伤了手臂，疼得直吸冷气，眼泪在眼眶里打转。"别慌！"伴着急促的脚步声，王中美已单膝跪地，利落地转身从包里掏出早已备好的烫伤膏，"忍着点。"说罢，额角还挂着汗珠的她细心地为刘青涂抹着。

晚上回到宿舍，刘青看着肿胀的手臂，愁眉苦脸地说："这下可麻烦

◆ 王中美（左）指导徒弟刘青焊接

了，衣服都洗不了了。"王中美却笑着摇摇头："这算什么大事啊，我和姐妹们不过搭把手的事。"于是，王中美便端着脸盆去了宿舍外的公共水池。月光洒在水池边，她一边搓着衣服，一边哼着小曲儿，仿佛白天的疲惫早已烟消云散。

第二天一早，王中美又起床为刘青准备早餐。她把煎好的鸡蛋和煮好的面条端到刘青面前，笑着说："快吃吧，今天还有不少活儿呢。"刘青感动得说不出话，只是默默吃饭，心里暗暗发誓，以后也要像师父一样关心他人。

在并肩作战的日子里，王中美和徒弟们的关系越来越亲密。他们总是相互扶持，无论谁遇到问题，都会伸出援手，共同面对生活中的困难。

渐渐地，王中美和徒弟们的故事在各个工班里传开。一次，另一个徒弟小李生病发烧了。王中美二话不说陪着她去医院看病。挂号、缴费、取药，王中美忙前忙后，累得满头大汗。小李躺在病床上，虚弱地说："美姐，真是太麻烦你了。"王中美擦了擦额头上的汗珠说："傻丫头，咱们是一家人，有什么麻烦不麻烦的。"有人羡慕地说："看看人家那关系，真是比亲姐妹还亲。"也有人感叹："在这样艰苦的工作环境中，还能有这样的温情，真是难得。"

与敞亮的劳模创新工作室仅有一墙之隔的是焊接实操现场、培训场地，这里经常举办焊工比武、焊工取证考试，也是王中美传授技能的主要阵地之一。在这里，总能看到王中美站在一群年轻而充满活力的徒弟们中间，指导他们焊接的身影，"焊接不仅仅是一门技术，更是一门艺术。它要求我们在连接两块钢板的同时还要注重每一个细节。"

徒弟们聚精会神地围着王中美，目光紧紧锁定在她手中的焊枪上，生怕错过任何一个动作。"看好了。"王中美拿起焊枪，声音沉稳而有力，一边演示一边讲解，"在进行厚板焊接时，运条速度要均匀且稍慢，角度也很关键，将直接影响到熔池的形状和气孔、夹渣的产生……"

为了加深徒弟们的理解，王中美经常组织模拟实战演练。培训场地的各个角落设置了不同难度的焊接任务。徒弟们轮番上阵挑战自我。王中美则在一旁默默观察，每当有人完成任务，她都会及时给予反馈，既表扬鼓励又指出不足。

日复一日的练习中，徒弟们的焊缝一次性探伤合格率从最初的80%大幅提升至95%以上，甚至有人接近了王中美本人的水准。然而，王中美并没有因此满足，"焊接行业日新月异，现在都引进焊接机器人了，只有不断学习新知识、新技术，才能跟上时代步伐。"

走出去、请进来，才能开阔大家的眼界。得知有外部机构举办高级焊接技术培训班时，王中美积极为徒弟们争取到参加的名额，希望他们能够借此机会拓宽自己的视野、提升技能。她还鼓励徒弟们积极参加各类焊接技能竞赛，通过竞赛来促学促练。

2022 年 9 月，中铁九桥承办第二届"才汇九江"职业技能大赛焊接比赛。备战期间，王中美倾注大量心血，为每位徒弟制订个性化训练计划，并根据自身经验尽可能为工友提供针对性帮助。

多年来，王中美在技术上传帮带，让劳模精神代代相传，为行业育就满园芬芳，先后培养出技术骨干 20 多名，其中高级以上技师就有 5 名。"师父对我的影响特别大，她身上那种工匠精神就是我学习的榜样。"徒弟刘青已成长为一名技艺精湛的电焊工，在行业内也小有名气，获中国青年五四奖章、全国三八红旗手、江西省劳动模范等荣誉，还开始承担起带徒弟的责任，将技艺和经验无私地传授给下一代。王中美常说："我的徒弟都开始带徒弟啦！"自豪之情溢于言表。

一家四焊工

王中美的全家都与焊接结缘颇深，有着浓厚的焊工情结。她的父亲、婆婆都是焊工，丈夫也曾做过一段时间的电焊工作。一家四个焊工在不同时间、不同地点，征战过不同的铁路建设项目。

在这个家庭，焊接不仅是一门传承的技艺，更是一种精神的延续与升华。它像一根无形的纽带将家人紧紧相连，也更像一种生活的态度与哲学，教会他们面对困难时的坚韧与不屈、面对挑战时的勇敢与智慧。

2015年，中铁九桥成功中标九江长江大桥的加固改造工程，王中美有幸参与其中。此项加固工程为国内公铁两用桥梁首次大规模改造，核心是将混凝土桥面板更换为钢结构正交异性桥面板，质量和进度备受社会关注。工程构件种类多、数量多，特别是横梁加固构件和大、小托架构件制造工序十分繁杂，焊接控制精度要求高。王中美在实验室连续熬了一个又一个通宵，模拟现场焊接实况，反复调整参数。经无损检测显示焊缝熔深全部达到设计要求时，大家频频点头："这是艺术品！"此后，她带着工友到现场焊接，她像上了发条的钟，有的时候下班后还在钻研焊接工艺。

就在那一年，父亲突发疾病住进医院。王中美周到地安排好大桥加固改造各项分解任务，再去医院探望陪伴父亲。病床旁，父亲殷切的目光一直望向她，仿佛在叮嘱她"一定要精细再精细，不能让桥梁焊接出现任何缺陷"。尽管两头奔波有些许劳累，但她不想留有任何遗憾——既保证大桥工期节点，也珍惜宝贵的亲情时光。不幸的是，父亲最后还是永远地离开了她。谈及这段往事，一向坚强的她几度声音沙哑，强忍着不让泪水流下来。

2019年，九江长江大桥加固工程竣工。父亲造桥、女儿修桥，父女俩以这种特殊的方式再续前缘，"一座桥两代人"的佳话在行业内流传。王中美也更加深刻体会到了父亲在当年大桥通车时的感受，更加读懂了父亲不舍昼夜的坚守与选择。

工作、生活在九江的她，常常会到九江长江大桥边上的文化公园走一走，这已成了她的一种仪式感。"每次来到这里，我总能想起当年父亲跟我说过的话。我想告诉他：'爸爸，我做到了！'"王中美说，虽然父亲已经不在了，但这份"焊卫"大桥的使命一直扎根在她的心中。

从初出茅庐的小丫头到7次走进人民大会堂，军功章上有王中美的一半，也有她丈夫和婆婆的一半。

她的婆婆干了26年的电焊工，曾参与过深圳仿埃菲尔铁塔等多个重难点项目焊接攻坚任务，虽已退休，但对焊接的热情丝毫不减当年。婆婆深知从事焊接工作的艰辛，尤其是女性，在王中美儿子4个月大的时候，便主动承揽起照顾的任务，并时常叮嘱自己的儿子多做家务，让她安心投入到工作中去。

每年春节除夕晚上，别人家多是看着春节联欢晚会，讨论着家长里短。而他们家却不同，一家人围坐一桌，边和面包饺子，边讨论各种焊接技艺，看似普通的家务却别有一番滋味。

"和面就跟焊接调电流电压一样，比例得配对好。"丈夫虽因工作需要，只在电焊岗位做了一年便转岗至桥梁质检员，但每当家人聊起焊接，也总能接过话茬。

婆婆拿起饺子皮包馅，边包边讲："看好了，包饺子跟操作焊枪一样，力度和速度都要掌握好。用力过猛，馅就漏了，像电流太大容易焊穿；太慢了，面皮干了不好捏合，就像送丝跟不上影响效果……"儿子从小耳濡目染，对焊接也比较熟悉，也会不时接几句话。一家人笑成一团，也从中体会到焊接与生活的奇妙联系。

尽管家庭幸福，但对儿子王中美却有着一段被遗憾与愧疚镌刻的过往。在儿子最需要陪伴的年华里，中国桥梁建设如同滚滚洪流，将她"卷"入到一个又一个紧张而繁忙的项目中。家长会，甚至是儿子生病时的脆弱时刻，她都常常无法在场。每当夜幕降临，结束了一天工作的王中美拖着满身的疲惫踏入家门，看着儿子安静的睡颜，心中的愧疚如潮水般汹涌。她多么希望能有更多的时间陪伴儿子，见证他成长的每一个瞬间。

有一回，儿子在电视上看到了关于桥梁建设的相关报道，里面详细讲述了像王中美这样的一线工人如何"搭拼钢梁'积木'"。儿子转过头，一脸天真地问王中美："妈妈，为什么你要这么辛苦呀？为什么不能像其他同学的妈妈一样，多花些时间陪陪我呢？"王中美试图向儿子解释交通建设的重要性，以及自己这份工作所蕴含的深远意义。她言辞恳切，满心期待儿子能理解自己的选择。然而，那些宏大的概念在他幼小的心灵里如缥缈云雾。他依旧无法完全理解，为何妈妈要为了工作而不多给自己讲讲睡前故事、不多带自己去游乐场玩。

一次学校组织的以"科技与生活"为主题的亲子活动，成为王中美和儿子关系改善的重要契机。活动要求家长和孩子共同完成一个关于桥梁结构模型的制作，并在班级里展示和讲解。

为此，王中美特意调整了自己的工作计划，推掉了一些晚上非紧急的工作。晚饭后，母子俩围坐在一起，热烈讨论起桥型方案。儿子兴致勃勃地提出要打造一座九江长江大桥模型，这个想法立刻点燃了王中美

◆ 王中美一家合影

的热情，她欣然答应。经过几天努力，一座精美的九江长江大桥模型终于在他们的手中诞生了。到了展示讲解的日子，王中美陪着儿子走进教室。儿子自信满满地走上讲台，向同学们清晰详细地介绍了钢桁拱桥的结构特点，还分享了与母亲共同制作过程中的点滴故事。看着儿子在讲台上闪闪发光的样子，王中美心中涌起一股暖流，那是一种无法言喻的欣慰。

时光飞逝，她的儿子从咿呀学语的稚童渐渐长成1米8的小伙子。而王中美凭借卓越技艺和不懈努力成为行业中的佼佼者，荣誉纷至沓来。她的成绩不仅是对职业的执着追求，更是对儿子无声的激励。她的坚韧与拼搏精神，对儿子产生了潜移默化的影响。

每当提起妈妈，他常常满怀骄傲地说："我的妈妈是一位了不起的焊工，她用那双粗糙却无比有力的双手，建造起一座座雄伟壮观的桥梁。那些横跨江河的桥就像妈妈对我的爱一样，坚不可摧！"

阳光明媚的周末，王中美常在闲暇时开车带儿子去湖北黄梅老家转转。经过九江长江大桥时，她总会给儿子讲述姥爷当年建大桥的故事，以及自己2015年参与大桥改造工程时的艰辛与收获。

2022年秋天，经过深思熟虑，儿子决定报考武汉铁路桥梁职业学院，踏上了追寻梦想的征途。那所学院承载着王中美青春的回忆，是她梦想启航的地方。这个决定，让母子俩的心贴得更近了。

此后的日子里，他们经常一起热烈讨论课程设置，一起专注学习焊接机器人知识，一起满怀憧憬规划未来的职业道路。那些曾经笼罩在王中美心头的愧疚与自责，如今已悄然化作滋养儿子成长的肥沃土壤，让儿子在面对困难时更加不屈不挠，向着阳光奋力生长。

2025 年 3 月 4 日，"跟党奋进新征程　巾帼建功新时代"巾帼大宣讲暨工人大思政课走进中国中铁，王中美作为产业工人杰出代表上台发言："回顾我的成长历程，深感幸运与自豪。幸运的是，生在一个尊重劳动、鼓励创新的时代，有政策的支持和良好的发展机遇；自豪的是，能在平凡的岗位上用自己的双手为桥梁建设贡献力量……我将继续发挥劳模工匠带头引领作用，在践行'三个转变'中，挑大梁，担大任，以匠心传承书写新时代的精彩篇章。"现场爆发出雷鸣般的掌声，同行的人纷纷为她的动人故事热烈欢呼。

是的，王中美早已将钢铁的冷峻与焊花的热烈熔铸进生命的血脉里，每一条焊缝都是她精神的年轮，每一道弧光都照亮她澄澈的初心。她在钢与火的淬炼中滋养着灵魂，铸就刚柔并济的人格光芒。

五月的江风裹挟着焊花的气息，中铁九桥九江制造基地里，厦金大桥、燕矶长江大桥等一批国家级重点桥梁工程钢梁正在如火如荼地生产中。还是和往常一样，王中美麻利地换上工装，钻进箱体里，笨重的焊枪在她手里似乎格外轻盈。她像一位织女，用焊枪在钢板上"精雕细琢"，编织着伟大工程的"生命纹路"。

焊花在王中美身上留下了熠熠的勋章，也留下了累累的印记，她却觉得这些印记分外美。弧光闪闪，她依然沉浸在攻克新材料、新工艺、新工法的世界里乐此不疲，以星光点点，点亮中国桥梁建设事业的未来……

高明伟

1615：一路有我

——记南宁铁路公安局南宁公安处南宁东站派出所二级警长高明伟

▶ 卢鑫婕　冼思宇　彭婉云

南宁东站是我国西南地区规模最大的铁路客运站，总建筑面积 26 万平方米，俯瞰形似凤凰振翅，高峰时期单日客流量超 19 万人次，平均每 3 分钟发送一趟列车，将八方旅客与动车轨迹编织成壮阔的交通图景。

2024 年 5 月 5 日，南宁东站派出所民警高明伟像往日一样，在南宁东站候车室巡逻，突然发现安检机旁有一个无人认领的棕色挎包。经查看，包里有一本江先生的台湾居民来往大陆通行证，还有大量的人民币、外币，以及企业公章、支票、合同等重要物品。

没有找到江先生的联系方式，高明伟快步来到派出所指挥室，通过调取查看候车大厅视频监控发现，江先生已乘坐 G417 次列车离开。此时，江先生在车上也发现挎包丢失，立即拨打了中国铁路客服热线 12306。高明伟通过 12306 热线迅速联系到了江先生，得知他是一位台湾商人，经常往返于海峡两岸，计划于两日后返回，想不到却意外弄丢了挎包……

高明伟告诉他别着急，然后将挎包车递到了离江先生最近的深圳北站，以方便他次日从香港返回时领取。挎包失而复得，江先生非常感激，回到台湾后，他将挎包上的遗失物登记卡珍藏起来，并在心里记住了铁路警察高明伟的名字。他和很多朋友说："这张登记卡，就是一张中国高铁名片！"

其实，这样的故事在高明伟的民警生涯中不计其数。他从警21年，历任南昆线线路民警、公安特警、车站客运民警，多岗位的磨练，锤炼了他高超的综合素质和吃苦耐劳的坚强品质，仅在担任客运民警期间，他就参与办理治安案件800余起，刑事案件70余起，抓获网逃人员200余人。他始终以全心全意为人民服务为宗旨，帮扶旅客，解决旅客求助万余起，挽回旅客经济损失近千万元。

2025年春运，我们再次来到南宁东站派出所采访。在宽敞明亮的南宁东站候车室，我们远远就看到了人群中的高明伟。他身着警服，阳光帅气，正弯着腰给一名老人家指路。走回所里的几分钟里，他也屡次停下来帮助来往旅客。

走进所荣誉室，映入眼帘的是满墙的锦旗。所长刘海荣告诉我们，这里的500多面锦旗每一面背后都有一个暖心的故事，好多发生在高明伟的身上，他先后获得"全国公安机关爱民模范""全国铁路最美基层民警""最美铁路人"等光荣称号，都是他多年一点一滴干出来的。而高明伟笑着告诉我们说："成绩是大家一起干出来的。我的警号后四位是'1615'，谐音是'一路有我'，旅客有我，一路平安！"

一家六口五个兵

　　1977 年春末，高明伟出生在广西玉林市陆川县马坡镇的一个五等小站工区。工区不大，只有八九户人家，离最近的镇子也有三四公里路。父亲是工务段职工，全家六口靠父亲工资生活。

　　高明伟是家里最小的儿子，上面还有 3 个哥哥。全家人挤在不足 60 平方米的小平房里，墙壁是泥土砌的，屋顶铺满碎瓦，一刮风就叮当响，还会经常漏雨。工区晚上供电不足，得点煤油灯。当母亲抱着这个初生的孩儿望向父亲，看着灯下婴儿红扑扑的小脸，父亲说："就叫'明伟'吧。做个光明的人，长大了努力去报效祖国、服务人民。"

　　高家父子五人都参过军，父亲高妃聘曾是一名雷达兵，大哥高明腾当过海军，二哥高明华曾在驻港部队，三哥高明建当过炮兵，高明伟也曾有过两年的军旅生涯。对高家来说，参军报国是忠诚不变的爱国情怀和代代相传的优良家风。

　　高明伟告诉我们，父亲出生于旧社会，是一个孤儿，吃过百家饭，沐浴着党的恩情长大。在父亲朴素的认知里，当兵保家卫国，就是报答祖国和乡亲们最好的方式。他时常对儿子们说，要做一个对国家、人民有用的人。父亲用言传身教给高明伟上了人生第一堂爱国课，这种家国情怀深深影响了高明伟，在他幼小的心里种下了保家卫国的种子。

　　父亲工作繁忙，有时十天半个月不在家。家里大小事全靠母亲操持。一家六口依靠微薄的工资度日，生活过得很清贫。不善言辞的母亲从未在家人面前抱怨，只是默默在屋后开辟了菜地、养了鸡鸭，想方设法改善孩子们的伙食。高明伟早晨醒来，母亲已经在院里忙活，夜深了，母亲坐在床脚就着煤油灯还在算账、缝补。高明伟看着母亲忙碌的背影，希望自己快快长大，能为家庭分担。

靠着家里精打细算，高明伟顺利度过了小学、初中。1994年，高明伟考上了职高，学习铁路行车专业，憧憬着毕业后马上分配工作，减轻家里负担。

1997年夏天，高明伟职高刚毕业，看到了镇上张贴的征兵通知，唤醒了自己儿时保家卫国的梦想。他毫不犹豫报了名，通过严格选拔从几千人中脱颖而出，顺利被广州军区某部录取。高明伟所在的部队在湖南衡阳，临行前，母亲给他煮好了8个鸡蛋，父亲叮嘱道："从今天起你就是军人了，在部队里一定要听从指挥，锻炼本领，早日报效祖国和人民！"

家庭是一个人最好的老师，父母正直朴实的性格、坚韧乐观的精神深深影响了高明伟。他性格开朗，为人善良，有正义感，喜欢思考，爱和自己较劲，凡事要么不干，要干就干到最好。这种性格让他在日后的工作中，无论碰到什么困难都能豁达面对，迎难而上。

进入部队后，高明伟被选入警卫排。他给自己立下了奋斗目标，日常注意打牢基本功，体能、技能两手抓，练好搏击、摔跤、散打等徒手格斗术，还在自己薄弱的射击项目上苦下功夫。勤学苦练了半年，手掌磨出了厚茧，硬把自己从一个靶场菜鸟练到5发50环的神枪手。

1998年夏天，湖南境内遭遇多年不遇的洪灾，高明伟所在的部队处

于战备状态，时刻准备抗洪抢险救灾。得知团里要成立突击小分队，他立即响应号召紧随着班长报了名。名单一公布，他落选了，得知上榜的战友都是党员，当天晚上他就递交了入党申请书。从此以后，他对自己要求更严格了：平常训练总是第一个到岗；别人练一组，他就练两组；引体向上 8 个及格，他一口气做上 20 个。一年后的考核比赛，高明伟各项成绩均名列前茅，当上警卫排班长，评上优秀士兵，也如愿入了党。

在那个没有手机支付，也不能网上买票的年代，每当节假日，火车站熙熙攘攘，排队买票的队伍如一条长龙一眼望不到头。

1999 年春节，高明伟所在的部队接到命令，到衡阳火车站执行维护秩序的任务。一天，正在执勤的高明伟发现售票窗口有一个男人十分着急。高明伟走过去一问，得知男人准备带妻子去外地看病，但是买票的钱没带够，"解放军同志，你能先借点钱给我吗，我可以给你打个借条。"高明伟二话不说立即给他垫钱买了票。男人感激地说道："谢谢解放军同志！"那一刻，他感受到了"为人民服务"这5个字的分量。

人民子弟兵为人民与人民公安为人民的理念不谋而合，两年的军旅生活不仅培养了高明伟忠于祖国、听从命令的品质，吃苦耐劳的精神，全心全意为人民服务的品格，也为日后的公安工作打下了坚实的基础。

在南昆线的日子里

2000年夏天，高明伟复员了。在家复习半年后考上当时柳州铁路局的桂铁技校，继续学习行车专业。一天，高明伟从老师口中得知柳州铁路公安学校想从退伍军人中招录一批优秀的学员。他当时只需再等一年半就能毕业分配工作，公安院校招生的消息让他既心动又犹豫——若真考上，不仅这两年领不到工资，还得"倒贴"不少学费，对家里又是不小的负担。

两难之际，父亲对他说："儿子，你不是一直有保家卫国的梦想吗，放手去考，爸支持你。"知子莫若父，有了家庭的支持，高明伟卸下心理包袱，在截止日期当天报了名，凭借扎实的本领，他如愿被柳州铁路公安学校录取。

2004年，高明伟完成两年公安专业学习后，成了一名光荣的人民警察。他入警的第一站是田东站派出所田阳警务区。

田东站派出所是南昆线上的一个小站。南昆铁路开通于1997年，从海拔80多米的北部湾一路攀升到云贵高原，沿途地质条件复杂，时常有泥石流等地质灾害。刚到岗没多久，高明伟就参与了人生中第一场抢险救灾任务。

2004年夏天，南昆线普降大暴雨引发了泥石流，落石导致多处坍塌，致使南昆线汪甸—田丁间线路多处被泥石流掩埋道床、冲空线路。

灾情发生后，高明伟和同事们听从命令，半夜启程赶往事发地支援。到达事发线路附近时，路段已被封锁，一行人只得步行前行。天蒙蒙亮时，他们踩着两尺厚的黄泥到达事故现场，只见隧道口被泥石流埋住线路100多米，得有七八米厚，堵在该区段的泥石有一万多立方米。现场条件非常危险，连续降雨，二次泥石流随时可能发生，最大的困难是大型机械进不来，抢险人员只能徒手搬开滚落在铁路线上的石块、树枝等杂物，再使用铁锹、铁铲等工具对线路进行清理和修复。

暴雨在强光灯下织成密集的罗网，雨帘很快糊住了视线，高明伟索性把雨帽摘下，任雨水和着汗水直淌。突然同事吼声穿透雨幕："有截枕木卡在滑坡体了！""来了！"高明伟踩着没膝的泥浆，立即赶去支援。他用锄头劈开缠住枕木的钢筋网，另一名同事立刻将撬棍插进枕木缝隙。几个人同时发力时，一截钢筋突然翘起来直冲高明伟而来，虽然他立即闪躲，还是被尖利的钢筋擦伤肩膀。"怎么样啊，小高！"同事关心地问道。高明伟咬着牙坚持道："问题不大，先搬东西。"大家一起合力将枕木刚抬上了路基，山体又传来碎石滚落的闷响。撤到安全地带，高明伟没有休息，又继续协助同事对溜坍体及周边杂草、灌木进行清理。

30 多个小时后，首列救援列车鸣笛通过，高明伟累得瘫倒在道床边。脱下雨衣时，他才发现自己早已浑身湿透，双腿因长时间站立已肿胀麻木，双手被乱石划伤，肩膀上一道暗红的血渍渗出了警服。

　　驻站的时候，民警通常在警务区一待就是半个月甚至一个月有余。田阳警务区紧挨着铁路：推开小院铁门，几棵芭蕉树映入眼帘，树后是两间工务段弃用的平房。高明伟刚来时，屋内只有一张由 4 张长木凳拼成的"床"，拧开水龙头，流出的水里混着泥沙，得用水桶沉淀半日后才能饮用。冬天洗澡得靠"热得快"，吃饭得自己买菜自己煮。高明伟开玩笑道："吃得好不好，全看民警的个人厨艺和当天做菜的心情。"凭借乐观的心态，日子一长，他将生活安排得井井有条，警务区也渐渐炊烟阵阵，充满了烟火气。

　　田阳警务区管辖 12 个村委约 50 个村屯，人口约 4 万人。沿线 15 个中小学校，40 个废旧回收店，大牲畜养殖户 60 多户，还有近 50 公里铁路线，排查线路隐患、劝阻村民穿越线路行走，都是线路治安防控的重中之重。

　　每天清晨，高明伟挎上水壶、揣上干粮，入夏再添顶草帽、别把镰刀，和同事两人一组开着一辆警用旧摩托出发巡线。遇着摩托过不去的窄道，他们便下车徒步。田阳县地近北回归线，冬暖夏长，雨季草木疯长，镰刀便有了大用处，既能劈开挡路的杂草，惊走蛇虫，也能清理线路两旁的枯枝。

　　田阳县兴种芒果，铁路两旁多有茂密的芒果树。一次雷雨天，高明伟和同事正在巡线，忽然发现前方铁轨上横亘着几截被大风刮落的芒果枝。这个时间段正是火车来往密集的时候，若驶来的火车来不及刹车，轧过去就有脱轨的危险。高明伟和同事赶紧通报了警情，并快速展开清理工作，避免了可能发生的事故。

高明伟意识到，做线路工作不能只看线路，还得看线路周边的人，老乡们种植芒果，为了节省时间常常会穿越铁路去果林。为了做好铁路安全宣传，高明伟走村进屯，主动拜访沿线村民。

田阳县是壮族的发祥地，当地百姓多以壮话交流，这让只会白话和普通话的高明伟犯了难，高明伟回忆道："刚开始听壮话，我一句都听不懂，感觉在听一门外语。"他入乡随俗，积极学习当地语言，平时主动请教身边的民警、村干部。一开始记不住发音，他就像学英语那样在笔记本上做记录，将日常高频词进行"汉译壮"，与老乡开展"口语"对话，不断提升自己的壮话水平。慢慢地，他可以用简单的壮话与乡亲们交流了，这极大地拉近了与乡亲们之间的距离。

沿线村庄分布散，村民不易集中，民警平均日巡 10 公里以上，一天也只够走完一两个点。高明伟发现问题后，及时调整工作思路，他发现圩日人群相对集中，只要手头没有紧要工作，他就赶去集市，给大家发放他自行设计制作的宣传手册，普及铁路安全知识。

我们与时任所长廖世富交谈得知，高明伟给百姓们最深的印象，就是热心，这和他服务百姓的工作理念密不可分。

工作之余，高明伟经常会到田间地头帮乡亲们做点力所能及的事。摘果期对于水果种植十分重要，芒果在摘果期一旦过晚摘取，就容易在运输时溃烂。巡线时高明伟看到果农在地里摘果，他总会想办法抽出时间帮一把。

线路旁边的三雷村那光屯，有一户独居老人黄奶奶，儿女都外出打工了，家里只剩下她一个人。黄奶奶家里有12亩果树，每到芒果成熟时，黄奶奶虽然起早贪黑，但依然力不从心。细心的高明伟早在巡线时就留意到了黄奶奶家的情况，每逢摘果期他总会腾出时间去帮忙，飘香的果园里常回荡着两人的欢声笑语。

慢慢地，警民信任就这么建立起来了。村民们不仅自己不穿越铁路，还成了义务护路队员，经常向高明伟提供线路信息，协助他排除隐患；以前芒果树的树枝太长伸到铁路上去，需要民警一家家去提醒，现在村

◎ 高明伟带旅客寻找遗失物品

民们会自觉对果树进行修剪。

高明伟感慨地说道："群众心里明镜似的，你对他好，他自然就信任你，也会对你好。"就这样，一边和百姓打成一片，一边加强铁路安全宣传，一来二去，沿线的乡亲们就形成了爱路护路的共识。

人民警察，就是要关键时刻顶得住、危急时刻冲得上。春耕时节，为了防止大型牲畜进入线路，高明伟会与同事开展夜间巡防。一天凌晨，高明伟和同事巡线时看到前方有个黑影在动，高明伟用手电一照，发现信号灯旁边有个人，他大喊一声："谁？干什么呢？"那人惊慌地转过身，手上拿着一把刀，地上放着一堆拆下来的信号灯配件。"我瞬间明白了，他在盗窃铁路设备！看到我们，他掉头就跑。"高明伟和同事飞扑上去，一下把人按倒在地。那人回手就是一刀刺过来，高明伟顺势一闪，抓住他的手腕，和同事合力将他抓获。

南昆线横贯云南、贵州、广西3省区，是我国西南物资出海的便捷铁路运输通道，其重要性不言而喻。2004年夏天，南宁铁路公安局开展"清站查车"行动，目标为净化站车秩序，打击破坏站车安全的不法分子，确保管内货物列车运输安全。

高明伟和同事们在车站从白天守到凌晨，仔细查看来往于昆明至桂林北、昆明至湛江的4趟客运列车和二三十趟货运列车。

每次检查货车，他们都要爬上未封顶的列车查看车厢里的情况。列车头顶有高压线，他们只能采取最原始的检查方法：爬完一节车厢，下来再爬上另一节。车体粗糙，他们戴着线手套工作，平均一趟车50余节车厢，3天就要磨烂一双手套。

一个深夜，高明伟照例在列车停稳后爬上车厢进行检查，在检查到最后一节车厢时，他突然发现车厢的角落里蜷缩着一个男人，最终这个人被高明伟和同事成功控制，并带回派出所进行调查。经查，这个人为了省钱，想要扒车去广州打工，最后被民警依法处理。

"清站查车"行动结束，田阳站警务区货盗零发生。高明伟和同事摸着手臂上被蚊虫叮咬的密集小包，看着彼此眼睛周围深深的黑眼圈，不由得相视一笑。对于警察来说，没有什么比听到"平安"二字更令人感到欣慰的。

这就是高明伟朴实的工作作风，服务百姓，以诚相待，情暖人心；打击罪犯，雷霆出击，绝不手软。

特警是怎样炼成的

经过一年驻站生活，高明伟锤炼本领、精进业务，赢得认可。2005年12月，高明伟凭借自身的优异条件被选调到了南宁铁路公安局南宁处特警支队。

特警讲究战训结合，通过日复一日、千锤百炼的训练，不断提升综合素质和实战能力。在这里，受伤是高明伟的日常，无论是体能、战术还是技能训练，他都拼尽全力要做到最好。练得多自然也伤得多，他的身上经常这里青一块、那里紫一块。一训练，战友就说："老高又来'拼命'了。"

当时他们的警长提起他也用了两个"最"字总结："最肯吃苦，也最肯动脑。"当时，高明伟还是南宁处警务实战教官，训练之余，负责对新入职的民警进行岗前培训。

有一项重要训练科目是 400 米障碍跑，这个由跨桩、壕沟、水平梯、低桩网等 8 组障碍物所组成的跑道是新警培训的一道难关，通过率一度最低只有 50%。

高明伟观察发现，新警普遍有冲劲，弱在协调性和技巧性。"吊越水平梯的时候，要领是保持上半身不晃动。通过低桩网的时候，距离 30 厘米处就要降低重心……"他分析总结出突破障碍的技巧，边给新警讲解要领边示范，将动作逐个分解、细化，再要求新警挨个操练，确保人人听懂要领，通过训练强化记忆。

经过一个多月烈日下的苦练，高明伟的针对性训练起了效果，新警几乎将动作变成了肌肉记忆，最终结业时该科目的通过率达到了 100%。

凭借过硬的全警实战技能和科学高效的培训方法，2011 年 7 月，高明伟带队参加广西壮族自治区公安特警队伍第二届业务技能大比武。比武共有 14 个市 75 名身怀绝技的特警队员参加，在两公里综合技能、88 式狙击步枪 100 米夜间射击、微型冲锋枪 50 米固定靶标射击 3 个项目上进行比拼，竞争相当激烈。

经过评估，高明伟发现射击是团队的薄弱项目。射击要求身体条件和心理素质都要过硬，要做到手稳胆大心细。上午大家上理论课，下午进行实操训练。理论课上大家都听得仔细认真，一到实际射击时效果却不尽如人意。是眼手协调能力还不够！在部队里就是射击能手的高明伟一眼看出了问题所在。过度用力或力度不足，都可能会影响枪支的稳定性，进而降低射击的精准度，练习"穿米"是解决这一问题的有效办法。

所谓穿米，就是用绣花针穿透大米，其难点在于既要穿透大米，又要保证米粒不能折断或者裂开。一粒米的横截面才几毫米，要穿透并不是一件容易事。刚开始练习时，有的队员半天穿不进一粒米，手上的针一直在抖；有的队员对着米粒狠狠一戳，不仅没有穿透米粒，反而把自己戳出个血洞；还有的队员终于穿米成功，但用时太长，穿完眼睛也成了"斗鸡眼"。大家不断练习，慢慢地找到了技巧，从刚开始四五分钟才能穿透 1 粒大米，到后面最快不到两分钟就能完成。

"有时候枪手凭借感觉和经验来控枪，瞄准偏差一毫米，射出去的子弹就会偏离好几米。"在高明伟的指导下，大家就是这样一边领悟思考，一边坚持苦练，最终找到人、枪、弹高度协同的感觉。经过 3 个月的紧张备赛，大家的射击项目水平直线提升，最终在 16 支参赛队伍中获得第五名的好成绩。

在互联网购票没有普及、没有火车票实名制的年代，遇上旅游旺季或节假日，常常出现一票难求的情况，"黄牛"借机高价倒票售卖，严重影响铁路车票的售卖秩序。特警们平时训练备战，春节前后，便去往全国各地进行"打草行动"——打击黄牛票贩。

2007 年春节，高明伟和同事到广东东莞进行"打草"任务。当时东莞往外发的都是绿皮车，最便宜的无座票八九十元，被"黄牛"加价卖到 300 多元，有座位的甚至卖到四五百元，暴利让"黄牛"格外猖獗。

"黄牛"隐匿在普通旅客之中，要从成千上万的人群里将其识别出来绝非易事，这需要民警具有敏锐的眼力和精准的判断。民警找"黄牛"，

"黄牛"也会找民警，在"围猎"中谁先发现对方，谁就占有了主动权。

高明伟为了掩盖身份更好地侦查，日常带着一个变装包，每天扮成普通旅客、清洁工，甚至盲流，混迹于来往的人群中，在"黄牛"最常出现的售票厅和进站口蹲守，协同配合抓捕了不少"黄牛"。

"一般的'黄牛'当场就抓了，但是有一次抓捕我们部署了一周。"经多日观察，高明伟锁定了嫌疑人，是两名瘦小的男青年。两人形影相随、分工明确，每次交易都躲在火车站进站长廊高大的立柱后，以避人眼目。一人交易时，另一人就在几米开外放风，一有风吹草动就散开，十分谨慎。锁定两名嫌疑人系"大鱼"的关键线索源于一处细微破绽。"当时那个'黄牛'与旅客交谈时，突然从包中掏出一沓火车票，足足有这么厚。"高明伟边说边用双手比画出 10 厘米左右的厚度。尽管对方迅速将车票塞回包内，但这一举动已被他敏锐察觉。

两人频繁出没且交易次数较多，高明伟推断他们手中应囤积有大量车票，随即将情况上报。上级研判后决定暂缓抓捕，待摸清其背后窝点后再择机收网。

高明伟和同事负责继续对二人进行侦查。二人行踪不定，反侦查意识很强，一出车站就分开行动。高明伟他们决定不打草惊蛇，以化装侦查、蹲点的方式多次蹲守，最终确定了二人位于城中村的窝点。

城中村环境复杂、人员密集，收网那天他们一直埋伏到深夜。随着一声令下，特警们冲进位于一栋自建楼三楼的窝点，睡梦中的二人被突然冲入房中的特警惊醒，眼里充满惊愕。高明伟一把控制并铐住了其中一人，在同事的配合下，很快就将另一人制服。

◆ 高明伟教老年旅客购票

　　屋子里存放着大量的火车票、身份证和现金，在其他民警清点物品的时候，其中一人恶狠狠地对着高明伟说："我记住你了，等我放出来有你好看。"高明伟霸气回怼道："我也记住你了，要是你出来还干这些违法的事，我还抓！"经过审讯，二人交代他们是帮他人售卖火车票，每张火车票收取几十元到几百元不等的好处费。

　　这次抓捕当场查获囤积的火车票1500多张，查获涉案车辆3辆，现金11万元。仅2006年、2007年两个春运，高明伟共带队查获"黄牛票"共计2100多张。

　　2008年是高明伟职业生涯中的"挑战年"，那一年，他寒冬2月去往南昌、福州支援抗冰灾，5月调转汶川支援抗震，8月去往首都北京参与奥运安保，他说，天南地北，祖国哪里需要，他就奔向哪里……

2008 年 8 月，首都北京热浪翻滚，高高的白杨在蓝天下格外挺拔，大街小巷都洋溢着喜悦和自豪的气氛。北京西站人潮汹涌，高明伟和同事在广场、站区进行巡逻，维护站区秩序，确保旅客安全。

一天，高明伟和同事正在巡逻，迎面遇上了一个男子。该男子一看到他们就目光躲闪，神色紧张，警察的直觉让高明伟果断拦下了他，"同志你好，我们正在执行公务，现在依法对你进行盘查，请你配合，请出示你的身份证。"男人先是拒绝出示身份证，在高明伟告知盘查法条后，才磨蹭着拉开背包拉链掏出了一张身份证。

高明伟接过身证件一看，人和照片相符，但证的字体模糊、质感粗糙，明显有问题。高明伟还注意到，身份证上的地址和该男子的口音也对不上。正在核查，该男子突然扭头就跑，高明伟和同事立即追上去将该男子擒住。他们联系上身份证上的当地户籍派出所，派出所告诉他们，经核实身份证上的人正在家里，未出远门。

电话刚挂，该男子突然拉住高明伟小声央求道："兄弟，你放了我，我给你两万块。"高明伟大声说道："你把警察当什么人了！这是钱的问题吗！"后来经核查，该男子为一名网上在逃人员，来北京办事，为了逃避打击便想出伪造别人身份证的方法。安保期间，高明伟靠着敏锐的观察和高度责任心，和同事协同抓获了 10 多个网上在逃人员。

时刻准备听令集结，随时奔赴未知的战场。高明伟信奉：只有不断训练，才能有来之能战、战之能胜的信心和效果。他是这样说的，也是这样做的。

神奇的"寻物达人"

2013 年，高明伟被调到了南宁站派出所，成为一名客运民警。

南宁站作为当时广西首府的最大客运站，承担着连接广西与国内外的交通重任。高明伟每天的工作便是对站区进行巡逻防范，对出行旅客进行各种帮助，他说："有时候巡完两趟候车厅，对讲机已经响起 3 次寻物求助。"

2017 年的一天，正在执勤中的高明伟发现安检口有一个有医疗标识的冷藏手提箱无人认领。"我下意识地觉得这个箱子很重要，第一时间在附近寻找失主。"急行在偌大的候车室，看着熙熙攘攘的人群，高明伟急得手心直冒汗，回忆起当时场景，他依然心有余悸。

高明伟赶紧联系车站广播，同时拨打医疗箱上的急救电话，试图找到失主的联系方式，并调取候车室公共区域视频监控寻找失主。几分钟后，一行人匆忙赶到。询问过后才知道，原来是医护人员和患者家属多日来忙于高强度的诊疗和工作协调，精神高度紧张，着急赶车，在慌乱中遗失了这个宝贵的箱子。里面装着的是用于给患者移植的心脏。高明伟确认身份后，立即申请开启绿色通道，让这辆"生命的动车"顺利开往希望的目的地。"心脏"的接力传递，也是一场爱的接力传递。高明伟的一个善举拯救了一个人和一个家庭。知道这颗宝贵的"心"失而复得，患者家属动情地说，是高明伟给了亲人第二次生命。

"警察不只是一份职业，更是一份责任。"高明伟说，"对我们来说找东西是小事,对于孤身在外的旅客来说,就是难事、大事!"

一天下午,高明伟正在执勤,旅客林先生匆匆赶来报警求助,他在南宁市搭乘出租车前往南宁火车站时,不慎将包裹遗落在出租车上,里边有 370 多克的黄金饰品,价值 10 多万元。林先生此次出行打算去深圳做生意,没想到半道丢了包,直到进站才发现,他没有索要出租车发票,也不记得出租车车牌号。高明伟赶往地下停车场调取查看监控录像,反反复复看、一帧一帧查。一个小时后,从模糊的画质中确定车辆来自某出租车公司。高明伟立即联系到该出租车公司,请对方找出这辆车。视频画面模糊,车牌也看不清楚,出租车公司负责人显得很为难,并否认这是他们公司的车辆。高明伟拉着那名负责人,拿着视频照片比照停放在公司内的同款车辆,向他说明了事情的严肃性。负责人自知理亏,开始认真排查。又比对了半小时,终于确定是邱师傅开的出租车。经过层层联系,当天 17 时许,邱师傅将林先生遗失的包裹送到了南宁站派出所。拿到失而复得的包裹,林先生惊喜之余感慨道:"没想到找一个东西这么难,中途有好几次我都打算放弃了,可是高警官却一直在坚持。他的高度责任心令我动容!"

一件平凡的事做到极致,就成了"非凡"。小到一张身份证、一件随身衣物,大到名牌手表、录取通知书、重要合同……在客运岗位执勤 12年,高明伟为旅客群众寻回丢失物品 6000 余件,挽回旅客群众经济损失近千万元,成了旅客、同事们眼中的"寻包达人"。

高明伟的手机里存着上千个电话号码,"这些大部分都是我曾经帮助过的旅客群众,无论他们什么时候打给我,我都会做好应答准备。"好口碑一传十、十传百，有的人慕名添加他的微信，有的人认为"高明伟"这3个字就是一颗定心丸，就是一种保障，指名要找高明伟求助。

2024年11月，刁先生乘坐G424次高铁列车从南宁前往桂林，乘车途中他不慎将手机遗失，他想起曾在微信朋友圈刷到有朋友丢失手机后在高明伟的帮助下找回手机的经历，便抱着试一试的心态，联系到了高明伟，最终在高明伟的帮助下，寻回了丢失的手机。

"我主动多做一点，旅客损失就少一点。"这是高明伟经常挂在嘴边的话。面对警情，他总是主动出击，他明白每个看似普通的遗失物对于失主来说，可能有着重要的作用和意义。

2019年3月，小微企业负责人熊先生到南宁站乘车。当天他计划前往百色签一份很重要的合同，却在进站过程中不慎将自己的身份证遗落。高明伟开展日常巡逻的过程中，发现了这张掉落在进站口地上的身份证。

◆"寻包达人"高明伟与小朋友互动

他先去车站服务台了解是否有人挂失，在得到否定的答案后，然后开始主动查找、联系失主。听到车站广播通知后，熊先生行色匆匆地找到高明伟，拿回了自己的身份证。这时距离熊先生乘坐的列车开车只剩不到5分钟。赶车前，熊先生急忙记下了高明伟的警号。

过了几天，南宁站派出所收到一封感谢信，落款是熊先生所在的小微企业。信上写道："如果当天我没有及时拿到身份证，我将错失这一份重要合同，我们的企业就无法渡过这个难关……这位警察我很想再次当面感谢他，我只记住了他的警号：101615，一位很高很帅的警察。"一张身份证背后是一家小微企业重启的希望，牵动的是几十个家庭的悲欢。提起这封信，高明伟至今仍然感慨万千。他还向我们指了指自己的警号：101615，说："你看，我注定与旅客有一段缘，1615，谐音'一路有我'。"

还有一次，高明伟正在候车室巡逻，一位步履蹒跚的老人一见到他就开始哭诉："警察同志怎么办？我把我的老伴弄丢了！"经过询问才知道，让老大爷心心念念的老伴，已不在世，只留下一本薄薄的火化证，见证他们走过的风风雨雨几十年光阴。这次老人独自一人从广州来到南宁，就是为了把老伴的火化证签领后带回老家。在老人遗失的物品中，不仅有一本火化证，还有3000元现金，都装在一个红色的塑料袋里。

老人只记得自己过安检的时候还拎着袋子，通过观看视频监控的画面也确定了这一点。高明伟带着老人一边回忆一边找，最终在B2安检口附近的座椅上找到了遗失的物品。失而复得的喜悦洋溢在这位89岁高龄的老人脸上。高明伟还补充道："那位老人是一名抗战老兵，东西找到之后，他又拉着我聊了很多。他在部队为我们的国家奋斗了大半辈子，我作为一名后辈、一名人民警察，能够帮助到他，感觉与有荣焉啊。"

高明伟工作的时候像个陀螺，他的日均巡逻步数经常超过 2 万步、接受各类旅客咨询超 500 次，一天中接打电话最高纪录超过 100 次，有时候一个上午就帮旅客找回遗失物品超过 20 件……

2021 年 10 月，正在车站巡逻的高明伟接到报警求助，旅客魏先生装有一枚价值约 300 万元人民币的名贵手表、现金约 20 万元人民币以及银行卡、身份证等物品的背包过安检时被旅客错拿。高明伟经过三四个小时视频监控排查，发现错拿魏先生背包的旅客已坐上了开往广州的动车，多方联系后，魏先生得以在广州南站拿回了自己遗失的财物。这件事得到了中央广播电视总台 CCTV-13《新闻直播间》栏目，以及北京卫视、广东卫视、广西卫视等广泛宣传报道。

2023 年 2 月 13 日央视新闻客户端以《"寻包达人"高明伟：我的这十年》为题报道了高明伟的事迹，在网络上得到了广泛热议。提起这些，高明伟摆摆手说："我只是一个热心的'小人物'，不过是将心比心，想旅客之所想，急旅客之所急，解旅客之所困。"

在帮助群众的过程中，高明伟也会遇到困难，甚至遭遇误解，"也许是近几年反诈深入人心，很多次我们打电话都被对方当作骗子挂掉。"有一次，为了找到一个在火车站遗失钱包的旅客，高明伟从白天到黄昏打了二十几个电话都被挂断，后来辗转联系到该名旅客的家属说明情况，才顺利把钱包交还给该旅客。

"全心全意为人民服务"不是一句口号，而是需要行动去体现。一线执勤辛苦自不用说，但是高明伟认为快乐与自豪感更多，他一直在坚持。

明伟流动服务队

高铁时代，让"朝发夕至"成为日常，新时代铁路公安工作面临着更多挑战，对民警的综合素质也提出了更高要求。

南宁东站是我国西南地区最大规模的综合性铁路交通枢纽之一，2019年，高明伟调至南宁东站派出所，继续坚守在客运一线执勤。高明伟管辖的区域更大，管的范围更广，工作环境更为复杂了。

在高明伟办公室的抽屉里，有4本厚厚的工作日志，记录了他当客运民警以来，处理的几百个案例和一些工作思路。高明伟说，刚调到南宁站时，他也是一个"寻包小白"，曾经因为找不到旅客遗失的包而懊恼半天。后来他反复琢磨旅客进出站的规律，不断实践，总结出了手勤、脚勤、口勤、眼勤的"四勤"法则。

2020年，南宁东站派出所成立了以高明伟名字命名的"明伟流动服务岗"，更多民警在这个爱民岗位为旅客提供更热心、暖心的服务。

2023年年底，"明伟流动服务岗"升级成了"明伟流动服务队"，也叫"明伟号"。在高明伟的感召下，与他同班组的民警覃超强和莫珊珊加入队中，"寻包小队"的壮大让服务旅客的效率更高了。

高明伟根据南宁东站的实际情况，结合自身多年服务经验，将原有工作法拓展成"四帮四勤"法则，即信息帮、团队帮、法治帮、综合帮，眼勤观、嘴勤问、手勤记、脚勤巡，极大提高了派出所处置警情的效率。

民警覃超强是高明伟巡逻的黄金搭档。覃超强每天上班后第一件事就是查看最新的列车时刻表。他的这个习惯缘于师父高明伟，南宁东站客流量大，环境复杂，根据时刻表可以随时调整巡逻力度。

科学巡逻可以有效减少旅客丢失物品的概率，白天夜晚怎么巡，冬天夏天怎么巡，淡季旺季怎么巡，高明伟都心里有数。覃超强说："我最佩服师父的是，巡逻时他总能快速判断出哪些行李物品是旅客遗失的，并尽快帮旅客找回。"

所里为明伟流动服务队配备了一辆四轮电动警车。走在南宁东站的每一个角落，都有可能与闪烁着红蓝警灯的"明伟号"巡逻警车偶遇。高明伟发现，候车区也是旅客丢失物品的高发地，候车时，一些旅客由于不熟悉环境，有事离开座位后找不到原先的位置，遗失了座位上的包包；而一些旅客由于着急赶车，匆忙之中把包包落下。

"明伟号"巡逻警车日常穿梭于候车区 24 个检票口之间，巡逻时车速很慢，明伟流动服务队队员会过机扫描般把经过路线上的每一个包仔细分析。"这个包孤零零的是否没人看管？那个包和旅客之间是否隔得太远？这个旅客的行李太多，放得太分散！"时不时地，他们就要停下车去到"可疑"的地方，问一问具体情况，对旅客做做安全提醒。

小队里的莫珊珊平时在后方综合指挥室，负责给前线提供警情传达和信息技术支撑。莫珊珊是出生于 1999 年的年轻民警，一开始，她跟着高明伟在客运岗位上学习，时常感到不知所措，她是非公安院校毕业生，此前都是被帮助的旅客群众，还没有进入一名守护者的角色。有时接到警情，她在还没有了解清楚报案旅客所在位置及身份特征时就忙着呼叫高明伟前去查看，导致几次跑空或是求助内容与接警内容不一致。

高明伟安慰她说："旅客着急，但我们不能急。不能被他们的情绪影响自己的判断。线索通常藏在细节中，需要我们慢慢抽丝剥茧找到真相。"

受他的影响，莫珊珊不断思考总结，提升自己搜寻线索的能力。在南宁东站候车室，一个监控探头的一秒钟视频里，可能有数十个人影进出画面，想要确定某个人无异于大海捞针。"特别是冬天，旅客大多穿着深色衣服，在监控画面里都是清一色的黑色人影。"经过长期摸索和总结，她找到了快速查找遗失线索的方法。通过分辨视频监控中旅客的高矮胖瘦特征、细微的动作特点，同时借助背包、行李箱等随身携带物品的差异快速锁定需要找的人。

◈ 高明伟当面清点旅客遗失物品内钱物

2024 年 5 月，高明伟和覃超强接到报警，律师威先生在候车室内遗失了一部手机，但无法确认手机掉落地点。"我的手机里有大量的证据材料，第二天上法庭需要用到，弄丢了会出大问题！"威先生特别着急。高明伟和覃超强重复巡查旅客经过的全部轨迹，仍未寻找到手机。这时，负责信息技术支撑的莫珊珊，通过视频监控回溯找到了遗失线索。莫珊珊调取了威先生从进站到报警期间全程视频监控录像，反复回看，通过在路线中一名旅客弯腰捡东西的细微动作，成功找到了捡到手机的人。之后，又全程回溯捡东西旅客的轨迹，确认了旅客的身份，经民警沟通，该旅客最终将手机归还给了威先生。为此，威先生特意改变行程亲自给"寻包小队"赠送锦旗，以表感激之情。

2025 年春运是明伟流动服务队经历的第三个春运。春运期间，队员们合力为旅客寻回遗失物品 200 件，挽回旅客损失 30 余万元。服务队成立两年来，已经为旅客找到遗失物品 2000 多件。

经过磨合，大家配合得越来越好，团结协作处理了许多棘手警情。

2024 年 9 月，一名神情恍惚、满脸是血的男子从东进站口走入，巡逻中的高明伟看到后开始警觉起来。男人衣着随意，脚上甚至还穿着酒店的一次性拖鞋，言谈举止与他看上去的实际年龄十分不相符。高明伟判断他可能存在精神异常，于是在上前询问时转换思路，把他当作一名小朋友，耐心地询问他的姓名、出生年月。在得到模糊信息后，他立刻联动指挥室的小组成员莫珊珊对其身份信息进行核查。联系上该男子的父母后，高明伟也没有放松警惕，他一边在对讲机中提醒小组成员覃超强随时启动应急作战小单元，一边安抚着男子情绪。

突然，这名男子对其他旅客的目光产生了强烈的反感，冲上前去就要追打对方。见状，高明伟迅速与覃超强、附近警力一起配合，制止住了该男子。所幸该男子的父母来得很快，见到熟悉的人，他的情绪逐渐稳定下来。据其父母描述，该男子在长沙的时候就因伤人而闹出过纠纷，上个月刚刚出院，今天一个不留神，让他自己跑了出来，还摔伤了脸。

男子的父亲对民警表达了歉意："真是不好意思，给你们添麻烦了。"高明伟看着这个不幸的家庭，心里也很不是滋味，送他们出了站并帮他们打好了车，嘱咐他们如果下次来南宁东站坐车，可以联系自己，一定能帮就帮。患病男子也好似感受到了高明伟的善意，临走时向他比了个耶，把大家都逗笑了。

从最初的一个人到一个团队，每一次帮助旅客找回遗失的物品，每一次耐心解答旅客的疑问，都是他们对这份职业的热爱与坚守。高明伟也像一面旗帜立在那里，用乐观、积极的态度感染大家，以榜样力量激励着每一位成员不断前行。

从一个人到一群人，南宁东站派出所形成了"人人争当高明伟"的氛围。在高明伟的主导下，民警们集思广益，探索建立了以民警、律师、车站工作人员等专业人员组成的"和谐号调解室"，及时化解旅客矛盾，为旅客打造良好愉悦的出行环境。所里还衍生了"巾帼指挥室""魔法宣传站""青年雏鹰调解室"等子品牌，将旅客群众的满意作为最大追求。

有一回，两名出租车司机在南宁东站进站口因车辆让行琐事发生冲突，高明伟闻讯赶至，迅速隔离开双方，问清楚事件经过后，其中一名司机以"对方踹了自己车门一脚"为由要求赔偿，另一方拒绝赔偿，现场协商未果，高明伟将双方带至"和谐号调解室"，最终，过错方赔偿30元，双方达成和解。

所长刘海荣告诉我们："为旅客做好事、办实事、解难事，是明伟流动服务队的核心理念，也是我们南宁东站派出所全体干警共同的追求和奋斗目标。"

孤木难擎千丈厦，众木成林翠满山。服务人民的精神种子在南宁东站派出所这片热土一直播撒下去。

心中有大爱

高明伟身上常年备着零钱，尽管现在有了支付宝、微信，网络支付十分方便，但他的这个习惯始终没变。熟悉他的人都知道，这些零钱可大有用处。在车站遇上离家出走的孩子、孤身在外的老人，他会主动帮他们买份饭，送他们打个车……10年下来，他资助旅客的金额已超过4万元。

高明伟乐于助人的热心肠，从工作中延续到生活中。他践行的人生信条就是人生的价值在于奉献，在于利他。他跟我们说："警察的身份能够帮助到更多有需要的人，这就是最适合我，也是我最热爱的职业。"

2024年的一天，南宁市衡阳西路川流不息，高明伟正开着电动车行驶在下班回家的路上。突然他发现前方浓烟滚滚，一辆灰色吉普车正在自燃，不时冒出火花，"不好！危险！车上有几人？有没有人员受伤？"一瞬间，高明伟的脑袋立刻蹦出好几个问题，他边朝着灰色吉普车开去，边观察着四周情况。他发现前面有一家商铺，急忙冲进去借来一个灭火器，又一路猛跑，翻过马路中间的栏杆，冲到了自燃车前。

到了车子跟前，高明伟才发现驾驶位上还坐着人！此时驾驶员正在费力摆弄着车门，车体温度太高，车门有些变形，始终无法打开。高明伟高声向周围呼叫支援，一些热心群众从各自的汽车车厢、临近商铺、地铁口找来了十几个灭火器，一齐喷向燃烧的车辆，在大家的共同努力下，火苗很快就被扑灭了。

驾驶座上的车主面对突发情况又急又怕，不断拍打着车窗。高明伟和热心群众齐心协力把车门撬开，成功把驾驶员拽了出来。就在车主刚下车不到 5 分钟，一声炸响把众人吓了一跳。紧接着，一团明火蹿了出来，前排座椅也开始燃烧起来了，高明伟反应很快，尽管被浓烟呛得直咳嗽，但他没有犹豫，立刻冲上前对着复燃点猛喷，其他群众也接力灭火，终于将火彻底熄灭。

这不过是高明伟在非工作日里"随手一帮"的缩影，作为一名老公安，他还把侦查破案的敏锐度带到了生活中。

2022 年 8 月，高明伟在下班买菜途中发现了一名形迹可疑的男子。男子戴着黄色电动车头盔和蓝色口罩，在电动车停车场来回走动，一看到人就露出紧张神色。高明伟发现异样后并没有马上离开，而是跟在不远处，假装到商铺买东西并暗中观察。突然，男子环顾四周后，飞快地从电动车上拿起一把防盗锁就走。

高明伟发现这一情况后，一边佯装在商铺挑选商品，一边偷偷尾随该男子。谁知该男子并未收敛，继续在停车场进行偷窃。高明伟拿出手机一边拍摄固定证据，一边拨打电话报警。在高明伟的协助下，辖区派出所民警很快到达现场，将男子当场抓获，并缴获其偷盗的电动车防盗锁12把。

做好事已经成了他生活中一件自然而然的事，他说："我是一名人民警察，更何况要为女儿们树立一个好榜样。"

2022年6月1日，高明伟带女儿在菜市买菜，女儿捡到一个钱包，翻开一看里面有上千元现金及一张身份证。高明伟和女儿根据身份证地址找到地方，敲了敲门没有人在家，好不容易找到失主联系方式，却被当作电信诈骗连续挂断，多次联系后才解释清楚，成功返还遗失钱包。

高明伟坚持定期无偿献血快10年了。有一次，他听一位曾经参与过白血病人看护活动的志愿者提起，造血干细胞移植是治疗自身免疫性疾病等多种疾病的有效手段，成功配型的非血缘造血干细胞如同种下一颗生命种子，为血液病患者带去治愈的希望。高明伟查阅了大量资料后了解到，我国需要非血缘造血干细胞捐献的患者很多，得知情况的他动了当志愿者的心思。

谁知妻子得知此事之后坚决反对。她考虑到警察工作压力大，捐献造血干细胞万一对身体造成损伤怎么办。当了志愿者，一旦真的配型成功，那捐还是不捐？高明伟认为，吃点苦头就能够给一个不幸的人带来幸运的曙光，给一个坎坷的家庭带来重生的希望，是值得的。在他的坚持下，家人被说服了。

2007年10月10日，高明伟拿到了《中华骨髓库捐献造血干细胞志愿者》证书，他说那天他高兴地让家里多准备了一道菜，就像自己考取

◆ 高明伟正在电话联系走失儿童父母

了一个分量十足的证书一样，是值得庆祝的事情。

在面对求助的时候，高明伟总是先把自己摆进去，充满同理心地解决群众的难题。有些受他帮助过的旅客觉得他靠谱，在外地出行途中遇到难题第一个便想到他，有的事即使不在他的管辖范围，他也会尽力去帮。他说："被需要，我觉得很快乐，我觉得我的存在是有价值的，我的付出是有意义的。"

无怨无悔的坚守

2023年4月，高明伟受伤导致右膝关节韧带断裂，半月板、髌骨被切除了近1/3，被认定九级伤残。组织上想照顾他换一个轻松些的岗位，被他婉拒了。他说："轻伤不下火线，我还能在这个岗位上发挥作用。"

受伤造成右腿肌肉萎缩，如果走得快，脚就容易跛。力量的不均匀造成他无法长时间维持一个姿势，膝盖更是成了"晴雨表""温度计"，只要膝盖开始痛，第二天大概率是个刮风下雨的坏天气。就在他行走都还要克服疼痛的时候，发生了这样一件事。

2024年12月初，高明伟正在执勤，忽然接到一个中年男子求助，他的儿子研究生刚毕业，因就业和婚恋问题与家人产生分歧，留下要轻生的字条后离家出走，地方派出所已经查到目前人正在南宁东站！

高明伟立即和这名求助人在站内仔细寻找，并通知视频室利用视频监控全站搜索。经历了手术，膝盖还水肿的他，急得跑起来都顾不上疼。终于找到那个男孩后，高明伟刚想松口气，就看见父子俩又吵了起来。突然，男孩转头冲向不远处的高架桥栏杆，高明伟顾不得韧带再次断裂的风险，飞快冲上去将他拦腰抱住，一把拽了下来。眼看父子俩矛盾升级，高明伟把他们拉到调解室。此时疼痛已经使他无法站立，坐下后他也不停揉着膝盖。他耐心地向男孩讲述一名父亲的苦衷，又用自己受伤的经历开导他。他清楚地记得，当他一瘸一拐送他们父子走出车站时，那个男孩回过头含着眼泪说："谢谢叔叔，我再也不做傻事了。你让我有了新的目标和追求，我也想当个警察，去帮助更多人。"回想起当时不顾一切冲上去救人的时刻，高明伟说："当时我真没考虑那么多，拼了这条腿大不了再断一次，我不会后悔。"

高明伟爱民助民的事迹每天都在发生，旅客的锦旗、感谢信如雪花般纷至沓来，锦旗里有将高明伟名字嵌入藏头诗的，有只有一个"牛"

字言简意赅的，还有一面锦旗上写道："你相信光吗？我只信南宁东站派出所高明伟警官！"

说起锦旗背后的故事，高明伟依然历历在目。走到一面写着"为民办实事，人民好警察"的锦旗前，高明伟顿住脚步，向我们说起了锦旗背后的故事。

高明伟记得那是 2024 年年尾，天气很冷。他正在巡逻时看到一个女孩独自坐在进站口的角落。女孩穿着中学校服，表情木然地看着来来往往的人群。高明伟关切地走上前询问，女孩一开始不肯说话，高明伟便耐心地劝导，又用自己女儿的趣事与她拉近距离。

女孩终于向高明伟诉说了自己的经历：女孩在升学的问题上与父母意见不统一，大吵一架后离家出走。

高明伟及时打断了她的出走计划，并邀请她旁观自己的工作。同时悄悄让其他民警联系女孩的父母。

"叔叔正在找另一位与家长走失的孩子，你也一起来帮忙吧？"正好遇到旅客求助，高明伟将女孩带在自己身边，让她帮着一起寻找走丢的孩子。孩子很快就被找到，女孩看起来也松了一口气。

高明伟领着她向那对母子告别，又悄悄对女孩说："你看刚刚那个母亲，哭得多伤心。你的父母现在也是这样焦急，正满世界找你呢……"听完女孩眼帘一垂，眼泪大滴大滴往下掉。她父母很快来到车站将她领回，一家人抱在一起泣不成声。女孩的母亲对高明伟说："警官，是你救了我的女儿……"事后，女孩父母给高明伟发来微信红包，又提出要来南宁请他吃饭，均被高明伟一口回绝。无奈之下，对方送了一面锦旗，表示感谢。

谈到这一两年工作中遇到的出走少年，高明伟显得有些无奈："我女儿今年初三了，也面临叛逆期、情绪波动大这些问题，我很心疼这些孩子，更理解他们的父母。"一边说着，他一边给我们展示他近期的阅读计划，他利用碎片化的时间，学习了解一些关于教育心理学的知识，力求更科学、更安全地把青少年的思想工作做好。

在一线执勤的时候会碰到各种各样的警情，极大考验民警的判断力和临时处置能力。2024年的一天，高明伟在例行巡逻时突然听到两声"救命"的呼叫，他四处搜寻，锁定大厅B18检票口的位置，周围挤满了人。他大步流星跑过去，拨开人群一看，原来是一名旅客倒在地上。

高明伟一边跪地查看旅客伤情，一边询问现场情况，一边安抚惊慌的群众。经初步查看，倒地的是一名老年男子，只见他嘴唇泛白，双眼

◈ 高明伟为进站旅客指路

紧闭，拍打、呼叫均无反应。旁边一男子告诉高明伟，倒地的旅客李先生是他的表哥，当天表兄弟俩一起来南宁东站候车出行，在排队进站的时候，表哥李先生突然晕倒。高明伟立刻疏导了现场群众，给患者留出一片安静、通畅的地方，环顾四周问道："现场有没有热心的医护人员，配合我们一起救助？"群众中走出来一名热心医生，在医生的指导下，高明伟俯身为李先生做心肺复苏的抢救，嘴对嘴呼吸，按压……循环反复了十几分钟，一直坚持到医护人员到来。

高明伟为李先生的生命抢得了宝贵时间。第二天，李先生的表弟找到高明伟，告诉他表哥被抢救成功的消息，他眼含热泪，紧紧握住高明伟的手说："说真的，当时看到您冲进人群，就好像看到了一束光。感谢您义无反顾地救助我哥哥！"

"光"是旅客提到高明伟时的高频词。高明伟人如其名，危难中挺身而出，如一束光带给旅客光明和希望。前行的路上伤病加身，他依然义无反顾。

幸福的港湾

谈到自己的家庭，高明伟的眼里满是温柔。回忆与妻子的感情经历，高明伟幽默地说："我们是真正跋山涉水的爱情……"

2000年，高明伟和爱人杜艳春同年从各自的部队退伍，在入路前的业务培训班上两人一见倾心。缘分的安排是那么巧妙又那么曲折，一年的培训结束后，高明伟去了条件艰苦的南昆线田东站派出所，杜艳春则去往当时的柳州客运段，两人开始了奔走的乘旅生活。

在那个没有高铁的年代，两地之间足足8个小时车程，小站人手少、任务多，高明伟不能轻易离开辖区，几乎只能杜艳春利用休班时间两头跑。杜艳春出乘一次要在火车上待四五天，休了班还要提上小马扎，乘坐8个小时绿皮火车，跨越500多千米跋山涉水去看高明伟，只为了短暂的相聚。

2008年，经过漫长的爱情接力跑，高明伟和杜艳春都调入南宁工作，组成了温暖的小家。他们如同两辆奔跑的列车，终于交会，终于可以过上三餐四季、携手相伴的幸福生活。

两人工作都是24小时制的三班倒，为了更好地照顾家庭，两人不得不选择"分道"而行。春节探访时，我在这对客运夫妻家中发现了一幅特别的时间地图。墙上挂满彩笔标记的日历，如同交响乐谱般记录着四口之家的生活轨迹——蓝色标注着丈夫2月2日、5日、8日的执勤，粉色圈出妻子4日、7日、10日的值守，像两条永不交会的平行线；初三的大女儿只有周日才能短暂回家，小女儿每周的医院检查则用绿色小心标注着。这些斑斓的色块组成的时间拼图，往往要等上10多天才能拼出全家团圆的画面。

日历上密密麻麻的标记记载着这个家庭特殊的浪漫。7岁的小女儿已经学会在数字间寻找惊喜，常常用稚嫩的笔迹在可能重合的日期旁画上一颗爱心。

厨房里飘来饭菜的香气，高明伟正抓紧给妻子热饭，女儿赶紧过去帮忙，不一会儿就端出一道道菜，他说："对我们来说，哪天全家能围坐吃顿热乎饭，哪天就是过大年。"日历上显示，距离下次"四线交会"还有 12 天。

高明伟给我们分享了手机里的一张照片：一幅稍显稚嫩的水彩画，一家四口手拉着手，天空上是五颜六色绽放的烟花。高明伟告诉我们，这是去年小女儿画的，画的是除夕夜他们一家人一起看烟花的场景。小女儿那天非常高兴，看烟花的时候，一会儿蹭蹭妈妈，一会儿要爸爸抱，说到这里高明伟眼睛有些湿润，"孩子都 7 岁了，我们一家四口才第一次在一起过了一个团圆的除夕。"

穿上警服，是国家的"刀把子"、百姓的"守护神"，脱下警服，高明伟也是一个凡人，也时常被生活中的琐碎困扰。

高明伟本来陪家人的时间就少，在这珍贵的时间内，又有很多时间花在了医院。高明伟对南宁市的医院几乎如数家珍，他的两个女儿都深受鼻炎困扰，为了尽快给女儿看好病，他这个心急如焚、走路甚至有些颠簸的老父亲跑遍了各大三甲医院、私人诊所，尝试了各种中医、西医的治疗手段。

家是一个人可以停泊的港湾，高明伟形容自己的港湾宁静、温暖和安全，妻子和女儿们给了自己无条件的信任和关爱。涓涓细流，汇成江海，关心和爱织就了一张牢固的网，将他稳稳托住，给了他无穷的信心和底气。

2020 年的六一儿童节，高明伟一家四口好不容易能在一起过，爱人带着两个女儿去书店选礼物，高明伟则提前订了两块牛排，准备给孩子们整个节日大餐。

◈ 高明伟家中摆放的全家福

就在他起锅、热油，放入牛肉时，电话响了。"一个曾经找我求助过的旅客，打电话来说她的包在东站被错拿了，赶着上车，让我帮忙想想办法。"高明伟拿着手机走到房间，找出工作手机记录警情，再发送给值班的同事。

这时一股焦香味飘来，高明伟才想起来忘了关火！等到妻子带着女儿回到家，只看到焦黑的牛肉和几乎被烧穿的锅。看到高明伟狼狈的样子，妻子没有责怪，只是跟女儿们笑着说："爸爸肯定又是帮人找东西忘了关火，我们罚他请我们吃大餐好不好？"

2021年，国家将1月10日确立为中国人民警察节，就在这一天，高明伟的单位决定举行警营开放日。当他将过节的消息告诉妻子，刚想和妻子分享喜悦，却听到电话那头妻子说自己不能参加的冷淡回复，他明白妻子也很忙，但那一瞬间他还是感到有些失落。高明伟本来以为妻子不会记得这件事，没想到晚上他刚踏进家门，妻子和女儿们已齐刷刷站在门口等他，并将一束"花"塞进了他的怀里！他看了看那束"花"，不是玫瑰，不是百合，而是一颗包装精美的花菜！妻女们将他围住，齐声对他祝贺道："老高同志，警察节快乐！"

人间烟火气，最抚凡人心。高明伟深知，他的幸福不仅来源于他对这份职业的热爱和坚守，更源于家人的支持和理解。就像这颗花菜一般，生活也许没有太多浪漫和传奇，平凡岁月中的点滴温暖，一家人的相守相爱，就是真真切切、稳稳当当的幸福。那一刻，高明伟觉得这就是世界上最好的节日礼物。

岁月悠悠，转眼间，高明伟已经在铁路公安的岗位上坚守了21年。

他的身影已经成为南宁东站一道亮丽的风景线。而他的故事，也如同一股暖流温暖着每一个听过他故事的人。在这个故事中，我们看到了一个平凡而又伟大的铁路警察形象，也感受到了烟火人间最真挚的情感。

夜幕将至，高明伟整理好身上9斤多重的警用多功能背心，起身挺挺腰杆，准备开始新一轮的巡逻，"我就是个闲不住的人。我还有很多计划要做，再多总结几条工作的方法，再多带好几个徒弟……"迈着坚定有力的步伐，他大步向前走向他热爱的事业。

在巡逻警车旁，他回头朝我们招了招手，露出了温暖的笑容。灯火通明，人潮涌动。此时，我仿佛又看到高明伟的工作日志，上面的字遒劲有力：平凡铸就伟大，英雄来自人民，每个人都了不起。

后 记

中央宣传部与中国国家铁路集团有限公司联合命名的第七届"最美铁路人"如期向社会发布。10位来自铁路不同岗位的杰出代表，以立足平凡岗位的非凡坚守与突出贡献，生动诠释了"最美"的丰富内涵，其事迹可学可鉴，其精神可追可及，集中展现了中国铁路高质量发展的丰硕成果和新时代铁路人勇担使命、砥砺前行的昂扬风貌，赢得了社会各界的广泛赞誉与深深敬意。

按照"最美铁路人"发布宣传工作安排，国铁集团党组宣传部牵头组建编写组，由中国铁路作家协会具体负责，王雄、李志强、杨天祥、黄丽荣等铁路作家作为指导老师，带领创作团队深入一线，走进10位"最美铁路人"的工作现场与生活空间，近距离感受榜样们的高尚情操，用心体悟他们的职业信仰，潜心破译他们成长与成功的"精神密码"。通过扎实的采访、细致的观察和饱含深情的笔触，创作完成了这部反映第七届"最美铁路人"先进事迹的报告文学作品集。著名作家杨晓升在百忙之中为本书倾情作序。在此一并致谢！

　　由于时间与水平所限，书中难免存在疏漏或不足之处，恳请广大读者批评指正。

本书编写组

2025 年 8 月